KNAUR

Von der Autorin sind im
Knaur Taschenbuch erschienen:
Kiellinie
Kielgang

Über die Autorin:
Angelika Svensson wurde 1954 in Hamburg geboren und lebt heute in Schleswig-Holstein. Nach der Ausbildung zur Fremdsprachenkorrespondentin begann sie 1972 ihre berufliche Tätigkeit beim Norddeutschen Rundfunk in Hamburg, wo sie seitdem arbeitet. Ihre Stationen innerhalb des NDR führten sie in unterschiedliche Bereiche, so auch in die Abteilung Unterhaltung/Fernsehspiel, wo sie auf Produktionsseite an der Entstehung vieler Shows und mehrerer Krimis mitgewirkt hat.
Angelika Svensson ist Mitglied im »Syndikat« und bei den »Mörderischen Schwestern«.
Weitere Informationen können Sie der Homepage der Autorin entnehmen:
www.angelika-svensson.de

Prolog

Der Wind hatte auf Nordost gedreht und peitschte den Schnee über das frosterstarrte Land. Mit jedem Tag nahm die Höhe der Schneedecke zu, und die Anzahl der von der Außenwelt abgeschnittenen Orte wuchs beständig. Der Schienen- und Schifffahrtsverkehr in Schleswig-Holstein konnte noch aufrechterhalten werden, der Straßenverkehr hingegen brach vielerorts immer wieder zusammen.

Es war, als würden sich das Land und die Menschen unter den Naturgewalten ducken, die vor drei Wochen die Herrschaft über das nördlichste Bundesland übernommen hatten. Schon mehrten sich die Stimmen, die Vergleiche zu der legendären Schneekatastrophe zogen, die Norddeutschland zum Jahreswechsel 1978/79 heimgesucht hatte. Mit siebenundsechzig Tagen geschlossener Schneedecke war damals ein neuer Rekord aufgestellt worden.

Den Mann, der sich entlang der Fährstraße in Richtung Nord-Ostsee-Kanal bewegte, interessierten solche Vergleiche nicht. Verbissen kämpfte er sich durch den stärker werdenden Sturm, den Kopf tief gesenkt. Er hatte die Kapuze seines gefütterten Parkas über die Pudelmütze gezogen, die seinen kahlgeschorenen Schädel bedeckte, und musste sie mit beiden Händen festhalten, damit sie ihm der Wind nicht vom Kopf fegte. Die Kälte biss in seine Hände, die binnen kürzester Zeit taub wurden.

Verdammt, warum hatte er bloß die Handschuhe zu Hause vergessen? Als der Anruf, mit dem er schon nicht mehr gerechnet hatte, endlich gekommen war, hatte er alles liegen und stehen lassen und sich umgehend auf den Weg zum vereinbarten Treffpunkt gemacht. Auf den Wagen hatte er wegen des Wetters verzichtet, so weit war der Weg schließlich nicht.

Ich hätte nicht zurückkommen dürfen, dachte er unvermittelt. Das leerstehende Elternhaus war ihm verhasst, nach seiner Haftentlassung allerdings der einzige Ort gewesen, an dem er hatte unterkommen können. Nur für den Anfang, hatte er sich beruhigt, in spätestens zwei Monaten bin ich wieder weg. Aber nun saß er schon fast ein halbes Jahr hier fest, eine Zeit, in der er nahezu täglich Demütigungen und Anfeindungen ausgesetzt gewesen war. Er hatte vergessen oder wohl eher vergessen wollen, wie erbarmungslos eine festgefügte Dorfgemeinschaft sein konnte. Wie sie gegen diejenigen vorging, die sie nicht in ihrer Mitte haben wollte. Nur Berta hatte zu ihm gestanden, wie damals in seiner Kindheit, als sie ihn mit Liebe und Wärme umhüllt hatte, was doch eigentlich die Aufgabe seiner Mutter gewesen wäre.

Der Gedanke an Berta, an das Leuchten, das ihr Gesicht überzogen hatte, als er nach seiner Rückkehr an ihre Tür klopfte, trieb ihm Tränen in die Augen. Aber vielleicht war auch nur der Schnee dafür verantwortlich, den der Wind mit Tausenden schmerzhafter Nadelstiche in sein ungeschütztes Gesicht peitschte. Seine Nase begann zu laufen. Er blieb stehen, bemühte sich, mit einer Hand die Kapuze festzuhalten, und griff mit der anderen in die Jackentasche auf der Suche nach einem Taschentuch. Die Wärme regte die Durchblutung an, die Hand begann zu kribbeln, so stark, dass es schmerzte. Mit ungelenken Fingern zog er ein Papiertaschentuch aus der Packung und drehte sich in die entgegengesetzte Richtung, so dass Sturm und Schnee jetzt mit voller Wucht auf seinen Rücken trafen. Aber so musste er wenigstens nicht mehr die Kapuze festhalten und hatte beide Hände frei, um kräftig auszuschnauben. Als er fertig war, drehte er sich wieder in Richtung Kanal zurück und bemerkte, dass er die Fähre von Kienholz schon fast erreicht hatte.

Ein Containerschiff kam die Wasserstraße herauf. Behäbig glitt sein dunkelgrüner Rumpf durch das aufgewühlte Gewässer. Selbst im dichten Schneetreiben waren die verschiedenfarbigen Container auszumachen, die das Deck einnahmen und die Höhe eines mehrstöckigen Hauses aufwiesen. Die Brücke ragte wie eine weiße Festung am Heck empor.

Im Sommer kämen hier immer die Kreuzfahrer vorbei, hatte Berta ihm erzählt. Das sei ein großes Ereignis. Die Menschen würden sie zu beiden Seiten des Ufers begleiten und sich nicht sattsehen können an diesen Schönheiten der Meere. Berta war regelrecht ins Schwärmen geraten und hatte ihm gestanden, dass sie sich häufig mit einem Klappstuhl ans Ufer setzte und das Schauspiel verfolgte. Schiffe gucken hatte sie es genannt und über das ganze Gesicht, das trotz ihrer einundachtzig Jahre noch erstaunlich wenig Falten aufwies, gestrahlt. Schiffe gucken …

Es kam nur noch selten vor, dass der Wunsch, ein Dasein wie all die anderen zu führen, von ihm Besitz ergriff. Dazu war einfach zu viel geschehen. Ein Leben mit Freunden, vielleicht sogar einer Familie und einem Beruf, der einen erfüllte, war für andere gemacht, nicht für ihn. Das hatte er schon vor langer Zeit begreifen müssen.

Er schluckte hart und schüttelte den Kopf, als könnte er auf diese Weise die Gedanken verscheuchen, die so jäh über ihn hereingebrochen waren. Er musste sich mehrere Male räuspern, dann straffte er den Rücken und war wieder er selbst.

Der Schlag traf ihn, als er seinen Weg fortsetzen wollte. Er hatte die Kapuze tief ins Gesicht gezogen, und so kam der Angriff wie aus dem Nichts. Die mit voller Wucht geführte Eisenstange brach ihm das Nasenbein und riss mit ihrer scharfen Kante einen Teil seiner Wange auf. Er spürte etwas Warmes über sein Gesicht laufen und merkte voller Verwunderung, wie seine Beine unter ihm nachgaben und er zu Boden sank. Der zweite Schlag traf die linke Schläfe und zertrümmerte das Jochbein und einen Teil des Oberkiefers. Er versuchte die Hände zu heben, um sein Gesicht zu schützen, als der dritte Schlag auf ihn herabfuhr und sein linkes Auge zerfetzte. Erst dann hüllte ihn eine gnädige Ohnmacht ein.

Montag, 13. Februar

Die Heizkörper stießen ein bedenkliches Blubbern aus, und das Aufdrehen des Warmwasserhahns im Badezimmer bestätigte Lisas Befürchtung. »Verdammt«, murmelte sie und startete einen zweiten Versuch mit der Brause in der verglasten Duschkabine. Als einige Spritzer des eiskalten Wassers auf ihren nackten Körper trafen, sprang sie zurück. Und als sie nach mehreren Minuten feststellen musste, dass das Wasser noch immer nicht warm geworden war, stieß sie einen resignierten Seufzer aus.

Na super! Ausfall der Heizungsanlage bei einer Außentemperatur von minus zwölf Grad. Das hatte ihr gerade noch gefehlt, wo sie seit einer Woche eh schon auf der Kippe zu einer Erkältung stand und seit gestern Halsschmerzen hatte. Zwar gab es im K1 im Augenblick keine aktuellen Fälle, aber sie konnte sich keinen Ausfall erlauben, da sie gerade an einem »cold case« arbeitete, einem Altfall also, der ihre ganze Aufmerksamkeit erforderte. In beharrlicher Regelmäßigkeit nahmen sich die Mitarbeiter des K1 ungelöster Mordfälle an, denn Mord verjährte nie.

Und so brachte Lisa ihre Morgentoilette ohne die gewohnte Dusche hinter sich und konstatierte, dass man sich auch anders behelfen konnte, wenn man die Zähne nur fest genug zusammenbiss und das ganze Prozedere als eine etwas andere Form der Abhärtung betrachtete. Bevor sie ins Büro fuhr, klingelte sie bei ihrem Nachbarn, der als Hausmeister fungierte und ihr hoffentlich sagen konnte, was denn nun mit der Heizung war.

»Der Kessel ist heute Nacht von der Wand gefallen«, lautete seine stoische Antwort, nachdem er sich kräftig die Nase geschneuzt hatte.

»Und was bedeutet das jetzt für uns?«

»Die Firma ist benachrichtigt. Ich hoffe, dass bald mal einer hier auftaucht. Dann müssen wir weitersehen.«

Das hörte sich nicht gut an.

»Nun machen Sie nicht so ein Gesicht, Frau Sanders. Wenn wir Glück haben, ist heute Abend wieder alles in Ordnung. Seien Sie froh, dass Sie ins Büro gehen dürfen. Meine Frau und ich müssen das den ganzen Tag hier aushalten.«

Da hatte er auch wieder recht. Das Rentnerdasein brachte also doch nicht nur Vorteile mit sich.

Der Wintereinbruch hatte die ohnehin schon knappen Parkmöglichkeiten in der Blumenstraße noch weiter eingeschränkt. Am Straßenrand türmte sich der von den Räumfahrzeugen zusammengeschobene Schnee. Der Fußweg bestand aus einem schmalen Trampelpfad, der mittlerweile so vereist war, dass man bei jedem Schritt Gefahr lief, auszurutschen und hinzufallen. Offensichtlich gingen die Streumittel der Stadt langsam zur Neige, in der Blumenstraße jedenfalls waren sie in den vergangenen Tagen nicht mehr zum Einsatz gekommen. Lisa bog nach rechts in die Wilhelminenstraße ein, überquerte dann die Legienstraße und fand einige hundert Meter weiter tatsächlich einen halbwegs geräumten Parkplatz auf der rechten Seite. Während sie den Weg zur Bezirkskriminalinspektion zurückstapfte, sann sie darüber nach, ob sie den Wagen zu Hause stehen lassen sollte, solange keine Wetterbesserung in Sicht war.

Aber der Gedanke an zugige Bushaltestellen und überfüllte Verkehrsmittel war auch nicht gerade verlockend.

Im Büro war es kuschelig warm. Während Lisa Norwegermütze, Schal und Handschuhe auf dem Schreibtisch ablegte und sich dann aus ihrer dicken Steppjacke zu schälen begann, betrat ihr Kollege Uwe Grothmann das Büro.

»Du kannst die Klamotten anbehalten«, sagte er statt einer Begrüßung. »Wir müssen zum Kanal. Da liegt Tiefkühlware rum, die richtig scheiße aussehen soll.«

Lisa zog den Reißverschluss der Jacke wieder hoch und unterdrückte die Bemerkung, die ihr auf der Zunge lag. Mit Uwes sarkastischer Art würde sie sich niemals anfreunden können.

Das Trakehnergestüt Lankenau schien einem Wintermärchen entsprungen. Der Schnee gleißte, wenn ihn die Strahlen der Sonne trafen, die sich tapfer um die Vorherrschaft am Himmel bemühte. Bäume und Büsche wurden fast erdrückt von der weißen Pracht, das Wasser des Sees war gefroren. An den Dächern der Gebäude hatten sich lange Eiszapfen gebildet.

»Wie schade«, meinte Barbara bedauernd, als sie an Fehrbachs Seite aus dem Herrenhaus trat und auf den Gutsarbeiter aufmerksam wurde, der sich gerade anschickte, die größten der Eiszapfen abzuschlagen.

»Es ist zu gefährlich, sie hängen zu lassen. Wenn sie herabfallen, könnten sie jemanden verletzen«, sagte Fehrbach und zog den Autoschlüssel aus der Tasche seiner Daunenjacke.

»Ich weiß.« Barbara schlang die Arme um seine Taille und hob ihr Gesicht, um ihm einen Kuss auf die Lippen zu drücken. »Ich liebe dich«, murmelte sie und presste sich noch enger an ihn. »Warum habe ich nur so lange gebraucht, das zu erkennen?«

Fehrbach löste sich von ihr und registrierte den verletzten Ausdruck, der in ihre Augen trat. Er wusste, was sie von ihm erwartete, aber er brachte die drei Worte einfach nicht über die Lippen. Früher hatte er sie ihr häufig gesagt, aber zwischen damals und heute lag ihr Betrug, den er noch immer nicht vergeben konnte, sosehr er sich auch bemühte. »Wir sehen uns nächstes Wochenende.«

»Und haben danach eine ganze Woche in New York vor uns.« Sie drückte seinen Arm und strahlte über das ganze Gesicht. »Du glaubst gar nicht, wie sehr ich mich auf diesen ersten Urlaub mit dir freue. Weitab von allem, nur wir beide.«

Fehrbach drückte einen flüchtigen Kuss auf ihre Wange und machte sich auf den Weg zur Remise, in der er seinen Wagen untergestellt hatte.

»Melde dich, wenn du in Kiel bist«, hörte er sie rufen. »Nur damit ich weiß, dass du heil angekommen bist.«

Er drehte sich noch einmal um und nickte bestätigend. Barbara warf ihm eine Kusshand zu und verschwand dann wieder im Herrenhaus.

Die Fahrt nach Kiel wurde auch heute wieder durch die Wetterverhältnisse erschwert und dauerte fast anderthalb Stunden. Die B 202 war zwar geräumt, allerdings wies die Straße mittlerweile so viele Schlaglöcher auf, dass man gezwungen war, langsam zu fahren, wollte man nicht einen Achsbruch riskieren.

So ergab sich für Fehrbach die Möglichkeit, die vergangene Zeit noch einmal Revue passieren zu lassen. Viel war geschehen seit seiner Rückkehr. Die neue Arbeitsstätte in der Staatsanwaltschaft in Kiel, sein neues Zuhause in der Landeshauptstadt und sein altes auf Lankenau. Das nicht enden wollende Zerwürfnis mit seinem Bruder, der noch immer nicht auf das Gestüt zurückgekehrt war, die Versöhnung mit Barbara.

Und die Begegnung mit Lisa Sanders …

Wie immer schob er die Gedanken an sie so schnell wie möglich beiseite. Es brachte nichts, darüber nachzudenken, was hätte sein können, wenn er sich anders verhalten hätte und Lisa nicht so verdammt stur gewesen wäre. Er hatte sie schon seit längerer Zeit nicht mehr gesehen, obwohl er bereits seit Monaten wieder im Dienst war. Es hatte keine Fälle gegeben, die sie hätten zusammenführen können, und selbst wenn es so gewesen wäre, hätte er sie an seine Mitarbeiter abgegeben. Er wollte endlich Ruhe in sein Leben bringen und der neu aufgelebten Beziehung mit Barbara eine Chance geben. Außerdem schien Lisa nach wie vor mit diesem Maler liiert, den sie während ihrer ersten Zusammenarbeit kennengelernt hatte. Fehrbach hatte vor einiger Zeit einen Artikel über Peter Lannert in den *Kieler Nachrichten* gelesen. Das dazugehörige Foto zeigte Lisa an Lannerts Seite mit dem Hinweis, dass es sich um die Lebensgefährtin des bekannten Malers handle.

Das Klingeln des Handys holte Fehrbach in die Gegenwart zurück. Er drückte auf die Freisprechtaste und meldete sich.

»Wo steckst du?«, war die Stimme seines Vorgesetzten Norbert Sievers zu vernehmen, Leitender Oberstaatsanwalt in Kiel.

»Ich bin auf dem Weg nach Kiel.«

»Ich dachte, du fährst immer schon am Sonntagabend zurück.«

»Normalerweise ja, aber es gab noch etwas wegen des Umbaus der Hauptscheune zu klären, und der Architekt hatte erst am Abend Zeit, vorbeizukommen. Ich hatte einfach keine Lust mehr, noch so spät nach Kiel zurückzufahren.«

Was nicht ganz stimmte. Der Architekt war gegen zwanzig Uhr gegangen. Als Fehrbach danach aufbrechen wollte, hatte Barbara ihm einen Strich durch die Rechnung gemacht.

»Ich möchte, dass du bleibst«, hatte sie geflüstert und sich an ihn geschmiegt. »Wir haben so viel nachzuholen.«

Wie schon häufiger hatte er nachgegeben. Seitdem sie wieder zusammengekommen waren, konnte er nicht genug bekommen von dieser Frau, die seine Jugendliebe gewesen war, die er hatte heiraten wollen. Ohne lang zu überlegen, hatte er deshalb auch ihrem Vorschlag zugestimmt, eine Urlaubswoche in New York zu verbringen, obwohl er diese laute und hektische Stadt nicht mochte.

»Dann müssen wir ohne dich anfangen«, drang Sievers' Stimme in seine Gedanken.

»Ich denke, die Sitzung beginnt erst um zehn.«

Sievers hatte eine große Runde anberaumt, in der eine Umstrukturierung der Staatsanwaltschaft zur Debatte gestellt werden sollte, die eine partielle Neuverteilung der Aufgaben sowie eine Bündelung der Kräfte ermöglichen würde, wie es so vollmundig kommuniziert worden war. Anweisung von oben. Weder Sievers noch Fehrbach hielten etwas davon, hatten aber dem Begehren des Generalstaatsanwalts nachgeben müssen.

»Ich habe sie um eine Stunde vorverlegt. Hat deine Sekretärin dich nicht informiert?«

»Nein«, sagte Fehrbach und spürte Verärgerung in sich aufsteigen. »Und ich kann mir auch den Grund dafür denken.«

»Was meinst du damit?«

»Ich habe sie neulich zusammen mit Gerlach gesehen. Die Situation war eindeutig.«

Carsten Gerlach arbeitete bereits seit vielen Jahren in der Staatsanwaltschaft in Kiel und war davon ausgegangen, dass er den frei gewordenen Posten des Oberstaatsanwalts bekommen würde. Als dieser mit Fehrbach besetzt worden war, hatte Gerlach eine böse Intrige gesponnen, die Fehrbach fast seinen neuen Job gekostet hätte. Dass Gerlach sich jetzt mit Fehrbachs Sekretärin angefreundet hatte, legte die Vermutung nahe, dass der Staatsanwalt durch sie an interne Informationen heranzukommen hoffte, um so noch mehr über den verhassten Rivalen in Erfahrung zu bringen. Denn dass Gerlach die Angelegenheit endlich auf sich beruhen lassen würde, glaubte Fehrbach keine Sekunde.

»Du meinst, dass Gerlach es immer noch auf dich abgesehen hat und dich durch dein verspätetes Eintreffen in Misskredit bringen will?«, klang Sievers' Stimme durch die Freisprechanlage.

»Ist das so abwegig?«

»Schwer zu sagen. Seit dem Vorfall damals ist er geradezu weichgespült.«

»Er liegt auf der Lauer, Norbert. Und wenn er eine Chance bekommt, mich fertigzumachen, wird er sie nutzen. Beim ersten Mal ist es ihm nicht gelungen, also wird er beim zweiten Mal planvoller vorgehen.« Fehrbach riss den Wagen zur Seite, um einem großen Schlagloch auszuweichen, das er erst im letzten Augenblick wahrgenommen hatte.

»Lass uns nachher weitersprechen«, meinte Sievers. »Fürs Erste werde ich dich bei den Kollegen entschuldigen und sagen, dass du später kommst. Dann hat Gerlach keine Chance, dich zu verunglimpfen.«

Fehrbach hörte ein Klicken in der Leitung, das Gespräch war beendet. Er trat auf das Gaspedal.

Berta Matthiessen war am Morgen nur mit Mühe aus ihrem Bett gekommen. Die zunehmende Kälte und die an vielen Tagen vorherrschende Nässe machten ihr in diesem Winter mehr zu schaffen als je zuvor, und heute hatte sie das Gefühl, als ob jeder Knochen in ihrem Körper auf sich aufmerksam machen wollte. Wenn du am Morgen aufwachst und nichts tut dir weh, bist du tot, hatte ihr verstorbener Mann Helmut immer gescherzt, aber derzeit konnte dieser Spruch sie in keine heitere Stimmung versetzen.

Jetzt werde ich wohl endgültig alt, dachte sie in einer unüblichen Anwandlung von Selbstmitleid, nachdem sie in ihre warmen Hausschuhe geschlüpft war, den karierten Morgenmantel übergestreift hatte und in die Küche schlurfte.

Ihr Haus stand am Ortsrand von Kienholz. Das Wasser des Kanals konnte man von hier aus allerdings nicht sehen. Nur wenn ein Schiff vorbeifuhr, wurde einem bewusst, dass die Landschaft an dieser Stelle nicht nahtlos ineinander überging, sondern von der meistbefahrenen künstlichen Wasserstraße der Welt durchschnitten wurde. Berta hatte schon häufig gedacht, dass es so aussah, als würden die Schiffe durch die Landschaft fahren.

Sie ließ Wasser in den altmodischen Kessel mit dem Blumenmuster laufen, setzte ihn auf eine Platte des Gasherds und warf dann einen Blick zum Fenster hinüber, an dem sich Eisblumen gebildet hatten. Ein Lächeln überzog ihr Gesicht, als sie die fragilen Gebilde betrachtete, die sie schon immer geliebt hatte und die man an den Fenstern der Neubauten nicht mehr fand. Carsten hatte gemeint, dass sie neue Fenster einsetzen lassen und auch über eine neue Heizungsanlage nachdenken sollte. Die alte verschlinge ein Vermögen und verpulvere durch die maroden Fenster gleich wieder alles nach draußen.

Er hatte ja recht und ihrer Argumentation, dass sich eine solche Ausgabe in ihrem Alter doch gar nicht mehr lohne, stets den Ausspruch entgegengehalten: »Du wirst mindestens hundert, Berta, also lohnt sich das allemal.« Denn das Haus war alt, vor fast sechzig Jahren von Helmut erbaut worden. Schon bald nach ihrer Heirat hatte er damit begonnen. Er war Maurer und außerdem ein geschickter Handwerker gewesen und hatte viel in Eigenregie machen können. Berta war zeit ihres Lebens sehr glücklich darin gewesen und konnte sich nicht vorstellen, das Haus jemals zu verlassen.

Nach Helmuts Tod vor zwanzig Jahren war es ihr Trost und Zuflucht geworden. Ich werde hier sterben, sagte sie jedes Mal, wenn Nachbarn ihr rieten, sich einen Heimplatz zu suchen. Mich kriegt niemand hier raus.

Als der Kessel zu pfeifen begann, zog Berta ihn von der Herdplatte und nahm die verschnörkelte Kaffeekanne mit dem Porzellanfilter zur Hand, in den sie bereits einige Löffel Kaffeepulver gehäuft hatte. Langsam ließ sie Wasser darüberlaufen und genoss den Duft, der sich im Raum auszubreiten begann. Sie holte zwei Scheiben Schwarzbrot aus der Brotdose, bestrich sie mit Butter und gab im Anschluss daran einen ordentlichen Klacks Erdbeermarmelade darauf. Die machte sie jedes Jahr selber, die Früchte dazu reiften in ihrem Garten. Bevor sie sich an den Küchentisch setzte, öffnete sie ein Fenster und schaute zum Nachbarhaus hinüber. Der Schwall kalter Luft, der in die Küche strömte, ließ sie erschauern.

Komisch, dachte sie wie schon am Abend zuvor, als sie vor dem Zubettgehen ebenfalls einen Blick hinübergeworfen hatte. Es sah aus, als wäre Carsten nicht da. Am Vorabend hatte hinter keinem der Fenster Licht gebrannt, selbst die Haustürbeleuchtung war ausgeschaltet gewesen. Und auch jetzt, an diesem trüben grauen Wintermorgen, war alles dunkel.

Haben sie ihre Drohung wahr gemacht, fragte sich Berta mit plötzlich aufsteigender Angst. Haben sie ihn aus seinem Haus vertrieben, aus dem Dorf, in dem er seit seiner Geburt gelebt hat? Berta hatte den Hass gespürt, der ihm seit dem Tag seiner Rückkehr entgegengebracht worden war, der sich von Tag zu Tag gesteigert hatte, erst recht, seitdem *die anderen* dazugestoßen waren. *Sie* hatten diesen Hass geschürt, hatten sich zum Richter über einen Mann erhoben, der nur seine Ruhe haben wollte und ihnen nichts entgegenzusetzen hatte. *Sie* hatten die Angst der Menschen instrumentalisiert und für ihre Zwecke einzusetzen versucht.

Berta schloss das Fenster und trank einen Schluck Kaffee, der ihr plötzlich bitter erschien. Auch die Brote verspeiste sie nicht mit dem üblichen Genuss. Als sie fertig war, stellte sie das benutzte Geschirr zusammen und brachte es zur Spüle. Sie ließ heißes Wasser in das Becken laufen, tat Spülmittel hinein und begann die Sachen abzuwaschen. Tief in Gedanken versunken, machte sie sich anschließend daran, sie abzutrocknen und in den Schrank zurückzustellen. Einen Augenblick lang blieb sie unentschlossen vor der Spüle stehen, dann ließ sie das Wasser ab, hängte das Handtuch auf und ging in den Flur hinaus, wo sie in ihre halbhohen gefütterten Winterstiefel mit den derben Sohlen stieg und den schwarzen Wollmantel anzog. Sie schlang ein Tuch um den Kopf, um sich vor der Kälte zu schützen, und öffnete die Haustür. Während sie ihre Schritte zu Carstens Haus lenkte, spürte sie, wie ihre Angst sich verstärkte.

Das Notarztteam machte sich gerade zum Aufbruch bereit, als Lisa und Uwe eintrafen. Sie hatten die A 210 genommen und waren dann die Kanaluferstraße bis zur Fähre in Kienholz gefahren. Die Straßen, die auf der Südseite des Kanals zur Fähre führten, waren mittlerweile in einem großen Radius abgesperrt, der Fährbetrieb eingestellt worden.

Lisa parkte den Wagen am Straßenrand, und nachdem Uwe und sie ausgestiegen waren, holten sie die Schutzanzüge aus dem Kofferraum. Es war mühsam, die verschweißte Folie mit den kalten Fingern aufzubekommen, aber noch viel beschwerlicher, die Overalls über die dicke Winterkleidung zu streifen. Schließlich hatten sie es geschafft. Sie begrüßten die Kripokollegen aus Rendsburg und den Notarzt, der ihnen kopfschüttelnd entgegenkam. »Da ist nichts mehr zu machen«, sagte er und bemühte sich vergeblich, einen Hustenanfall zu unterdrücken.

Lisa trat zu dem Toten, der in einiger Entfernung vor der Auffahrt zur Fähre am Straßenrand lag. Der Mann befand sich auf dem Rücken, sein Körper war weitestgehend vom Schnee befreit worden. Er trug einen Parka, der einmal dunkelgrün gewesen sein mochte, aufgrund der Nässe jetzt aber fast schwarz wirkte, und eine dunkle Cordhose. Einen knappen Meter von seinem Kopf entfernt sah Lisa eine Pudelmütze aus dem Schnee ragen. Beim Blick in das Gesicht des Toten musste sie schlucken. Alles, was davon übrig geblieben war, war eine blutige, eisverkrustete Masse, die der stetig fallende Schnee bereits wieder zu bedecken begann, ebenso wie die Blutflecken, die sich noch schwach im Weiß abzeichneten. Wäre das nicht gewesen, hätte man meinen können, der Mann sei ein Kälteopfer, wie es sie bei den herrschenden Wetterverhältnissen gerade unter Obdachlosen im Moment häufiger gab.

»Wer hat den Toten gefunden?«, wandte sich Lisa an den leitenden Beamten der Kripo Rendsburg, der gerade ein Handy aus seiner Tasche zog. Bereits bei ihrer Ankunft war er ihr unangenehm aufgefallen, als er versucht hatte, ihre Anwesenheit so gut wie möglich zu ignorieren, und sich daranmachte, weiterhin mit lauter Stimme Anweisungen zu erteilen.

Ungehalten blickte er auf, bevor er sich zu einer knappen Antwort bequemte. »Ein Fußgänger.« Offensichtlich war er nicht bereit, mehr Informationen preiszugeben, denn er begann eine Nummer in das Handy einzutippen.

»Wo finde ich den Mann?« So leicht ließ Lisa sich nicht aus der Ruhe bringen, dazu hatte sie schon zu viele Begegnungen mit Macho-Kollegen hinter sich gebracht.

Der Kripobeamte zeigte vage mit dem Kopf in Richtung dreier Schutzpolizisten, die einige Meter entfernt neben zwei Streifenwagen standen. »Da drüben.«

»Danke«, sagte Lisa freundlich und setzte sich in Bewegung. Als sie die Kollegen erreicht hatte, blieb sie stehen. »Lisa Sanders, Mordkommission Kiel. Wer von Ihnen war als Erster vor Ort?«

»Ich.« Die Stimme der noch sehr jungen Schutzpolizistin zitterte leicht, und ihr Blick flog immer wieder zu dem Toten hinüber. »Die anderen sind knapp zehn Minuten später gekommen.«

»Wo ist Ihr Kollege? Sollten Sie nicht zu zweit unterwegs sein?«

»Ich war gerade tanken, als die Meldung reinkam. Deshalb bin ich alleine gekommen.«

Lisa blickte zu einer dick vermummten Gestalt hinüber, die neben dem zweiten Streifenwagen stand. »Ist das der Mann, der den Toten gefunden hat?«

Die Beamtin nickte und rieb ihre Hände gegen die Kälte aneinander. »Er sagt, dass er einen Spaziergang mit seinem Hund machen wollte.«

Beim Näherkommen bemerkte Lisa, dass der Mann einen Dackel im Arm hielt, der einen gefütterten Hundemantel trug, aber trotzdem erbärmlich zitterte.

»Lisa Sanders, Mordkommission Kiel. Sie haben den Toten gefunden?«

Der Mann nickte. Der Schock stand ihm noch ins Gesicht geschrieben. »Arnold Heller. Ich war mit meinem Hund Gassi gehen«, sagte er überflüssigerweise. »Da habe ich diesen Schneehaufen dort auf der Straße liegen sehen.«

»Wann genau war das?«

Heller nestelte an dem Ärmel seiner Jacke, um einen Blick auf seine Armbanduhr zu werfen, und strich dann seinem Hund über den Kopf, als dieser ein klägliches Fiepen ausstieß. »Ich bin gegen neun Uhr von zu Hause losgegangen.« Er sah Lisa bittend an. »Ihre Kollegen haben gesagt, dass ich noch hierbleiben muss. Aber für meinen Hund ist dieses Wetter zu kalt. Wir wollten doch bloß kurz Gassi gehen. Ich hatte gefragt, ob ich ihn in einen der Wagen setzen kann, aber Ihre Kollegen haben es abgelehnt. Könnten wir unser Gespräch bei mir zu Hause fortsetzen?«

»Einen Augenblick müssen Sie schon noch hierbleiben, tut mir leid.« Lisa überlegte, dann fiel ihr etwas ein. »Kommen Sie bitte mit.« Sie eilte zum Dienstwagen, öffnete den Kofferraum und holte eine Rettungsdecke aus dem Verbandskasten. Als Heller neben sie trat, entriegelte sie die hinteren Türen und breitete die Decke auf der Rückbank aus. »Geben Sie ihn mir bitte.«

»Sie«, erwiderte Heller, und ein dankbarer Ausdruck überzog sein Gesicht. »Sie heißt Finchen«.

Lisa lächelte. »Hallo, Finchen«, sagte sie, während sie das zitternde Tier entgegennahm, es auf die Decke legte und behutsam darin einhüllte. Vorsichtig schloss sie die Tür. »Wir können auch hierbleiben, Herr Heller. Dann sieht Finchen, dass Sie da sind, und bekommt keine Angst.«

»Haben Sie auch einen Hund?«, fragte Heller und warf einen Blick in das Innere des Wagens, wo nur noch der Kopf des Dackels aus der hauchdünnen goldfarbenen Decke lugte.

»Nein«, antwortete Lisa, »das lässt mein Beruf leider nicht zu.« Sie zog ihren Notizblock aus der Tasche. »Von wo sind Sie gekommen, Herr Heller?«

»Aus Klintbek.« Heller deutete die Fährstraße hinauf. Er hielt inne, ein Schauer überlief seinen Körper. »Ich hab zuerst gedacht, es sei eine Schneeverwehung. Also, ich meine, dieser Haufen da auf der Straße. Erst als ich näher kam, sah ich, dass unter dem Schnee ein Mensch lag.«

»Haben Sie den Toten angefasst?«

»Zuerst wollte ich es nicht. Aber die Schneedecke war nicht sehr hoch, und deshalb habe ich mir gedacht, dass er vielleicht erst kurze Zeit dort liegt. Mein Gott, ich hätte es mir doch nie verziehen, wenn er noch am Leben gewesen wäre und ich nichts getan hätte.«

»Was genau haben Sie gemacht?«

»Ich hab den Schnee mit den Händen weggeschippt und dann … dann …« Heller gelang es nur mit Mühe, seine Fassung wiederzugewinnen. »Dann habe ich das Gesicht gesehen oder vielmehr das, was davon übrig war. Mir wurde klar, dass der Mann tot sein musste, doch ich habe trotzdem versucht nach seiner Halsschlagader zu tasten. Aber er war ja total steifgefroren, da war natürlich kein Puls mehr zu fühlen. Da habe ich dann den Notruf gewählt. Und bis die Polizistin kam, bin ich bei dem Toten stehen geblieben, damit nichts passiert, falls Autos vorbeikommen.«

»Das war sehr vorbildlich von Ihnen«, sagte Lisa anerkennend. »So umsichtig verhalten sich die wenigsten.«

Heller schlug die Augen nieder. Das Lob schien ihm peinlich zu sein.

»Ist Ihnen auf Ihrem Weg etwas aufgefallen? Sind Ihnen vielleicht irgendwelche Personen begegnet? Oder haben Sie jemanden gesehen, der sich in der Nähe des Toten aufgehalten hat?«

Heller schüttelte den Kopf. »Weder noch.«

»Waren Sie an den anderen Tagen auch hier unterwegs?«

»Nein, da sind Finchen und ich nur immer kurz vors Haus gegangen, damit sie ihr Geschäft erledigen kann. Das hat uns gereicht, da hat's ja noch mehr geschneit als heute. Aber da sie seit ein paar Tagen Verdauungsprobleme hat, habe ich mir gedacht, dass wir trotz des scheußlichen Wetters heute mal einen etwas längeren Gang wagen.«

Lisa klappte ihren Notizblock zu. »Danke, Herr Heller. Das wär's für den Moment. Falls ich noch Fragen haben sollte, melde ich mich bei Ihnen.« Sie fingerte eine Visitenkarte aus den Tiefen ihrer Jacke. »Und falls Ihnen noch etwas einfallen sollte, rufen Sie mich bitte an.«

Heller nickte und verstaute die Karte in seiner Jackentasche.

Lisa winkte der Schutzpolizistin, die sich sofort in Bewegung setzte. »Meine Kollegin wird Sie und Finchen jetzt nach Hause fahren.« Als die Beamtin neben ihr stand, gab sie ihr den Wagenschlüssel. »Bringen Sie Herrn Heller bitte nach Hause.« Anschließend drückte sie Heller zum Abschied die Hand und öffnete dann noch einmal die Hintertür des Wagens. Ein leises Schnarchen war zu vernehmen, und der Geruch, der im Wagen hing, ließ Lisa zu der Erkenntnis gelangen, dass der Verdauungsspaziergang seinen Zweck erfüllt hatte. Lächelnd strich sie Finchen über den Kopf und überlegte dabei, wie sie Uwe die Sache erklären sollte. Gut möglich, dass sie nachher allein nach Kiel zurückfahren würde.

Uwe hatte den Notarzt verabschiedet und stand über den Körper des Toten gebeugt. Mittlerweile war auch die Spurensicherung eingetroffen. Lisa begrüßte die Kollegen, die ihren blauen VW-Bus direkt neben der Leiche geparkt hatten und gerade dabei waren, ein Sichtschutzzelt um den Körper des Toten zu errichten, was sich angesichts des stärker werdenden Windes als nicht ganz einfach erwies.

»Das dürfte schwierig werden mit der Identifizierung«, meinte Alexander Behring, Leiter des K6, nachdem er einen Blick auf den Toten geworfen hatte. »Es sei denn, er hat Papiere bei sich.«

»Hoffen wir's mal«, entgegnete Uwe und rieb seine Hände aneinander. Er blickte in Richtung Kanaluferstraße. »Hoffentlich kommen die anderen bald. Ich hab keinen Bock, bei dieser Saukälte hier länger als nötig rumzustehen.«

Wie aufs Stichwort erklang Motorengeräusch aus der angepeilten Richtung, und ein schwarzer Audi näherte sich der Absperrung. Lisa lächelte, als sie sah, wer dem Wagen entstieg.

»Frank! Ist das schön, dich wiederzusehen!«

Ein schwer zu deutender Ausdruck lag auf Frank Bergmanns kantigem Gesicht, nachdem er die Wagentür geschlossen hatte und vor Lisa stehen blieb. »Ich freue mich auch.«

Lisa hatte Bergmann bei einem zurückliegenden Fall kennengelernt, als ihr der Kollege aus Plön bei den Ermittlungen in einem Tötungsdelikt zur Seite gestellt worden war. Als Lisas Kollege Luca Farinelli nach der Geburt seiner Tochter angekündigt hatte, in Elternteilzeit zu gehen, um seine durch die Schwangerschaft geschwächte Frau Anja zu unterstützen, hatte Lisa sich dafür ausgesprochen, dass Bergmann während Lucas Abwesenheit das K1 unterstützen sollte. Heute war sein erster Arbeitstag in der Kieler Mordkommission.

Bergmann grüßte zu Uwe hinüber, der seine Ankunft mit zusammengekniffenen Augen verfolgt hatte und keine Anstalten machte, den Gruß zu erwidern. »Was hat dein Kollege eigentlich gegen mich?«

Uwe war als Einziger gegen Bergmanns Anstellung gewesen. Immer wieder hatte es Auseinandersetzungen mit Ralf Södersen gegeben, wobei Uwe dem Leiter der Mordkommission klarzumachen versucht hatte, dass sie keinen Ersatz für Luca brauchten, sondern die Arbeit auch so schaffen würden. Eine Farce, waren sie doch mit insgesamt neun Mitarbeitern sowieso schon ständig am Poller. Und das galt nicht nur für Urlaubs- und wie jetzt gerade Erkältungszeiten.

»Ich weiß es nicht«, gestand Lisa ein. »Es ist nicht immer ganz einfach mit Uwe. Ich habe häufig das Gefühl, dass er glaubt, sich gegen jeden und alles durchsetzen zu müssen.«

»Also sieht er in mir einen Konkurrenten.«

Lisa zuckte mit den Schultern. »Den sieht er in jedem, vor allen Dingen in mir. Du hättest mal sein Gesicht sehen sollen, als Södersen die Kollegen darüber informiert hat, dass ich ab sofort seine Stellvertreterin bin. Nächsten Monat geht Ralf in Urlaub, dann muss ich meine erste Bewährungsprobe bestehen.«

Bergmann stieß ein freudloses Lachen aus. »Es ist doch überall dasselbe, Neid und Missgunst, wohin man blickt.«

Lisa nickte resigniert und schaute auf, als ein grauer Volvo die Straße heraufgefahren kam und sich kurz darauf neben Bergmanns Wagen stellte.

»Komm«, sagte sie und zog Bergmann mit sich, »ich stelle dir unseren Rechtsmediziner vor.«

Dr. Michael Hesse sah aus, als befände er sich auf dem Weg zu einer Nordpolexpedition. Schwarze, gefütterte Boots, Lammfellmantel, Fliegermütze mit Ohrenklappen und dicke wattierte Handschuhe.

»Ist deine Autoheizung ausgefallen?«, fragte Lisa und grinste.

Missmutig schaute Hesse sie an. »Witzig, Lisa, sehr witzig.« Er rückte seine Mütze zurecht, die ihm in die Stirn gerutscht war und eine halbe Nummer zu groß erschien, zog seine Handschuhe aus und reichte Bergmann die Hand. »Hesse. Sie müssen der Neue sein.«

Bergmann erwiderte den Händedruck mit unbewegter Miene. Lisa hatte den Eindruck, dass er sich ein Lachen verkneifen musste. »Frank Bergmann. Freut mich, Sie kennenzulernen.«

Hesse nickte zerstreut, streifte einen Schutzanzug über und begab sich dann zu Uwe, der neben dem Toten in die Hocke gegangen war und den Anschein erweckte, als wollte er dessen Taschen durchsuchen. Geduld war nicht Uwes Stärke. Am liebsten legte er selber Hand an, was die Mitarbeiter der Spurensicherung und Hesse regelmäßig auf die Palme brachte.

»Finger weg, Grothmann!«, hörten sie da auch schon den Rechtsmediziner rufen. »Im Moment habe ich hier den Hut auf!«

»Unser Doc hasst den Winter«, erklärte Lisa. »Am liebsten würde er sich nach dem ersten Kälteeinbruch in sein Haus verziehen und erst im Frühjahr wieder rauskommen. Und wenn dann noch Schnee dazukommt, ist er zu gar nichts mehr zu gebrauchen, und seine Laune sinkt auf den Tiefpunkt.«

Ein Hupen erklang, und nur Sekunden später kam ein roter Mini in Sich t und gesellte sich zu den anderen Wagen.

Lisa machte große Augen, als sie ihren Vorgesetzten erblickte, der einige Mühe hatte, seine kräftige Gestalt aus dem kleinen Gefährt zu hieven.

»Mein Wagen ist nicht angesprungen«, sagte er auf ihren Blick hin in unwirschem Ton.

»Und deine Frau muss jetzt den Bus nehmen, oder was?«

»Marion liegt mit einer dicken Erkältung im Bett. Außer Medikamenten muss die überhaupt nichts nehmen.« Södersen schlug die Autotür so kräftig zu, dass der Wagen erzitterte, und ging ohne ein weiteres Wort zu Uwe hinüber, der nicht im mindesten von Hesses Ausbruch beeindruckt schien und keinen Schritt zur Seite gewichen war.

»Der Winter scheint deinen Kollegen ja mächtig aufs Gemüt zu schlagen«, meinte Bergmann trocken.

»Unseren Kollegen, Frank.« Lisa blickte in Richtung der Fähre. »Ich werd mich mal mit dem Fährpersonal unterhalten. Willst du mitkommen?«

»Nee, ich schau mich lieber hier um.«

Lisa nickte und wollte schon losgehen, als Bergmann ihren Arm ergriff.

»Danke, dass du dich für mich eingesetzt hast.«

Lisa versetzte ihm einen freundschaftlichen Knuff. »Aber gerne doch. Ich find's schön, dass wir wieder zusammenarbeiten.«

Bergmann machte eine unbestimmte Handbewegung und gesellte sich dann zu seinen neuen Kollegen. Er war noch nie ein Mann großer Worte gewesen.

Das Fährpersonal bestand aus einer einzelnen Person. »Wir sind hier mittlerweile auf Einmannbetrieb umgestellt worden«, erklärte der Fährmann und reichte Lisa eine schwielige Pranke. »Aber meine beiden Kollegen und ich fahren rund um die Uhr in drei Schichten, sommers wie winters. Es sei denn, der Kanal friert zu. Aber das kommt ja nun eher weniger vor.«

Der Mann griente und lauschte dann mit großen Augen, als Lisa ihm erklärte, was das Polizeiaufgebot zu bedeuten hatte. Aussagen, die Lisa irgendwie weitergebracht hätten, konnte er allerdings nicht machen.

Er wohnte in Rendsburg und war am frühen Morgen aus südlicher Richtung zum Dienstantritt auf der Fähre erschienen. Während des Pendelns zwischen dem südlichen und nördlichen Ufer hatte er weder an Land noch auf der Fähre irgendwelche besonderen Beobachtungen gemacht.

Den Platz, an dem der Tote lag, konnte er von der Fähre aus nicht einsehen. Die wenigen Personen, die er übergesetzt hatte, waren die üblichen Pendler gewesen, Fremde hatte er nicht zu Gesicht bekommen.

Auch die Gespräche mit seinen beiden Kollegen, die Lisa im Anschluss in ihren Häusern in Kienholz aufsuchte, waren wenig hilfreich, da diese während ihres Dienstes ebenfalls nichts Außergewöhnliches wahrgenommen hatten.

Und solange Lisa nicht wusste, wer der Tote war und wie lange er dort gelegen hatte, war es schwer, die richtigen Fragen zu stellen.

Die Haustür war verschlossen, aber Carsten hatte Berta schon bald nach seiner Rückkehr einen Schlüssel gegeben. Falls mal irgendwas ist, hatte er gemeint. Man kann ja nie wissen, sind unsichere Zeiten heute. Die Angst in seinen Augen hatte ihr einen Stich versetzt.

Als Berta den Schlüssel umdrehte, stellte sie zu ihrem großen Erstaunen fest, dass die Tür nur zugezogen war. Das war ungewöhnlich. Egal, ob Carsten zu Hause war oder sich außerhalb aufhielt, er schloss immer zweimal ab. Sein Sicherheitsbedürfnis war groß, erst recht, nachdem *die anderen* hier aufgetaucht waren.

Zögernd betrat Berta den Flur. »Carsten, bist du da?«, rief sie in die Tiefe des Hauses hinein. »Carsten, ich bin's, Berta.«

Außer dem Rauschen der Heizung war kein Laut zu vernehmen. Die Luft war abgestanden, Zigarettenrauch hing darin. Es hatte den Anschein, als wäre seit Tagen nicht mehr gelüftet worden. Berta schloss die Tür hinter sich und ging langsam den Flur entlang, wobei sie im Vorübergehen einen Blick in das Badezimmer warf, dessen Tür offen stand. Es war unaufgeräumt, ein benutztes Handtuch hing über dem Wannenrand, eine Rolle Toilettenpapier lag zwischen Rasierer und Zahnputzbecher auf der Ablage über dem Waschbecken, als hätte jemand die Absicht gehabt, sie in der Halterung zu befestigen, es dann aber wieder vergessen. Das plötzliche Nachlaufen von Wasser aus der über der Badewanne befestigten Brause ließ Berta zusammenzucken, so laut tönte das Geräusch auf einmal durch das ansonsten totenstille Haus.

In der Küche sah es ähnlich unordentlich aus wie im Bad. Benutztes Geschirr auf dem kleinen Tisch an der Wand und in der Spüle, ein Becher mit angetrocknetem Kaffeerand, ein halbvolles Bierglas. Nur das Wohnzimmer, das sich am Ende des Flurs befand, machte einen aufgeräumten Eindruck. Die Möbel der abgewetzten Sitzgarnitur aus geblümtem Stoff standen ordentlich um den niedrigen Couchtisch gereiht, den ein weißes Häkeldeckchen zierte, in dessen Mitte eine dicke rote Kerze in einem verschnörkelten Messinghalter thronte. Die Bücher lagen nicht wie sonst in der Gegend herum, sondern waren im Regal verstaut. Die Zeitschriften standen im dafür vorgesehenen Ständer, die Blumen auf der Fensterbank schienen frisch gewässert zu sein, denn die Erde war feucht, wie Berta nach einer kurzen Prüfung feststellte.

Also muss er gestern noch hier gewesen sein, überlegte sie und sah sich prüfend um. Oder ist er womöglich doch im Haus und … Es lief ihr heiß und kalt über den Rücken, als sie sich auszumalen begann, wie sie bei ihrer Suche über Carstens Leichnam stolpern würde. Sie hatte schon immer eine rege Fantasie gehabt und sich stets an ihr erfreut, aber jetzt verfluchte sie diese Gabe. Heftig schüttelte sie den Kopf, als könnte sie auf diese Weise die Gedanken daran hindern, sich auszubreiten und einzunisten. Carsten war nur fortgegangen, um etwas zu erledigen, mehr steckte nicht hinter seiner Abwesenheit. Dass sie gestern Abend kein Licht in diesem Haus gesehen hatte, musste nicht bedeuten, dass er nicht hier gewesen war.

Sie atmete wieder leichter, entschloss sich aber, zur Vorsicht das ganze Haus zu durchsuchen. Mit steifen Schritten stieg sie in das erste Stockwerk hinauf, in dem sich Carstens Schlafzimmer und das seiner verstorbenen Mutter befanden, und verfluchte die Arthrose in ihren Gelenken, die heute jeden Schritt zu einer Qual machte.

Louises Zimmer war aufgeräumt, die wenigen darin enthaltenen Möbel von einer dicken Staubschicht überzogen. In Carstens Schlafzimmer herrschte eine ziemliche Unordnung, alles sah nach einem hastigen Aufbruch aus. Das Bett war nicht gemacht, die Decke war halb auf dem Boden, das Kopfkissen war zerwühlt. Über einem Stuhl hing eine dunkelblaue Jeans, ein Hemd lag auf dem Fußboden. Die Tür zum Kleiderschrank stand einen Spaltbreit offen. Ein muffiger Geruch entströmte dem alten Möbelstück.

Ächzend machte sich Berta wieder an den Abstieg ins Erdgeschoss, dankbar dafür, dass es keinen Dachboden gab, und dann weiter in den Keller. Unwillkürlich rümpfte sie die Nase, als sie den feuchten und modrigen Geruch wahrnahm, der ihr beim Öffnen der Kellertür entgegenschlug. Die Beleuchtung war kaputt, wie sie beim Herumdrehen des alten Schalters bemerkte, aber zum Glück fiel etwas Licht durch ein kleines Fenster herein. Es sah geputzt aus. Hatte Carsten sich hier unten versteckt und nach draußen geschaut, wenn *die anderen* vor seinem Haus aufgetaucht waren?

Berta blickte sich um und dachte, dass es hier ähnlich aussah wie in ihrem eigenen Keller. Der Raum war bis obenhin vollgestellt und hätte dringend entrümpelt werden müssen. Nachdem sie alles in Augenschein genommen hatte, stieg sie wieder in den Flur hinauf. Die Aktion hatte sie erschöpft. Keuchend stützte sie sich auf dem Schuhschrank ab. Für einen kurzen Moment schloss sie die Augen und versuchte wieder zu Atem zu kommen, dann ging sie zur Haustür.

Sie würde heute Abend noch einmal nachsehen, mit Sicherheit war Carsten dann wieder zu Hause.

Malte Folkerts erwartete seine Kollegen bereits voller Ungeduld und ließ sich nach deren Rückkehr umgehend Bericht erstatten. Das Computergenie des K1 war aufgrund seines bei einem Einsatz zerschossenen Knies noch immer nur bedingt einsatzfähig, was nichts anderes als Bürodienst bedeutete. Eine

Tortur für den agilen jungen Mann, die er mit fortgesetzter Reha so schnell wie möglich hinter sich zu bringen gedachte. Nach Maltes Rückkehr waren die Räumlichkeiten neu aufgeteilt worden. Er saß seitdem mit Uwe in einem Büro, mit dem er sich schon immer besser als die anderen verstanden hatte. Lisa hatte jetzt also Frank Bergmann als Zimmergenossen und freute sich darüber.

»Wie wollen wir denn jetzt die Identität des Mannes rauskriegen?«, fragte Malte und vertilgte das letzte Stück einer überdimensionalen Käsestulle. »Bei dem, was von seinem Gesicht übrig geblieben ist, können wir ja schlecht ein Foto an die Medien geben. Oder hat die KT doch noch irgendwelche Papiere bei ihm entdeckt?«

Lisa schüttelte den Kopf. »Bei ihm nicht. Vielleicht finden die Kollegen noch etwas im Umkreis, das müssen wir abwarten. Bei der dicken Schneedecke, die dort draußen liegt, mache ich mir allerdings wenig Hoffnung.«

»Hat Hesse gesagt, wie lange der Mann dort gelegen haben könnte?«, fragte Malte.

»Nee«, sagte Uwe, der sich tatsächlich geweigert hatte, mit Lisa zurückzufahren, und stattdessen Platz im Mini von Södersens Frau genommen hatte. Dabei hatte Finchen ihr Geschäft nur in der Decke zurückgelassen. Der Geruch im Wagen war allerdings mörderisch gewesen und würde wohl auch noch einige Tage darin hängenbleiben. »Der Typ ist tiefgefroren, den muss unser Doc erst mal auftauen. Und das dauert mindestens einen Tag. Wir dürften also erst am Mittwoch die Obduktionsergebnisse bekommen.«

»Aber es besteht die Möglichkeit, dass der Tote schon einige Tage dort gelegen hat, oder?«, ließ Malte nicht locker.

»Das ist nicht auszuschließen«, räumte Lisa ein. »Der Spaziergänger, der den Mann gefunden hat, sagt, dass er von keiner allzu dichten Schneeschicht bedeckt gewesen war. Das muss aber nichts bedeuten. Es hat in den letzten Tagen zwar heftig geschneit, wir dürfen aber den starken Wind nicht vergessen. Der kann den Schnee auch wieder weggeweht haben, falls der Mann schon länger dort gelegen hat.«

»Andererseits fahren da jeden Tag Autos vorbei«, meinte Malte und knabberte nachdenklich auf einem Bleistift herum. »Da hätte ihn doch jemand sehen müssen, wenn er schon länger dort lag.«

»Schluss mit den Spekulationen! Mach dich an die Vermisstenanzeigen, vielleicht bekommen wir da ja schon einen ersten Hinweis«, ordnete Södersen an und ignorierte Maltes genervten Blick. »Falls ja, ist es gut, falls nicht, werdet ihr morgen damit beginnen, die Orte am Kanal abzuklappern. Der Mann war zu Fuß unterwegs, also muss er von irgendwo aus der Nähe gekommen sein. Bei dem Wetter bricht doch niemand freiwillig zu einem längeren Fußmarsch auf.«

»Vielleicht hatte er einen Wagen dabei, und der ist genauso verreckt wie deiner«, entgegnete Malte grinsend. »Er musste ihn stehenlassen und ist dann zu Fuß weitergegangen.«

Södersen zog die Augenbrauen hoch, und Lisa musste ein Schmunzeln unterdrücken. Ihr Vorgesetzter war ausgesprochen vernarrt in seinen neuen Geländewagen. Dass dieser ihn jetzt so schmählich im Stich gelassen hatte, musste an ihm nagen. Und obendrein auch noch eine kranke Frau, die versorgt werden wollte. Kein Wunder, dass er so übellaunig war.

Nachdem der Leiter der Mordkommission in seinem Büro verschwunden war, begab sich Lisa in die kleine Küche am Ende des Flurs, um die neue Kaffeemaschine in Gang zu setzen. Wie schon am Morgen verspürte sie eine leichte Übelkeit, aber sie wusste, dass sie sich keine Sorgen zu machen brauchte. Ein nervöser Magen und keine Schwangerschaft, wie sie eine Zeitlang befürchtet hatte.

Es ist komisch, dachte sie, während sie darauf wartete, dass die Flüssigkeit durch die Maschine lief. Seit ihrer Fehlgeburt vor mehr als zwanzig Jahren hatte sie sich ein Kind gewünscht, aber der Gedanke, dass Peter Lannert der Vater sein könnte, hatte sie erschreckt. Lannert erdrückte sie mit seiner Liebe, jedes Gespräch darüber endete in einer Konfrontation. Seit längerem dachte sie nun schon darüber nach, die Beziehung zu beenden, und konnte sich doch nicht dazu durchringen. Weil sie Angst vor dem Alleinsein hatte, das wenigstens hatte sie sich eingestanden. Weil sie endlich aufhören wollte, sich Hoffnungen auf Fehrbach zu machen.

Vielleicht würde es ihr irgendwann gelingen, Lannerts Gefühle zu erwidern.

Der Nachmittag verging mit der Durchsicht der Vermisstenanzeigen. Heraus kam dabei allerdings nichts. Auch die Rückkehr der Kollegen von der Kriminaltechnik gab keinen Anlass zur Freude. Diese hatten zwar eine Menge herumliegender Dinge eingesammelt, Papiere des unbekannten Toten waren jedoch ebenso wenig dabei gewesen wie ein Gegenstand, der sich als Mordwaffe hätte einstufen lassen. Auch ein herrenloses Auto war bis jetzt nicht aufgefunden worden.

»Dann müssen wir den Radius unserer Suche erweitern«, sagte Lisa zu Alexander Behring, der bei seinem Eintritt einen Schwall kalter Luft mit ins Büro gebracht hatte.

»Wir sind bis nach Kienholz raufgefahren«, entgegnete er. Der Schnee auf seiner Daunenjacke hatte zu tauen begonnen, vereinzelte Wassertropfen fielen zu Boden. »In die Richtung war definitiv nichts.«

»Und nach Rendsburg rüber?«, fragte Uwe. »Habt ihr da auch gesucht?«

Behring machte eine resignierte Geste. »Wir haben die

Kanaluferstraße auf einer Länge von einem Kilometer abgesucht und sind sie dann noch bis nach Rendsburg hochgefahren. Keinerlei Auffälligkeiten, auch nicht auf der südlichen Seite des Kanals.« Er tippte sich an die Stirn, als wäre ihm gerade noch etwas eingefallen. »Dem Toten fehlen übrigens nicht nur die Papiere, wir haben auch keine Schlüssel bei ihm gefunden. Ich finde das ungewöhnlich, denn man trägt doch normalerweise wenigstens seinen Haustürschlüssel bei sich.«

Lisa sah ihn nachdenklich an. »Vielleicht hat der Täter sie mitgenommen, damit er in die Wohnung oder das Haus des Toten konnte.« Für einen Augenblick herrschte Schweigen. »Solange wir nicht wissen, wer der Tote ist, stochern wir im Nebel herum«, sagte sie dann und griff zum Telefonhörer. »Ich ruf mal eben Hesse an. Kann ja sein, dass es irgendwelche Möglichkeiten gibt, den Auftauvorgang zu beschleunigen. Ich habe wirklich keine Lust, jetzt bis Mittwoch zu warten.«

Einige Minuten später beendete sie das Gespräch und starrte missmutig vor sich hin.

»Lass mich raten«, sagte Malte. »Wir müssen warten.«

»Der Auftauvorgang muss seinen natürlichen Weg gehen, hat Hesse gesagt. Ich soll nicht immer so ungeduldig sein.«

»Wo er recht hat, hat er recht«, erwiderte Behring grinsend und machte sich auf den Weg zur Tür. »Du musst noch viel ruhiger werden, liebe Kollegin.« Geschickt wich er dem Radiergummi aus, den Lisa hinter ihm herwarf, und schloss die Tür mit einem Lachen.

Bereits gegen fünfzehn Uhr hatte sich das ohnehin schon spärliche Tageslicht verflüchtigt und einer schnell zunehmenden Dunkelheit Platz gemacht. Mittlerweile war es zwanzig Uhr, und der Graswarder lag in undurchdringlicher Finsternis. Nur wenige der wie auf einer Perlenschnur aufgereihten Häuser waren um diese Jahreszeit bewohnt. Die Touristen bevorzugten den Sommer, aber auch viele der Eigentümer mieden die vor Heiligenhafen gelegene Nehrungshalbinsel in den Wintermonaten. Zu kalt, zu stürmisch, zu unwirtlich.

Constantin Dahlström hatte das nie so empfunden. Er und Susanna hatten das Haus in den siebziger Jahren erworben und viel Geld in dessen Renovierung gesteckt. Vor allem im Winter, wenn es draußen tobte und stürmte und die Wellen krachend auf den Strand brachen, liebten sie es, hier zu sein. Wenn es Dahlström möglich gewesen wäre, wäre er ganz auf den Graswarder übergesiedelt und hätte die Wohnung in Rendsburg verkauft, aber seine Arbeit als Stadtrat und seine politischen Ambitionen ließen dies nicht zu. Vor allen Dingen Letztere erforderten seine Anwesenheit in Rendsburg, gerade jetzt, so kurz vor dem lang ersehnten Ziel. Justizminister von Schleswig-Holstein – das Amt sollte die Krönung seiner politischen Laufbahn werden.

Das Lächeln in Dahlströms Gesicht vertiefte sich, als er Susannas Silhouette in der Scheibe des Panoramafensters gewahrte, vor dem der Schneefall wieder an Stärke zugenommen hatte. Seine Frau kam näher, mit dieser stolzen Haltung und den selbstbewussten Schritten, die ihrer Umgebung signalisierten, dass sie mit sich und ihrem Leben im Einklang war.

»Was stehst du denn hier im Dunkeln?«, fragte sie und schlang die Arme um seine Taille. Als sie ihren Kopf an seine Schulter schmiegte, nahm er einen Hauch ihres frischen Parfums wahr. Sie trug nie viel davon auf, weniger ist mehr, war ihre Devise, was ebenso für das Schminken galt. Mascara und ein Hauch Lipgloss reichten ihr, Make-up und endlose Sitzungen vor dem Spiegel überließ sie anderen Frauen. Ihre Natürlichkeit war ihr größtes Kapital, was sowohl das Aussehen als auch ihr Wesen betraf, von dem Dahlström sich sofort angezogen gefühlt hatte. Damals vor bald dreißig Jahren, als er Susanna bei einem Theaterbesuch in Hamburg begegnet war und sie feststellen mussten, dass ihr Sitzplatz zweimal vergeben worden war. Am kommenden Samstag würden sie ihre Silberhochzeit feiern.

»Nur so.«

Sie drehte ihn zu sich herum und schaute prüfend in sein Gesicht. »Alles in Ordnung? Du siehst abgespannt aus.«

Er beugte sich zu ihr hinunter und küsste ihre warmen, vollen Lippen. »Alles in Ordnung, mein Schatz. Es war einfach nur ein harter Tag im Büro.«

»Du hättest nicht extra kommen müssen, ich weiß doch, wie viel du zu tun hast.«

Dahlström löste sich von ihr und ging zur Zimmerecke hinüber, wo er das Licht der Stehlampe anknipste, die den weiß gekalkten Raum mit den dunklen Holzbalken in ein warmes Licht tauchte. »Ich habe das ganze Wochenende über gearbeitet, da kann ich mir doch wenigstens mal zwei freie Tage gönnen. Außerdem hatte ich versprochen, dich morgen Vormittag zu begleiten. Du hast schließlich schon genug mit den ganzen Vorbereitungen zu tun, da möchte ich wenigstens bei dem Treffen mit dem Sommelier anwesend sein.«

Susanna stieß ihn liebevoll in die Seite, als er wieder neben ihr stand. »Ganz uneigennützig natürlich.«

»Natürlich«, versicherte Dahlström mit einem unschuldigen Gesichtsausdruck, bevor er in ihr Lachen einfiel. »Ganz uneigennützig.«

Sie hatten entschieden, ihre Silberhochzeit in einem Restaurant in Heiligenhafen zu feiern. Die Überlegung, inwieweit es wichtig sein könnte, politische Freunde dazu einzuladen, hatten sie beide sehr schnell verworfen. Susanna kannte keine dieser Personen, und für Dahlström waren sie eben nur politische Freunde, die ihm in der Vergangenheit zwar nützlich gewesen waren und dies hoffentlich auch weiterhin sein würden, aber mit echten Freunden hatten sie nichts zu tun. Susanna hätte sie ihm zuliebe trotzdem eingeladen, aber er hatte sich schließlich dagegen ausgesprochen. Eine Silberhochzeit war für ihn eine ebenso persönliche Angelegenheit wie für seine Frau, da hatten Außenstehende nichts zu suchen. So hatten sie sich darauf verständigt, nur die Verwandtschaft und Freunde aus dem privaten Bereich einzuladen, die schon seit vielen Jahren ihre treuen Wegbegleiter waren. Am Nachmittag sollte es eine Kaffeetafel im Haus auf dem Graswarder geben, am Abend dann ein festliches Essen im Restaurant.

»Hast du Maren jetzt eigentlich überreden können zu kommen?«, fragte Dahlström. »Du wolltest doch heute Vormittag mit ihr telefonieren.«

Susanna stieß einen Seufzer aus und sah ihn bekümmert an. »Nein. Sie sagt, sie erträgt es nicht, so viele Menschen um sich zu haben.«

Ärger wallte in Dahlström auf. »Du meine Güte, es ist unsere Silberhochzeit. Kann sie sich denn nicht einmal dafür überwinden? Sie weiß doch, wie gerne wir sie dabeihaben würden.«

»Natürlich weiß sie das, und deshalb tut es ihr auch sehr leid.«

»Ach, das sagt sie doch immer. Wenn es ihr wirklich leidtäte, würde sie sich einen Ruck geben und kommen.« Dahlström schüttelte verständnislos den Kopf. »Deine Schwester muss doch wenigstens ab und an mal raus von zu Hause und auf andere Gedanken kommen. Das Ganze ist so lange her, sie muss doch endlich wieder ins Leben zurückfinden.«

»Ich glaube schon lange nicht mehr, dass ihr das noch gelingen wird. Sie hat sich aufgegeben, Constantin. Sie geht nur noch in die Bank und abends wieder nach Hause. All das, was ihr Leben früher ausgemacht hat, gibt es nicht mehr. Die Freunde haben sich abgewandt, weil sie mit ihren dumpfen Stimmungen nicht mehr zurechtkamen. Man kann es ihnen nicht einmal verdenken.« Susanna warf ihm einen mutlosen Blick zu. »Es ist so verdammt schwer mit ihr. Manchmal wünsche ich mir, dass etwas geschieht, egal was, das sie endlich aus ihrer Lethargie reißt. Ich bin nämlich langsam mit meinem Latein am Ende.«

»Da stehst du nicht allein.«

»Ich habe schon bei unseren letzten Telefonaten das Gefühl gehabt, dass es ihr wieder schlechter geht. Aber ich komme im Moment einfach nicht an sie ran. Seitdem dieser Kerl entlassen wurde, hat sie dichtgemacht.« Susanna schlang die Arme um ihren Oberkörper, als wäre ihr kalt. »Maren kann einfach nicht begreifen, wieso man einen solchen Menschen freilassen kann. Und ich verstehe es ehrlich gesagt auch nicht.«

»So sind nun einmal die Gesetze.«

»Aber diese Gesetze sind falsch!«, begehrte Susanna auf. »Was ist denn, wenn dieser Mann wieder ein Kind tötet? Wer übernimmt die Verantwortung dafür?«

Sie hatten das Thema in der letzten Zeit häufig diskutiert. Susanna war voller Sorge um ihre drei Jahre jüngere Schwester, zu der sie ein sehr enges Verhältnis hatte. Der Mord an ihrem Sohn Bastian schien Marens Leben für immer zerstört zu haben.

Susanna setzte sich auf das schwarze Ledersofa neben dem Kamin, in dem die Holzscheite knackten. Das Licht des Feuers warf einen goldenen Schimmer über ihre halblangen braunen Haare, und Dahlströms Herz begann sich zu weiten. Mein Gott, was liebte er diese Frau, ihr großes Herz, das für jeden weit offen war. Er freute sich auf das Altwerden an ihrer Seite, er liebte jede Falte an ihr, den entspannten Sex, bei dem es nicht darum ging,

Höchstleistungen zu vollbringen, sondern einfach nur darum, auf die Bedürfnisse des anderen einzugehen und ihm gutzutun. Wo sich keiner von ihnen seiner körperlichen Unzulänglichkeiten zu schämen brauchte, die das Alter nun einmal unweigerlich mit sich brachte. Es war normal, dass sich Männer in seinem Alter Frauen suchten, die ihre Töchter hätten sein können. Dahlström kannte einige in seinem Umfeld. In seinen Augen bezahlten sie einen hohen Preis. Er wusste, dass auch er unter Beobachtung stand und dies noch viel mehr der Fall sein würde, wenn ihm der geplante Schritt auf den heißersehnten Posten gelang. Aber es war ihm egal. Er hatte Susanna in all den Jahren noch niemals betrogen, und er würde dies auch nicht tun. Sie war alles, was er zum Glücklichsein brauchte.

Dienstag, 14. Februar

Das Telefon auf Fehrbachs Schreibtisch gab ein beharrliches Klingeln von sich, als er sein Büro betrat. Er hatte es bereits im Vorzimmer wahrgenommen, während er noch überlegte, wo seine Sekretärin wohl sein mochte.

»Moin, Herr Fehrbach«, erklang eine krächzende Stimme aus dem Hörer, die sich nur mit Mühe als die des Leiters der Kieler Mordkommission identifizieren ließ.

»Hallo, Herr Södersen. Sie klingen aber gar nicht gut.«

»Meine Frau ist ein Bazillenmutterschiff, ich hab mich schon ins Wohnzimmer ausquartiert. Aber wie es aussieht, hat es mich doch erwischt. Höchste Zeit, Reißaus ins Büro zu nehmen.« Ein Lachen drang an Fehrbachs Ohr, das jäh einem Hustenanfall zum Opfer fiel. Es dauerte einen Augenblick, bis Södersen seine Stimme wiedergefunden hatte. »Ich wollte mich erkundigen, wer denn jetzt den aktuellen Fall von Ihrer Seite aus bearbeitet. Der ursprünglich dafür Vorgesehene ist ja wohl wegen Grippe ausgefallen, wie ich vorhin gehört habe.«

Fehrbach hatte die Unterlagen am Vortag auf den Schreibtisch bekommen und den Fall einem seiner Mitarbeiter übertragen, der sich allerdings an diesem Morgen krankgemeldet hatte. Seitdem sann er darüber nach, wen er jetzt damit beauftragen konnte, denn die derzeitige Grippewelle hatte auch vor der Staatsanwaltschaft Kiel nicht haltgemacht.

»Geben Sie mir noch eine Stunde, Herr Södersen. Wir sind im Moment sehr schwach besetzt. Ich muss sehen, wem ich diese zusätzliche Sache noch aufbürden kann.«

»Ich will Ihnen ja nicht in Ihre Planung reinreden, aber es würde mich freuen, wenn Sie es machen.«

Fehrbach überlegte, ob Södersen etwas mit seinem Vorschlag bezweckte. Er musste die Querelen zwischen Lisa und ihm mitbekommen haben und schlug trotzdem eine erneute Zusammenarbeit vor. Warum? »Ich bin in der nächsten Woche im Urlaub.«

»Oh.« Södersen klang enttäuscht. »Na ja, da kann man dann wohl nichts machen.«

»Eine Stunde, Herr Södersen, dann gebe ich Ihnen Bescheid.«

Nachdem sie sich verabschiedet hatten, trat Fehrbach zum Fenster, das auf den Schützenwall hinausführte. Es waren nur wenige Autos unterwegs; ein Räumfahrzeug versuchte vergebens gegen die Schneemassen anzukämpfen, die den Nahverkehr in der Landeshauptstadt langsam, aber sicher zum Erliegen brachten. Vereinzelte Fußgänger waren zu sehen. Die Köpfe tief geduckt gegen den eisigen Wind, eilten sie schnellen Schrittes über die schon wieder zugeschneiten Wege.

Fehrbach ging zum Schreibtisch zurück und rief die aktuelle Auslastung seiner Mitarbeiter auf, als sein Telefon ein weiteres Mal zu läuten begann. Diesmal war es sein Vorgesetzter.

»Dehning hat sich jetzt auch krankgemeldet.«

Fehrbach stieß einen tiefen Seufzer aus. »Das darf doch nicht wahr sein.«

»Leider doch«, hörte er Sievers' Stimme. »Dieses Jahr ist es wirklich haarig.« Ein Zögern breitete sich in der Leitung aus, bis Sievers wieder sprach. »Ich habe Skrupel, dich das zu fragen, aber mir bleibt keine andere Wahl.«

Fehrbach nahm ihm die Frage ab. »Du möchtest, dass ich meinen Urlaub verschiebe.«

»Wenn du jetzt auch noch weg bist …« Sievers' einsetzendes Schweigen sprach Bände.

»Wir haben eine Reise nach New York gebucht.«

Als er den Satz aussprach, wurde Fehrbach bewusst, dass er Sievers bis jetzt kaum etwas von seiner neuen Lebenssituation erzählt hatte. Jedenfalls nicht, was die Beziehungsseite betraf.

»Wir?«, kam dann auch wie erwartet die Frage.

»Barbara und ich«, gab Fehrbach zu. Er war erleichtert, dass Sievers von der alten Sache wusste und ihm langwierige Erklärungen somit erspart bleiben würden. »Wir haben beschlossen, unserer Beziehung eine zweite Chance zu geben.«

»Nun ja«, kam es nach kurzem Schweigen verhalten zurück, »du bist ein erwachsener Mann, du musst wissen, was du tust.«

Sievers hatte Barbara damals kennengelernt und war ihr vom ersten Augenblick an mit Abneigung begegnet, weil er sie für eine Mitgiftjägerin hielt, wie er sich ausgedrückt hatte. Die Antipathie hatte auf Gegenseitigkeit beruht.

»Aber um noch einmal auf den Urlaub zu kommen«, fuhr Sievers nach einer Weile fort. »Könnt ihr den nicht verschieben, Thomas? Die Ausfallkosten werden euch natürlich ersetzt.«

»Das wird Barbara nicht gefallen.«

»Aber wenn es nur um dich ginge, würdest du bleiben, oder?« Fehrbachs Schweigen schien Sievers Antwort genug. »Ich brauche dich jetzt dringend hier, Thomas. Die Kollegen waren schon vor dieser Grippewelle überlastet, wir können ihnen nicht noch mehr zumuten. Ich bitte dich, hierzubleiben und den aktuellen Fall zu übernehmen.«

Fehrbach lehnte sich auf seinem Stuhl zurück und schloss für einen Moment die Augen, bevor er Sievers seine Zustimmung gab. Im Anschluss daran informierte er Södersen, dass er den Fall jetzt doch übernehme.

»Sorry für die Verspätung, aber diese elende Heizung funktioniert immer noch nicht.« Lisa knallte die Bürotür hinter sich zu und schmiss ihren Rucksack auf den Schreibtisch. »Und dann bin ich wieder endlos um den Pott gegurkt, weil kein Parkplatz zu finden war.« Dankbar nahm sie den Becher mit Kaffee entgegen, den Bergmann ihr reichte. Er war ihr gegenüber sehr fürsorglich, fast ein bisschen wie Luca, den sie trotzdem vermisste. Sie beschloss, an einem der nächsten Abende bei ihm vorbeizufahren, um zu sehen, wie es der jungen Familie ging. Vorausgesetzt, sie hatte Zeit dazu.

»Bevor du weitersprichst …«, setzte Bergmann an und deutete mit der Hand in Richtung Nachbarbüro, dessen Tür offen stand.

»Was hat denn die Heizung mit deiner Verspätung zu tun?«, unterbrach ihn Maltes Stimme von nebenan.

»Der Vermieter war da und hat sich wortreich dafür entschuldigt, dass die Instandsetzungsarbeiten noch ein paar Tage dauern würden. Angeblich sei so schnell kein neuer Kessel zu bekommen, und außerdem überlege er, eine neue Firma mit den Reparaturarbeiten zu beauftragen, weil die alte gepfuscht hätte und blablabla. Wenn man ihn sonst mal braucht, ist er nie zu erreichen, aber nachdem wir ihm jetzt eine Mietminderung angedroht haben, muss er natürlich Schadensbegrenzung betreiben, damit seine kostbare Kohle nicht flöten geht. Aber da hat er sich geschnitten!« Lisa fummelte an ihrem Schal herum und stieß einen Fluch aus, als sie ihn nicht abbekam. »Ich hab mir letzte Nacht den Hintern abgefroren, obwohl ich noch eine Wolldecke mit ins Bett genommen habe. Ihr glaubt ja gar nicht, wie schnell eine Wohnung bei diesen Temperaturen zur Eistruhe wird. Aber als ich mich beschwert habe, hat der Typ bloß dämlich aus der Wäsche geguckt.« Sie ging auf die offen stehende Tür zu. »Der ist so was von ätzend, ich hätte ihn an die Wand nageln können.«

»Guten Morgen, Frau Sanders.«

Lisa erstarrte, als sie den Raum betrat und Fehrbach erblickte. Er stand neben Maltes Schreibtisch, dunkle, ausdruckslose Augen begegneten ihrem überraschten Blick.

»Herr Fehrbach ... äh ... ja ... guten Morgen.« Lisa nestelte erneut an ihrem Schal, bis es ihr endlich gelang, sich von ihm zu befreien. Sie hastete in ihr Büro zurück und öffnete die Schranktür, um ihre Jacke hineinzuhängen. Dabei fiel ihr Blick in den kleinen Spiegel, der im Inneren der Tür befestigt war. Sie musste ein Aufstöhnen unterdrücken. Der Mascara war verwischt, weil der eisige Wind ihre Augen zum Tränen gebracht hatte, und die Nase ließ auf eine nahe Verwandtschaft zu Rudolph the red-nosed reindeer schließen. Das Schlimmste aber war die Norwegermütze, die bei der Aktion mit dem Schal verrutscht war und ihr jetzt schief auf dem Kopf herumhing. Hatte sie eigentlich nie bemerkt, wie bescheuert sie mit dem Teil aussah? Sie riss die Mütze vom Kopf, warf sie in eines der Fächer und bemühte sich, den verwischten Mascara zu richten. Anschließend fuhr sie sich mehrere Male mit allen zehn Fingern durch die platt am Kopf liegenden Haare, um sie wenigstens halbwegs wieder in Form zu bringen. Dabei warf sie immer wieder einen prüfenden Blick über ihre Schulter und schickte ein Stoßgebet zum Himmel, dass Fehrbach bis zum Ende ihrer Aktion blieb, wo er war.

Toller Auftritt, Frau Sanders, dachte sie entnervt. Da läufst du Fehrbach nach Monaten wieder über den Weg und siehst nicht nur wie eine Vogelscheuche aus, sondern fluchst dazu auch noch wie ein Droschkenkutscher.

Als sie die Schranktür schloss und aufblickte, entdeckte sie ein breites Grinsen auf Bergmanns Gesicht. Sie erinnerte sich an seine Worte, damals auf dem Hessenstein.

Fehrbach bedeutet dir etwas …

Nein, verdammt noch mal, das tat er nicht! Und sie würde jetzt sofort den Beweis dafür antreten, indem sie vollkommen normal mit ihm umging und sich in seiner Gegenwart nicht ständig wie ein hormongesteuerter Teenager benahm. Immerhin hatte sie ausreichend Zeit gehabt, sich den Mann aus dem Kopf zu schlagen.

Sie atmete tief durch und ging wieder in den Nebenraum. »Was führt Sie zu uns, Herr Fehrbach?«

»Das Tötungsdelikt am Kanal.«

»Was genau wollen Sie wissen?«

»Ich will alles wissen, was Sie bis jetzt haben.«

»Sie haben den Fall übernommen.«

Lisa hatte den Satz nicht als Frage gestellt, denn im Grunde hatte sie es bereits bei Fehrbachs Anblick gewusst. Sie würden wieder zusammenarbeiten.

»Ja, das habe ich. Haben Sie ein Problem damit?«

Dieselbe Frage hatte er am Anfang ihrer ersten Zusammenarbeit gestellt. Und genau wie damals blieb Lisa ihm auch diesmal die Antwort schuldig, wenn auch aus einem anderen Grund. Seinerzeit hätte sie ihn am liebsten auf den Mond geschossen, so wie er ständig versucht hatte, sich in ihre Arbeit einzumischen und ihr Anweisungen zu erteilen. Aber dann hatte sich das Blatt gewendet …

Ich will dir nicht wieder jeden Tag über den Weg laufen, dachte sie in einer Aufwallung von Verzweiflung. Ich will, dass du endlich aus meinem Leben verschwindest und ich bei deinem

Anblick nicht fortwährend daran denken muss, was hätte sein können.

Sie riss sich zusammen und bat Fehrbach in ihr Büro, wo sie ihm einen kurzen Überblick über die bisherigen Erkenntnisse gab. Als sie ihm die Fotos vom Tatort zeigen wollte, die Alexander Behring am vergangenen Abend geschickt hatte, hörten sie Maltes Stimme.

»Lisa, kommst du mal?«

Lisa erhob sich und ging hinüber. Fehrbach und Bergmann folgten ihr.

»Ich glaube, wir haben ihn«, sagte Malte und deutete auf den Bildschirm, wo das Protokoll einer Vermisstensache zu sehen war. »Gestern Abend hat eine gewisse Berta Matthiessen aus Kienholz ihren Nachbarn Carsten Hunold als vermisst gemeldet. Der Kollege hat den Vorgang sofort aufgenommen, weil Hunold ein entlassener Sexualstraftäter ist, gegen den es nach seiner Rückkehr immer wieder Drohungen vonseiten der Dorfbewohner und wohl auch von einer Gruppe Neonazis gegeben hat.«

»Wieso glaubst du, dass dieser Hunold unser Toter sein könnte?«, fragte Bergmann.

»Weil Frau Matthiessen eine Schlangenkopftätowierung erwähnt hat, die Hunold an seinem linken Oberarm trägt«, sagte Malte bedeutungsvoll. »Unser unbekannter Toter hat eine solche Tätowierung.«

Lisa blickte ihren Kollegen irritiert an. »Ich denke, die Obduktion kann erst morgen stattfinden.«

»Tut sie ja auch, aber Hesse hat sich den Toten trotzdem schon mal ein bisschen angeguckt und uns vorhin die Nachricht geschickt.«

Fehrbach ergriff seine Jacke, die über einer Stuhllehne hing, und sah Lisa auffordernd an. »Dann sollten wir uns auf den

Weg zu dieser Frau Matthiessen machen. Fahren Sie mit mir, oder wollen Sie Ihren Wagen nehmen?«

Für einen kurzen Moment zauderte Lisa und überlegte, ob sie Fehrbachs Anordnung Folge leisten oder sich widersetzen und mit Bergmann nach Kienholz fahren sollte. Dann sagte sie sich, die Klügere gibt nach. »Ich fahre mit Ihnen.« Bevor sie ging, wandte sie sich an Malte. »Setz dich bitte mit dem BKA in Verbindung und sieh zu, dass du an Hunolds DNA kommst. Und dann versuch so viel wie möglich über den Mann in Erfahrung zu bringen. Wenn du fündig geworden bist, ruf mich sofort an.«

Erst nachdem die Umzugsleute das Haus betreten hatten und sich anschickten, die ersten Möbel nach draußen zu tragen, wurde Axel Schäfer klar, dass Sandra es wirklich ernst meinte. Sie würde ihn verlassen.

»Warum?« Schäfer stand im Flur des schmucken Endreihenhauses in Stein bei Kiel, das sie einige Zeit nach ihrer Hochzeit vor sechs Jahren gekauft hatten. Fassungslos blickte er zu seiner Frau, die mit einem kleinen Beistelltisch unter dem Arm aus dem ersten Stock herunterkam. »Warum tust du mir das an?«

Sandra stellte den Tisch auf dem gefliesten Boden ab und trat einen Schritt auf ihn zu. »Axel, bitte. Jetzt mach es mir doch nicht so schwer.«

»Ich mache es dir schwer?« Schäfer musste zur Seite treten, als die Möbelpacker das Couchbett aus dem Haus tragen wollten, das noch aus Sandras alter Wohnung stammte und bis eben im Gästezimmer gestanden hatte. »Das ist ja wohl ein Witz!«

»Ich habe dir gesagt, dass ich gehen werde, wenn du so weitermachst wie bisher.« Sandra strich eine Haarsträhne hinter das Ohr, und eine dünne Staubschliere blieb auf ihrer Wange zurück. Als sie ihn ansah, standen Tränen in ihren Augen. »Ich liebe dich, und ich möchte nichts mehr, als den Rest meines Lebens mit dir verbringen«, flüsterte sie. »Aber ich kann nicht mit zwei Toten konkurrieren.«

»Sandra, bitte bleib hier!«

Es war, als hätte sie ihn nicht gehört. »Es geht nicht mehr, Axel. Ich kann einfach nicht mehr.«

»Ist es, weil ich keine Kinder will? Du hast es von Anfang an gewusst und mich trotzdem geheiratet.«

Sandra schüttelte den Kopf. Schäfer konnte sich nicht erinnern, seine Frau jemals so erschöpft und hilflos gesehen zu haben. Am liebsten hätte er sie in die Arme gerissen und ihr gesagt, dass alles gut werden würde, wenn sie nur bei ihm bliebe. Aber er wusste, dass es eine Lüge wäre.

»Natürlich hätte ich gerne Kinder.« Sandras Rechte umschloss den ovalen Bernsteinanhänger, den sie an einem Lederband um ihren Hals trug. Schäfer hatte ihn seiner Frau zum ersten Hochzeitstag geschenkt, nachdem er ihre Begeisterung für das Schmuckstück bei einem Einkaufsbummel mitbekommen hatte. »Vielleicht hatte ich gehofft, dass du deine Angst überwindest und sich deine Einstellung dazu irgendwann ändert.« Sie umklammerte den Bernstein so fest, dass ihre Knöchel weiß hervortraten. »Aber das ist nicht der Hauptgrund, Axel, und das weißt du. Ich habe so oft versucht dir klarzumachen, warum ich nicht mehr kann. Es ist das alles hier.« Ihre Hände vollführten eine raumgreifende Geste. »Die Atmosphäre in diesem Haus, die Trauer, hinter der du dich immer wieder verbarrikadierst. Das Ganze liegt jetzt siebzehn Jahre zurück. Du musst doch endlich einmal abschließen und dich wieder dem Leben zuwenden, sonst bringt die Sache dich noch irgendwann um.«

»Du glaubst, dass ich nicht mehr normal bin, ja?« Er musste

dem Schmerz, der sich in seinem Inneren aufzubäumen begann, etwas entgegensetzen, andernfalls würde er ihn vernichten. »Weil ich immer noch trauere? Wer bist du, dass du glaubst, mir ein Zeitlimit setzen zu können? Ein Jahr für ein Kind, ein halbes für die Ehefrau? Und dann gehen wir wieder zur Tagesordnung über?«

»Axel, bitte …«

Er schüttelte ihre Hand ab. »Du bist genau wie die anderen. Meine Eltern mit ihren klugen Sprüchen, der Pastor, der mich irgendwann gebeten hat, die Gesprächsgruppe zu verlassen, weil ich die anderen runterziehen würde, und dieser verdammte Psychologe, der glaubte, mir mit Maltherapie und anderem Scheiß helfen zu können.« Er ballte die Hände zu Fäusten, als er die beiden Umzugsleute erblickte, die zurückgekommen waren und mit irritierten Gesichtern in der Eingangstür standen. »Was ist? Warum starren Sie mich so an?«

Der ältere der beiden Männer trat auf Sandra zu. »Brauchen Sie Hilfe, Frau Schäfer?«

Sandra Schäfer schüttelte den Kopf. »Nein, danke. Es ist alles in Ordnung.«

»Das hört sich aber gar nicht so an. Wenn Ihr Mann hier weiter so rumtobt, sollten wir vielleicht besser die Polizei rufen.«

Er musste hier raus, bevor er irgendetwas tat, was er später bereuen würde. Er griff nach seiner Daunenjacke, stieg in die Winterstiefel und schnappte sich seinen Schlüsselbund, der an einem Bord neben der Eingangstür hing. Dann stürmte er aus dem Haus.

»Axel … bleib hier. Wir können doch nicht so auseinandergehen.«

Die Verzweiflung in Sandras Stimme schnitt tief in sein Herz. Er musste sich zwingen, keinen Blick zurückzuwerfen, und beschleunigte seine Schritte, bis er schließlich zu laufen begann, schneller, immer schneller. Als er den Strand erreichte, war er nass geschwitzt und vollkommen außer Atem. Er hielt sein schweißnasses Gesicht in den Wind, die Kälte biss in die Haut.

»Sandra.« Ein Schluchzen stieg in ihm empor, schwoll an, bis es seinen gesamten Brustkorb ausfüllte und sich schließlich in einem lauten Schrei Bahn brach. »Sandra. Ich liebe dich. Du darfst mich nicht verlassen, ich brauche dich doch.«

Als Kind war Fehrbach zum letzten Mal am Nord-Ostsee-Kanal gewesen. Zusammen mit seinem Vater hatte er eine entfernte Verwandte besucht, die mit ihrer Familie in Sehestedt lebte. Er erinnerte sich an ein kastenförmiges weiß gestrichenes Haus, das wie ein Fremdkörper in der Umgebung gewirkt hatte, und an einen Jungen und ein Mädchen in seinem Alter, mit denen er hatte spielen müssen, obwohl er viel lieber zum Kanal gegangen wäre und die vorüberfahrenden Schiffe angeschaut hätte.

Der schwere BMW geriet ins Schlingern, als Fehrbach in die Sackgasse am Ortsausgang von Kienholz einbog, an dessen Ende das Haus von Berta Matthiessen lag. Schon die Fahrt am Kanalufer entlang war eine einzige Rutschpartie gewesen, obwohl er so langsam und vorsichtig wie nur möglich gefahren war. Der nächste Wagen würde einen Frontantrieb besitzen, das hatte er sich in diesem Winter endgültig geschworen.

Eine Unterhaltung mit Lisa war nicht aufgekommen. Es lag eine Fremdheit zwischen ihnen, die er überwunden geglaubt hatte. Er hätte ihr gerne von Lankenau erzählt, von der bisherigen Umsetzung seiner Pläne. Von dem Torhaus, in dem sie einige Nächte verbracht hatte, das jetzt zu einem kleinen Landhotel umgebaut worden war und auf seine Eröffnung im Frühjahr wartete. Von der großen Scheune, in der die Umbauarbeiten wegen des Winters ruhen mussten. Wenn sie fertiggestellt war, würde sie das Schmuckstück des Gestüts sein, in dem Konzerte und andere Veranstaltungen abgehalten werden konnten.

Er wusste, dass Lisa sich auf Lankenau wohl gefühlt hatte, wenn sie allein gewesen war und sich unbeobachtet wähnte. In der Zusammenkunft mit ihm und vor allen Dingen mit Barbara hatte sie sich allerdings völlig verkrampft gezeigt, was nicht nur damit zusammengehangen hatte, dass seine Welt sie einzuschüchtern schien. Ein Grund dafür war auch Barbaras teilweise unmögliches Verhalten gewesen.

Die monotone Stimme des Navigationsgeräts verkündete, dass sie ihr Ziel erreicht hätten. Fehrbach parkte den Wagen neben einem halbhohen dunkelbraunen Jägerzaun und wollte gerade aussteigen, als Lisas Handy zu klingeln begann. »Es ist mein Kollege«, sagte sie und stellte den Lautsprecher an.

»Carsten Hunold ist vierundfünfzig Jahre alt und hat vor siebzehn Jahren zwei kleine Jungen sexuell missbraucht und anschließend erwürgt«, war Malte Folkerts' Stimme zu vernehmen. »Er wurde zu einer Haftstrafe von fünfzehn Jahren verurteilt.«

»Wo saß er ein?«

»In Lauerhof. Nachdem Hunold seine Strafe verbüßt hatte, wurde eine nachträgliche Sicherungsverwahrung angeordnet, da er nach wie vor als gefährlich galt. Hunold hat weitere anderthalb Jahre abgesessen, und nachdem das Urteil des Europäischen Gerichtshofs für Menschenrechte rausgekommen war, hat er Klage eingereicht. Er bekam Recht und musste entlassen werden.«

»Wann war das?«, fragte Fehrbach.

»Vor fünf Monaten. Er lebt jetzt in Kienholz am Kanal im Haus seiner verstorbenen Mutter.«

»Danke, Malte«, sagte Lisa. »Wir sind gerade bei Frau Matthiessen eingetroffen.« Sie überlegte kurz. »Seht zu, dass ihr alles rausbekommt, was Hunold nach seiner Entlassung getrieben hat. Ich will wissen, ob er Arbeit gefunden hat, mit wem er Kontakt hatte und so weiter. Außerdem müssen wir herausfinden, ob er Verwandte hat.«

»Lisa, wir wissen doch noch gar nicht, ob unser Toter wirklich Hunold ist«, war die mahnende Stimme von Uwe zu vernehmen. »Willst du wirklich jetzt schon die ganze Maschinerie anwerfen?«

»Ja, das will ich«, sagte Lisa und fuhr unbeirrt fort. »Fragt in Lauerhof nach, wann wir vorbeikommen können. Die können uns bestimmt auch einiges über ihn erzählen. Wer hat die Fälle damals eigentlich bearbeitet?«

»Die Kollegen in Lübeck. Hunold war dort gemeldet.«

»Okay. Was ist mit der Anfrage ans BKA?«

»Die läuft«, hörten sie wieder Maltes Stimme. »Wir sehen uns später.« Ein Klicken war zu vernehmen, das Gespräch war beendet. Lisa verstaute ihr Handy in der Jackentasche, und sie und Fehrbach verließen das Auto.

Das Haus von Berta Matthiessen war ein in die Jahre gekommener Bau aus rotem Backstein, der an vielen Stellen verwittert aussah. Es besaß eine Klöntür, die ebenso wie die Fensterläden in einem dunklen Grünton gestrichen war. Die Farbe blätterte vielerorts ab, auch die grünen Fensterrahmen hätten dringend einen neuen Anstrich benötigt. Das Dach bestand aus dunkelgrauen, verwitterten Holzschindeln.

Fehrbach suchte vergebens nach einer Klingel und klopfte schließlich an die Tür. Nach einer Weile hörten sie ein Schlurfen im Inneren des Hauses, das sich langsam näherte. Als sich die Tür endlich öffnete, standen sie einer alten Frau gegenüber, die sie mit einem überraschten Gesichtsausdruck musterte.

»Berta Matthiessen?«, fragte Lisa.

Als ihr Gegenüber nickte, stellte Lisa Fehrbach und sich vor. »Dürfen wir reinkommen?«

»Bitte, aber treten Sie Ihre Schuhe ab, ich habe gerade gewischt.«

Berta Matthiessens Stimme klingt erstaunlich jung für ihr Alter, dachte Fehrbach. Er ließ Lisa den Vortritt und schaute sich beim Eintreten aufmerksam um. Der Flur machte einen aufgeräumten Eindruck und blieb im Halbdunkel zurück, nachdem er die Haustür hinter sich geschlossen hatte und den beiden Frauen in ein großes Wohnzimmer folgte, dessen Einrichtung zwar altmodisch, aber gut erhalten war.

»Nehmen Sie Platz.« Berta deutete zu einer Sitzgarnitur aus dunkelbraunem Stoff hinüber. Lisa setzte sich in einen der Sessel, die alte Frau auf die Couch, auf der eine zusammengefaltete beigefarbene Wolldecke lag, Fehrbach nahm als Letzter im zweiten Sessel Platz.

»Sie sind wegen Carsten hier, stimmt's?«, fragte Berta und nahm die Wolldecke zur Hand, um sie über ihre Beine auszubreiten. Erst als Fehrbach die Jacke auszog, merkte er, wie kalt und zugig es in dem Raum war. Lisa schien es ähnlich zu empfinden, denn sie knöpfte ihre Jacke zwar auf, behielt sie aber an.

»Ja«, bestätigte Fehrbach.

»Dann haben Sie ihn gefunden, oder?« Die Stimme der alten Frau zitterte jetzt. »Sonst würde doch wohl kaum jemand von der Mordkommission erscheinen.«

Lisa ergriff das Wort. »Wir haben an der Fährstraße eine männliche Leiche aufgefunden. In einiger Entfernung von der Kienholzer Fähre.«

Berta schlug die Hände vor den Mund, ihr Gesicht war kreideweiß geworden. »O mein Gott«, flüsterte sie und sah Lisa voller Entsetzen an.

»Wir wissen allerdings noch nicht, ob es sich bei dem Toten um Carsten Hunold handelt«, fügte Lisa schnell hinzu.

»Hatte er denn keine Papiere bei sich?«, fragte Berta mit bebender Stimme.

»Leider nicht.«

»Und jetzt wollen Sie, dass ich ihn identifiziere?« Es gelang Berta nicht, die Angst in ihrer Stimme zu unterdrücken.

»Nein«, sagte Lisa beruhigend, »das brauchen Sie nicht.«

»Aber Sie wissen doch nicht, wer er ist, haben Sie gesagt. Gibt es denn kein Bild in Ihren Unterlagen? Von damals, meine ich. Können Sie den Mann denn nicht damit identifizieren?«

»Der Tote ist ziemlich übel zugerichtet«, sagte Lisa nach einem kurzen Zögern.

Berta erwiderte nichts. Ihr Gesicht war noch etwas blasser geworden.

»Sie hatten bei Ihrer Vermisstenanzeige eine Tätowierung erwähnt, die Hunold trägt.«

»Dieser scheußliche Schlangenkopf, ja. Den hat er sich im Gefängnis machen lassen. Ich hab nicht verstanden, warum er sich mit so etwas verunstalten ließ.« Berta schaute Lisa an, als hätte sie erst jetzt die Bedeutung deren letzter Worte begriffen. »Der Tote hat eine solche Tätowierung?«

»Ja«, bestätigte Lisa. »Am linken Oberarm.«

»Dann ist er es«, sagte Berta, sank mit einem Stöhnen auf dem Sofa zurück und legte die Hände über ihre Augen.

»Bevor wir das endgültig sagen können, müssen wir den DNA-Abgleich abwarten.« Fehrbach beugte sich im Sessel nach vorn. »Wann haben Sie Carsten Hunold das letzte Mal gesehen, Frau Matthiessen?«

Die alte Frau schaute auf. Ein gequälter Ausdruck lag in ihrem Blick. »Das war am Sonntagmorgen, so gegen neun, glaube ich. Carsten kam rüber, um den Schnee vor meinem Haus wegzuschippen. Ich hab ihm gesagt, dass er das nicht machen muss. Bei dem dauernden Schneefall hat sich das doch nicht gelohnt. Er hat es aber trotzdem getan und anschließend noch eine Tasse Kaffee bei mir getrunken. Carsten ist schon als Kind sehr hilfsbereit gewesen, müssen Sie wissen. Und jetzt, wo ich alt bin, nehme ich Hilfe natürlich gerne an. Die Knochen sind leider doch schon ziemlich morsch.«

»Dann kennen Sie Herrn Hunold bereits seit seiner Kindheit?«, fragte Lisa.

Berta nickte. »Seine Mutter hat im Nachbarhaus gewohnt. Carsten ist hier aufgewachsen. Als er zwanzig war, ist er nach Lübeck gezogen und hat dort als Tischler gearbeitet. Aber er hat seine Mutter immer mal wieder besucht und dabei dann auch bei mir reingeschaut. Und nach seiner Entlassung aus der Haft ist er dann endgültig nebenan eingezogen. Seine Mutter war ja in der Zwischenzeit gestorben, und er wusste nicht, wohin er sonst gehen sollte.«

»Sie wissen, warum Herr Hunold in Haft war?«

»Natürlich weiß ich das«, sagte Berta und sah Fehrbach mit einem fast empörten Blick an. »Aber er hat für das gebüßt, was er getan hat.«

Fehrbach hörte, wie Lisa die Luft einsog. Berta Matthiessen hatte es ebenfalls mitbekommen und sah Lisa vorwurfsvoll an. »Er ist kein schlechter Mensch, wirklich nicht. Ich kenne ihn schon so lange, ich kann das beurteilen. Es ist nur dieser verfluchte Trieb. Wenn der ihn überkommt, ist Carsten machtlos.«

»Wissen Sie, ob Herr Hunold deshalb in ärztlicher Behandlung ist?«, fragte Fehrbach.

»Das ist er«, bekräftigte Berta. »Er hat im Gefängnis damit begonnen und mir gesagt, dass er auch nach seiner Entlassung weiter in Behandlung ist.« Sie sah Lisa und Fehrbach eindringlich an. »Carsten weiß doch, wie es um ihn steht. Aber ohne Hilfe kommt er nicht dagegen an. Er hat gesagt, dass es durch die Therapie in der Haft und die Medikamente schon viel besser geworden ist. Er hat sich jetzt im Griff, aber es war ihm wichtig, die ärztliche Behandlung nach seiner Entlassung nicht abzubrechen.«

»Wissen Sie, bei welchem Arzt er ist?«, fragte Lisa.

Berta hob ratlos die Schultern. »Ich glaube, bei einem Psychologen in Rendsburg. Aber mehr weiß ich nicht.«

»Wie war das Verhältnis zwischen Herrn Hunold und seiner Mutter?«, wollte Fehrbach wissen.

Die alte Frau zögerte. »Na ja, wie soll ich das sagen? Louise hat sich nicht so um den Jungen gekümmert, wie sie das hätte tun sollen. Dabei hatten sie und ihr Mann sich immer so sehr ein Kind gewünscht. Sie ist mit Ende zwanzig Mutter geworden, Carsten ist ihr einziges Kind. Ich weiß noch, dass ich damals sehr überrascht war, als ich von der Schwangerschaft erfuhr, denn man hatte es ihr lange Zeit nicht angesehen. Ich habe mich sehr für sie gefreut.« Ein wehmütiger Ausdruck hatte sich auf ihrem Gesicht ausgebreitet. Sie schien in der Erinnerung verfangen.

Erst nach einiger Zeit sprach sie weiter. »Es war eine schwere Geburt, sie musste mit dem Jungen danach noch eine Woche im Krankenhaus bleiben. Und als sie dann wieder hier war … Ich hatte in all den Jahren häufig den Eindruck, dass sie mit dem Jungen überfordert war.«

»Inwiefern?«

»Carsten war ein sehr lebhaftes Kind. Das hat sich erst in der Pubertät geändert. Seitdem ist er sehr in sich gekehrt.«

»Was ist mit seinem Vater?«

»Der ist drei Jahre nach Carstens Geburt gestorben. Vielleicht war Louise auch mit der Rolle als alleinerziehende Mutter einfach überfordert.«

»Danke«, sagte Fehrbach und warf einen Blick zu Lisa hinüber, »das wäre alles für den Moment, Frau Matthiessen. Oder haben Sie noch Fragen, Frau Sanders?«

Lisa schüttelte den Kopf und erhob sich. Berta tat es ihr gleich und sah sie aufgewühlt an. »Geben Sie mir bitte Bescheid, wenn Sie wissen, wer der Tote ist?«

»Natürlich«, antwortete Lisa. »Falls es sich wirklich um Carsten Hunold handelt, werden wir sowieso noch weitere Fragen an Sie haben.«

Draußen vor der Tür begann Lisas Handy zu klingeln. Erst als Fehrbach seinen Wagen erreicht hatte, merkte er, dass sie ihm nicht gefolgt war. Sie war auf halbem Weg stehen geblieben und presste das Mobiltelefon ans Ohr.

»Wann war das?«

Lisas Gesicht hatte eine unnatürliche Blässe angenommen, und während sie dem Anrufer lauschte, schien sie zunehmend aufgeregter zu werden.

»Und du bist dir ganz sicher, dass sie es war? Stimmen können sich ähneln und …« Sie schwieg und zupfte gedankenverloren an ihrem Schal herum, während die Person am anderen Ende der Leitung weitersprach. »Wir müssen das klären«, sagte Lisa schließlich, und ihre Stimme schwankte dabei. »Ich kann im Moment noch nicht weg, wir haben einen aktuellen Fall. Aber ich komme heute Abend zu dir, und dann reden wir über alles. Okay?« Sie nickte mehrere Male wie zur Bekräftigung des eben Gesagten, dann beendete sie das Gespräch.

Fehrbach wartete, dass sie zum Wagen käme, aber sie rührte sich nicht von der Stelle.

»Frau Sanders?« Als sie nicht reagierte, ging er zu ihr hinüber. »Alles in Ordnung?«

Erst als er neben ihr stand, nahm sie ihn wahr. Sie schaute hoch, und in ihrem Blick lag eine Mischung aus Angst und Hoffnung. »Ja.« Sie schluckte, dann wandte sie sich ab und ging zu seinem Wagen.

An manchen Tagen wünschte sich Maren Waldorf nichts sehnlicher, als endlich wieder weinen zu können, mit einer Tränenflut den festen Ring um ihre Brust zu sprengen, den das Leid der vergangenen Jahre gelegt hatte. Aber sie hatte schon immer Probleme gehabt, ihre Gefühle zuzulassen, auch sich selber gegenüber.

»Frau Waldorf? Was ist denn mit Ihnen? Brauchen Sie Hilfe?«

Maren schreckte zusammen, als sie die Stimme vernahm. Sie blickte auf und gewahrte den Mann älteren Jahrgangs, der neben ihrem Wagen stand, den sie auf der Auffahrt vor ihrer Garage geparkt hatte. Ohne auf die Frage zu reagieren, betätigte sie den elektronischen Fensterheber. Mit einem leisen Surren begann sich die Scheibe zu schließen. Sie zitterte und merkte, dass sie vollkommen durchgefroren war.

Als sie die Wagentür öffnete, trat der Mann einen Schritt zur Seite. Hau ab, dachte sie und musste an sich halten, nicht loszuschreien. Was fällt dir ein, dich auf meinem Grundstück rumzutreiben? Mit äußerster Willenskraft unterdrückte sie die Worte, stieg aus und bediente die Zentralverriegelung des Wagens. Der Mann rührte sich nicht von der Stelle. Er stand viel zu nah und beobachtete jeden ihrer Handgriffe, und plötzlich fiel Maren ein, wieso ihr sein Gesicht so bekannt vorkam.

Er war vor einiger Zeit in das Nachbarhaus gezogen. Eines Tages hatte er an ihrer Tür geklingelt, um sich vorzustellen, und dabei mit einem albernen Grinsen gesagt, dass er auf eine gute Nachbarschaft hoffe. Er war Maren von der ersten Sekunde an unsympathisch gewesen, und in der Folgezeit hatte sie erfahren müssen, was er darunter verstand. Wann immer er ihrer ansichtig wurde, hatte er versucht, sie in ein Gespräch zu verwickeln. Manchmal hatte sie sogar das Gefühl gehabt, dass er ihr auflauern würde. Ihre nicht verhehlte Abneigung schien ihn noch anzuspornen.

»Waren Sie auf dem Friedhof? Heute wäre doch der Geburtstag Ihres Sohnes gewesen.«

Das war auch etwas, was Maren zutiefst abstieß. Schon in kürzester Zeit hatte er offensichtlich alles über die Menschen in seiner Umgebung und deren Privatleben in Erfahrung gebracht.

»Es ist ja so furchtbar, was mit Ihrem Jungen passiert ist. Er war doch noch so jung. Und jetzt ist dieses Schwein, das ihn umgebracht hat, auch noch entlassen worden. Ich habe die Talkshow gesehen, in der sie den Vater des anderen Opfers zu Gast hatten. Das Thema wühlt mich wirklich auf. Es ist nicht zu fassen, was hier in unserem Land geschieht.« Seine Stimme zitterte vor Empörung, in seinen Mundwinkeln hatte sich Spucke gesammelt. »Wenn Sie Hilfe benötigen, Frau Waldorf, dann brauchen Sie es nur zu sagen. Ich bin immer für Sie da, Sie können sich auf mich verlassen.«

»Herr …« Maren hätte ihm am liebsten ins Gesicht geschlagen. Sie versuchte sich seinen Namen ins Gedächtnis zu rufen, weil sie ihm eine energische Abfuhr erteilen wollte, musste aber feststellen, dass er ihr nicht mehr einfiel.

»Sommer«, half er nach und stieß ein gekünsteltes Lachen aus. »Wie die Jahreszeit. Wissen Sie noch, da haben wir bei unserer ersten Begegnung drüber gescherzt.«

Bei ihrer ersten Begegnung hatte Maren ihn so schnell wie möglich von ihrer Haustür wegkomplimentiert, auch das fiel ihr jetzt wieder ein. Sie hatte deutlich gemerkt, dass es ihm nicht gepasst hatte, so kurz abgespeist zu werden.

»Herr Sommer, ich wäre Ihnen sehr verbunden, wenn Sie sich in Zukunft von meinem Grundstück fernhalten würden! Oder muss ich erst die Polizei rufen, damit Sie mich endlich in Ruhe lassen?«

Marens schroffer Ton und ihre Drohung zeigten augenblicklich Wirkung. Sommers ohnehin schon spitze Nase schien noch etwas länger zu werden.

»Ich habe mir Sorgen gemacht, Frau Waldorf«, sagte er pikiert. »Immerhin haben Sie fast eine halbe Stunde in Ihrem Wagen gesessen. Ich dachte, es geht Ihnen nicht gut und Sie brauchen vielleicht Hilfe.«

»Falls ich Hilfe benötige, wären Sie mit Sicherheit der Letzte, an den ich mich wenden würde. Halten Sie sich verdammt noch mal endlich aus meinem Leben raus!« Maren wandte sich ab und lief fast den Weg zum Haus hinauf. Nur weg von diesem elenden Kerl. Hektisch griff sie in ihre Jackentasche und fingerte nach dem Türschlüssel. Als sie ihn schließlich fand, brauchte sie drei Versuche, um die Haustür aufzubekommen. Mit einem lauten Knall fiel sie hinter ihr ins Schloss. Sie warf ihre Jacke über die Garderobe, und als sie am Spiegel vorbeikam, stockte ihr Schritt. Ein ausgezehrtes Gesicht starrte ihr entgegen, dunkle Ränder umschatteten ihre Augen. Wann hatte sie das letzte Mal eine Nacht durchgeschlafen? Sie sah aus wie eine alte Frau.

In der Küche nahm sie die mitgebrachte Pizza aus ihrer Verpackung und stellte fest, dass sie mittlerweile kalt geworden war. Sie öffnete die Tür zur Mikrowelle und legte die Pizza hinein. Als nach einigen Minuten ein leises Pling ertönte, holte sie sie wieder heraus und legte sie auf einen Teller. In einem anderen Leben hätte sie das Gericht mit Appetit verspeist, Quatro Stagione, ihr absoluter Favorit. Aber in diesem neuen und jeden Tag mehr verhassten Leben verursachte ihr selbst der Duft schon Übelkeit. Sie öffnete den Abfalleimer und warf die Pizza hinein.

Auf der Fahrt nach Lankenau gestand Fehrbach sich ein, dass es ihm lieber gewesen wäre, Barbara die Nachricht, dass sie ihren Urlaub nicht antreten konnten, am Telefon zu überbringen. Doch nach ihrem aufgeregten Anruf, dass der Architekt, der für die Arbeiten am Torhaus verantwortlich war, aus heiterem Himmel einen Streit vom Zaun gebrochen habe und jetzt damit drohe, die Arbeit niederzulegen, hatte er sich auf ihre Bitte hin entschlossen, nach Lankenau zu fahren und die Angelegenheit zu klären.

Bei seiner Ankunft fand er Barbara und den Mann im Salon vor, einträchtig im Gespräch vereint. Fehrbach stutzte, aber bevor er etwas sagen konnte, ergriff Barbara, die ihn mit einem Kuss begrüßt hatte, das Wort.

»Herr Cornelius und ich haben uns schon geeinigt. Es tut mir leid, dass du extra hergekommen bist.«

»Du hattest mich darum gebeten.«

»Ich weiß. Entschuldige bitte, Thomas.«

Der Architekt hatte sich erhoben und Fehrbach begrüßt. Eine leichte Irritation lag auf seinem Gesicht, als sein Blick zwischen Barbara und Fehrbach hin- und herflog. »Ich verstehe nicht ganz.«

»Alles in Ordnung, Herr Cornelius«, sagte Barbara schnell. »Ich hatte da vorhin wohl etwas missverstanden.« Sie schenkte ihm ein hinreißendes Lächeln und komplimentierte ihn mit einigen unverbindlichen Worten in die Diele hinaus. Als sie den Salon nach einer Weile wieder betrat, stieß sie einen tiefen Seufzer aus. »Das wäre geschafft.«

»Was war denn los?«, fragte Fehrbach mit gerunzelter Stirn.

»Er … ich …« Barbara schlang die Arme um seinen Hals. Als sie ihn küssen wollte, ergriff Fehrbach ihre Handgelenke und drückte sie zurück.

»Was war los, Barbara?«

»Ich hatte Sehnsucht nach dir.«

»Heißt das …?«

»Wärst du gekommen, wenn ich es dir gesagt hätte?«

»Du hast den Streit also nur erfunden, damit ich herkomme?« Vielleicht sollte er sich geschmeichelt fühlen, aber das tat er nicht. Er wurde zunehmend ärgerlicher, dass sie ihn so zum Narren gehalten hatte. Doch als er seinem Unmut Luft machen wollte, fiel ihm die Reise nach New York wieder ein, und er schluckte seine Worte hinunter. Sie hatte ihn mit einem Trick hierhergelockt, aber dieser Umstand wog weitaus weniger schwer als die Eröffnung, die er ihr zu machen hatte.

Sie sah mit einem entschuldigenden Lächeln zu ihm auf. »Böse?«

Er deutete zur Couch. »Ich muss dir etwas sagen.«

Jetzt war es an ihr, irritiert dreinzuschauen.

»Wir müssen New York verschieben«, sagte Fehrbach. »Gestern Morgen wurde ein Toter am Nord-Ostsee-Kanal gefunden. Ich muss den Fall übernehmen.«

»Aber wieso du?«, fuhr Barbara auf. Eine leichte Röte überzog ihr Gesicht. »Warum kann das denn keiner deiner Mitarbeiter machen?«

»Weil sich seit gestern schon wieder zwei Kollegen krankgemeldet haben. Und die wenigen, die noch nicht von der Grippewelle erfasst worden sind, haben mittlerweile so viel zu tun, da können wir ihnen nicht noch mehr aufbürden.«

»Du bist Oberstaatsanwalt, Thomas. Für so etwas hast du deine Mitarbeiter. Ob da einer nun einen Fall mehr oder weniger bearbeitet, fällt doch nicht ins Gewicht.«

»O doch, das tut es.« Fehrbachs Verärgerung begann sein Schuldgefühl zu überlagern. »Als Abteilungsleiter trage ich die Verantwortung für meine Mitarbeiter. Ich kann nicht ruhigen Gewissens in Urlaub fahren, wenn ich sie dadurch noch mehr belaste.«

Barbara schaute ihn mit einem schwer zu deutenden Blick an. Er vermeinte eine Mischung aus Wut und Enttäuschung darin wahrzunehmen, wobei er nicht sagen konnte, welches Gefühl überwog.

»Wir holen es nach, sobald es möglich ist«, sagte er. »Versprochen.«

Sie nickte, scheinbar gelassen. »Dann wirst du ja sicherlich wieder mit dieser Kripobeamtin zusammenarbeiten, mit der du in der Vergangenheit solchen Ärger hattest. Wie hieß sie noch gleich?«

O bitte, dachte Fehrbach, du weißt ganz genau, wie sie heißt. »Lisa Sanders«, sagte er mit unbewegter Miene. »Sie hat den Fall bereits übernommen.«

Barbaras Gesichtsausdruck verriet nichts. Fehrbach ging zur Tür. Es widerstrebte ihm zwar, jetzt noch nach Kiel zurückzufahren, aber er hatte auch keine Lust, sich weiteren Fragen auszusetzen.

»Du willst doch nicht etwa noch nach Kiel zurück?«, hörte er da Barbaras Stimme hinter sich.

Unentschlossen drehte er sich um und sah sie auf sich zukommen. »Ich hatte Sehnsucht nach dir, Thomas. Und daran hat sich nichts geändert.«

Sie schafften es nicht bis ins Schlafzimmer. Sie liebten sich auf der Couch, leidenschaftlich und ausgehungert, als hätten sie sich nicht erst am Vortag getrennt, sondern seit Wochen nicht mehr gesehen.

Um siebzehn Uhr traf Lisa bei ihrer Mutter ein. Sie hatte sich mit der Entschuldigung, sie habe Zahnschmerzen und müsse dringend zum Zahnarzt, im Büro verabschiedet. Als sie die

Wohnung betrat, wunderte sie sich über die Dunkelheit, die darin herrschte. Hatte Gerda sich womöglich schon hingelegt? Der Anruf musste ein Schock für sie gewesen sein. Den ganzen Nachmittag über hatte Lisa sich immer wieder aus dem Büro gestohlen und bei ihrer Mutter angerufen, um nachzufragen, ob auch wirklich alles in Ordnung sei.

»Gerda?« Lisa knipste die Flurbeleuchtung an.

Kein Laut war zu vernehmen, Lisa merkte, wie ihre Unruhe wuchs. Sie öffnete die Wohnzimmertür und schrak zusammen, als sie ihre Mutter im Sessel kauern sah.

»Gerda, mein Gott!« Lisa eilte zu ihr. »Ist alles in Ordnung?« Als ihre Mutter den Kopf hob, stieß Lisa einen Seufzer der Erleichterung aus. »Mein Gott, hast du mich erschreckt. Ich dachte, es ist was passiert.« Sie ging zur Stehlampe und betätigte den Fußschalter. »Warum sitzt du denn hier im Dunkeln?« Sie erschrak, als sie das Gesicht ihrer Mutter sah. Es war blass, Tränen standen in ihren Augen. Lisa beugte sich zu ihr hinunter und schloss ganz fest die Arme um sie. Sie spürte Gerdas Zittern, das sie bis ins Mark erschütterte. »Es tut mir so leid, dass ich nicht eher kommen konnte.«

»Ich weiß, Lisa. Mach dir deshalb bitte keine Gedanken.«

Heiße Tränen schossen in Lisas Augen. Der Gedanke, dass ihre Mutter hier Stunde um Stunde allein gesessen hatte, hilflos ihren Gedanken und Ängsten ausgeliefert, war für einen Moment mehr, als sie glaubte ertragen zu können. Sie nahm auf dem Sofa Platz. »Jetzt erzähl mir bitte noch mal genau, was die Anruferin gesagt hat.«

Gerda brauchte einen Augenblick, bis sie der Bitte nachkommen konnte. »Zuerst habe ich nur ein Rauschen gehört. Ich habe nachgefragt, wer denn da sei. Als keine Antwort kam, war ich schon kurz davor, aufzulegen. Aber dann habe ich Britts Stimme gehört.«

Als Gerda schwieg, hakte Lisa nach. »Was hat die Anruferin gesagt?«

»›Hilf mir, Mama.‹ Die Stimme war ganz leise, aber ich habe sie sofort erkannt. Ich habe gerufen: ›Britt, Britt, bist du das?‹ Es hat etwas gedauert, bis sie wieder sprach. Sie hat wieder gesagt, dass ich ihr helfen soll. Und dann war die Leitung plötzlich tot. Ich habe gerufen, aber da war nichts mehr.«

»Und du bist dir ganz sicher, dass es Britt war?«

»Ich werde doch die Stimme meiner Tochter erkennen!«

»Ja, natürlich … aber … Stimmen können sich ähneln.«

»Es war Britt! Ich weiß es!«

Lisa versuchte sich zu konzentrieren. »Du hast gesagt, dass die Anruferin dich auch in ihrem zweiten Satz um Hilfe gebeten hat. Hat sie da wieder ›Hilf mir, Mama‹ gesagt?«

Gerda sah sie verständnislos an. »Ja.«

»Denk bitte genau nach. Klangen diese beiden Bitten um Hilfe gleich, oder hat die Anruferin beim zweiten Mal doch andere Worte gewählt?«

»Nein, sie hat wieder ›Hilf mir, Mama‹ gesagt.«

»Es klang also ganz genauso wie vorher?«

Gerda nickte und sah ihre Tochter verwirrt an. »Worauf willst du hinaus?«

»Wenn es beide Male gleich geklungen hat, besteht die Möglichkeit, dass ein Band am anderen Ende der Leitung abgespielt wurde.«

»Ein Band?«, fragte Gerda ungläubig. »Was meinst du damit?«

Ja, was meinte sie damit? Dass Britt irgendwo gegen ihren Willen festgehalten wurde und ihr Entführer eine Tonaufnahme gemacht hatte, die er ihrer Mutter jetzt aus unerfindlichen Gründen am Telefon vorspielte? Dass ihre Schwester wieder in dem Sumpf gelandet war, aus dem sie sie nun schon mehrere Male herausgeholt hatte, und jetzt nicht mehr weiterwusste? War das nicht an den Haaren herbeigezogen?

»Ich verstehe das nicht.« Gerdas verzweifelte Stimme schnitt Lisa ins Herz. »Wieso sollte mir jemand ein Band vorspielen, auf dem meine Tochter mich um Hilfe bittet?«

»Ich weiß es nicht.« Mit aller Kraft stemmte Lisa sich gegen die Verzweiflung, die über ihr zusammenzuschlagen drohte. Seit Britts Verschwinden vor nunmehr dreieinhalb Jahren hatte es immer wieder Hinweise gegeben, denen sie nachgegangen war, Menschen, in denen Gerda oder sie die Verschwundene zu erkennen geglaubt hatte. Und jedes Mal hatte sich ihre Hoffnung als trügerisch erwiesen. Sie wollte nicht, dass Gerda noch mehr litt, als es ohnehin schon der Fall war, und hatte daher vieles mit sich allein ausgemacht. Manchmal war es kaum auszuhalten gewesen. Aber sie wusste, dass es ihrer Mutter umgekehrt ebenso ergangen war. Und nun dieser Anruf. Was hatte er zu bedeuten?

»Weißt du noch, wie spät es zur Zeit des Anrufs war?«

»Das muss so gegen elf gewesen sein. Ich war gerade vom Einkaufen zurückgekommen.«

»Ich lasse morgen checken, woher der Anruf kam. Wenn wir Glück haben, lässt er sich zurückverfolgen. Und du lässt ab jetzt bitte den Anrufbeantworter an, damit wir etwas in der Hand haben, falls es weitere Anrufe gibt.«

Wie sie das eben Versprochene allerdings realisieren sollte, war Lisa schleierhaft.

Axel Schäfer hatte sich erst gegen Abend dazu durchringen können, wieder nach Hause zurückzukehren. Bis dahin war er in der Gegend herumgelaufen, ohne Ziel und Plan, und hatte sich am Ende in ein Café gesetzt und einen heißen Grog getrunken, um sich wieder aufzuwärmen. Er hatte Angst, dass Sandra womöglich noch im Haus war, und wünschte sich auf der anderen Seite nichts sehnlicher, als sie zu sehen, in die Arme zu nehmen und festzuhalten.

Das Haus lag dunkel und verlassen da, und zu Schäfers großer Erleichterung brannte auch bei den Nachbarn kein Licht. Er hätte es nicht ertragen, dem Ehepaar, mit dem Sandra gut befreundet war, jetzt zu begegnen und womöglich eine Erklärung für den Auszug seiner Frau abgeben zu müssen. Obwohl … Sehr wahrscheinlich hatten sie schon lange vor ihm gewusst, was Sandra plante, so dick, wie sie mit den beiden war.

Schäfer schloss die Eingangstür hinter sich und knipste das Flurlicht an. Er schaute sich um und konnte im ersten Moment keine Veränderung wahrnehmen. Nichts schien zu fehlen, ein hastiger Blick in Wohnzimmer, Bad und Küche führte zur selben Erkenntnis.

Schäfer fühlte, wie sich sein Pulsschlag beschleunigte. Sie hatte ihren Entschluss rückgängig gemacht. Sie war geblieben und im Moment sicherlich nur mit einer Freundin unterwegs, denn andernfalls hätten doch alle möglichen Dinge fehlen müssen. Er war so erleichtert, dass seine Knie nachgaben und er auf die kleine Truhe neben dem Spiegel sank, als sein Blick auf die gegenüberliegende Wand fiel, an der eine Vielzahl unterschiedlichster Fotos hing. Eines fehlte, Schäfer sah es sofort. Er schloss die Augen und lehnte den Kopf an die Wand in seinem Rücken. Als er sich nach einer Weile erhob und zu den Fotos hinüberging, kostete ihn jeder Schritt Überwindung.

Das Bild war einige Zeit nach ihrem Kennenlernen entstanden und mit Selbstauslöser aufgenommen worden. Zwei glückliche Menschen am Strand von Amrum, die sich eng umschlungen hielten und in die Kamera strahlten. Ja, damals war er glücklich gewesen. Zum ersten Mal seit vielen Jahren hatte sein Leben wieder einen Sinn gehabt, und das verdankte er der Begegnung mit dieser wundervollen Frau. Sandra war es gelungen, seine dunklen Gedanken zu verscheuchen, zumindest am Anfang ihrer Beziehung. Sie hatte gewusst, worauf sie sich einließ, denn er hatte ihr nie etwas verschwiegen. Wir schaffen das, hatte sie stets gesagt, bis er es selber schließlich irgendwann geglaubt hatte. Hatte glauben wollen, weil er sich so verzweifelt nach der Rückkehr von Normalität in seinem Leben sehnte.

Schäfer strich mit den Fingern über den leeren Platz an der Wand. Er wusste, dass Sandra das Foto lieber an anderer Stelle gesehen hätte, nicht hier zwischen den Bildern von Karina und Tim, seiner ersten Familie, deren Körper schon lange in dunkler Erde ruhten. Aber Sandra hatte nachgegeben, wie so häufig, weil sie versuchte zu verstehen und Entgegenkommen zu zeigen.

Und nun war sie fort. In dem Augenblick, in dem er das fehlende Bild gesehen hatte, war ihm klargeworden, dass sie ihre Entscheidung nicht rückgängig gemacht hatte. Sie hatte nur das mitgenommen, was mit ihr in dieses Haus gekommen war, wie er nach einer nochmaligen, diesmal aufmerksamen Betrachtung der Räume feststellen konnte.

Die Wanduhr in der Küche mit dem Hahn-und-Henne-Motiv und das dazu passende Geschirr, das er zuerst belächelt hatte, um dann irgendwann feststellen zu müssen, dass ihm sein Frühstück ohne das Federvieh nur noch halb so gut schmeckte. Lediglich seinen Becher hatte sie dagelassen, und als er ihn hinter der Glastür des Küchenschranks erblickte, musste er schlucken. Im Wohnzimmer fehlte der antike Mahagonisekretär, den sie nach langem Suchen vor zwei Jahren bei einem Antiquitätenhändler in Lübeck entdeckt hatte und der perfekt in die kleine Nische neben dem Fenster passte. Im Bad war ihre

Seite des Spiegelschranks leer, nur ein Hauch ihres blumigen Parfums schien noch in der Luft zu hängen.

Aus dem Schlafzimmer im ersten Stock hatte sie den Schaukelstuhl aus Rattan mitgenommen und den Strohhut mit der breiten Blumenschleife, der immer über der Lehne hing. Auch die bunten Plaids fehlten, in die sie sich im Winter so gerne einkuschelte, wenn sie sich mit einem Buch auf die Couch oder in ihr Atelier zurückzog. Sie hatte sich gerne mit schönen Dingen umgeben und dieses Haus in ein kleines Schmuckstück verwandelt.

Der Wintergarten, in dem sie ihr Fotoatelier eingerichtet hatte, war komplett ausgeräumt, ebenso ihr Arbeitszimmer und das Gästezimmer. In beiden Räumen hatte sie ihre Möbel aus der alten Wohnung untergebracht.

Schäfer ging ins Wohnzimmer und setzte sich auf die Couch. Er versuchte sich in Erinnerung zu rufen, wann Sandra das erste Mal von Trennung gesprochen hatte, aber es wollte ihm einfach nicht mehr einfallen. Ihm wurde bewusst, wie sehr er seine Frau in den letzten Monaten vernachlässigt hatte. Die Ereignisse hatten ihn zu einem Zeitpunkt überrollt, an dem er geglaubt hatte, endlich zur Ruhe gekommen zu sein und mit der Vergangenheit abschließen zu können.

Hatte sie sich eine Wohnung genommen, oder war sie bei Freunden untergekommen? Er hatte nie viel mit diesen Menschen anfangen können, was aber nicht an ihnen gelegen hatte, sondern nur an seinem völligen Desinteresse, wie er sich jetzt eingestand. Sandra hatte ihn in ihren Freundeskreis integrieren wollen, alle hatten sich große Mühe mit ihm gegeben, aber seine sozialen Kontakte lagen schon so lange brach, dass er sich schwertat mit anderen Menschen, nicht wusste, worüber er mit ihnen sprechen sollte. Einige ihrer Freunde waren jünger gewesen, manche in seinem Alter, und auch ein paar Ältere hatten sich darunter befunden. Sandra war beliebt, ihr Umfeld mochte sie und war gerne in ihrer Nähe. Sie waren so unbeschwert gewesen, und manchmal hatte er den Eindruck gehabt, dass es genau das war, was ihn störte.

Das Leben war nicht unbeschwert, das Leben war brutal und voller Gewalt, und die lachte man nicht einfach so weg. Vielleicht hatten sie ihn deshalb irgendwann gemieden, waren diesem Haus ferngeblieben und hatten sich stattdessen an anderen Orten mit Sandra verabredet, weil er ihnen zu düster war, zu wortkarg und in einer Welt gefangen, von der sie nichts wissen wollten.

Oder hing ihr Auszug mit seinen neuen Kontakten zusammen? Hatte sie womöglich doch etwas herausbekommen? Er hatte ihr nie etwas erzählt, denn sie wäre entsetzt gewesen, wenn sie davon erfahren hätte. Als Sandra wissen wollte, wohin er neuerdings zweimal in der Woche am Abend ging, hatte er sich mit dem Besuch eines Fitness-Studios herausgeredet, er habe beschlossen, endlich wieder etwas für seine Gesundheit zu tun. Sandra schien es ihm abgenommen zu haben, und die Gefahr, dass sie ihn hätte begleiten wollen, hatte nicht bestanden. Sie war schon immer ein Sportmuffel gewesen, und Fitness-Studios waren ein Greuel für sie.

Schäfer zog sein Handy aus der Hosentasche. Zögernd wog er es in der Hand, als ihm plötzlich ein neuer Gedanke kam. Oder hatte sie womöglich einen anderen Mann kennengelernt und war jetzt mit Sack und Pack bei diesem eingezogen? Er war sich ihrer Liebe immer so sicher gewesen. Zu sicher?

Als er die Ungewissheit nicht länger ertragen konnte, drückte er ihre eingespeicherte Nummer. Wenn er ehrlich war, rechnete er nicht damit, dass sie den Anruf entgegennahm, aber er musste ihr wenigstens eine Nachricht hinterlassen. Als er ihre Stimme hörte, dachte er im ersten Moment, dass die Mailbox bereits angegangen war.

»Sandra …« Sein Hals wurde trocken. »Ich wollte dir nur sagen, wie leid mir das alles tut …«

»Ich liebe dich, Axel, aber ich kann so nicht weiterleben«, hörte er da ihre Stimme.

Er rang nach Worten, aus Angst, etwas zu sagen, was sie zur sofortigen Beendigung des Gesprächs veranlassen würde. »Sandra, wo bist du? Können wir uns sehen und noch mal über alles sprechen? Ich bitte dich.«

Eine lange Pause entstand, bis sie schließlich antwortete. »Ich möchte dich im Moment nicht sehen, Axel. Ich brauche Zeit, um in Ruhe über uns nachzudenken.«

»Wo bist du, Sandra? Gib mir doch wenigstens deine Adresse.«

Ein trauriges Lachen erklang. »Damit du dich sofort auf den Weg machen kannst? Nein, Axel, so läuft das nicht.«

»Ich werde nicht kommen, wenn du das nicht willst. Ich möchte doch bloß wissen, wo du jetzt bist. Hast du dir eine Wohnung genommen?«

In der Leitung blieb es still, und Schäfer brauchte einen Augenblick, bis er begriff, dass Sandra das Gespräch beendet hatte. Er schmiss das Handy aufs Sofa und begann im Raum auf und ab zu tigern, bis er schließlich vor dem Barwagen stehen blieb und sich einen großen Whisky einschenkte, den er in einem Zug hinunterkippte. Als er nachfüllen wollte, hielt er plötzlich inne.

Ich möchte dich im Moment nicht sehen, hatte Sandra gesagt. Er stellte das Glas ab und fuhr sich mit beiden Händen über das Gesicht.

Vielleicht war doch noch nicht alles verloren.

Mittwoch, 15. Februar

Als Lisa am Morgen ihr Büro betrat, erfuhr sie, dass der Tote, der in der vergangenen Nacht endlich hatte obduziert werden können, identifiziert war.

»Es handelt sich tatsächlich um Carsten Hunold«, teilte Bergmann ihr mit, der an der Obduktion teilgenommen hatte. »Das BKA hat am späten Abend noch seine DNA übermittelt.«

»Prima.« Lisa musterte ihren Kollegen. »Du siehst müde aus. Wie lange hat die Obduktion gedauert?«

»Fast vier Stunden.« Bergmann versuchte vergeblich ein Gähnen zu unterdrücken und rieb sich über die Augen. »Ich war erst um drei zu Hause.«

Lisa sah ihren Kollegen mitfühlend an. Sie war ihm dankbar, dass er ohne sie in die Rechtsmedizin gegangen war, denn andernfalls hätte sie ihre Mutter allein lassen müssen, und das hätte sie nicht übers Herz gebracht. Es gab Situationen im Leben, in denen das Berufliche zurückstehen musste, auch wenn sie sich diese selten zugestand. Bei Bergmanns Anruf, der sie bei ihrer Mutter erreicht hatte, hatte sie ihm gegenüber allerdings nicht erwähnt, warum sie nicht dazukommen konnte, und war dankbar gewesen, dass er keine Nachfragen gestellt hatte.

»Die Todesursache war eine Schädelfraktur. Hesse geht davon aus, dass Hunold mit einer scharfkantigen Eisenstange erschlagen wurde.« Bergmann blätterte in seinen Notizen. »Sie haben bei der CT metalldichte Fremdkörper im zerstörten Gesicht entdeckt und bei der anschließenden Obduktion rostige Partikel gesichert. Was den Todeszeitpunkt angeht, ist eine eindeutige Aussage aufgrund des gefrorenen Zustands der Leiche unmöglich. Wir müssen also die Zeitspanne nehmen, die zwischen Hunolds Weggang von Berta Matthiessen und seinem Auffinden am nächsten Tag liegt.«

»Ist der Auffindeort auch der Tatort gewesen?«

»Ja. Es gibt keinerlei Anzeichen dafür, dass der Tote dort hingeschafft wurde.« Bergmann hob den Finger wie ein Lehrer, der noch auf etwas Wichtiges aufmerksam machen wollte. »Hunold hatte am ganzen Körper Hämatome älteren Datums. Hesse meinte, dass ihn vor einiger Zeit jemand zusammengeschlagen haben muss.«

»Vor einiger Zeit?«

Bergmann zuckte mit den Schultern. »Ein bis zwei Monate.«

»Okay«, sagte Lisa, »dann sind wir ja wenigstens etwas weiter. Gib Alex Bescheid, dass sie die Umgebung des Tatorts noch mal unter die Lupe nehmen und nach einer Eisenstange suchen. Sie haben zwar schon alles abgegrast, aber wenn man weiß, wonach man suchen soll, guckt man vielleicht doch noch etwas gezielter hin. Außerdem sollen sie sich Hunolds Haus vornehmen.« Sie schlüpfte aus ihrer Jacke und hängte sie in den Schrank. Auf die Norwegermütze hatte sie heute verzichtet, ein plötzlicher Anfall von Eitelkeit, den sie auf dem kurzen Weg von ihrem geparkten Wagen in die BKI bereits auf den ersten Metern zu bereuen begann. Zwar hatte es aufgehört zu schneien, aber der eisige Wind hatte an Stärke zugenommen. »Sag den Kollegen, dass sie auf Einbruchsspuren achten sollen und darauf, ob etwas auf eine Durchsuchung des Hauses hindeutet.«

»Wenn der Mörder Hunolds Schlüssel an sich genommen hat, dürften keine Einbruchsspuren zu finden sein.«

»Wenn … Aber das wissen wir ja nicht mit Sicherheit.«

»Hunolds Nachbarin hat doch einen Schlüssel für sein Haus, oder?«

Lisa ahnte, worauf Bergmann hinauswollte. »Ja, aber die Kollegen sollen so reingehen. Ich wollte Frau Matthiessen die Nachricht von Hunolds Tod gern persönlich überbringen. Wenn da jetzt einer von Behrings Trupp bei ihr reinschneit, weiß sie doch gleich, was los ist.«

»Wenn sie zu Hause ist, dürfte sie doch eh mitkriegen, was nebenan vor sich geht.«

»Das ist richtig, doch vielleicht hält sie es ja auch nur für eine ganz normale polizeiliche Maßnahme. Hoffe ich jedenfalls.« Lisa stopfte den Schal in ihre Schreibtischschublade. »Ist Ralf schon da?«

Bergmann nickte und schenkte ihr einen Becher Kaffee ein, den sie dankbar entgegennahm. Sie trank einen großen Schluck, dann ging sie zur Tür. »Ich geh mal kurz zu ihm.«

Södersens Büro war vollkommen überheizt. Trotzdem trug der Leiter der Mordkommission noch ein Sakko über seinem Rollkragenpullover und erweckte den Eindruck, als wäre ihm immer noch kalt.

»Du meine Güte«, stöhnte Lisa, nachdem sie die Tür hinter sich geschlossen hatte. Ihr Weg zum Fenster wurde abrupt gestoppt.

»Das Fenster bleibt zu!«

»Hier drin ist eine Affenhitze. Das ist ungesund und bestimmt nicht förderlich für deine Erkältung. Lass uns doch wenigstens mal kurz durchlüften.«

»Kommt überhaupt nicht in Frage, ich friere so schon genug.«

Lisa nahm auf dem Stuhl gegenüber von Södersens Schreibtisch Platz und musterte ihren Vorgesetzten. »Du siehst schlecht aus. Warum bleibst du nicht endlich mal ein paar Tage zu Hause? Willst du hier den Märtyrer spielen, oder beabsichtigst du, uns der Reihe nach anzustecken?«

Södersens Leidensmiene verstärkte sich. Wenn es etwas gab, womit er überhaupt nicht umgehen konnte, dann waren es Krankheiten, weder mit denen anderer Menschen noch mit seinen eigenen, wenn es ihn denn auch einmal traf. Was zum Glück äußerst selten vorkam, erfreute er sich doch normalerweise einer robusten Gesundheit.

»Ich hab keine Lust, den ganzen Tag zu Hause rumzuliegen. Außerdem nervt mich Marions Gejammer.«

Lisa stieß ein Schnauben aus. »Deine Frau jammert mit Sicherheit nicht, die dürfte so was im Gegensatz zu dir locker durchstehen. Du bist derjenige, der sich leidtut. Es ist doch immer dasselbe mit euch Männern. Kaum seid ihr mal ein bisschen krank, glaubt ihr gleich, dass euer letztes Stündchen geschlagen hat, und wollt, dass jedermann euer Händchen hält. Und wie ich Marion kenne, hat sie dazu keine Lust, sondern kümmert sich zur Abwechslung mal um sich selber. Ist es nicht so?«

Södersen schwieg und begann mit verbissener Miene einige Akten auf seinem Schreibtisch zu ordnen. Lisa kannte das schon, jetzt war ein sofortiger Themenwechsel angesagt.

»Es ist möglich, dass meine Mutter gestern einen Anruf von meiner Schwester erhalten hat.«

Södersen blickte auf, und Lisa sah, dass sie seine volle Aufmerksamkeit hatte. »Das musst du mir näher erklären.«

Sie erzählte ihm von dem Anruf. »Meine Mutter ist überzeugt davon, dass es Britt war.«

Södersen hatte die Stirn gerunzelt. »Hat sie sich die Nummer gemerkt?«

Lisa schüttelte den Kopf. »Nein, daran hat sie überhaupt

nicht gedacht, dazu war sie viel zu aufgeregt.« Sie zögerte einen kurzen Augenblick. »Deshalb wollte ich dich fragen, ob …«

»… ich einen Verbindungsdatennachweis beantragen kann«, beendete Södersen den Satz für sie.

»Ich weiß, dass es rein rechtlich nicht möglich ist«, sagte Lisa hilflos. »Aber ich muss der Sache doch nachgehen, ich kann doch jetzt nicht einfach wieder so zur Tagesordnung übergehen. Meine Mutter ist vollkommen am Boden zerstört.«

»Und wie geht es dir damit?«

Die Anteilnahme in Södersens Stimme trieb Lisa fast die Tränen in die Augen. »Beschissen«, murmelte sie und presste die Zähne zusammen.

»Die Anruferin klang doch so, als ob sie sich in einer Gefahrensituation befinden würde, oder?«, fragte Södersen nach einer Weile des Nachdenkens.

»Sie hat ›Hilf mir, Mama‹ gesagt. Ob das nun aus einer Gefahrensituation heraus entstand … ich weiß es nicht.« Lisa hob ratlos die Schultern. »Da beide Sätze laut meiner Mutter gleich geklungen haben, hatte ich schon die Vermutung, dass vielleicht ein Band abgespielt wurde. Aber ich kann mir weder das eine noch das andere erklären.«

»Ich finde, dass ›Hilf mir, Mama‹ eindeutig nach einer Gefahrensituation klingt«, sagte Södersen mit Nachdruck, und jetzt endlich begriff Lisa. Er bemühte sich, ihr eine Brücke zu bauen, und sie stand auf dem Schlauch.

»Ja«, sagte sie, und Hoffnung wallte in ihr auf. Er würde ihr helfen. »Du hast vollkommen recht.«

Ein Grinsen überzog Södersens Gesicht. »Gut, dass du's einsiehst.« Er wedelte mit der Hand Richtung Tür. »Lass mich mal kurz telefonieren, danach machen wir unsere Morgenbesprechung. Nachdem wir nun wissen, wer der Tote ist, können wir ja endlich loslegen.«

Lisa wandte sich zur Tür, wo sie sich noch einmal umdrehte. »Danke!«

Södersen blickte nicht auf. Das Letzte, was Lisa beim Verlassen des Büros sah, war sein Griff zum Telefonhörer.

Es vergingen zehn Minuten, bis Södersen im Besprechungsraum auftauchte, in dem bereits alle auf ihn warteten. Er nickte Lisa kurz zu, dann nahm er Platz und schaute auffordernd in die Runde. »Was könnt ihr mir zu Carsten Hunold sagen?«

Lisa umriss, was sie schon einmal prophylaktisch über Hunold zusammengetragen hatten. »Hunold war vierundfünfzig Jahre alt und hat vor siebzehn Jahren zwei kleine Jungen sexuell missbraucht und anschließend erwürgt. Die erste Tat fand in Schleswig statt, die zweite in Husum. Hunold ist laut eigener Aussage durch die Gegend gefahren und hat sich seine Opfer wahllos ausgesucht. Er ist mit ihnen an einen abgelegenen Platz gefahren, wo er sich an ihnen vergangen und sie dann umgebracht hat. Zwischen den Taten lagen dreizehn Tage. Hunolds Festnahme erfolgte ziemlich schnell, da es einen Augenzeugen gab, der gesehen hatte, wie Hunold den zweiten Jungen in seinen Wagen zerrte. Hunold wurde zu einer Haftstrafe von fünfzehn Jahren verurteilt. Da er nach wie vor als gefährlich eingestuft wurde, ist eine nachträgliche Sicherungsverwahrung angeordnet worden, von der Hunold anderthalb Jahre abgesessen hat. Nachdem das Urteil des Europäischen Gerichtshofs für Menschenrechte rausgekommen war, hatte Hunold auf Freilassung geklagt und recht bekommen. Er ist vor fünf Monaten entlassen worden und nach Kienholz am Kanal gezogen, wo er im Haus seiner verstorbenen Mutter gelebt hat.«

»Wir brauchen die vollständigen Unterlagen der damaligen Fälle«, sagte Södersen ungeduldig.

»Sind auf dem Weg«, beruhigte Malte ihn.

»Wenn sie da sind, nehmt ihr euch als Erstes die Familien und das verwandtschaftliche Umfeld der getöteten Jungen vor.«

»Yes, Sir!«, sagten Uwe und Malte wie aus einem Mund und grinsten ihren Vorgesetzten an. »Nun sei doch bloß nicht so hibbelig.«

Södersen brummelte etwas in seinen nicht vorhandenen Bart und schnaubte dann ein weiteres Mal donnernd aus.

»Hunold hat in Lübeck gewohnt, sich seine Opfer aber an anderen Orten gesucht«, fuhr Lisa fort. »Wir müssen checken, ob es noch irgendwelche ungeklärten Kindsmorde oder Übergriffe gibt, die in die Zeit vor seiner Verhaftung fallen. Laut seiner Nachbarin Berta Matthiessen hörte es sich nämlich so an. Sie sprach von diesem ›verfluchten Trieb‹. Wenn der Hunold überkomme, sei er machtlos. Das deutet doch darauf hin, dass auch schon vor den beiden Tötungsdelikten Dinge vorgefallen sein müssen.«

»Das hab ich auf dem Plan«, erwiderte Malte und biss in eine Zimtschnecke. »Hunold war siebenunddreißig, als er verhaftet wurde. Ich dachte, ich gehe mal fünfzehn bis zwanzig Jahre zurück.«

»Gute Idee«, sagte Lisa und schmunzelte. Es ist wirklich unglaublich, was für einen Appetit dieser Junge an den Tag legt, dachte sie. Und eine Unverschämtheit, dass er dabei kein Gramm zuzunehmen scheint. »Ich finde es schwer vorstellbar, dass vorher nichts gewesen sein soll«, griff sie ihren Gedanken noch einmal auf. »Wir müssen in jedem Fall noch mal mit Berta Matthiessen sprechen und vor allen Dingen mit Hunolds ehemaligem Umfeld in Lübeck, Nachbarn, Arbeitskollegen, Freunde, wenn es denn welche gab.«

»Ich werde in Lübeck anrufen und Klaus bitten, ein paar seiner Kollegen dafür abzustellen«, sagte Södersen, der mit dem Leiter des Lübecker K1 befreundet war. »Weißt du übrigens, ob Hunold Verwandte hatte?«

»Keine Ahnung«, musste Lisa zugeben. »Ich hoffe, dass mir auch da Frau Matthiessen weiterhelfen kann.«

»Vielleicht weiß ja auch jemand in der JVA Bescheid«, warf Uwe ein. »Es ist doch möglich, dass Hunold sich irgendwelchen Mithäftlingen angeschlossen hat und dabei möglicherweise auch einige Dinge preisgegeben wurden.«

»Du hast recht«, sagte Lisa und blickte in die Runde. »Wenn für den Moment nichts mehr ist, können Frank und ich jetzt nach Lauerhof fahren und uns dort gleich ein bisschen umhören.«

»Fehrbach hat vorhin gesagt, dass er in die JVA will«, hielt Södersen sie zurück. »Mach das mit ihm zusammen, dann kann Frank sich etwas anderes vornehmen.«

Lisa sah ihren Vorgesetzten aufgebracht an. »Geht das jetzt schon wieder los, dass er versucht, sich in alles einzumischen? Das ist unser Job, verdammt noch mal!«

»Nun mal halblang«, wies Södersen sie zurecht. »Fehrbach hat angerufen, weil er wissen wollte, wie weit wir sind. Als ich ihm sagte, dass Hunold in Lübeck eingesessen hat, erzählte er mir, dass er um neun einen Termin in Lauerhof habe und ihr euch anschließend ja gemeinsam dort umhören könntet. Wenn das für dich in Ordnung sei.«

Lisa fühlte sich äußerst unbehaglich unter Södersens ungehaltenem Blick. Mist, hätte sie bloß den Mund gehalten.

»Dann bleibe ich also hier«, sagte Bergmann. »Ich werde mal das Internet durchforsten, ob es seinerzeit ein größeres Echo auf die Entlassung von Hunold gab oder ob die sang- und klanglos über die Bühne gegangen ist.«

»Kann ich mir nicht vorstellen«, meinte Malte mit skeptischem Blick. »Bei so was bekommt die Presse doch meistens einen Tipp.«

»Ich bin dann mal weg«, sagte Lisa, als ihre Kollegen eine

Diskussion über seriöse und unseriöse Pressearbeit begannen, und verschwand durch die Tür. Von unterwegs rief sie Fehrbach an, um ihm Bescheid zu geben, dass sie auf dem Weg nach Lauerhof sei.

Der Leiter der JVA hatte Fehrbach nach ihrem Gespräch und der anschließenden Begehung in ein leerstehendes Büro gebeten, in dem er die Wartezeit bis zu Lisas Eintreffen überbrücken konnte. Fehrbach war dies sehr recht gewesen, denn der Mann hatte seine Geduld mehr als strapaziert, wozu auch die ständig wiederholten Äußerungen, man werde den Fall natürlich lückenlos aufklären, beigetragen hatten. »Das ist ja wohl das Mindeste, was ich von Ihnen erwarten kann«, hatte Fehrbach am Ende des Gespräches gesagt und mit einigem Widerwillen die feuchte Hand seines Gegenübers gedrückt.

Der zurückliegende Termin hatte Fehrbach zugesetzt. Ein zweiundzwanzigjähriger Häftling war vergewaltigt und schwer misshandelt worden, hatte sich aber erst nach zwei Wochen seinem Bruder anvertraut, als dieser zu einem Besuch erschien. Der Bruder hatte daraufhin Anzeige erstattet, und da der Häftling aus Kiel stammte, war der Fall auf Fehrbachs Schreibtisch gelandet.

Heute war ein erster Ortstermin angesetzt gewesen, der allerdings nicht viel gebracht hatte. Der Gefangene leugnete, jemals Misshandlungen ausgesetzt gewesen zu sein, und bezichtigte seinen Bruder der Lüge. Es war klar ersichtlich, dass der Mann Angst hatte, aber alle Versicherungen seitens Fehrbachs und des ermittelnden Kripobeamten, dass man ihn schützen würde, prallten an ihm ab. Was nicht verwunderlich war, denn ein solcher Schutz war in einer Haftanstalt schlichtweg nicht möglich, und diese traurige Tatsache war jedem bekannt, selbst dem Anstaltsleiter, auch wenn er ständig versucht hatte, die Sache kleinzureden und seinen Kopf irgendwie aus der Schlinge zu ziehen.

Als ein Klopfen an der Tür erklang, drehte Fehrbach sich um. »Ja?«

Lisa betrat den Raum mit einem Niesen, während der im Flur zurückgebliebene Wärter, der sie begleitet hatte, kurz zu Fehrbach hinübergrüßte und dann wieder verschwand.

»Gesundheit.«

»Danke.«

»Ist die Heizung immer noch kaputt?«

Lisa entledigte sich ihres Schals. »Leider ja.«

»Und das bei diesen arktischen Temperaturen.«

»Da kann man halt nichts machen.«

»Tja ... das kann man wohl nicht ...«

Offensichtlich war sie genauso wenig wie er für Small Talk geschaffen.

»Der JVA-Leiter kommt gleich«, teilte Lisa ihm nach kurzem Schweigen mit. »Er hat noch telefoniert.«

»Warum unterhalten wir uns nicht in seinem Büro?«

»Keine Ahnung.« Ihr Blick schweifte durch den Raum, dessen Einrichtung nur aus dem Nötigsten bestand. Nicht einmal ein Gummibaum, unweigerliches Requisit auf den Fensterbänken unzähliger Behördenräume, war vorhanden. »Vielleicht findet er es hier gemütlicher.« Sie grinste schief.

Bevor Fehrbach zu einer Entgegnung ansetzen konnte, öffnete sich die Tür, und der Gefängnisleiter betrat mit einem zweiten Mann den Raum.

»Martin Krenz«, sagte der Anstaltsleiter und reichte Lisa die Hand. »Sie sind die ermittelnde Beamtin im Tötungsdelikt Carsten Hunold?«

Lisa nickte und stellte sich vor.

Krenz wies auf den Mann in seiner Begleitung. »Das ist Jonas Kleinschmitt. Herr Hunold war in seinem Trakt untergebracht.«

Der jüngere Mann nickte Lisa und Fehrbach zu, unterließ es aber, ihnen die Hand zu reichen. Sein Unbehagen war deutlich zu spüren. »Ich weiß nicht, ob ich Ihnen helfen kann, ich arbeite ja erst sehr kurz hier. Es wäre besser, wenn Sie mit Klaus Wenners sprechen, der kannte den Hunold schon seit Jahren.«

»Herr Wenners ist aber erst am Freitag wieder zum Dienst eingeteilt«, wischte Krenz den Einwand beiseite, »und die Herrschaften brauchen heute Auskünfte von uns.«

»Ich wollte es ja nur zu bedenken geben«, wandte Kleinschmitt zaghaft ein.

»Wir fangen erst mal an und schauen, wie weit uns Ihre Aussagen bringen. Ansonsten komme ich am Freitag noch einmal wieder.« Lisa zog ihre Jacke aus, hängte sie über die Stuhllehne und setzte sich. »Herr Kleinschmitt, auch wenn Sie Carsten Hunold noch nicht lange kannten, welchen Eindruck hatten Sie von ihm?«

Kleinschmitt faltete die Hände im Schoß. Sein Gesicht nahm einen konzentrierten Ausdruck an. »Er war immer sehr höflich, hat sich bedankt, wenn ich das Essen gebracht habe.«

»Sind bei diesen Gelegenheiten Gespräche aufgekommen?«

»Nein. Gespräche, die über Anstaltsbelange hinausgingen, habe ich nie mit Herrn Hunold geführt. Er war ein sehr zurückhaltender Mensch.«

»Hat Herr Hunold eigentlich einen Platz in der sozialtherapeutischen Abteilung gehabt?«, wandte sich Lisa an den Anstaltsleiter.

»Nein«, antwortete Krenz. »Er hat die Bedingungen für die Aufnahme leider nicht erfüllt.«

»Was heißt das?«

»Er hat in den Gesprächen mit unseren Psychologen zwar immer wieder beteuert, dass er sich mit seinen Taten auseinandersetzt und sie zutiefst bereut, aber die Ärzte waren sich ziemlich schnell sicher, dass er nur eine große Show abzog. Deshalb hatten sie sich ja auch gegen eine Freilassung ausgesprochen und auf eine nachträgliche Sicherungsverwahrung gedrungen. Als dann das Urteil des Europäischen Gerichtshofs für Menschenrechte rauskam, hat Hunold über seinen Anwalt Klage einreichen lassen. Und da der Rechtsspruch nicht viel Spielraum zulässt, mussten wir Hunold freilassen.« Krenz seufzte. »Er ist übrigens nicht der einzige Strafgefangene, der von diesem Urteil profitiert. Im gesamten Bundesgebiet sind schon etliche Häftlinge freigekommen, und es werden noch mehr werden. Mir tut nur unsere Polizei leid. Die dürfen die Männer dann wieder rund um die Uhr überwachen und fehlen an anderen Stellen.«

Die Anwesenden ließen das Gehörte für einen Moment sacken, dann wandte Lisa sich wieder an Jonas Kleinschmitt. »Was können Sie uns sonst noch über Carsten Hunold erzählen?«

»Herr Hunold war ein sehr sauberer Mensch. Er hat sich und seine Kleidungsstücke penibel in Ordnung gehalten, und seine Zelle war auch immer tipptopp.«

»Hat Herr Hunold Post bekommen?«, wollte Fehrbach wissen.

Der Aufseher hob die Schultern. »Nicht, solange ich hier bin.«

»Und davor?«, wandte sich Fehrbach an Krenz.

»Das kann ich überprüfen lassen«, kam eine widerstrebende Antwort.

»Das wäre nett«, sagte Lisa und richtete ihren Blick ein weiteres Mal auf Kleinschmitt. Fehrbach hatte den Eindruck, dass Krenz ihr ebenso unsympathisch war wie ihm. »Hat Herr Hunold hier in der Anstalt gearbeitet?«

Krenz ließ seinen Mitarbeiter nicht zu Wort kommen. »Er war lange Jahre in der Gärtnerei beschäftigt. Und in den letzten sechs Monaten seiner Haftzeit hat er eine Zeitlang in der Elektrowerkstatt gearbeitet.«

»Eine Zeitlang? Warum dann nicht mehr?«

Schweigen.

»Warum hat Herr Hunold nicht mehr in der Elektrowerkstatt gearbeitet, Herr Krenz?«

»Es ging halt irgendwann nicht mehr«, platzte der Anstaltsleiter nach kurzem Zögern heraus.

»Weil er Repressalien ausgesetzt war?«, fragte Fehrbach, obwohl er die Antwort zu kennen glaubte, und dachte an den Häftling, der Anlass seines heutigen Besuchs gewesen war. Das Gesicht des Mannes hatte noch immer Spuren der Misshandlungen getragen, aber er hatte stur und steif behauptet, er sei die Treppe hinuntergefallen.

»Ja«, sagte Krenz verhalten. Seine Kiefer mahlten.

»Wie sahen diese Repressalien aus?«, wollte Lisa wissen.

Krenz sog die Luft ein und schloss für einen kurzen Moment die Augen. Als er sie wieder öffnete und auf Lisa richtete, lag ein Flackern in seinem Blick. »Er wurde mehrere Male zusammengeschlagen.«

»Nur in der Elektrowerkstatt oder auch schon vorher in der Gärtnerei?«

»Nur in der Elektrowerkstatt.«

»Und mehr war da nicht?«

»Was meinen Sie damit, Herr Fehrbach?«

Fehrbachs Verärgerung drohte überhandzunehmen. »Das kann ich Ihnen sagen, Herr Krenz. Ich spreche von Vergewaltigung, sexuellem Missbrauch und anderen derartigen Handlungen. Kindsmörder und Kinderschänder stehen in der Gefängnishierarchie an unterster Stelle, und jetzt versuchen Sie nicht mir weiszumachen, dass es in dieser JVA anders wäre. Diese Männer sind Freiwild, an die darf jeder Hand anlegen und sich hinterher sogar noch damit brüsten.« Fehrbach registrierte den überraschten Blick, den Lisa ihm zuwarf. Er wollte hier mit Sicherheit keine Partei für Pädophile und Mörder ergreifen, aber auch sie waren Menschen, die unter dem Schutz des Gesetzes standen.

Den Rest der Befragung überließ Fehrbach Lisa, da ihm bewusst geworden war, dass er für den Moment nicht mehr in der Lage wäre, das Gespräch auf eine sachliche Basis zurückzuführen.

Das Ergebnis war mager. Lisa verständigte sich mit Krenz darauf, dass sie am Freitag noch einmal komme, um mit Klaus Wenners zu sprechen.

Das Umzugsunternehmen mauerte. »Tut mir leid, Herr Schäfer«, sagte die Dame am Telefon in freundlichem, aber bestimmtem Ton. »Ich bin nicht befugt, Ihnen die Anschrift Ihrer Frau zu geben.«

Die Idee, dort nachzufragen, war Schäfer am Vorabend gekommen. »Aber …« Die Gedanken rasten in seinem Kopf, denn mit dieser Antwort hatte er nicht gerechnet. Er suchte Zuflucht in einer Lüge. »Meine Frau … sie wollte mir die Adresse aufschreiben, ich sollte nämlich unbedingt ihre neue Wohnung kennenlernen. Eigentlich wollte ich ja beim Umzug helfen, ich hatte mir extra Urlaub genommen, aber dann musste ich überraschend ins Büro. Wir haben uns einvernehmlich getrennt, wissen Sie, wir sind immer noch gute Freunde. Sandra hat mir noch hinterhergerufen, dass sie den Zettel mit der Adresse auf den Küchentisch legt. Aber als ich nach Hause kam, war da nichts. Ich habe überall nachgesehen, aber keinen Zettel gefunden.« Er bemühte sich, so viel Schmelz wie möglich in seine Stimme zu legen. »Deshalb habe ich jetzt bei Ihnen angerufen. Sie sind sozusagen meine letzte Hoffnung.«

»Herr Schäfer, Sie werden Ihre Frau doch sicherlich telefonisch erreichen können, oder?«

»Ja … nein …« Eine zweite Lüge musste her. »Sandra hat seit einigen Tagen ein neues Handy. Ich kenne die Nummer noch nicht.«

»Beim Erwerb eines neuen Handys behält man doch normalerweise seine Nummer«, sagte eine sehr zweifelnde Stimme am anderen Ende der Leitung.

»Ja … das ist wohl richtig … aber …«

»Wie schon gesagt, Herr Schäfer, ich bin nicht befugt, Ihnen die Adresse Ihrer Frau zu geben. Ich habe meine Vorschriften, und an die werde ich mich halten. Und jetzt entschuldigen Sie mich bitte.«

Es dauerte einige Sekunden, bis Schäfer begriff, dass die Frau das Gespräch beendet hatte. Wut stieg in ihm auf, und im ersten Moment war er drauf und dran, aus dem Haus zu stürmen, zu dieser verdammten Umzugsfirma zu fahren und denen mal so richtig den Marsch zu blasen. Aber dann besann er sich wieder. Sie würden die Adresse nicht rausrücken, und wenn man es einmal in Ruhe bedachte, war das ja auch richtig so. Er hätte ein durchgeknallter Ehemann sein können, der seiner Frau etwas Böses wollte.

Schäfer ging in die Küche und trank den letzten Schluck Kaffee. Als er den Becher mit dem Hahn-und-Henne-Motiv in den Geschirrspüler stellte, schnürte ihm die Sehnsucht nach Sandra die Kehle zu, und er ließ sich kraftlos auf einen Stuhl niedersinken.

Sie hatte mit allem recht gehabt. Wenn ihre Ehe scheiterte oder es womöglich schon war, dann trug er ganz allein daran die Schuld. Er hatte es in all den Jahren nicht geschafft, sich aus seiner Trauer zu befreien, hatte jeden Menschen, der ihm näherkam, dazu verdammt, an seiner Seite mitzuleiden. Zwischen dem Tod seiner ersten Frau und der Heirat mit Sandra hatten zehn Jahre gelegen, in denen er mehrere Beziehungen mit Frauen eingegangen war. Keine davon war beständig gewesen, weil keine der Frauen mit ihm und seiner immer wieder aufflackernden Schwermut zurechtgekommen war.

Sandra war anders gewesen. Sie hatte sich nicht von seiner häufig ablehnenden Haltung beirren lassen, mit der er auf Distanz zu halten versuchte, was ihm Angst bereitete. Denn Angst war da gewesen, große sogar, und sie hatte ihn bis heute nicht verlassen. Angst vor der Tiefe seiner Gefühle, Angst, sich ihr gänzlich zu offenbaren, ihr zu sagen und immer wieder zu zeigen, wie wichtig sie für ihn war. Angst, sich in etwas zu verlieren, was ihm vielleicht wieder genommen wurde. Das würde er kein zweites Mal ertragen.

Als das Telefon zu läuten begann, zuckte Schäfer zusammen und rannte ins Wohnzimmer. Sandra! Aber es war nur sein Vorgesetzter, der ihn mit genervter Stimme fragte, ob er die Absicht habe, heute noch zur Arbeit zu erscheinen.

»Ich wollte gerade anrufen«, sagte Schäfer und bemühte sich, so nasal wie möglich zu klingen, in der Hoffnung, dass sein Chef ihm die Erkältung abnehmen würde. »Mich hat's voll erwischt. Diese Woche brauche ich bestimmt noch, um mich auszukurieren. Ich geh nachher zum Arzt.«

Sein Vorgesetzter brummte etwas, das klang wie: »Dann sehen Sie mal zu, dass Sie schnell wieder auf die Füße kommen.« Nachdem er ihm noch gute Besserung gewünscht hatte, beendete er das Gespräch.

Schäfer lehnte sich im Sessel zurück und schloss die Augen. Wie sollte er diesen Tag überstehen?

Nach Lisas Rückkehr in die Blume setzte Södersen eine weitere Zusammenkunft an. »Wenn wir durch sind, komm bitte in mein Büro«, raunte er ihr zu, bevor sie den Besprechungsraum betraten. Sie nickte und forschte in seinem Gesicht, welcher Art die Nachrichten wohl sein mochten, die er für sie hatte. Aber Södersen hatte eine undurchdringliche Miene aufgesetzt, als er zum Tisch hinüberging und sich setzte. »Was gibt es Neues?«, fragte er und lehnte sich auf seinem Stuhl zurück.

Lisa erzählte von dem Besuch in der JVA und schloss ihren Bericht mit den Worten: »Ich fahre am Freitag noch mal hin, wenn dieser Wenners wieder im Dienst ist. Ich hoffe, dass das Gespräch mit ihm etwas ergiebiger sein wird.«

Södersen benieste ihren letzten Satz und grinste in die Runde, nachdem er kräftig ausgeschnaubt hatte. Seine Laune schien sich etwas gebessert zu haben. »Das sollte helfen!« Dann blickte er Malte, Uwe und Frank Bergmann an. »Was habt ihr?«

Uwe ergriff das Wort, bevor einer seiner Kollegen die Chance dazu hatte. »Wir haben die Namen der beiden getöteten Jungen und erste Infos über ihre Eltern. Die kompletten Unterlagen dürften wir morgen erhalten. Das erste Opfer hieß Bastian Waldorf. Die Tat fand in Schleswig statt. Seine Mutter Maren Waldorf ist Anlageberaterin bei der Schleswiger Stadtbank, und ihr geschiedener Mann arbeitet als Auslandskorrespondent seiner Zeitung seit neun Jahren in Rom. Die Ehe wurde vor zehn Jahren geschieden. Der zweite Junge hieß Tim Schäfer. Seine Mutter Karina hat ein Jahr nach dem Tod ihres Sohnes Selbstmord begangen, sein Vater Axel hat vor sechs Jahren zum zweiten Mal geheiratet. Schäfer ist kaufmännischer Angestellter bei der Honberg-Versicherung und wohnt jetzt mit seiner zweiten Frau in Stein bei Kiel.« Uwe sah seine Kollegen der Reihe nach an, als hätte er noch mit etwas Besonderem aufzuwarten. »Maren Waldorf ist übrigens die Schwägerin von Constantin Dahlström.«

»Unserem Justizminister in spe?« Södersen klang interessiert.

»Wenn er es denn wird«, warf Uwe ein.

»Im Moment sieht ja alles danach aus«, meinte Södersen. »Ich glaube, er wäre nicht der Schlechteste.«

»Die Eltern könnten als Täter in Frage kommen«, brachte Lisa das Gespräch wieder auf seinen Ursprung zurück. Für Södersens geliebte politische Exkurse hatten sie im Moment nun wirklich keine Zeit.

»Auf jeden Fall!«, sagte Malte und warf einen Blick in den Computer. »Schäfer hat Hunold jedenfalls während des Prozesses immer wieder bedroht. Das muss damals im Gericht eine hochemotionale Atmosphäre gewesen sein. Schäfer ist mehrere Male des Saales verwiesen worden. Als Hunold vor fünf Monaten entlassen wurde und zwei Tage nach ihm noch ein weiterer Sexualstraftäter, hat Schäfer eine Medienkampagne gestartet und war als Gast in einer Talkshow zum Thema Gewalt an Kindern.«

»Die Entlassung der beiden Männer ist übrigens ausführlich von den Medien aufgegriffen worden«, ergänzte Bergmann. »In einem Boulevardblatt habe ich zwei Fotos von ihnen entdeckt, auf denen die Gesichter nur sehr unzureichend verpixelt waren. Außerdem waren die Namen abgedruckt«, er berichtigte sich, »also vom Nachnamen natürlich nur der Anfangsbuchstabe mit dem üblichen Punkt dahinter.«

Lisa nahm die Ausdrucke entgegen, die Malte von der damaligen Prozessberichterstattung gemacht hatte. »Da ist noch einer freigekommen?«, fragte sie erstaunt.

»Haben die in Lauerhof dir das nicht erzählt?«, sagte Malte.

»Nee, haben sie nicht. Der Direktor hat nur das Nötigste gesagt, der scheint nämlich gerade wegen einer anderen Sache ziemlichen Ärger zu haben. Offensichtlich ist da jemand zusammengeschlagen worden, weswegen Fehrbach auch da war. Und dieser Mitarbeiter, der noch bei dem Gespräch dabei war, wirkte ziemlich eingeschüchtert. Er hat sich damit herauszureden versucht, dass er erst seit kurzem in Hunolds Trakt gearbeitet habe und deshalb auch nicht viel über ihn erzählen könne.« Sie blickte Malte an. »Wie heißt dieser andere Mann?«

»Pieter Seegers. Er hatte sich an einem elfjährigen Mädchen vergangen und es dann aus Angst vor Entdeckung getötet.«

»Interessant«, murmelte Lisa. »Damit werde ich die Herren in der JVA am Freitag gleich mal konfrontieren.«

»Es könnte auch noch jemand anderer für uns von Interesse sein«, warf Uwe ein. »Der Mann heißt Dirk Bongers und hat vor vier Jahren die Kinderhilfsorganisation Regenbogen gegründet. Dieser Bongers scheint ein ziemlich scharfer Hund zu sein, denn in den Artikeln, die ich bisher im Internet gefunden habe, taucht häufig der Verdacht auf, dass er der rechtsextremen Szene zuzuordnen ist.«

»Die treten ja häufiger in Erscheinung, wenn es darum geht, Front gegen entlassene Sexualstraftäter zu machen«, sagte Södersen nachdenklich. »Meistens kommt schnell raus, wo diese Männer nach ihrer Freilassung untergebracht werden, und bis zum Protest der Anwohner ist es dann nicht mehr weit.«

»Da hat's doch diesen Fall in Sachsen-Anhalt gegeben«, erinnerte sich Lisa. »Da haben sich Rechtsextreme den protestierenden Nachbarn angeschlossen und versucht, diese für ihre Zwecke zu instrumentalisieren.«

»Genau.« Södersen nickte. »Aber solche Fälle sind auch schon anderswo vorgekommen, und sie nehmen zu.«

»Gab es bei diesem Bongers einen Hintergrund, warum er die Kinderhilfsorganisation gegründet hat?«, fragte Bergmann. »Also ich meine, hat er auch ein Kind verloren?«

Uwe schüttelte den Kopf. »Dazu hab ich nichts gefunden.«

»Habt ihr eine Verbindung zwischen den beiden Eltern und diesem Bongers entdeckt?«, fragte Lisa.

Allgemeines Kopfschütteln.

»Okay«, sagte Södersen entschlossen, »dann wollen wir uns mal auf den Weg machen. Ich schlage vor, dass Uwe und ich uns Maren Waldorf vornehmen, Lisa und Frank fahren zu Schäfer und Bongers, Malte nimmt Kontakt mit der italienischen Polizei auf und versucht alles über Jörg Waldorf in Erfahrung zu bringen.« Er stand auf und gab Lisa ein Zeichen, ihm ins Büro zu folgen.

»Der Verbindungsdatennachweis hat nichts erbracht«, sagte er, nachdem Lisa die Tür hinter ihnen geschlossen hatte. »Der Anruf kam von einer SIM-Karte, die zwei Tage vorher bei einem Lebensmitteldiscounter in Leck gekauft wurde. Bei diesen Discountern muss man keine persönlichen Angaben machen. Die Karte wurde am Tag des Anrufs aktiviert, es erfolgte nur dieser eine Anruf bei deiner Mutter. Seitdem wurde die Karte nicht mehr benutzt und ist auch nicht mehr erreichbar. Es ist davon auszugehen, dass der Anrufer sie vernichtet hat.« Södersen legte Lisa kurz die Hand auf die Schulter. »Tut mir leid, Lisa, ich hätte dir gerne geholfen.«

Erst jetzt wurde Lisa bewusst, dass sie während Södersens Worten die Luft angehalten hatte. Sie atmete tief aus. »Danke, Ralf.« Als sie weitersprechen wollte, bemerkte sie einen dicken Kloß in ihrer Kehle. Sie schalt sich eine dumme Kuh, was hatte sie denn eigentlich erwartet? Dass sich der Anruf ohne Probleme zurückverfolgen ließ?

»Was willst du jetzt tun?«, fragte Södersen. Er musterte sie mit einem besorgten Ausdruck.

»Ich weiß es nicht. Das Schlimmste ist im Moment, dass ich keine Ahnung habe, wie ich es meiner Mutter beibringen soll.« Sie strich sich über die Stirn. »Sie hat mich gefragt, ob ich daran glaube, dass Britt noch am Leben ist. Ich habe gesagt, natürlich. Das sage ich ja immer, aber wenn ich ehrlich bin, Ralf, glaube ich langsam nicht mehr daran.«

Die Polizei hatte noch nicht angerufen, und so wog sich Berta Matthiessen auch an diesem Morgen weiter in der Hoffnung, dass der Tote vom Kanal nicht Carsten war, bis sie einen Blick aus dem Fenster warf und auf die in weiße Schutzanzüge gekleideten Menschen aufmerksam wurde, die sich auf Carstens Grundstück zu schaffen machten und offensichtlich gerade dabei waren, die Haustür aufzubrechen. In diesem Moment wurde ihr klar, dass Carsten nicht mehr zurückkommen würde.

So schnell ihre alten Beine sie trugen, eilte Berta zum Nachbargrundstück hinüber, wurde aber schon nach kurzer Zeit von einem Beamten gestoppt, der sich daranmachte, den Bereich weiträumig abzusperren.

»Ist Frau Sanders hier?«, fragte sie ihn ängstlich.

Er zuckte mit den Schultern und gab die Frage an einen in kurzer Entfernung stehenden Mann weiter, der gerade den Reißverschluss seines Schutzanzugs hochzog. Dieser blickte auf und kam zu ihnen herüber.

»Behring«, stellte er sich vor. »Sie wollten Frau Sanders sprechen?«

»Ja. Ist sie hier?«

»Leider nicht. Kann ich Ihnen weiterhelfen?«

Voller Angst schaute Berta zu den Menschen hinüber, die sich auf Carstens Grundstück tummelten. Die Haustür war mittlerweile geöffnet, zwei Personen mit Metallkoffern traten gerade in den Flur.

»Der Tote am Kanal war Carsten, oder?« Berta bemerkte, dass der vor ihr stehende Mann sie aufmerksam betrachtete.

»Ich kann Ihnen leider keine Auskunft geben. Aber wenn Sie mir Ihren Namen nennen, werde ich Frau Sanders bitten, Sie anzurufen.«

»Ich habe ihre Nummer, danke.« Berta warf einen letzten Blick auf das Geschehen vor ihren Augen, dann schlurfte sie langsam zu ihrem Haus zurück. Eiseskälte hatte ihren Körper ergriffen, und das lag nicht daran, dass sie in ihrer Eile, etwas zu erfahren, weder Mantel noch Stiefel angezogen hatte. Sie schloss die Eingangstür hinter sich und lenkte ihre Schritte in die Küche, wo sie sich schwerfällig auf einem der blau gemusterten Stühle niederließ.

Sollte sie Lisa Sanders anrufen? Die Polizistin hatte doch versprochen, sich zu melden, wenn der Tote identifiziert war und es sich um Carsten handeln sollte. Oder war die Durchsuchung von Carstens Haus und Grundstück nur eine ganz normale Maßnahme im Zuge einer Ermittlung?

Berta war unschlüssig. Sie hatte Lisa Sanders' Vorbehalte deutlich gespürt, als sie, Berta, Carsten verteidigt hatte. Aber was wusste diese Frau, was wussten all die anderen denn schon von ihm?

»Nichts wisst ihr«, murmelte Berta und erhob sich, um die Gardine des Küchenfensters zu schließen. Sie wollte nicht sehen, was dort drüben geschah, wollte das allzu Offensichtliche noch für eine Zeitlang aus ihrem Leben ausklammern.

Mit einem Ächzen drehte sie sich um und ging ins Wohnzimmer hinüber, wo sie sich in einen Sessel sinken ließ und die Wolldecke über ihren Knien ausbreitete. Sie zog das Fotoalbum vom Tisch, in dem sie schon den ganzen Tag über immer wieder geblättert hatte. Es war alt, vor bald vierzig Jahren hatte sie damit begonnen, die ersten Bilder hineinzukleben.

Berta lächelte, als sie die Seiten umblätterte. Sie blickte auf Schwarzweißfotos mit Zackenrand, die in Fotoecken steckten. Viele von ihnen waren vergilbt, andere hatten einen Rotstich.

Carsten in kurzen Hosen im Garten seines Elternhauses, fröhlich in die Kamera lachend. Carsten mit einer großen Schultüte in den Armen. Carsten beim Bau eines Schneemanns neben dem Gartenzaun.

Er ist mehr dein Junge als der von Louise, hatte Helmut häufig gesagt und sich im Scherz darüber beschwert, dass sie Carsten mehr Aufmerksamkeit schenke als ihm. Ihr Mann hatte sich zeit seines Lebens schuldig gefühlt, dass er keine Kinder zeugen konnte und ihr sehnlichster Wunsch somit unerfüllt blieb. Deshalb hatte er es hingenommen, dass sie den Jungen aus dem Nachbarhaus quasi adoptierte, als sie bemerkte, wie wenig Interesse Louise an ihrem Sohn hatte.

Hatte Louises Verhalten womöglich den Grundstein für Carstens Fehlentwicklung gelegt? Berta vermochte es nicht zu sagen, woher auch. An der Erklärung, warum Menschen zu Triebtätern wurden, schieden sich bis heute die Meinungen der Experten.

Aber er hat doch mich gehabt, dachte sie in einer Aufwallung von Verzweiflung. Sie hatte alles darangesetzt, ihn zu einem anständigen Menschen zu erziehen und ihm die Liebe zu geben, die Louise ihm vorenthielt. War das denn alles umsonst gewesen?

Als er nach den langen Jahren in der Haft zurückgekommen war, hatte er vor ihrer Haustür gestanden, voller Angst, hatte kaum gewagt, ihr in die Augen zu schauen. Sie hatte ihn hereingebeten, genauso verunsichert wie er, hatte ihn nicht in den Arm genommen wie sonst und sich hinterher geschämt, weil er diese fehlende Geste der Zuneigung doch zwangsläufig als Ablehnung auffassen musste. Aber es war so schwer gewesen. Am Anfang auf beiden Seiten. Doch die alte Vertrautheit hatte sich schon nach kurzer Zeit wieder eingestellt, vielleicht, weil sie über vieles geredet hatten.

Berta schreckte zusammen, als das Telefon zu läuten begann. Sie wollte jetzt mit niemandem sprechen, nicht einmal mit der Polizistin, falls sie es sein sollte. Nachdem das Klingeln verstummt war, zog sie den Stecker heraus.

Auf dem Weg zu Axel Schäfer blätterte Lisa in den Ausdrucken herum und wies Bergmann dann noch einmal auf einen bereits erwähnten Punkt hin. »Schäfer ist bei dem Prozess gegen Hunold mehrfach ausgerastet und hat ihn massiv bedroht. Da müssen wir ihn unbedingt drauf ansprechen.«

»Vielleicht hat er diese Drohungen ja jetzt in die Tat umgesetzt«, sagte Bergmann nachdenklich. »In den Zeitungen stand zwar nichts über die derzeitigen Aufenthaltsorte von Hunold und Seegers, aber ich gehe davon aus, dass sie zumindest einigen Presseleuten bekannt waren und von diesen dann vielleicht auch weitergegeben wurden.«

Lisa zuckte etwas ratlos mit den Schultern. »Tja, gut möglich.« Übergangslos stellte sie die Frage, die ihr seit heute Morgen auf der Seele lag. »Glaubst du, dass du dem Fall gewachsen bist?«

Bergmann schaute sie kurz von der Seite an, offensichtlich irritiert über den plötzlichen Themenwechsel, bevor er seinen Blick wieder auf die Straße richtete, auf der ein Bus beim Abbiegen auf eine Haltestelle gerade gefährlich ins Schlingern geriet. Er schaltete einen Gang herunter. »Du meinst, weil ich auch ein Kind durch eine Gewalttat verloren habe?«

Bergmann hatte nicht nur seinen Sohn, sondern auch seine Frau bei dieser unsinnigen Greueltat verloren, die sein Leben wohl für immer überschatten würde.

»Ja.«

»Als feststand, dass es sich bei dem Toten um Hunold handelt, habe ich tatsächlich einen Augenblick lang darüber nachgedacht, ob ich mich von dem Fall entbinden lassen soll. Aber was hätte das gebracht? Ich werde immer wieder mit solchen Dingen zu tun haben, ich kann nicht davor weglaufen.«

»Okay«, sagte Lisa. »Aber falls es dir doch irgendwann zu viel werden sollte, dann sag mir bitte Bescheid und spiel nicht den starken Mann, der das alles mit Leichtigkeit durchsteht.«

»Ich bin ein starker Mann. Hast du das jemals bezweifelt?« Bergmann grinste, aber Lisa spürte die Anstrengung, die es ihn kostete. Seine nächste Frage traf sie unerwartet. »Was ist mit dir, Lisa? Du wirkst heute so angespannt.«

Sie zögerte nur einen kurzen Moment, dann erzählte sie Bergmann von dem Verschwinden ihrer Schwester und dem am Vortag erfolgten Anruf bei ihrer Mutter. Sie war so übervoll mit Emotionen, es musste einfach heraus.

»Dann trägst du ja auch dein Päckchen mit dir herum«, meinte Bergmann, nachdem sie geendet hatte. »Aber du musst aufhören, dir die Schuld zu geben. Du hattest Angst um deine Schwester, in solchen Situationen kann man leicht überreagieren.«

»Behalt das Ganze bitte für dich. Im Büro wissen nur Ralf und Luca davon.«

Bergmann nickte. »Danke für dein Vertrauen. Wenn ich dir irgendwie helfen kann, sag Bescheid. Das meine ich ernst.«

»Ich weiß.«

Der Rest der Fahrt verlief schweigend, bis das Navi verkündete, dass sie ihr Ziel erreicht hätten. Bergmann parkte den Wagen vor einem Endreihenhaus neueren Datums. Rot verklinkerte Außenfassade, Sprossenfenster mit weißen Rahmen, mehrere Stufen führten zur weißen, hölzernen Haustür empor, an der ein mit Schleifen geschmückter Buchsbaumkranz hing. Alles machte einen sauberen und gepflegten Eindruck, genauso wie die Fassaden der Nachbarhäuser, deren Außendekorationen sich nur unwesentlich voneinander unterschieden. Die Vorgärten, die eigentlich viel zu klein waren, um sie mit dem Wort Garten in Verbindung zu bringen, lagen unter einer dicken Schneedecke begraben, aus der hin und wieder die Köpfe von Büschen hervorlugten.

Sie klingelten an der Haustür, und schon nach kurzer Zeit wurde ihnen geöffnet. Der Mann, der sie mit einem misstrauischen

Ausdruck musterte, war laut ihren Informationen siebenundvierzig Jahre alt, wirkte aber um einiges älter. Er war groß und von schlanker, fast hagerer Statur, sein Gesicht von Falten durchzogen. Sein Haar war grau, seine dunkelblauen Augen schienen bar jeder Empfindung.

»Axel Schäfer?«, fragte Lisa.

Als ihr Gegenüber bejahte, stellten sie sich vor und reichten ihm ihre Dienstausweise, die er aufmerksam studierte, bevor er sie wieder zurückgab. Erst dann machte er den Weg frei und bat sie ins Haus, wo er ihre Jacken abnahm und an der Garderobe aufhängte.

»Lassen Sie uns ins Wohnzimmer gehen.« Schäfer ging voraus. »Kann ich Ihnen etwas anbieten?«

Als sie verneinten, deutete er auf die Sitzgarnitur und nahm dann als Letzter Platz. »Was kann ich für Sie tun?«

Er hat etwas von einem Roboter, dachte Lisa. Seine Bewegungen sind steif und ungelenk, er macht einen vollkommen emotionslosen Eindruck. »Herr Schäfer, wir sind gekommen, um Ihnen mitzuteilen, dass Carsten Hunold am Montag tot aufgefunden wurde. Wir gehen von einem Tötungsdelikt aus.«

Jetzt endlich zeigte Schäfer eine erste Emotion. Er stieß einen erstickten Laut aus und sank im Sessel zurück. Es dauerte einen Augenblick, bevor er Lisa wieder ansah. Sein Kiefer war zusammengepresst, in seinen vorher so toten Augen funkelte Genugtuung. »Dann hat das Schwein also endlich seine gerechte Strafe bekommen«, stieß er schließlich hervor, und Lisa hatte für einen aberwitzigen Moment das Gefühl, dass er in der nächsten Sekunde in ein Triumphgeheul ausbrechen würde. Sie ließ ihn nicht aus den Augen und beobachtete sein wechselndes Mienenspiel. Alle Lethargie war verflogen, sein Körper wirkte, als hätte er einen Stromschlag bekommen, das vorher so blasse Gesicht war gerötet.

»Nachdem unsere Kollegen Sie über Hunolds Entlassung informiert hatten, haben Sie eine Medienkampagne gestartet, in der Sie vor dem Mann gewarnt haben. Sie haben Anzeigen in Zeitungen geschaltet und sind in einer Talkshow zum Thema Gewalt an Kindern aufgetreten.«

»Das ist richtig. Die Bevölkerung musste schließlich vor dieser Bestie gewarnt werden.«

»Haben Sie erfahren, wohin Hunold nach seiner Haftentlassung gezogen war?«

»Nein, das war mir nicht bekannt.« Er sah ihr fest in die Augen.

»Sie haben die Presse für Ihre Aktion benutzt, auf der anderen Seite aber einem Journalisten eine Ohrfeige verpasst. Wie ist es dazu gekommen?«

»Er hat mich gefragt, wie ich mich bei dem Gedanken fühlen würde, dass der Mörder meines Sohnes jetzt wieder in Freiheit ist. Wie würden Sie denn in einer solchen Situation reagieren?«

»Und wie haben Sie sich gefühlt?«, mischte sich Bergmann zum ersten Mal in das Gespräch ein.

»Was soll die Frage?«, herrschte Schäfer ihn an. Seine Stimmung war unversehens in Wut umgeschlagen.

»Das ist doch eine ganz normale Frage, Herr Schäfer. Der Mörder Ihres Sohnes wird nach siebzehn Jahren aus der Haft entlassen, und obwohl er immer noch als gefährlich gilt, wird die nachträglich angeordnete Sicherungsverwahrung auf einmal als rechtswidrig eingestuft.«

»Dieses Urteil aus Straßburg ist doch ein Witz! Die scheren alle über einen Kamm. Man kann doch einen Menschen, von dem eine Gefahr für die Allgemeinheit ausgeht, nicht in die Freiheit entlassen! Das ist doch unverantwortlich! Wer wird denn zur Rechenschaft gezogen, wenn dieser Mensch wieder ein Verbrechen begeht? Das nächste Kind tötet? Doch nicht die Richter in Straßburg! Die verschanzen sich hinter ihren Paragraphen und ihrem ach so menschenfreundlichen Urteil. Jedes Individuum ist gleich und hat die gleichen Rechte. Dass ich nicht lache! Mein Sohn war fünf Jahre alt, als Hunold sich an ihm vergangen und ihn umgebracht hat. Fünf Jahre! Was war denn mit Timmis Rechten? Mit seinem Recht auf Leben? Das hat ihm dieses Monster genommen, aber für sich selber nimmt er jedes Recht in Anspruch.« Ein Schluchzen erstickte seine letzten Worte.

»Ich kann verstehen, wie Sie sich gefühlt haben«, sagte Bergmann.

»Gar nichts können Sie verstehen, gar nichts«, sagte Schäfer aufgebracht. »Alle tun immer so wahnsinnig verständnisvoll, damals schon, aber wie es in einem aussieht, weiß keiner.«

»Ich habe meinen Sohn und meine Frau vor dreieinhalb Jahren bei einem Amoklauf verloren. Der Täter hat sich erschossen, aber glauben Sie mir, Herr Schäfer, ich weiß nicht, was ich getan hätte, wenn er am Leben geblieben wäre.«

Lisa gestand sich ein, dass sie Bergmann für sein Verhalten bewunderte. Er wirkte ruhig, nur sein zusammengepresster Kiefer verriet die Anspannung, unter der er stand. Sie überlegte, was er mit seinen Worten bezweckt hatte, denn normalerweise würde niemand von ihnen eine solch private Angelegenheit einem Verdächtigen gegenüber offenbaren. Es wäre absolut unprofessionell. Aber vielleicht wollte Bergmann Schäfer zeigen, dass es auch andere Menschen mit einem schweren Schicksal gab, weil er hoffte, dem Mann so etwas von seinen Aggressionen zu nehmen und das Gespräch auf eine sachliche Ebene zu lenken. Falls dem so war, hatte seine Taktik Erfolg, denn Schäfer wurde augenblicklich ruhiger und sah Bergmann voller Bestürzung an.

»Entschuldigung … aber das … das konnte ich ja nicht wissen.«

»Natürlich konnten Sie das nicht.«

»Wollen Sie mir … davon erzählen?« Ein flehentlicher Ausdruck hatte sich in Schäfers Augen geschlichen.

»Ein andermal … vielleicht … Heute sind wir wegen Carsten Hunold hier, Herr Schäfer.«

Schäfer nickte. Von seiner Aggressivität war nichts mehr zu spüren.

»Haben Sie Hunold nach seiner Entlassung gesehen?«, wollte Lisa wissen.

»Nein.« Er schüttelte den Kopf. »Unser letztes Zusammentreffen war am Tag der Urteilsverkündung, also vor siebzehn Jahren.«

»Sie haben Hunold seinerzeit mit Vergeltung gedroht. Wenn er wieder rauskäme, würden Sie dafür sorgen, dass er für den Rest seines Lebens keine Ruhe mehr fände.«

Schäfer hielt Lisas Blick stand. »Ja, das stimmt.«

»Offensichtlich hat sich auch nach all den Jahren nichts an Ihrer Einstellung geändert, denn sonst hätten Sie ja wohl kaum diese ganzen Aktionen gegen ihn gestartet.«

Schäfer erwiderte nichts.

»Hatten Sie weitere Maßnahmen gegen Hunold geplant?«

»Nein.«

»Warum nicht?«

Schäfer zögerte, als müsste er seine Gedanken sammeln. »Weil meine Frau mich davon überzeugt hat, dass es nichts bringt. Eine solche Sache schreckt die Menschen für kurze Zeit auf, und dann gehen sie wieder zur Tagesordnung über. Ich konnte auch irgendwann nicht mehr, die letzten Jahre haben mich einfach zu viel Kraft gekostet.«

»Können Sie uns sagen, was Sie zwischen Sonntagmorgen, zehn Uhr, und Montagmorgen, neun Uhr, gemacht haben?«

»Ich war hier. Mit meiner Frau.«

»Den ganzen Zeitraum über?«

»Ja. Es war zu kalt zum Rausgehen, ich brüte ohnehin eine Erkältung aus. Da können Sie meine Frau fragen.«

»Das werden wir, Herr Schäfer. Wann können wir sie erreichen?«

»Sandra ist …« Schäfer wich ihrem Blick aus. »Meine Frau ist gestern ausgezogen. Ich weiß nicht, wo sie jetzt wohnt.«

»Hat Ihre Frau ein Umzugsunternehmen beauftragt?«

Schäfer nickte und stand auf, um in den Flur zu gehen. Als er zurückkam, drückte er Lisa einen Zettel mit einer Telefonnummer in die Hand. »Mir wollten sie die Adresse nicht geben. Ich denke, Sie dürften da mehr Glück haben.«

Lisa erhob sich und steckte den Zettel ein. »Danke, Herr Schäfer. Das wär's fürs Erste. Falls wir noch Fragen haben, melden wir uns wieder bei Ihnen.«

Sandra Schäfer hatte eine kleine Wohnung in der Nähe des Südfriedhofs bezogen und war gerade mit dem Anbringen von Jalousien beschäftigt, als Lisa und Bergmann an der Haustür klingelten.

Nachdem Schäfers Frau erfahren hatte, worum es ging, bat sie die beiden Kripobeamten in die Küche, die als einziger Raum fertig eingerichtet schien und drei Sitzmöglichkeiten in Form von buntbemalten Holzstühlen bot.

»Kann ich Ihnen etwas zu trinken anbieten? Vielleicht Kaffee oder Tee?« Sandra hatte ihnen den Rücken zugewandt und hantierte mit der Kaffeekanne und einem Wasserkocher auf der Arbeitsplatte herum. Ihre Schultern waren verkrampft, ihre Bewegungen hatten etwas Angespanntes. »Oder ein Wasser?«

Obwohl Lisa und Bergmann das Angebot ablehnten, schien Sandra Schäfer nicht gewillt, ihre vorgeschobenen Tätigkeiten einzustellen. Sie rückte die Kaffeemaschine näher an die beige geflieste Wand heran, stellte den Wasserkocher auf seinen Untersatz zurück und richtete die Frühstücksbrettchen, die in einem Halter neben dem Herd standen. Nach einer Weile wurde es Lisa zu dumm.

»Frau Schäfer, würden Sie sich bitte setzen. Wir haben einige Fragen an Sie.«

Sandra Schäfer verharrte in der Bewegung, dann drehte sie sich um und sank auf den freien Stuhl. Ihr Blick flackerte, als sie zwischen ihren Besuchern hin und her schaute. »Sie glauben doch nicht ernsthaft, dass mein Mann etwas mit dem Mord an diesem Hunold zu tun hat? Axel könnte keiner Fliege etwas zuleide tun. Ich weiß das, ich kenne ihn.«

Lisa musterte die vor ihr sitzende Frau, der es nicht gelang, ihre Beunruhigung zu verbergen. Sandra Schäfer war eine Schönheit. Schlanke, wohlgeformte Figur, lange dunkelbraune Haare und graugrüne Augen, unter denen im Moment allerdings dunkle Ringe lagen. »Wir richten uns nach Fakten, Frau Schäfer, für den Glauben sind andere zuständig.« Als Sandras Augen feucht wurden, bereute Lisa ihre barschen Worte augenblicklich. »Wir müssen einigen Dingen nachgehen, Frau Schäfer, das werden Sie sicher verstehen. Und Ihr Mann hat natürlich ein sehr starkes Tatmotiv.«

»Aber Axel war es nicht! Das ist doch lächerlich, ihn zu verdächtigen.«

»Können Sie uns sagen, wo sich Ihr Mann in der Zeit von Sonntagmorgen, zehn Uhr, bis Montagmorgen, neun Uhr, aufgehalten hat?«, fragte Bergmann.

»Da war er zu Hause.«

»Die ganze Zeit über?«

»Ja. Axel hatte eine Erkältung in den Knochen, und das Wetter war zu kalt zum Spazierengehen.« Sandra gab sich redliche Mühe, Lisas und Bergmanns eindringlichen Blicken standzuhalten. »Er hat nichts mit dem Mord zu tun. Wirklich nicht, das müssen Sie mir glauben.« Sie schlug die Hände vors Gesicht und begann hemmungslos zu schluchzen.

So kamen sie nicht weiter. »Erzählen Sie uns etwas von Ihrem Mann, Frau Schäfer. Wann haben Sie sich kennengelernt?«

Es verstrich einige Zeit, bis Sandras Schluchzen verebbte und sie die Hände sinken ließ. Sie zog ein Taschentuch aus ihrer Jeans, wischte über ihr feuchtes Gesicht und schnaubte kräftig aus. »Das war vor sieben Jahren im Osterurlaub auf Föhr. Ich hatte mir gerade eine Crêpe geholt und wollte mich auf eine Bank an der Promenade setzen, als eine Möwe im Sturzflug auf mich zukam und mir die Crêpe aus den Händen riss. Ich war total erschrocken, und dann habe ich ein Lachen hinter mir gehört. Als ich mich umdrehte, stand Axel da. Er ist sofort losgelaufen und hat mir eine neue Crêpe gekauft und dafür gesorgt, dass mich keine Möwe mehr attackiert.« Sandras Gesicht war weich geworden. »Ich hab mich sofort in ihn verliebt. Aber zusammengekommen sind wir erst ein halbes Jahr später. Ich hab in Eckernförde gewohnt und Axel in Husum. Wir haben nie den Kontakt verloren, wir haben telefoniert und uns Mails geschickt. Manchmal haben wir uns am Wochenende getroffen. Und irgendwann habe ich gemerkt, dass Axel meine Gefühle erwidert. Ich kannte seine Geschichte mittlerweile, und mir war klar, dass er das Thema von sich aus nicht anschneiden würde. Dazu war seine Angst vor einem erneuten Verlust zu groß.« Ein verschmitztes Lächeln erhellte auf einmal ihr Gesicht und ließ die Sommersprossen tanzen. »Ich habe dann ein bisschen nachgeholfen. Bei manchen Männern tut das halt not.«

Es war offensichtlich, dass Sandra Schäfer ihren Mann liebte. Warum also hatte sie ihn verlassen? »Weshalb haben Sie sich von Ihrem Mann getrennt, Frau Schäfer?«

Sandras Gesichtsausdruck wurde wieder ernst. »Weil ich

nicht mehr kann. Ich werde meinen Mann immer lieben, aber ich kann nicht mehr mit ihm leben.«

»Mögen Sie uns den Grund dafür nennen?«

»Axel hatte mich vor der Hochzeit gewarnt, dass es nicht immer einfach mit ihm sei, dass er Stimmungsschwankungen habe und in depressive Phasen falle, wenn die Trauer ihn wieder übermanne. Er ging zu der Zeit schon lange nicht mehr zu einem Psychologen, weil er der Meinung war, dass die ihm eh nicht helfen könnten. Ich wusste also, worauf ich mich einließ, und war mir sicher, dass ich es schaffen würde, ihn in solchen Phasen aufzufangen. Anfangs ist mir das auch gelungen. Außerdem hatte ich natürlich die Hoffnung, dass unsere Liebe Axel neue Kraft gibt und er die Vergangenheit endgültig hinter sich lassen kann. Aber was das anbelangt, habe ich mich geirrt oder besser gesagt überschätzt, weil ich, wie ich jetzt weiß, auch sehr naiv an die ganze Sache rangegangen bin. So nach dem Motto: Liebe heilt alles. Aber das tut sie nicht. Ich konnte diese dunklen Tage nicht mit meiner Liebe erhellen, sosehr ich es auch versucht habe. Axel kann in solchen Phasen niemanden um sich herum ertragen. Auch mich nicht, das habe ich schmerzlich begreifen müssen. Er hat mich weggestoßen, wenn ich ihm helfen wollte. Ich habe gehofft, dass ich es mit der Zeit lernen werde, dieses Verhalten zu akzeptieren, aber ich schaffe das nicht. Axel schließt mich aus, er lässt nicht zu, dass ich an seiner Trauer teilhabe und für ihn da bin.« Die Tränen begannen wieder zu fließen. »Ich habe schon länger mit dem Gedanken gespielt zu gehen, aber ich habe erst jetzt die Kraft dazu aufgebracht, weil mir irgendwann klarwurde, dass es sonst nie mehr geschehen wird. Wenn ich geblieben wäre, hätte ich zugelassen, dass Axel auch mein Leben zerstört.«

»Wie hat Ihr Mann reagiert, als er von Hunolds Freilassung erfuhr?«, fragte Bergmann.

»Er musste ja damit rechnen, dass es irgendwann geschieht, und als dann der Anruf von der Polizei kam, war er nicht allzu überrascht. Lebenslänglich bedeutet in unserem Land nun mal nicht das, was das Wort impliziert.«

»Hatte Ihr Mann Ihnen von der geplanten Medienkampagne gegen Hunold erzählt?«

Sandra Schäfer schüttelte den Kopf. »Ich wünschte, er hätte es getan, dann hätte ich es ihm nämlich auszureden versucht. So ist es mir erst im Nachhinein gelungen, ihn zu überzeugen, was für ein Irrsinn das ist. Diese Aktion hat alles wieder aufgewühlt.« Sie senkte den Kopf, ihre Stimme wurde leiser. »Ich hatte häufig das Gefühl, dass Axel nur deshalb nicht abschließen konnte, weil er glaubte, seine erste Frau und seinen Sohn dann dem Vergessen preiszugeben.«

»Wissen Sie, ob Ihrem Mann Hunolds jetziger Aufenthaltsort bekannt war? Könnte er vielleicht einmal dort gewesen sein?«

»Davon hat er nie etwas erwähnt, aber das glaube ich nicht.«

»Wie war das mit Rachegedanken? Hat Ihr Mann darüber gesprochen, dass er sich an Hunold rächen will?«

Sandra sah Bergmann unsicher an. »Ja, aber das waren doch nur Floskeln. Axel wäre überhaupt nicht in der Lage, einem anderen Menschen Gewalt anzutun, nicht einmal dem Mörder seines Sohnes.«

Fehrbach hatte fast eine halbe Stunde gebraucht, um einen Parkplatz in der Nähe der Bezirkskriminalinspektion zu finden. Allerdings war er nicht der Letzte, der zu der telefonisch mit Södersen vereinbarten Besprechung eintraf, denn der Leiter der Mordkommission und Uwe waren auf dem Rückweg von Schleswig in einen Stau auf der A 7 geraten.

So hieß es warten, was Bergmann, der gerade mit Lisa zurückgekehrt war und Fehrbach herzlich begrüßt hatte, für einen kleinen Plausch nutzte. »Sind Sie jetzt eigentlich nach Lankenau umgesiedelt, oder wohnen Sie nach wie vor in Kiel?«

»Ich habe meine Wohnung in Kiel behalten«, erwiderte Fehrbach. »An den Wochenenden bin ich allerdings auf dem Gestüt. Nachdem wir uns entschlossen haben, es der Öffentlichkeit zugänglich zu machen, gibt es eine Menge zu tun.«

»Was haben Sie im Einzelnen geplant?«

»Im Torhaus sind mittlerweile alle Apartments ausgebaut, so dass wir hier im Frühjahr ein kleines Landhotel eröffnen können. Außerdem wird die große Scheune umgebaut, damit wir sie als Veranstaltungshalle nutzen können. Zwei kleinere Scheunen sollen später als Tagungsräume genutzt werden.«

»Das ist ja ein Mammutprojekt«, meinte Bergmann anerkennend.

»Das ist es in der Tat«, bekräftigte Fehrbach, »und es wird noch einige Zeit dauern, bis wir mit allem fertig sind. Aber es ist eine notwendige Investition in die Zukunft. Anders kann Lankenau nicht überleben, denn die Instandhaltungskosten sind einfach zu hoch.«

»Aber die Pferde behalten Sie, oder?«

»Natürlich! Ohne sie wäre Lankenau nicht das, was es ist. Die Zucht wird in jedem Fall weitergeführt.« Fehrbach wollte fortfahren, als sich die Tür des Besprechungsraums öffnete und Södersen und Uwe das Zimmer betraten.

»Ich hasse den Winter!«, schimpfte Uwe und klopfte sich den Schnee aus den Umschlägen seiner hochgekrempelten Jeans. »Diese Jahreszeit sollte verboten werden!«

Ein einhelliges Beifallsgemurmel folgte, nur Lisa und Fehrbach schlossen sich nicht an. Fehrbach liebte den Winter. Er war im Dezember geboren und hatte diese Jahreszeit immer als eine der schönsten empfunden, vorausgesetzt, es lag Schnee. Die Einschränkungen, die damit verbunden waren, störten ihn nicht sonderlich, bis auf eine Ausnahme. Wenn Schnee lag, konnte er nicht reiten. Das war aber auch schon das Einzige, was er im Winter vermisste. »Du bist ein Winterkind«, hatte Barbara an seinem letzten Geburtstag gesagt und sich schon Gedanken über den nächsten, den fünfzigsten, gemacht, den sie groß zu feiern gedachte. Er hoffte, dass es ihm bis dahin gelingen würde, ihr diese Idee auszureden, denn große Geburtstagsfeiern waren noch nie sein Ding gewesen.

Er lenkte seine Aufmerksamkeit auf den Bericht, den Lisa und Bergmann von den Befragungen Axel Schäfers und seiner Frau Sandra gaben.

»Der Typ scheint ja ziemlich schnell auszurasten, wenn er einem Reporter einfach so eine Ohrfeige verpasst«, meinte Uwe, nachdem seine Kollegen geendet hatten. »Vielleicht ist er bei Hunold auch ausgetickt.«

»Er hat zuerst einen vollkommen emotionslosen Eindruck gemacht«, sagte Lisa. »Total in sich gekehrt. Erst als wir ihm erzählt hatten, was mit Hunold passiert war, zeigte er Gefühlsregungen.«

»Das muss aber nicht bedeuten, dass er die Nachricht vorhin zum ersten Mal gehört hat und als Täter ausscheidet.«

»Natürlich nicht. Vielleicht ist er einfach auch nur ein guter Schauspieler. Obwohl …« Lisa kräuselte nachdenklich die Nase. »Er hat angegeben, im Tatzeitraum zu Hause gewesen zu sein, und hat eine Erkältung als Grund genannt. Den nasalen Tonfall hat er sich allerdings erst in diesem Moment zugelegt, das wirkte schon etwas auffällig. Aber seine Frau hat seine Aussage bestätigt.«

»Dann ist es euch ja ähnlich ergangen wie uns«, sagte Södersen, der sich einen Kaffee eingeschenkt hatte und zu seinem Stuhl zurückgekehrt war. Mit einem Ächzen ließ er sich darauf nieder. Auf seiner Stirn standen Schweißperlen. »Maren Waldorf war nämlich auch schwer einzuschätzen.«

Er sieht schlecht aus, dachte Fehrbach. Es wäre besser, wenn er mit dieser Erkältung mal ein paar Tage zu Hause bliebe, sonst wächst sie sich am Ende noch zu einer Lungenentzündung aus.

»Wo habt ihr sie eigentlich befragt?«, wollte Lisa wissen. »In der Bank oder bei ihr zu Hause?«

»In der Bank«, antwortete Södersen.

»Das Büro hättet ihr sehen sollen«, ergänzte Uwe. »Mindestens hundert Quadratmeter, das Mobiliar natürlich nur vom Feinsten, Panoramafenster mit Blick auf die Schlei und den Wikingturm. Da sah man gleich, wo das Geld der Investoren geblieben ist.«

»Nun mach mal halblang«, brummte Södersen genervt. »Manchmal hab ich das Gefühl, für dich gibt es nur schwarz oder weiß.« Er schlug die Beine übereinander. »Was ich sagen wollte, ist, dass Frau Waldorf uns weiszumachen versucht hat, dass sie mit der Vergangenheit abgeschlossen und den Tod ihres Kindes überwunden habe. Und genau das glaube ich ihr nicht. Niemand überwindet den Tod seines Kindes, schon gar nicht, wenn es brutal ermordet worden ist. Außerdem sah die Frau ziemlich verhärmt aus, und sie wirkte sehr nervös während unseres Gesprächs.«

»Wie hat sie die Nachricht von Hunolds Ermordung aufgenommen?«

»Nahezu unbewegt. Sie hat nur ein paarmal mit dem Kopf genickt, sich aber nicht dazu geäußert. Für die Zeit zwischen Hunolds Verschwinden und dem Auffinden seiner Leiche hat sie kein Alibi. Sie hat ausgesagt, dass sie ihr Haus am Sonntag nicht verlassen habe und am Montag erst gegen zehn Uhr in die Bank gekommen sei, weil sie einen Zahnarzttermin gehabt habe. Das hat gestimmt, wir haben das bereits überprüft.«

»Was ist mit ihrem geschiedenen Mann? Hat sie noch Kontakt zu ihm?«

»Sie hat gesagt, nein. Sie habe seit seiner Versetzung nach Rom nichts von ihm gehört, und er sei ihres Wissens nach seit damals auch nicht mehr am Grab ihres Sohnes gewesen.«

»Woher will sie das wissen, wenn sie keinen Kontakt mehr haben?«

Uwe zuckte mit den Schultern. »Sie hat gemeint, sie wisse es eben. Du weißt doch, Frauen und ihre Gefühle. Was soll man als Mann da nun zu sagen?«

Fehrbach bemerkte, wie sich Lisas Augen verengten, aber sie enthielt sich einer Äußerung.

Södersen wandte sich an Malte Folkerts. »Bist du bei den italienischen Behörden weitergekommen?«

Dieser schüttelte den Kopf. »Die Kollegen der Polizia di Stato wollen zurückrufen.«

»Sollen wir an Maren Waldorf dranbleiben?«, fragte Lisa.

»Es erscheint mir schwer vorstellbar, dass diese zierliche Frau Hunold umgebracht haben soll. So wie der Mann zugerichtet war, hat da jemand bis zum Exzess zugeschlagen. Das war ein extremer Gewaltausbruch. Hass kann natürlich übermenschliche Kräfte verleihen, aber … Ich weiß nicht …« Södersen wog nachdenklich den Kopf. »Wir werden Frau Waldorf nicht ausschließen, aber für den Moment denke ich, dass wir sie in Ruhe lassen können.«

Fehrbach schaltete sich in das Gespräch ein. »Was ist mit diesem Dirk Bongers?«, fragte er Bergmann. »Haben Sie den ebenfalls aufgesucht?«

»Er war nicht zu Hause. Wir wollen es später noch mal versuchen.«

»Gut«, sagte Fehrbach und wandte sich an Lisa. »Nachdem wir nun wissen, dass es sich bei dem Toten um Carsten Hunold handelt, müssen wir noch einmal mit Frau Matthiessen sprechen. Ich denke, es ist das Beste, wenn wir beide morgen zu ihr fahren, denn uns kennt sie ja mittlerweile. Haben Sie sie schon über Hunolds Tod in Kenntnis gesetzt?«

Lisa schüttelte den Kopf. »Ich wollte es ihr persönlich sagen, aber ich bin noch nicht dazu gekommen, hinzufahren. Jetzt hat sie natürlich mitgekriegt, dass die Spusi Hunolds Grundstück und sein Haus durchsucht hat. Sie wollte wissen, ob unser Toter Hunold ist, und hat nach mir gefragt. Alexander Behring hat mich angerufen und es mir erzählt. Ich habe daraufhin versucht Frau Matthiessen telefonisch zu erreichen, aber sie ging nicht ran. Die Leitung schien mir irgendwie tot. Vielleicht hat sie ja den Stecker rausgezogen. Ich versuche es später noch mal.«

»Das war ja nun nicht besonders intelligent«, meinte Uwe abfällig.

»Das weiß ich selber«, fuhr Lisa ihn an.

Fehrbach unterbrach den Schlagabtausch, indem er sich erhob und mit Lisa für den nächsten Morgen verabredete. Als er ging, hing eine frostige Stimmung im Raum. Er hatte schon bei den letzten Fällen mitbekommen, dass das Verhältnis zwischen Lisa und ihrem Kollegen nicht das Beste war, aber so gereizt hatte er die beiden noch nicht erlebt. Södersen hatte ihm erzählt, dass Lisas Bestätigung als seine Stellvertreterin durchgekommen war. Gut möglich, dass ihr Kollege nicht damit zurechtkam.

»Du hast deinen Biss verloren«, hatte der Kollege zu ihr gesagt, vorhin, nach dem Ende der Sitzung, die sie wieder einmal ohne einen einzigen Diskussionsbeitrag absolviert hatte. Pflichtprogramm, eine aktive Beteiligung ihrerseits gab es schon lange nicht mehr. »Seit der Sache mit Basti bist du nicht mehr die

Alte. Mach doch endlich mal wieder ein bisschen Urlaub. Flieg irgendwohin, wo es schön ist und die Sonne scheint.«

Maren Waldorf wollte keinen Urlaub machen. Seit der Sache mit Basti, wie die Kollegen es in ihrer Hilflosigkeit nannten, hätte sie am liebsten durchgearbeitet, nur um der Stille ihres Hauses und der Einsamkeit zu entfliehen. Urlaub war das Allerschlimmste für sie. Sie wusste, dass es niemanden mehr gab, der Verständnis für ihr Verhalten und die bis heute nicht überwundene Trauer aufbrachte. Das Mitleid und die Anteilnahme, die man ihr damals entgegengebracht hatte, waren schon lange aufgebraucht, die Menschen um sie herum wieder zur Tagesordnung übergegangen. Verständlich, denn siebzehn Jahre waren eine lange Zeit. Doch ihr Leid hatten sie nicht mindern können, das an manchen Tagen schier unerträgliche Gefühl des Verlustes.

Basti, mein geliebter Schatz, ich will, dass du wieder zu mir zurückkommst. Ich will mit dir kuscheln, am Morgen, wenn du zu mir ins Bett kriechst und mich langsam wachkitzelst. Ich will den Tag mit dir verbringen, am Meer, zusehen, wie du Sandburgen baust, und mit dir zusammen Drachen steigen lassen. Und am Abend will ich dich in deine Bettdecke einmummeln, dir dein Schnuffeltuch holen und all deine Lieblingsgeschichten vorlesen.

Tränen hatte Maren schon lange nicht mehr. Sie hatte so viel davon vergossen, das reichte für zwei Menschenleben. Sie war ein Roboter, ferngesteuert, bar jeden Gefühls. Nur die Trauer war geblieben. Und etwas anderes war in der letzten Zeit dazugekommen, etwas Dunkles, Schweres, das ihr an so manchen Tagen den Atem abschnürte. Vorhin, nach diesem ach so wohlgemeinten Ratschlag ihres Kollegen, hatte sie es wieder verspürt. Am liebsten hätte sie ihn angeschrien, dass er sie in Ruhe lassen solle. Wie diesen Nachbarn am Vortag. Laut rausgeschrien, dass alle sie endlich in Ruhe lassen sollten. Es gärte etwas in ihr und begann sich Raum zu verschaffen, etwas schon viel zu lang Unterdrücktes, das endlich herauswollte.

Am intensivsten waren diese Empfindungen neuerdings im Kontakt mit Susanna. Ihre Schwester hatte sich schon in der Kindheit als Glucke erwiesen, die glaubte, ihre jüngere Schwester vor allem und jedem beschützen zu müssen; ein Gebaren, das sich nach dem frühen Tod der Mutter noch verstärkt hatte. Damals hatte Maren es schön gefunden, verwöhnt und gehegt zu werden, jemanden zu haben, der einen tröstete, wenn man hingefallen war, und einen im Arm hielt und wiegte, wenn das böse Monster im Traum die Arme ausbreitete, um einen zu verschlingen.

Aber Susanna hatte dieses Verhalten auch als Erwachsene nicht abgelegt. Vielleicht hing es damit zusammen, dass sie keine Kinder hatte und auch keinem Beruf nachging und ihr Leben dadurch als unausgefüllt empfand. Gesprochen hatten sie nie darüber, ebenso wenig wie Maren ihrer Schwester jemals gesagt hatte, dass dieses Umsorgen sie immer mehr erdrückte.

Nach Bastis Tod wäre Susanna am liebsten nach Schleswig gezogen und hätte sich im Haus ihrer Schwester eingenistet. Ihr braucht doch jetzt Hilfe und Unterstützung, hatte Susanna gesagt. Ihr, dabei hatte sie in Wirklichkeit du gemeint. Für Jörg hatte sie sich nie interessiert.

Zum Glück hatte Jörg dieses Ansinnen verhindert. Er war laut geworden, als Susanna mit einem Koffer vor der Haustür gestanden und um Einlass gebeten hatte. Ihr war nichts anderes übriggeblieben, als wieder zu gehen. Ihr vorwurfsvoller Blick hatte Maren noch lange verfolgt.

Deine Schwester macht mich krank mit ihrer Einmischung in unser Leben, hatte Jörg gesagt, und Maren hatte Susanna wie immer in Schutz genommen, auch wenn sie es häufig ganz genauso empfand. Zum Glück verhielt es sich mit Constantin anders. Marens Schwager war da, wenn sie ihn brauchte, aber er drängte sich nicht auf.

Maren trat ans Fenster und blickte über das Wasser der Schlei zum Wikingturm hinüber. Wie oft hatte sie dort oben gestanden, in der festen Absicht, sich hinunterzustürzen, um ihrem elenden Leben endlich ein Ende zu bereiten. Aber sie hatte nie den Mut dazu aufgebracht, obwohl es doch nichts mehr gab, was sie noch auf dieser Welt hielt.

Nein, das stimmte nicht ganz. Es gab etwas, was sie auf dieser Welt gehalten hatte – Rache. Rache an dem, der ihr das Liebste in ihrem Leben genommen hatte. Rache an diesem Ungeheuer, von dem sie wusste, dass es irgendwann wieder freikommen würde. So oft hatte sie sich ausgemalt, wie sie das elende Dreckschwein erschießen, totschlagen oder auf irgendeine andere Weise umbringen würde. Häufig hatten ihr nur diese Gedanken geholfen, den Tag zu überstehen.

Und dann war das Monster freigekommen …

Maren schlug die Hände vors Gesicht. Nein, sie wollte jetzt nicht daran denken, was passiert war. Sie wollte sich an andere Tage erinnern, Tage, in denen es ihr für wenige Stunden gelungen war, die Vergangenheit hinter sich zu lassen und nach vorne zu blicken. Eine verzweifelte Sehnsucht nach der Rückkehr in ein normales Leben hatte sie in diesen Momenten erfüllt, die kaum zu ertragen gewesen war und der sie nachzugeben versucht hatte. Sehnsucht nach Theater- und Kinobesuchen, Unternehmungen mit Freunden, die sie früher so genossen hatte, nach Fröhlichkeit und Lachen, unbeschwerten Stunden und Tagen.

Es hatte niemals auf Dauer funktioniert, denn wie immer, wenn sie diese Gedanken zuließ, begann das nie versiegende Schuldgefühl sie schon nach kurzer Zeit wegzuradieren. Als Basti damals aus dem Garten verschwunden war, wo sie ihn für einen kurzen Augenblick allein gelassen hatte, um ein Telefonat entgegenzunehmen, hatte sie sofort mit der Suche nach ihrem Jungen begonnen. Jörg war kurze Zeit später dazugestoßen, sie hatte ihn in der Redaktion alarmiert. Sie hatten die nähere Umgebung durchkämmt, bei Nachbarn, Bastis Freunden und deren Eltern nachgefragt, und erst als das alles ohne Erfolg geblieben war, die Polizei alarmiert. Und seitdem wurde Maren von der Überlegung gequält, ob sie die Polizei nicht sofort hätten rufen sollen. Ob Basti damit hätte gerettet werden können.

Täglich peinigende Marter, die sie sich selbst auferlegt hatte. Jörg hatte es irgendwann nicht mehr ertragen, war geflohen, hatte die größtmögliche Distanz zwischen sie gebracht. Sie hatte sogar Verständnis für ihn gehabt.

»Maren?«

Sie fuhr herum, als sie die Stimme hinter sich vernahm. Der Kollege von vorhin stand in der Tür, und ihr wurde mit einigem Schrecken bewusst, dass sie sich nicht an seinen Namen erinnern konnte, obwohl sie doch schon so viele Jahre zusammenarbeiteten.

»Ja?« Ihr Gehirn arbeitete auf Hochtouren, und das dumpfe Druckgefühl, das sich seit dem Besuch der beiden Kripobeamten in ihrem Kopf eingenistet hatte, verstärkte sich. Mein Gott, wieso konnte einem einfach so ein Name entfallen? Das war jetzt bereits das zweite Mal.

»Es ist schon spät. Willst du nicht nach Hause gehen?«

Nein, wollte sie nicht. »Ich gehe gleich.«

Der namenlose Kollege schien unentschlossen, ob er sie allein lassen sollte. »War das vorhin die Polizei bei dir?«

»Ja.« Lieber Gott, bitte jetzt bloß keine großen Erklärungen abgeben müssen.

»Und was wollten sie von dir?«

Die Sache mit den Stoßgebeten funktionierte also auch nicht

mehr. Ein Lachen stieg in ihrer Kehle empor. Erst im letzten Moment konnte sie ein hysterisches Kichern unterdrücken. »Es ging um den Mann, der Basti getötet hat.« Als keine Erwiderung kam, ergänzte sie ihre Erklärung. »Der Mann ist ermordet worden.«

»Oh.« Das Gesicht ihres Gegenübers drückte unverhohlene Neugierde aus. »Und was hast du damit zu tun?«

»Natürlich nichts!«, fuhr Maren ihn an und spürte ihr wild klopfendes Herz.

Als Lisa gegen halb elf Uhr abends das Geräusch eines Schlüssels in ihrer Wohnungstür vernahm, stieg Wut in ihr auf. Sie war erst vor einer halben Stunde von ihrer Mutter gekommen, der sie schonend beizubringen versucht hatte, dass sich der merkwürdige Anruf nicht zurückverfolgen ließ. Gerda hatte es hingenommen und versucht, Gleichmut zu bewahren, aber Lisa ließ sich nicht täuschen. Ihre Mutter war durch den Anruf bis ins Mark erschüttert worden, und Lisa konnte nicht das Geringste tun, um ihre Qual zu lindern. Sie hatte bleiben wollen, wie in der Nacht zuvor, aber Gerda hatte durchgesetzt, dass sie nach Hause ging.

»Lisa? Bist du da, Schatz?«

Der muntere Ton in Lannerts Stimme fachte ihren Zorn noch an. Sie hatte am Montag das letzte Mal mit ihm telefoniert, um ihm Bescheid zu geben, dass sie einen aktuellen Fall habe und ihre Zeit somit knapp bemessen sei. Er hatte es widerspruchslos zur Kenntnis genommen und keinen seiner üblichen Sprüche, dass sie sich nicht von der Arbeit auffressen lassen und auch an ihre Beziehung denken solle, von sich gegeben. Aber Lisa hatte nicht so recht daran glauben wollen, dass er zur Einsicht gelangt war und ihren Beruf und die Tatsache, dass dieser für sie an erster Stelle stand, endlich akzeptierte.

Lannert tauchte in der Badezimmertür auf. Ein Lächeln erschien auf seinem Gesicht, als er sie in der Badewanne liegen sah. »Hm, das ist aber eine nette Begrüßung.«

Hilflosigkeit stieg in ihr auf angesichts ihrer Nacktheit, die ungeschützt seinen Blicken ausgesetzt war. Es war lächerlich, er sah sie doch nicht zum ersten Mal so, aber diese ganze Situation begann sie auf einmal zu ängstigen. Die Selbstverständlichkeit, mit der er sich in ihr Leben drängte, in ihrer Wohnung ein und aus ging, als wäre es die seine. Sie wollte sich aufrichten, so schnell wie möglich die Wanne verlassen, aber Lannert hatte schon auf dem Beckenrand Platz genommen.

»Was willst du hier?«, stieß sie hervor und versuchte ihre Blöße mit dem wenigen Schaum, der noch auf dem Wasser trieb, zu bedecken. »Ich bin gerade erst gekommen und brauche jetzt wirklich etwas Ruhe. Es war ein anstrengender Tag.«

»Ich wollte dich sehen. Schließlich habe ich seit Montag nichts mehr von dir gehört.« Lannerts Blick glitt über ihren Körper. Sie erschauerte unwillkürlich und hätte sich am liebsten ganz klein gemacht.

»Ich habe dir doch gesagt, dass ich einen aktuellen Fall habe.«

»Und das ist alles?«

Lannert wusste nichts von Britt. Lisa hatte in der Vergangenheit einige Male überlegt, ihm von ihrer Schwester zu erzählen, die Angelegenheit dann aber immer als zu persönlich betrachtet. Also würde sie auch den Anruf nicht erwähnen. »Natürlich ist das alles!«

»Aber dass du einen neuen Fall hast, bedeutet doch nicht, dass wir uns bis zu dessen Lösung nicht mehr sehen, oder?« Seine Stimme klang sanft, doch es lag auf einmal ein Unterton darin, der ihr Unbehagen verstärkte.

»Wieso schneist du hier eigentlich schon wieder so rein?« Sie bemühte sich um einen energischen Ton, darum, ihre Sicherheit zurückzugewinnen, aber es wollte ihr nicht gelingen. »Ich habe dich schon mehrere Male gebeten zu klingeln, bevor du meine Wohnung betrittst.«

»Hast du Angst, dass ich dich bei etwas stören könnte, was nicht für meine Augen bestimmt ist?«

»Was meinst du damit?«

»Besuch von einem anderen Mann?«

»Was soll das?« Sie hatte keine Lust auf eine erneute Rechtfertigung und hörte sich doch schon wieder damit beginnen. »Warum willst du es nicht verstehen? Das hier ist meine Wohnung. Du kannst hier nicht ständig reinspazieren, wie es dir gerade passt. Ich habe ein Recht auf meine Privatsphäre.«

»Warum hast du mir dann deinen Wohnungsschlüssel gegeben?«

Seine Hand umschloss ihre Brust, die Geste hatte etwas Besitzergreifendes. Lisa schnellte hoch, ohne sich um das Wasser zu scheren, das auf Kacheln und Fußboden spritzte. So rasch es ging, kletterte sie aus der Wanne, immer bemüht, nicht auf dem nassen Boden auszurutschen, und schlang das bereitgelegte Badelaken um ihren triefenden Körper. Nachdem sie ihre Blöße bedeckt hatte, atmete sie tief durch und streckte die Hand aus. »Gib mir den Schlüssel!«

Lannert war aufgesprungen. Seine schwarze Daunenjacke war an mehreren Stellen von Wasser durchtränkt. Ungläubig sah er sie an. »Was ist denn los mit dir?«

Sie wiederholte ihre Forderung. »Gib mir den Schlüssel!«

»Lisa, jetzt mach nicht so einen Aufstand. Ich komme doch immer rein, ohne zu klingeln.«

»Das ist es ja, was mich so stört! Wie oft soll ich dir das denn noch sagen? Ich verhalte mich umgekehrt doch auch nicht so.«

»O nein, das tust du nicht. Du klingelst immer artig an der Haustür und wartest, bis ich dir öffne.«

Der Sarkasmus in seiner Stimme verwandelte ihre Beklommenheit wieder in Wut. »Weil es sich so gehört! Aber diese ganz normalen Umgangsformen scheinen dir ja fremd zu sein.«

Lannert trat ganz nah an sie heran, und sie musste sich zwingen, nicht zurückzuweichen. Nachdem er sie einen Augenblick lang wortlos gemustert hatte, zog er den Schlüssel aus der Tasche seiner Jacke und warf ihn auf den kleinen Stuhl neben der Badewanne. »Da hast du deinen verdammten Schlüssel.« Mit drei großen Schritten war er im Flur, riss die Eingangstür auf und stürmte ohne ein Wort des Abschieds hinaus.

Donnerstag, 16. Februar

Lisa hatte mit Fehrbach vereinbart, dass sie sich in Kienholz direkt bei Berta Matthiessen treffen würden. Die Fahrt zum Kanal war beschwerlich, denn die Straßen waren durch den Schneefall in der Nacht an manchen Stellen nahezu unpassierbar geworden. Auf dem Weg dachte Lisa immer wieder über den gestrigen Abend und ihre Auseinandersetzung mit Lannert nach, die ihr mehr zugesetzt hatte, als sie es für möglich gehalten hätte.

Sie hatte seine Anwesenheit in ihrer Wohnung tatsächlich als Bedrohung empfunden. Ein irrationales Gefühl, hatte sie sich gesagt, nachdem er gegangen war. Ich kenne ihn doch, wieso habe ich trotzdem das Gefühl gehabt, dass er kurz davorstand, mich zu schlagen?

Die Autoschlange vor ihr kam jetzt endgültig zum Stehen. Lisa tippte die Bremse an, der Wagen rollte langsam aus. Ein Fußgänger versuchte den Stillstand des Verkehrs zum Überqueren der Straße zu nutzen. Er hatte Spikes untergeschnallt, was seinen Gang seltsam unbeholfen aussehen ließ.

Ich kenne Peter nicht, dachte sie in plötzlicher Erkenntnis, als sich die Autos vor ihr wieder in Bewegung setzten. Weder weiß ich, wie er in Stresssituationen reagiert, noch, wozu er fähig ist, wenn seine Wut überhandnimmt. Ich will nicht mehr, aber ich habe keine Ahnung, wie ich ihm das beibringen soll.

Als sie den Ortseingang von Kienholz passierte, brach die Sonne zwischen den Wolken hervor. Lisa blinzelte und klappte die Blende herunter, und nach kurzer Zeit hatte sie das Haus von Berta Matthiessen erreicht.

Fehrbachs Wagen war nicht zu sehen, also beschloss Lisa, die Zeit bis zu seiner Ankunft mit einem kleinen Spaziergang zum Kanal zu überbrücken. Ausgelassen stapfte sie durch den tiefen Schnee, voller Freude über die weiße Pracht und die Sonne auf ihrem Gesicht. Sie stopfte die Handschuhe in die Jackentaschen und griff mit beiden Händen in den Schnee, um einen Schneeball zu formen. Mit einem übermütigen Juchzen warf sie ihn in die Luft und beobachtete seinen Flug, bis er in einiger Entfernung zu Boden fiel und im Schnee versank.

Früher hatte sie sich oft Schneeballschlachten mit Britt geliefert. Ihre Schwester und sie hatten alles um sich herum vergessen, sobald der erste Schnee gefallen war und sie darin herumtoben konnten. Sie hatten den Winter geliebt, eine der wenigen Gemeinsamkeiten.

Ein Hupen war hinter ihr zu vernehmen. Lisa wandte sich um und sah, dass Fehrbach seinen Wagen neben dem ihren geparkt hatte. Sie stapfte zurück und versank fast bis zu den Knien im Schnee. Als sie bei Fehrbach angekommen war, stand ein Lächeln in seinem Gesicht.

»Sie lieben den Winter.«

»Ja«, sagte sie atemlos. »Wenn Schnee liegt, ist er für mich die schönste Jahreszeit.«

»Das geht mir genauso.«

Sie erwiderte sein Lachen, und zum ersten Mal seit ihrem Wiedersehen lag keine Spannung mehr zwischen ihnen.

Berta Matthiessen öffnete die Tür bereits nach dem ersten Klopfen. »Ich habe Sie durch das Fenster gesehen.« Ihr Gesicht war blass, in ihren Augen lag eine angstvolle Erwartung. Sie bat ihre Besucher in das Wohnzimmer und forderte sie auf, Platz zu nehmen. »Sie haben Carsten gefunden, nicht wahr?«

»Ja«, sagte Lisa und spürte ihr schlechtes Gewissen. »Mein Kollege hat mir ausgerichtet, dass Sie mich gesucht haben. Ich habe seit gestern einige Male probiert, Sie telefonisch zu erreichen, aber leider vergeblich.«

»Ich wollte mit niemandem sprechen. Ich hab ja gesehen, welchen Aufwand Ihre Kollegen dort drüben trieben. Da war mir klar, dass Carsten tot ist.«

Lisa nahm neben Berta auf dem Sofa Platz. Die alte Frau tat ihr leid, auch wenn sie ihre enge Beziehung zu Hunold nicht gutzuheißen vermochte. Aber andererseits, was wusste sie schon von dem Verhältnis der beiden? Was wusste sie von Hunolds Leben? Bis jetzt nur sehr wenig, und trotzdem war ihre Objektivität schon auf der Strecke geblieben. Ein Pädophiler und Kindsmörder stand für sie auf der untersten Stufe, aber diese Empfindung durfte nicht ihre Arbeit beeinträchtigen und eine vorurteilsfreie Sicht auf die Dinge erschweren. »Es tut mir leid.« Sie griff nach Bertas Hand und drückte sie.

»Carsten hatte so gehofft, ein neues Leben beginnen zu können«, sagte Berta mit erstickter Stimme und schloss auch noch die andere Hand um Lisas Finger, als fände sie darin einen Halt. »Er hat bereut, was er getan hat, aber das wollte niemand wissen. Alle waren gegen ihn und haben ihm das bei jeder Gelegenheit gezeigt.«

»Wen genau meinen Sie mit alle?«, fragte Fehrbach.

»Die Leute aus dem Dorf und die … *die anderen.*« Berta schluchzte auf. »Die sind immer wieder vor seinem Haus aufmarschiert und haben geschrien, dass für Kinderschänder die Todesstrafe gelten sollte.«

»Die anderen?«

Berta löste ihre Finger von Lisas Hand, erhob sich und ging zum Fenster hinüber. In ihren Bewegungen lag die Schwerfälligkeit des Alters.

Lisa trat zu ihr. »Wen meinen Sie, Frau Matthiessen?«, fragte sie behutsam.

Berta drehte sich zu ihr herum. »Vor drei Monaten ist hier so ein Schlägertrupp aufgetaucht. Das waren immer so zwischen zehn und fünfzehn Männer mit kahlgeschorenen Schädeln und Springerstiefeln.«

»Neonazis?«, fragte Lisa.

Berta nickte. »Ich vermute es.«

»Was genau haben die Männer getan?«

»Wie ich schon sagte, sie sind vor seinem Haus aufmarschiert und haben Todesstrafe für Kinderschänder geschrien.« Berta ergriff Lisas Arm. »Können Sie mich bitte zum Sofa zurückbringen. Meine Knie sind plötzlich so wacklig.«

Lisa hakte die alte Frau unter und brachte sie zum Sofa hinüber. Mit einem Seufzen ließ sich Berta in die weichen Kissen sinken. »Manchmal haben sie eine Stunde oder länger dort gestanden. Selbst die Kälte der letzten Wochen hat sie nicht vertrieben.«

»Haben sie nur ihre Parolen geschrien, oder sind sie auch noch in anderer Form tätig geworden?«, fragte Fehrbach.

»Einmal sind Steine gegen Carstens Haus geflogen. Dabei sind zwei Fensterscheiben kaputtgegangen.«

»Hat Herr Hunold daraufhin die Polizei alarmiert?«, wollte Lisa wissen.

»Er hat die Polizeistation in Henndorf angerufen. Aber das hat ewig gedauert, bis die kamen. Und als sie dann endlich da waren ... Ich weiß nicht. Der eine wirkte nicht besonders interessiert, sein Kollege hat allerdings mit den Männern gesprochen. Dann sind die Polizisten wieder gefahren.«

»Sind die Männer danach noch einmal gewalttätig geworden?«

»Nein, da haben sie nur vor dem Haus gestanden und ihre Parolen geschrien.«

»Sind die Polizeibeamten noch mal hier gewesen?«

»Ja, so zwei- oder dreimal. Da hab ich sie gerufen, weil ich es mit der Angst bekommen hatte. Man weiß doch nicht, zu was diese Nazis fähig sind, und unsere Polizei muss uns doch schützen.«

»Was haben die Kollegen getan?«

»Sie haben noch einmal mit den Männern gesprochen und sind nach einiger Zeit wieder weggefahren.«

»Haben Sie zu irgendeinem Zeitpunkt mit den Männern gesprochen?«

»Nein, dazu hatte ich viel zu viel Angst.«

»Sie sprachen vorhin von den Leuten aus dem Dorf«, warf Fehrbach ein. »Haben die gemeinsam mit den Neonazis demonstriert?«

Die Frage war Berta sichtlich unangenehm. »Einige schon«, gab sie schließlich zögernd zu.

»Können Sie uns Namen nennen?«

»Muss das sein?« Berta sah Fehrbach entsetzt an. »Ich möchte niemanden verleumden.«

»Wir müssen mit den Leuten sprechen, Frau Matthiessen«, sagte Lisa.

»Aber wenn Sie bei denen auftauchen, wissen die doch gleich, dass ich Ihnen die Namen gegeben habe.«

Lisa sah Berta eindringlich an. »Sie wollen doch auch, dass wir den Mörder von Carsten Hunold finden. Aber dazu brauchen wir Ihre Hilfe.«

Berta wand sich, doch schließlich gab sie Lisa fünf Namen. »Die haben aber keine Steine geschmissen, das müssen Sie mir glauben.«

»Hat es einmal eine direkte Konfrontation zwischen Hunold und der Gruppe gegeben?«, wollte Fehrbach wissen.

»Nein, Carsten ist immer im Haus geblieben, wenn die kamen. Er hatte große Angst und hat häufig gesagt, dass die ihm bestimmt mal irgendwo auflauern und ihn fertigmachen würden.«

»Carsten Hunold hatte Hämatome älteren Datums am ganzen Körper. Das legt die Vermutung nahe, dass ihn jemand zusammengeschlagen hat.«

Berta sah Lisa entsetzt an, und ein plötzliches Flackern in ihren Augen ließ Lisa eine weitere Frage stellen.

»Sie haben etwas davon mitbekommen?«

Berta griff sich an den Kopf, als hülfe ihr diese Geste, ihre Gedanken zu sortieren. »Ja … nein … Ich weiß es nicht genau. Das muss so vor einem Monat gewesen sein, da hatte Carsten ein blaues Auge. Er hat gesagt, dass er im Keller aus Versehen auf einen Schrubber getreten ist und den Holzstiel ins Gesicht bekommen hat. Er hatte wohl kein Licht angemacht.«

»Haben Sie ihm das geglaubt?«

»Ja … doch … Es war ja nicht unwahrscheinlich.«

Nachdenklich musterte Lisa die alte Frau. Wenn Hunold wirklich zusammengeschlagen worden war, hatte er es jedenfalls vor Berta verheimlicht.

Warum? Hatte er sie nicht ängstigen wollen? Oder hatte man ihm angedroht, ihn endgültig fertigzumachen, wenn er reden würde?

»Wissen Sie, ob diese Neonazis auch hier im Dorf leben?«, fragte Fehrbach.

Berta schüttelte den Kopf. »Nein, die müssen aus der Stadt kommen.«

»Aus Rendsburg?«

»Ich weiß es nicht.« Sie hob hilflos die Schultern.

»Waren auch Frauen bei der Gruppe?«

»Nein, ich habe immer nur Männer gesehen. Die meisten waren noch sehr jung.«

»Konnten Sie so etwas wie einen Anführer ausmachen?«

Berta sah Lisa gedankenvoll an. Dann: »Einer hat meistens das Wort geführt. Der war älter als die anderen.«

»Können Sie den Mann beschreiben?«

»So um die vierzig, schätze ich. Vielleicht eins achtzig groß, kräftige Figur. Ich hab ihn mal aus der Nähe gesehen, als ich vom Einkaufen kam. Er hat einen intelligenten Eindruck gemacht, nicht so primitiv wie die anderen. Er war immer gut angezogen, häufig im Anzug oder in einem ziemlich teuer aussehenden Mantel.«

»Frau Matthiessen, ich würde Sie gerne mit zu unserem Polizeizeichner nehmen, um ein Phantombild erstellen zu lassen. Meinen Sie, wir kriegen das hin?« Lisa lächelte der alten Frau aufmunternd zu.

Berta wirkte verunsichert. »Ich weiß nicht, ob ich das kann.«

»Wollen wir es nicht wenigstens versuchen?«, fragte Lisa.

Nach einer langen Zeit des Nachdenkens nickte Berta schließlich. »Jetzt gleich?«

»Ja«, sagte Lisa, bedeutete ihr aber, noch einen Moment sitzen zu bleiben. »Bevor wir fahren, habe ich allerdings noch ein paar Fragen an Sie.« Sie zog ihren Notizblock aus der Jackentasche und warf einen kurzen Blick hinein. »Sie hatten bei unserem ersten Gespräch erwähnt, dass Louise Hunold mit ihrer Rolle als alleinerziehende Mutter überfordert schien. Hab ich das richtig verstanden, dass sie ihren Sohn vernachlässigt hat?«

Berta nickte traurig. »Nach Georgs Tod kam Louise ihren Aufgaben als Mutter nicht mehr nach. Der Junge trieb sich stundenlang allein in der Gegend herum. Das wurde erst besser, als er in die Schule kam und einen geregelten Tagesablauf hatte. Außerdem war Louise häufig außer Haus. Ich vermute, dass sie sich mit Männern traf, weil sie immer so aufgetakelt war, wenn sie losging, und häufig betrunken zurückkam. Sie hat ihren Mann geliebt, da bin ich mir sicher, aber nach dessen Tod ist ihr Leben aus der Bahn geraten.«

»Haben Sie und Ihr Mann Frau Hunold darauf angesprochen?«

»Natürlich haben wir das! Sie hat gesagt, das gehe uns nichts an.«

»Sie hätten das Jugendamt informieren müssen.«

Berta strich in einer hilflosen Geste über ihr Gesicht. »Das weiß ich. Aber dann wäre Carsten in ein Heim gekommen, und wir hätten ihn vielleicht nie wiedergesehen. Wir haben es einfach nicht über uns gebracht.«

»Also haben Sie sich des Jungen angenommen.«

»Ich habe mir immer Kinder gewünscht.« Berta schaute Lisa verlegen an. »Mein Mann war zeugungsunfähig, müssen Sie wissen. Er hat verstanden, dass ich mich um Carsten kümmern musste.«

»Wie war das Verhältnis zwischen Carsten Hunold und seinem Vater?«

Ein flüchtiges Lächeln huschte über Bertas Gesicht. »Georg war von Anfang an Carstens Bezugsperson, der Junge war sein Ein und Alles. Sie hatten ein sehr enges Verhältnis. Und als Louise und Carsten dann allein zurückgeblieben sind, hat sich jeder von ihnen in sein Schneckenhaus zurückgezogen und getrauert. Vielleicht wäre manches anders gekommen, wenn sie dies gemeinsam getan und sich gegenseitig Trost gespendet hätten. So sind sie sich immer fremder geworden.« Berta zog ein Taschentuch aus ihrer Kittelschürze und knüllte es in den Händen. »Ich wollte mich um Louise kümmern, aber sie hat mich zurückgewiesen. Sie komme allein zurecht, hat sie gesagt.«

»Aber Carsten Hunold hat Sie nicht abgewiesen.«

»Nein.« Wieder überzog ein Lächeln Bertas Gesicht. »Er ist häufig zu uns gekommen, wenn Louise mal wieder unterwegs war. Ich hab für uns gekocht, und nach dem Mittagessen haben mein Mann und ich mit Carsten Schulaufgaben gemacht. Wir haben viel zusammen gelesen, der Junge war ein richtiger Bücherwurm.«

»Noch eine andere Frage, Frau Matthiessen. Sie erwähnten bei unserem ersten Gespräch, dass Carsten Hunold machtlos war, wenn ihn der Trieb überkam. Bedeutet das, dass es vor den beiden Morden schon andere Vorkommnisse gab?«

Berta schaute Lisa traurig an. »Carsten und ich haben nach seiner Entlassung einmal ein längeres Gespräch geführt. Für mich kam seine Verhaftung damals ja völlig überraschend, und als ich dann erfuhr, was er getan hatte, ist eine Welt für mich zusammengebrochen. Ich war an allen Verhandlungstagen im Gericht, weil ich gehofft hatte, eine Erklärung zu erhalten. Aber die bekam ich nicht.« Sie barg ihr Gesicht in den Händen. Als sie den Kopf wieder hob, glitzerten Tränen in ihren Augen. »Ich weiß nicht, ob er so geworden ist, weil Louise ihm ihre Liebe vorenthalten hat. Ich hab versucht ihm die Mutter zu ersetzen und ihn zu einem anständigen Menschen zu erziehen, aber anscheinend ist mir das nicht gelungen.« Berta schluckte. »Als Carsten dann im Gefängnis saß, habe ich ihm geschrieben, dass ich ihn besuchen möchte. Aber das hat er abgelehnt. Er wolle nicht, dass ich ihn dort sehe, hat er auf einen meiner Briefe geantwortet. Und irgendwann kamen die Briefe dann ungeöffnet zurück. So kam es erst nach seiner Entlassung zu einem Gespräch. Zuerst wollte Carsten nicht, aber ich habe nicht lockergelassen. Und da hat er schließlich zugegeben, dass ihn dieser Trieb, wie er es nannte, schon sehr lange quälte. Mir wurde angst und bange, als ich das gehört habe. Ich habe ihn gefragt, ob er noch andere schlimme Dinge getan habe, aber er hat mir keine befriedigende Antwort gegeben. Er hat nur gesagt, dass er außer den beiden Jungen niemanden umgebracht habe.«

»Haben Sie ihm das geglaubt?«

»Ich wollte es so sehr, doch der Junge war so anders nach seiner Rückkehr. Ich kannte ihn überhaupt nicht mehr.« Sie strich sich über die nassen Augen. »Aber das habe ich ja offensichtlich nie getan.«

Lisa beugte sich zu Berta hinüber. »Hören Sie auf, sich zu quälen, Frau Matthiessen. Es gibt viele Faktoren, warum ein Mensch zum Sexualstraftäter wird, die Erziehung ist nur einer davon. Ich bin mir sicher, dass Sie nichts falsch gemacht haben.«

Es war Lisa zuwider, Gemeinplätze auszusprechen, aber ihr Mitleid mit der alten Frau hatte sich während des Gesprächs verstärkt. Berta Matthiessen hatte Carsten Hunold wie eine Mutter geliebt und sich auch wie eine solche um ihn gekümmert und würde nie darüber hinwegkommen, was er getan hatte, und sich immer eine Mitschuld daran geben.

»Wissen Sie, ob Herr Hunold nach seiner Entlassung eine Anstellung gefunden hat?«, fragte Fehrbach.

»Carsten hat mir erzählt, dass er sich in zwei Tischlereien in Rendsburg beworben hat. Er hat sich allerdings nicht viel Hoffnung gemacht, dass sie ihn nehmen würden, und so ist es dann auch gekommen. Das hat ihn sehr deprimiert, und er hat mal irgendwann zu mir gesagt, dass es das dann wohl für ihn gewesen sei. Er hat nicht daran geglaubt, dass ihm jemand anders Arbeit geben würde. So jemanden wie mich stellt doch keiner ein, hat er gesagt.«

»Hat Herr Hunold eigentlich Geschwister oder andere Verwandte?«, wollte Lisa wissen.

Berta schüttelte den Kopf. »Nein.«

»Was ist mit Freunden oder Bekannten? Wissen Sie, ob er nach seiner Entlassung irgendwelche Kontakte geschlossen hat?«

»Davon ist mir nichts bekannt, aber das kann ich mir nicht vorstellen. Carsten hatte doch nur noch Angst, seitdem er wieder draußen war und diese ganzen Schikanen erdulden musste.«

»Hat er sich vielleicht mit Menschen aus der Zeit vor seiner Verhaftung getroffen?«

Berta sah Lisa hilflos an. »Das weiß ich nicht.«

»Ist Ihnen etwas über seinen damaligen Umgang bekannt? Hat er mal irgendwelche Namen erwähnt?«

»Es tut mir leid, aber daran kann ich mich wirklich nicht mehr erinnern.«

»Wir haben keine Schlüssel bei Herrn Hunold gefunden«, fuhr Lisa fort. »Vielleicht hat der Täter sie an sich genommen. Haben Sie seit Carsten Hunolds Verschwinden etwas Ungewöhnliches oder Auffälliges am Haus oder auf dem Grundstück bemerkt?«

Berta dachte einen Augenblick lang nach, dann schüttelte sie den Kopf. »Mir ist nichts aufgefallen.«

»Falls Ihnen in der nächsten Zeit etwas verdächtig vorkommen sollte, geben Sie mir bitte sofort Bescheid.«

Berta sah Lisa ängstlich an. »Glauben Sie denn, dass sich Carstens Mörder hier rumtreibt?«

»Ich will Ihnen keine Angst machen, Frau Matthiessen, aber wir können es nicht ausschließen. Rufen Sie mich also bitte an, falls etwas sein sollte, und unternehmen Sie nichts Eigenmächtiges.« Lisa erhob sich. Die Angst in den Augen der alten Frau versetzte ihr einen Stich. »Wollen wir los?«

Berta nickte und stand ungelenk auf.

Vor dem Haus begann Fehrbachs Handy zu klingeln. Er blieb zurück, während Lisa Berta zu ihrem Wagen brachte.

Bevor sie losfuhr, begab sich Lisa noch einmal zu Fehrbach, weil sie wissen wollte, ob er noch mit in die BKI komme. Er hatte ihr den Rücken zugewandt und hielt das Handy am Ohr. Sie hörte sein Lachen.

»Du bist verrückt, Barbara, weißt du das?«

Diesen Klang in seiner Stimme hatte sie bisher nur einmal vernommen. Damals auf dem Schiff, als er sie nach der Geiselnahme in seine Arme gezogen und nach Augenblicken voller Zärtlichkeit zu trösten versucht hatte.

»Ich freue mich auch auf das Wochenende. Was hältst du davon, wenn wir an die Ostsee fahren und einen langen Strandspaziergang machen?« Er lachte erneut und schüttelte leicht den Kopf. »Aber wir können doch nicht das ganze Wochenende über im Bett bleiben. Was bist du doch für ein Kindskopf.«

Wenn Lisa noch einen Zweifel gehabt hatte, jetzt war er ausgeräumt. Am liebsten hätte sie auf dem Absatz kehrtgemacht, aber sie schwor sich in diesem Moment, dass ihre Gefühle nie wieder ihre Professionalität beeinträchtigen würden. Sie räusperte sich. »Entschuldigung.«

Fehrbach drehte sich zu ihr herum, das Handy noch immer am Ohr.

»Kommen Sie noch mit in die BKI?«

Fehrbach schüttelte den Kopf. »Einen Augenblick, Barbara«, sagte er in das Mobiltelefon, »ich muss kurz was klären.« Dann sah er Lisa wieder an. »Ich muss in die Staatsanwaltschaft zurück. Was haben Sie als Nächstes geplant?«

»Ich bringe Frau Matthiessen ins LKA, und dann will ich noch mal zu diesem Bongers. Vielleicht ist er ja diesmal zu Haus.«

»Gut. Dann rufen Sie mich bitte an, was bei dem Gespräch herausgekommen ist.«

Lisa nickte und ging zu ihrem Wagen zurück.

Axel Schäfer war erst gegen Morgen in einen unruhigen Schlaf gefallen. Bis dahin hatte er sich im Bett hin und her gewälzt und über den Besuch der beiden Kripobeamten nachgedacht. Sie waren auch bei Sandra gewesen, wie diese ihm in einer kurzen SMS mitgeteilt hatte. Der Gedanke, dass er ihr nicht einmal einen Anruf wert gewesen war, hatte ihn in eine Stimmung zwischen Wut und Verzweiflung versetzt.

Hegten die Polizisten einen Verdacht? Die Vorstellung hatte ihn nicht mehr zur Ruhe kommen lassen und ohne Frühstück nach draußen getrieben. Es war bitterkalt, und obwohl er sich gerne an der frischen Luft aufhielt, wurde es ihm heute sehr schnell zu viel. Als er nach einem kurzen Fußmarsch wieder vor seinem Haus angelangt war, zögerte er hineinzugehen. Es war so still dort, zu still, seitdem Sandra ausgezogen war.

»Axel!«

Die Tür des Nachbarhauses stand offen. Eine Frau mittleren Alters lehnte im Rahmen und winkte ihm zu. Sie trug einen grauen Hausanzug. Schäfer blieb abwartend stehen, voller Hoffnung, dass die Kälte sie wieder hineintreiben würde. Aber sein Wunsch wurde nicht erhört. Die Nachbarin trat die Stufen zur Eingangstür hinunter und kam zum Zaun, der die beiden Grundstücke voneinander trennte.

»Wie geht es dir?«, fragte sie.

Schäfer machte keine Anstalten, näher zu treten. »Gut.« Der Gedanke streifte ihn, dass sie mit Sicherheit wusste, wohin Sandra gezogen war, aber er wollte sich nicht die Blöße geben zu fragen.

Ein zweifelnder Ausdruck war in das Gesicht der Frau getreten. »Wirklich?«

»Ja, wirklich! Was soll diese Fragerei?«

»Ich dachte nur … weil Sandra ausgezogen ist.«

Schäfer steckte die Hände in die Taschen seiner Jacke und

ballte sie zu Fäusten. Also hatten sich seine Befürchtungen bewahrheitet. Die Nachbarschaft wusste Bescheid. Ohne ein Wort wandte er sich ab und ging zu seinem Wagen, der im Carport neben dem Haus stand. Er öffnete den Kofferraum und holte das Enteisungsspray und einen Kratzer für die Scheiben heraus, die er im Winter stets in einer kleinen Tüte neben dem Verbandskasten verwahrte. Trotz des Sprays brauchte er fast zwanzig Minuten, bis er die Autoscheiben endlich frei bekommen hatte. Die Nachbarin war zum Glück wieder verschwunden, wie ihm ein vorsichtiger Blick in ihre Richtung zeigte. Fast tat ihm sein abweisendes Verhalten leid, denn sie und ihr Mann waren wirklich nett und gehörten zu der weniger aufdringlichen Sorte. Aber ein Gespräch und Erklärungen wären jetzt zu viel für ihn gewesen.

Nachdem er seinen Wagen vom Eis befreit hatte, zog er sein Smartphone aus der Jackentasche. Es brachte nichts, länger zu warten, er musste jetzt endlich Gewissheit haben, ob die Polizei nur ihm einen Besuch abgestattet hatte.

»Ich bin's«, sagte er statt einer Begrüßung, als sich der Teilnehmer am anderen Ende der Leitung meldete. »Wir müssen uns sehen, die Polizei war gestern bei mir.« Bei der Antwort schüttelte Schäfer energisch den Kopf. »Bist du verrückt? Doch nicht bei mir! Wir treffen uns in der Kneipe.«

Lisa hatte Berta Matthiessen ins LKA gebracht und gewartet, bis nach deren Angaben ein halbwegs brauchbares Bild des Anführers der Neonazi-Truppe erstellt worden war. Im Anschluss daran hatte sie dafür gesorgt, dass die alte Frau mit einem neutralen Dienstwagen nach Kienholz zurückgebracht wurde, denn die Fahrt in einem Streifenwagen hätte womöglich unnötige Aufmerksamkeit auf sie gelenkt, und das hatte Lisa ihr ersparen wollen. Es dürfte so schon genug im Ort geredet werden.

Auf dem Rückweg nach Kiel musste Lisa sich auf den Straßenverkehr konzentrieren, aber während sie jetzt die Stufen in den dritten Stock der BKI hinauflief, kehrten die Gedanken an das mitgehörte Telefonat zurück. Sie schalt sich eine komplette Närrin. Sie wollte doch nichts von Fehrbach und empfand nicht das Geringste für ihn, was interessierte es sie also, mit wem er zusammen war? Schließlich hegte sie schon seit Monaten die Vermutung, dass mehr war zwischen ihm und Barbara, erst recht, nachdem sie erfahren hatte, in welcher Beziehung die beiden einmal zueinander gestanden hatten. Sollten sie doch glücklich miteinander werden auf ihrem Bilderbuch-Gut mit ihren Bilderbuch-Pferdchen. In diese Welt hätte eine einfache Kripobeamtin wie sie sowieso nicht gepasst.

Du ersäufst in Selbstmitleid, dachte sie wütend, als sie die Hand auf die Klinke ihrer Bürotür legte. Das bist doch nicht du, so was ist dir doch früher nie passiert, also hör endlich auf damit! Du hast einen tollen Mann an deiner Seite, der dich anbetet und dir jeden Wunsch von den Augen abliest. Das hast du dir doch immer gewünscht, wo also liegt dein Problem? Aufgebracht drückte sie die Klinke herunter und betrat das Büro, wild entschlossen, in Zukunft keinen einzigen Gedanken mehr an Fehrbach zu verschwenden. Zumindest keinen privaten.

Frank Bergmann saß hinter seinem Schreibtisch und starrte auf den Bildschirm. Und als Lisa in das Nachbarbüro trat, sah sie, dass Malte und Uwe derselben Tätigkeit nachgingen.

»Moin«, sagte sie. »Spannende Lektüre?«

»Wir checken gerade die Eltern der beiden Jungen«, gab Uwe zur Antwort, ohne den Kopf zu heben. »Was war bei dir?«

Lisa berichtete von ihrem Besuch bei Berta Matthiessen und

hielt das Phantombild hoch, das nach deren Angaben erstellt worden war. »Das soll der Anführer dieser Neonazis sein. Könnt ihr mal überprüfen, ob wir den im System haben?«

»Also wirklich, Lisa. Wir haben hier genug zu tun. Kannst du das nicht selber machen?« Endlich sah Uwe hoch, sein Blick war angriffslustig. »Oder bist du dir in deiner neuen Position dafür jetzt zu fein?«

Daher wehte also der Wind. Sie hatte ja schon so etwas vermutet. Es passte Uwe nicht, dass sie zu Södersens Stellvertreterin ernannt worden war. Ihr Kollege hatte das Thema nie offen angesprochen, immer nur mit Sticheleien und Provokationen darauf reagiert. Glaubte er womöglich, dass der Job ihm zugestanden hätte? Das wäre nun wirklich unrealistisch gewesen, denn immerhin war er ja noch nicht allzu lange im K1. Oder hing es damit zusammen, dass er Schwierigkeiten hatte, Anweisungen entgegenzunehmen, erst recht, wenn sie von einer Frau kamen? Lisa wusste es nicht, und sie hatte sich entschlossen, Uwe in einer ruhigen Minute beiseitezunehmen, um die Angelegenheit zu klären. Vorerst beschloss sie jedoch, auch diesmal nicht den Fehdehandschuh aufzunehmen.

»Ich würde euch gerne helfen«, sagte sie so liebenswürdig wie möglich, »aber ich will mit Frank noch mal zu diesem Dirk Bongers fahren. Vielleicht treffen wir ihn ja heute an.«

Uwe erwiderte nichts, und für den Bruchteil einer Sekunde flackerte ungezügelte Wut in seinem Blick. Dann richtete er seine Augen wieder auf den Bildschirm.

»Wollen wir los?«, hörte Lisa Bergmanns Stimme hinter sich. Er stand in der Tür und schaute mit einem nachdenklichen Gesichtsausdruck zu Uwe hinüber.

»Ja«, sagte Lisa und zog den Reißverschluss ihrer Jacke mit einer energischen Bewegung hoch.

»Ich mag diesen Grothmann nicht«, sagte Bergmann, als er den Dienstwagen vom Innenhof der BKI auf die Straße lenkte. »Diese Nummer gerade war doch wieder voll daneben.«

Lisa seufzte und legte den Gurt an. »Ich hab ja schon gesagt, dass es nicht immer einfach mit ihm ist. Manchmal habe ich das Gefühl, dass er es endlich geschafft hat, sich in unser Team zu integrieren, und dass er sich wohl bei uns fühlt, und dann kommt wieder irgendeine Sache, und schwups, alles auf Anfang.«

Bergmann preschte die Blumenstraße entlang, die ausnahmsweise einmal geräumt war, und setzte den Blinker, um in die Wilhelminenstraße einzubiegen. »Ihr müsstet dem Kerl mal kräftig den Marsch blasen. Der ist doch überhaupt nicht teamfähig, und außerdem scheint er jedem zu misstrauen. Er hat sich heute Morgen tatsächlich geweigert, mir einige Zugangsdaten zu geben. Mir blieb nichts anderes übrig, als Södersen dazuzuholen.«

»Uwe hat sehr schlechte Erfahrungen in seiner alten Dienststelle in Schleswig gemacht. Sein Partner wurde bei einem verdeckten Einsatz erschossen, und Uwe ist überzeugt davon, dass es ein Leck in ihrer Abteilung gab. Er hat damals wohl Himmel und Hölle in Bewegung gesetzt, um es zu finden, wurde aber sehr schnell kaltgestellt. Nach einigen Monaten war er so entnervt, dass er sich wegbeworben hat. Er kam nach Kiel ins Einbruchsdezernat, und als bei uns eine Stelle frei wurde, hat Södersen Uwe aufgrund seiner guten Qualifikationen genommen.« Lisa wickelte sich aus ihrem Schal, da Bergmann die Heizung auf Hochtouren gestellt hatte. »Fachlich gibt es nichts gegen ihn zu sagen. Er ist ein exzellenter Polizist, aber mit dem Menschlichen hapert es eben häufig.«

»Dann hat er also als verdeckter Ermittler gearbeitet«, stellte Bergmann fest und trat auf die Bremse, als ein Wagen vor ihm ins Schlingern geriet. »Diese Typen sind ja sowieso immer sehr speziell.«

»Ja«, räumte Lisa ein. »In dieser Zeit ist dann auch noch Uwes Ehe in die Brüche gegangen. Er stand also vor einem kompletten Scherbenhaufen. Die Versetzung nach Kiel sollte ein Neubeginn sein.«

»Hat Grothmann dir das alles erzählt?«

Lisa schüttelte den Kopf. »Die dienstlichen Dinge haben wir von Ralf erfahren, das mit der Scheidung von Luca. Er ist der Einzige von uns, mit dem Uwe sich hin und wieder mal privat austauscht.«

»Ist die Sache in Schleswig denn mittlerweile aufgeklärt?«

»Meines Wissens nach nicht. Die Akte ist gesperrt, was natürlich Anlass zu vielen Vermutungen gibt. Ich bin mir ziemlich sicher, dass Uwe nach wie vor an der Sache dran ist. Ich glaube, dass er erst wieder zur Ruhe kommen wird, wenn er weiß, was damals passiert ist.«

Den Rest der Fahrt über studierte Lisa die Unterlagen, die Bergmann ihr beim Verlassen der BKI in die Hand gedrückt hatte. Sie enthielten Informationen über Dirk Bongers und seine Kinderschutzorganisation sowie einige Zeitungsartikel, in denen Bongers' Zugehörigkeit zu einer Gruppe gewaltbereiter Neonazis erwähnt wurde.

Es wurde der Verdacht erhoben, dass er der Anführer dieser Gruppe war, die vor fünf Jahren bei einer Demonstration gegen libanesische Asylsuchende das erste Mal in Erscheinung getreten war. In den darauffolgenden Jahren hatte es Vorfälle ähnlicher Art gegeben, allerdings ging aus den Artikeln nicht hervor, ob Bongers daran beteiligt gewesen war.

»Haben wir Bongers im System?«, fragte Lisa, nachdem sie alles durchgelesen hatte.

»Ich hab nichts gefunden«, erwiderte Bergmann. »Aber ich könnte mir vorstellen, dass er und seine Leute vom Staatsschutz beobachtet werden.«

»Das müssen wir sofort herausfinden, wenn wir wieder im Büro sind.« Lisa packte die Papiere zusammen und steckte sie zurück in den Umschlag.

Nach einer knappen Viertelstunde hatten sie die Melanchthonstraße erreicht, in der Bongers' Büro im Parterre eines Mehrfamilienhauses untergebracht war.

Es dauerte einige Zeit, bis Bergmann einen freien Parkplatz gefunden hatte. Der Weg zurück entlang einer Häuserreihe war eine einzige Schlitterpartie auf einem völlig vereisten und nicht gestreuten Fußweg. Als sie ihr Ziel erreicht hatten, wurden sie auf den Mann aufmerksam, der gerade dabei war, die Bürotür abzuschließen.

»Dirk Bongers?«, fragte Lisa und trat auf ihn zu. Der Angesprochene drehte sich um, und sie realisierte sofort, dass es sich um den Mann auf dem Phantombild handelte.

»Wer will das wissen?« Ein unfreundlicher Blick traf sie. Allem Anschein nach war ihr Zielobjekt in Eile.

Sie zeigte ihren Dienstausweis und stellte sich und Bergmann vor.

»Worum geht es?«

»Darüber werde ich Ihnen Auskunft geben, wenn Sie mir sagen, ob Sie Dirk Bongers sind.«

»Das bin ich«, knurrte der Mann.

»Dann können Sie sich doch sicher ausweisen.«

Ein entnervtes Stöhnen war die Antwort, dann zog der Mann seinen Personalausweis aus der Tasche und hielt ihn Lisa hin. »Zufrieden?«

»Danke«, sagte Lisa und warf einen ausführlichen Blick auf das Dokument. Sie gab Bongers den Ausweis zurück und deutete auf die geschlossene Tür. »Können wir in Ihr Büro gehen und uns dort unterhalten? Hier draußen dürfte es auf Dauer doch etwas zu kalt werden.«

»Ich habe keine Zeit«, sagte Bongers mürrisch. »Können wir unsere Unterhaltung nicht vertagen?«

»Nein, das können wir nicht«, antwortete Lisa. Sie hielt Bongers' durchdringendem Blick stand, bis ihr Gegenüber schließlich aufgab und die Tür öffnete.

Das Büro war hell und freundlich und vermittelte einen einladenden Eindruck. An den Wänden hing eine Vielzahl bunter Bilder, die von Kindern gemalt schienen. Am Fenster stand ein Schreibtisch mit zwei Besucherstühlen davor, im hinteren Bereich war eine Spielecke zu sehen, und eine Sitzgruppe mit mehreren Korbstühlen und einem kleinen Tisch in der Mitte vervollkommnete die Einrichtung.

Bongers deutete auf die beiden Besucherstühle und verschanzte sich dann hinter seinem Schreibtisch. Er hatte den beigefarbenen Kamelhaarmantel zwar aufgeknöpft, machte aber keine Anstalten, ihn auszuziehen, als wollte er so seinem Satz von vorhin noch mehr Gewicht verleihen. »Was gibt es denn nun so Eiliges?«, fragte er.

»Ist es richtig, dass Sie zusammen mit anderen Personen in der Vergangenheit häufiger vor dem Haus von Carsten Hunold demonstriert haben?«, fragte Lisa ihrerseits und schloss ihre Finger um den Ausdruck des Phantombilds in ihrer Jackentasche, um Bongers im Falle seines Leugnens damit zu konfrontieren.

Falls ihre Frage ihn überrascht hatte, ließ Bongers es sich nicht anmerken. »Ja, das ist richtig.«

»Können Sie uns den Grund dafür nennen?« Lisa ließ den Ausdruck zurückgleiten.

Jetzt sah Bongers Lisa fast mitleidig an. »Hunold ist ein Sexualstraftäter und Mörder, der wieder auf freien Fuß gekommen ist. Und ich bin mir ziemlich sicher, dass Sie das wissen, Frau Kommissarin. Was soll also diese Frage?«

»Carsten Hunold hat seine Strafe abgesessen«, meldete sich

Bergmann zu Wort, »und einen Teil der nachträglich angeordneten Sicherungsverwahrung.«

»Und damit hat sich die Sache erledigt, oder was? Der Mann ist und bleibt ein Verbrecher. Seine Schuld ist doch durch die paar Jahre in der Haft nicht gesühnt.«

»Aber eine lebenslange Haft würde sie sühnen?«

»Eine solche Tat kann nicht abgebüßt werden. Deshalb haben solche Typen jedes Recht verwirkt, wieder ein Mitglied unserer Gesellschaft zu werden.«

Bergmann nahm sein Gegenüber ausführlich in Augenschein, bevor er eine weitere Frage stellte. »Apropos Recht. Mit welchem Recht haben Sie eigentlich gegen Carsten Hunold demonstriert?«

»Na, Sie machen mir Spaß!« Bongers musterte Bergmann mit einer Mischung aus Unglauben und Belustigung. »Glauben Sie wirklich, dass eine Haftstrafe den Mann von seinen Trieben befreit? So jemand gehört lebenslänglich weggesperrt. Und damit meine ich wirklich lebenslänglich und nicht diese lächerlichen paar Jahre, die unser Staat dafür vorsieht.«

»Interessante Einstellung«, sagte Bergmann und zog eine Augenbraue hoch.

»Das ist die einzig richtige Einstellung«, gab Bongers zurück. »Für Sie kann es doch auch nicht befriedigend sein, wenn die Leute, die Sie dingfest machen, dank unserer tollen Gesetze in null Komma nichts wieder rauskommen, oder?«

Bergmann erwiderte Bongers' provozierenden Blick mit unbewegter Miene und blieb ihm die Antwort schuldig, was Bongers ihm offensichtlich nicht durchgehen lassen wollte.

»Also? Sagen Sie doch mal, wie Sie das empfinden. Das würde mich nämlich wirklich interessieren.«

Lisa hatte Bongers nicht aus den Augen gelassen. Ein spöttischer Zug umgab seine Mundwinkel. Es war unübersehbar, dass die Provokationen ihm Freude bereiteten. Langsam wurde ihr die Sache zu bunt.

»Herr Bongers, wir sind nicht gekommen, um uns mit Ihnen in eine Grundsatzdiskussion über die Gesetzgebung in Deutschland zu begeben. Wir sind hier, weil wir Ihnen mitteilen wollten, dass Carsten Hunold ermordet wurde.«

Das Lächeln in Bongers' Gesicht vertiefte sich. »Ach, wirklich? Na, dann hat er ja bekommen, was er verdient, und kann niemandem mehr schaden. Aber was habe ich damit zu tun?«

»Das wird sich zeigen. Erklären Sie uns doch erst einmal, warum Sie und Ihre Kumpane vor Hunolds Haus demonstriert haben.«

»Ich habe nichts mit dem Mord an diesem Mann zu tun! Nur, dass das klar ist! Und was heißt hier Kumpane, Frau Sanders? Das ist ein sehr abfälliges Wort, finden Sie nicht? Diese Männer und mich eint ein Ziel. Wir wollen die Öffentlichkeit aufrütteln, damit sie endlich begreift, was in diesem Staat geschieht. Wir wollen sie darauf aufmerksam machen, dass sich Sexualstraftäter und Mörder frei und ungehindert in unserer Mitte bewegen können. Dass sie eine Gefahr für jeden von uns darstellen, vor allen Dingen aber für unsere Frauen und Kinder.« Bongers' Augen bekamen einen harten Glanz. »Ich habe diesen Verein vor vier Jahren gegründet und seitdem mit einer Vielzahl von Kindern zu tun gehabt, deren Seelen und Körper durch sexuellen Missbrauch zerstört worden sind. Ich habe das Leid ihrer Eltern erlebt, ich habe unzählige Familien zerbrechen sehen. Und deshalb kann ich mich nur wiederholen: Die Männer, die für diese Verbrechen zuständig sind, gehören bis an ihr Lebensende weggesperrt. Es ist unverantwortlich, sie wieder in die Freiheit zu entlassen, wo sie sich gleich ihre nächsten Opfer suchen. Das geht so nicht, Frau Sanders, da ist doch etwas ganz faul in unserer Gesellschaft. Und dem muss man endlich Einhalt gebieten!«

»Indem man das Recht in seine eigenen Hände nimmt?«, fragte Bergmann.

»Indem man gegen freigelassene Sexualstraftäter und Mörder demonstriert und die Öffentlichkeit über deren Wohnort informiert, damit die Menschen ihre Frauen und Kinder schützen können.«

»Was war der Grund für Ihre Vereinsgründung?«, wechselte Lisa das Thema, bevor es zu einem weiteren Schlagabtausch zwischen Bongers und Bergmann kommen konnte.

Bongers lehnte sich auf seinem Stuhl zurück und verschränkte die Hände im Schoß. »Sie haben bei Ihren Ermittlungen ja bestimmt herausgefunden, dass ich als Lehrer gearbeitet habe.« Seine Stimme klang zynisch. »Mich würde wirklich mal interessieren, was Ihr System so alles über mich ausspuckt. Da dürfte doch jeder von uns drin sein, selbst wenn er ein unbescholtener Bürger ist.« Als keine Erwiderung folgte, sprach er weiter. »Ich bin in meinen Jahren als Lehrer häufiger mit Missbrauchsfällen konfrontiert worden. Ich habe Kinder unterrichtet, die plötzlich verhaltensauffällig wurden, ich bin von Eltern aufgesucht worden, deren Kinder missbraucht worden waren. Man suchte meinen Rat, aber ich musste feststellen, dass ich dabei an meine Grenzen geriet. Ich bin kein Psychologe, konnte also nicht wissen, ob die Ratschläge, die ich den Eltern gab, irgendeinen Nutzen hatten. Das war ein sehr unbefriedigender Zustand für mich. Ich wollte helfen, wusste aber nicht, wie. Mit der Zeit wurde dieses Bedürfnis immer stärker, und deshalb habe ich mich mit einigen Psychologen getroffen, um mir deren Rat einzuholen. Und da entstand dann plötzlich die Idee, diesen Verein zu gründen. Natürlich gibt es mittlerweile viele solcher Einrichtungen, aber die sind häufig groß und anonym. Ich habe mich mit den Eltern der betroffenen Kinder besprochen, die mir ebenfalls zurieten. Sie sagten mir, dass es ihnen leichter falle, mit einem ihnen bekannten Menschen zu sprechen als mit unbekannten Personen. Damit war die Entscheidung gefallen, und ich habe den Verein gegründet.« Bongers beugte sich nach vorn und legte seine Arme auf den Schreibtisch. Seine Finger begannen mit einem dicken Siegelring am rechten Ringfinger zu spielen. »Jetzt kann ich so helfen, wie ich es mir vorgestellt habe. Ich arbeite mit Psychologen und Ärzten zusammen, bei mir wird niemand weggeschickt, wie ich es schon von anderen Organisationen gehört habe.«

»Sie haben sich von der Schule beurlauben lassen«, stellte Lisa fest.

Bongers nickte. »Ich kann zurück, wenn ich möchte, aber ich glaube nicht, dass es dazu kommen wird. Hier«, seine Hände vollführten eine raumgreifende Geste, »habe ich meine Erfüllung gefunden.«

Es klang pathetisch, was Bergmann offensichtlich ebenso empfand. Er hatte die Stirn gerunzelt und schüttelte leicht den Kopf, als Bongers für einen Augenblick auf die Platte seines Schreibtisches starrte.

»Um noch mal auf die Männer zurückzukommen, mit denen Sie vor Hunolds Haus demonstriert haben«, setzte Lisa das Gespräch nach einem kurzen Moment des Schweigens fort. »Gehören die auch Ihrem Kinderschutzverein an?«

»Nein, die haben nichts damit zu tun.«

»Aber Sie kannten sie?«

»Ja.«

»Woher?«

»Ich bin ihnen einige Male in meiner Stammkneipe begegnet, und da sind wir ins Gespräch gekommen.«

»Über Sexualstraftäter im Allgemeinen und eine lasche Gesetzgebung im Besonderen?«, fragte Bergmann mit einem herausfordernden Unterton.

»Sie sagen es.«

»Laut unseren Erkenntnissen waren die Demonstrationen gegen Hunold nicht die ersten dieser Art. Sie sind in der Vergangenheit schon häufiger mit solchen Aktionen auffällig geworden, nicht nur gegen entlassene Sexualstraftäter, sondern auch gegen Asylbewerber und Migranten.«

Bongers schwieg.

»Woher haben Sie Hunolds Adresse und die der anderen bekommen?«

»So etwas spricht sich schnell herum.«

»Wenn man einen Tipp bekommen hat. Haben Sie Tipps bekommen, Herr Bongers?«

Auch diesmal blieb Bongers ihnen die Antwort schuldig, aber sein Schweigen sprach für sich. Er hatte Tipps bekommen. Die Frage blieb, von wem. Möglicherweise von JVA-Beamten oder den Medien, die sich ebenfalls immer gierig auf solche Fälle stürzten. Aber vielleicht war hier auch ein Durchstecker am Werk gewesen, also jemand aus ihren eigenen Reihen.

Lisas Frage nach seinem Alibi quittierte Bongers mit einem verächtlichen Grinsen. »Moment mal! Ich denke, diese tollen Rechtsmediziner können einen Todeszeitpunkt genau bestimmen. Und Sie fragen mich jetzt nach einem Zeitraum von vierundzwanzig Stunden? Was soll das denn?«

»Beantworten Sie bitte einfach meine Frage«, sagte Lisa genervt und schrieb dann die Namen von zwei Freunden auf, mit denen Bongers am Sonntagnachmittag und am Abend zusammen gewesen sein wollte.

»Ansonsten war ich allein. Aber da Sie ja sowieso nicht wissen, wann der Mann umgebracht wurde, frage ich mich, was diese ganze Aktion eigentlich soll.«

»Mann, ist das ein Kotzbrocken«, stellte Bergmann auf dem Rückweg zum Wagen fest. »Dem hätte ich am liebsten mal so richtig den Marsch geblasen.«

»Das bringt doch nichts«, sagte Lisa und öffnete die Wagentür. Sie blickte Bergmann über das Dach hinweg an. »Wir müssen jetzt als Erstes den Staatsschutz kontaktieren. Wenn die Bongers auf der Liste haben, müssten sie doch auch die Namen seiner Kumpel kennen.«

Bergmann nickte. »Wir müssen auch noch die Kollegen in Henndorf befragen, denn es ist ja möglich, dass die seinerzeit die Personalien der Demonstranten erfasst haben. Und die Einwohner aus Kienholz, deren Namen dir Berta Matthiessen genannt hat.« Er furchte die Stirn. »Noch besser wäre es, wenn wir uns alle Bewohner von Kienholz vornehmen würden.«

Lisa sank in den Sitz. »Das wird Ralf freuen. Dann kann er wieder zusehen, wo er die zusätzlichen Kollegen herkriegt.« Sie startete den Motor. »Lass uns das morgen erledigen, wenn ich aus der JVA zurück bin.«

Sie nutzten den Rückweg für eine Essenspause. Lisa hatte das Gefühl, dass ihr Magen mittlerweile in den Kniekehlen hing, und so verspeiste sie ohne die geringsten Skrupel eine Pizza Hawaii XXL und danach noch eine große Portion Tiramisu bei ihrem Lieblingsitaliener, der zufällig auf dem Weg lag. Für den Fall, dass dies immer noch nicht ausreichen und sie auf dem Weg in die BKI womöglich wieder Hunger bekommen würde, nahm sie vorsichtshalber noch eine Packung ihrer bevorzugten Cantuccini mit. Auf kalorienverminderte Kost konnte sie dann ja wieder umstellen, wenn der Fall gelöst war.

Constantin Dahlström hatte alle Termine für den Freitag abgesagt und seiner Sekretärin mitgeteilt, dass sie erst wieder am Montag mit ihm rechnen könne. Eine kurzfristige Entscheidung, aber Susannas Anruf, der um die Mittagszeit erfolgt war, hatte ihn zu diesem Entschluss getrieben.

»Maren hat angerufen und wollte mit dir sprechen«, hatte Susanna gesagt, und ihre Stimme hatte aufgewühlt geklungen. »Sie ist vollkommen fertig und hat wohl gar nicht bedacht, dass du im Büro zu erreichen bist.«

»Was ist denn los?«

»Sie hat gesagt, dass dieser Hunold ermordet worden ist und gestern zwei Beamte der Kieler Mordkommission bei ihr waren, die sie alle möglichen Dinge gefragt haben. Einer der beiden war der Leiter der Mordkommission. Das hat mich am meisten alarmiert. Der hat doch seine Leute für so was. Wenn der persönlich kommt, hat das doch etwas zu bedeuten.«

»Wird sie etwa verdächtigt?«, hatte Dahlström gefragt und gespürt, wie sein Hals trocken geworden war.

»Sie weiß es nicht.« Susannas Stimme hatte ängstlich geklungen. »Ich habe ihr versprochen, dass du dich um die Angelegenheit kümmerst und sie zurückrufst. Sie weiß nicht, was sie jetzt machen soll.«

»Natürlich kümmere ich mich darum, aber den Anruf werde ich nicht von hier aus erledigen. Ich komme nach Hause.«

»Aber …«

»Kein Aber, Susanna. Wir müssen deiner Schwester helfen, und ich hatte mir sowieso schon überlegt, morgen freizunehmen.«

Eine Lüge, denn gerade am kommenden Tag hatte er noch diverse Termine, von denen er eigentlich keinen einzigen verschieben konnte. Aber jetzt hatte die Sache mit Maren Vorrang. Nicht auszudenken, wenn sie wirklich verdächtigt wurde.

Bei Lütjenburg war eine Umleitung eingerichtet worden, und in Oldenburg geriet er in einen Stau. Außerdem sorgte der ständige Schneefall für weiterhin chaotische Straßenverhältnisse. So brauchte er mehr als die doppelte Zeit für die Fahrt nach Heiligenhafen und kam erst nach über drei Stunden vor dem rot gestrichenen Haus am Graswarderweg an.

Er fand seine Frau im Wohnzimmer vor dem großen Panoramafenster, aus dem sie auf die schäumende Ostsee und den schneebedeckten Strand hinausblickte, der mit jedem Tag schmaler zu werden schien.

»Hallo, mein Schatz.« Er schloss sie in die Arme.

»Danke, dass du gekommen bist.«

Dahlström strich über Susannas Wange. »Das ist doch selbstverständlich.« Er löste sich von ihr und ging zum Telefon, wo er zum Hörer griff und Marens eingespeicherte Nummer drückte. Als sie sich meldete, stellte er den Lautsprecher an. »Maren, ich bin's, Constantin. Susanna hat mir erzählt, dass der Leiter der Kieler Mordkommission und einer seiner Mitarbeiter bei dir waren. Was wollten sie denn nun eigentlich genau?«

Es dauerte einen Augenblick, bis Marens Stimme aus dem Hörer erklang. »Sie haben mir mitgeteilt, dass …«, sie stockte und schien Mühe zu haben, den folgenden Namen auszusprechen, »… dieser Hunold ermordet worden ist. Dann wollten sie wissen, ob ich nach seiner Haftentlassung Kontakt mit ihm gehabt hätte.«

Dahlström schüttelte verständnislos den Kopf. »Was ist das denn für eine seltsame Frage? Wie kommen die auf eine solch blödsinnige Idee?« Er runzelte die Stirn. »Was hast du den Beamten gesagt?«

»Dass ich natürlich keinen Kontakt zu ihm hatte.«

»Und was wollten Sie sonst noch wissen?«

»Noch einige Dinge von damals. Ob wir bei der Gerichtsverhandlung dabei gewesen waren, ob wir eine Nebenklage eingereicht hätten. Dann haben sie gefragt, ob mir Hunolds jetziger Aufenthaltsort bekannt gewesen sei. Aber ich wusste nicht, wo er gewohnt hat, und das habe ich ihnen auch gesagt.« Ein zittriges Ausatmen war zu vernehmen. »Ich hatte das Gefühl, dass sie mir kein Wort glauben.«

»Wo wurde Hunolds Leiche denn gefunden?«

»Am Kanal, bei der Fähre von Kienholz.«

»Konntest du ihnen ein Alibi für den Todeszeitpunkt geben?«

»Wenn ich das richtig verstanden habe, konnte der nicht genau bestimmt werden. Der Mann wurde am Sonntagmorgen das letzte Mal gesehen und am Montagmorgen tot aufgefunden. Er hat wohl einige Zeit draußen in der Kälte gelegen.«

»Haben die Beamten gesagt, dass sie noch mal mit dir sprechen wollen?«

»Sie haben gemeint, dass es für den Moment alles sei.«

Dahlströms Blick begegnete dem seiner Frau, die das Gespräch mit einem bekümmerten Gesichtsausdruck verfolgte. »Mach dich nicht verrückt, Maren. Ich werde meinen Anwalt mit der Sache beauftragen und dafür sorgen, dass er sich mit dir in Verbindung setzt. Falls die Beamten noch einmal anrufen oder bei dir auftauchen sollten, sagst du ihnen, dass du dich nur noch im Beisein deines Anwalts mit ihnen unterhalten wirst.«

»Aber macht mich das nicht erst recht verdächtig?«

»Wenn man von der Polizei befragt oder vernommen wird, sollte man grundsätzlich einen Anwalt dabeihaben, sonst kann es sehr leicht passieren, dass die Beamten einem das Wort im Mund umdrehen, und das wollen wir doch nicht.«

»Nein, natürlich nicht.«

Nachdem das Telefongespräch beendet war, ging Dahlström zum Barwagen und nahm die Karaffe mit dem Cognac zur Hand. »Möchtest du auch einen?«

Susanna verneinte, und Dahlström goss sich einen großen Schluck ein, den er fast in einem Zug austrank.

»Hältst du das mit dem Anwalt wirklich für eine gute Idee, Constantin? Ich finde, dass Maren recht hat. Das macht sie doch erst recht verdächtig.«

»Deine Schwester ist in einer sehr schlechten Verfassung. Die ist gewieften Kripobeamten und deren Gesprächstaktiken doch überhaupt nicht gewachsen. Ich will doch nur nicht, dass sie womöglich aufs Kreuz gelegt wird.«

»Aber die Polizei kann doch nicht ernsthaft glauben, dass Maren etwas mit dem Tod dieses … dieses Mannes zu tun hat«, sagte Susanna erschüttert.

Dahlström schenkte sich ein zweites Glas ein. »Das tut sie ja vielleicht auch gar nicht. Fakt ist nur, dass sie jeden befragen müssen, und da stehen natürlich in einem Fall wie diesem die Eltern der getöteten Kinder besonders im Fokus. Wenn dann noch ein schneller Erfolg hermuss, ist der Druck auf die Beamten groß. Da kann es dann schon mal passieren, dass sie härtere Bandagen anlegen, und für diesen Fall möchte ich bei Maren Vorsorge treffen.«

Er nahm erneut einen kräftigen Schluck und griff dann noch einmal zum Telefonhörer. »Ich werde jetzt Jürgen anrufen und ihm den Fall schildern.« Er sah zu seiner Frau hinüber, die immer noch beunruhigt wirkte. »Mach dir keine Sorgen, Schatz. Es wird alles gut.«

Warum hatte sie nicht daran gedacht, Constantin in seinem Büro anzurufen? Es war ein Werktag, natürlich hielt er sich in Rendsburg auf. Sie hätte es bedenken müssen. Aber die Gedanken kamen und gingen, und nur selten konnte sie einen davon für längere Zeit festhalten. Es war, als ob sich etwas in ihrem Kopf in Auflösung befinden würde.

Susanna hatte sich natürlich sofort in den Wagen setzen und kommen wollen, nachdem sie gehört hatte, was passiert war. Nur mit Mühe hatte Maren sie davon abbringen können.

Nach dem Gespräch mit ihrem Schwager verließ Maren die Bank, weil sie sich auf nichts mehr konzentrieren konnte. »Ein weiterer Termin beim Zahnarzt«, sagte sie ihrer Sekretärin. »Gut möglich, dass ich heute nicht mehr reinkomme. Wurzelbehandlungen sind immer eine gemeine Sache.« Im Freien angekommen, lenkte Maren ihre Schritte Richtung Stadthafen. Sie spürte auf einmal einen unbändigen Drang nach Bewegung und frischer Luft. Früher war sie gejoggt, und das Laufen hatte ihr gutgetan, ihren Kopf frei gemacht, so dass die Gedanken fließen konnten. Nach Bastis Tod hatte das nicht mehr funktioniert.

Der Hafen, in dem es in den Sommermonaten vor Schiffen und Menschen nur so wimmelte, erstreckte sich still und verlassen vor ihren Augen. Die Boote waren im Winterquartier, die Touristen schon lange wieder daheim, und auch die Einheimischen blieben bei diesem unwirtlichen Wetter lieber zu Hause. Entlang des Kais lagen einige kleine Restaurants, die um diese Jahreszeit alle geschlossen waren. Nur die Kajüte hatte geöffnet, wo sich Maren in der Sommerzeit häufig in ihrer Mittagspause ein Fischbrötchen holte.

»Moin«, wurde sie von der freundlichen Bedienung hinter dem Tresen begrüßt. »Matjes, wie immer?«

»Ja, bitte.«

Maren zog ihre Handschuhe aus und wartete, bis die Bedienung das Fischbrötchen zubereitet hatte und es in eine Papiertüte steckte. Nachdem sie bezahlt hatte, nahm sie ihr Essen in Empfang, verabschiedete sich und trat wieder ins Freie hinaus.

Die Dämmerung hatte eingesetzt, und über dem Campingplatz Haithabu auf der gegenüberliegenden Seite der Schlei türmte sich ein dunkles, bedrohlich wirkendes Wolkengebirge auf. Allem Anschein nach würde der vorausgesagte erneute Schneefall nicht mehr lange auf sich warten lassen. Maren zog ihr Brötchen aus der Tüte und biss hinein. Erst jetzt wurde ihr bewusst, dass sie hungrig war, kein Wunder nach dem kargen Frühstück am Morgen, das nur aus einer Tasse Kaffee und einem kleinen Joghurt bestanden hatte. Es dauerte nicht lange, bis das Brötchen verspeist war. Sie entsorgte die Tüte in einem Mülleimer und überquerte die Straße Am Hafen, um zum Dom hinaufzugehen, dessen Türme zwischen den Häusern der Altstadt in den zunehmend dunkler werdenden Himmel ragten. Das Petri-Portal in der Süderdomstraße war geschlossen, aber das Hauptportal stand wie immer in den Wintermonaten bis zum frühen Abend offen. Maren zog die gläserne Tür auf, die sich dahinter befand, und tauchte in die Dunkelheit eines kleinen Vorraums ein, an dessen Ende eine massive Holztür war, die ins Innere des ehrwürdigen Gemäuers führte.

Die Stille nahm Maren auch diesmal sofort gefangen. Langsam schritt sie den Mittelgang hinauf, passierte den Lettner mit seinem prächtigen Gitter, das der Abtrennung des Hauptchors diente, und trat dann die Stufen zum hinteren Bereich des Doms empor, an dessen Ende der prächtige Bordesholmer Altar thronte. Hier standen keine Kirchenbänke mehr, sondern Stuhlreihen, und sie ließ sich in einer davon nieder. Sie nahm immer auf demselben Stuhl Platz, linker Hand, dritte Reihe von hinten, dritter Stuhl vom Mittelgang aus. Ein Ritual, das zwei Jahre vor ihrer Schwangerschaft begonnen hatte, als sie den Dom in ihrer Heimatstadt, den sie bis dahin nur von zwei Besuchen mit ihrer ehemaligen Schulklasse kannte, zu entdecken begann. Die Faszination war durch einen Fernsehbeitrag ausgelöst worden und hatte dazu geführt, dass sie sich in ihrer knappen Freizeit immer mehr in das Thema vertiefte. Irgendwann hatte sie sogar geplant, sich an das Schreiben eines historischen Romans zu wagen, auch wenn ihr klar gewesen war, dass sie niemals die Zeit, geschweige denn die Geduld dafür aufbringen würde. Die Schwangerschaft hatte ihr Interesse dann in den Hintergrund gerückt, und nach Bastis Tod war die Sache gegenstandslos für sie geworden. Erst seit einigen Monaten kam sie wieder regelmäßig in den Dom, in der verzweifelten Hoffnung, den Kraftquell, der diese Stätte einmal für sie gewesen war, neu zu erspüren. Manchmal hatte es funktioniert, dann hatte sie den Dom mit neuem Mut verlassen, der ihr Leben für einige Tage erträglicher machte. Aber nachdem sie erfahren hatte, dass das Monster freigelassen worden war, hatte auch das nicht mehr geklappt.

Maren verschränkte die Hände im Schoß. Sie hätte gerne Kraft aus einem Gebet gezogen, aber sie glaubte nicht mehr an Gott. In der Selbsthilfegruppe hatten Jörg und sie ein Elternpaar kennengelernt, das im Glauben eine Kraftquelle fand. Maren hatte sie beneidet um ihre Zuversicht, dieses unerschütterliche Vertrauen, dass es ihrem Kind gutging in Gottes Hand. Wir wollen weiterleben, hatte die Frau eines Tages gesagt. Und irgendwann werden wir auch wieder lachen können. Unser Sohn hätte nicht gewollt, dass wir in unserer Trauer untergehen.

Nein, das hätte Basti auch nicht gewollt. Er hatte seine Mutter geliebt, mit jener unerschütterlichen und von jedem Zweifel befreiten Intensität, zu der wohl nur ein Kind fähig war. Sie so zu sehen, wie sie jetzt war, hätte ihn sehr traurig gemacht.

Ein Schluchzen stieg in Marens Kehle empor, das sie nur mit Mühe unterdrücken konnte.

Basti hatte sie geliebt. Aber sie hatte ihn zu Beginn seines Lebens und auch am Ende im Stich gelassen. Sie verdiente es nicht, jemals wieder glücklich zu sein.

Auch an diesem Abend machte sich Lisa nach dem Verlassen des Büros als Erstes auf den Weg zu ihrer Mutter. Als sie Gerdas Wohnung betrat, stellte sie zu ihrer großen Erleichterung fest, dass Jakob Solberg bei ihr war, Gerdas neuer Lebensgefährte. Lisa hatte den Reeder, dem man seine einundsiebzig Jahre nicht ansah, vom ersten Augenblick an gemocht.

»Hallo, Jakob. Schön, dass du da bist.« Sie drückte Solberg einen Augenblick lang fest an sich. »Wie geht es Gerda?«

Solberg seufzte. »Schlecht, aber das würde sie niemals zugeben. Du kennst sie doch.«

»Hört auf, über mich zu reden, als ob ich nicht da wäre«, war Gerdas Stimme aus dem Wohnzimmer zu vernehmen. Ihre Mutter erschien in der angelehnten Tür.

»Hallo, Mama.« Lisa drückte ihr einen Kuss auf die Wange und musterte sie. »Wie geht es dir?«

Gerdas Stimme klang ungehalten. »Wie oft wollt ihr mich das denn noch fragen? Ich bin doch nicht krank.«

Wider Willen musste Lisa lächeln. Ihre Mutter ertrug es ebenso wie sie nur schwer, wenn man sich Sorgen um sie machte und allzu sehr um ihr Wohlergehen bemüht war.

»Nein, das bist du nicht, das sagt ja auch keiner. Aber dieser ominöse Anruf hat dich doch ziemlich mitgenommen, oder etwa nicht?«

»Natürlich hat er mich mitgenommen. Aber du hast mir erklärt, dass er sich nicht zurückverfolgen lässt, und das habe ich akzeptiert.« Gerda ging in die Küche. »Ich habe Würstchen und Kartoffelsalat gemacht. Möchtest du mit uns essen?«

Lisa winkte ab, denn das üppige Mittagessen lag ihr mittlerweile schwer im Magen, genauso wie der Gang zu Peter Lannert, den sie nicht länger aufschieben konnte. »Ich will noch zu Peter.«

Ihre Mutter lächelte. »Ich bin froh, dass du einen so netten Mann gefunden hast.«

Lisa drückte sich um eine Entgegnung und ging zur Haustür. Sie bemerkte, dass Solberg sie mit einer nachdenklichen Miene musterte. Offensichtlich spiegelten sich ihre Gefühle mal wieder überdeutlich in ihrem Gesicht. Dabei hätte sie als Kripobeamtin ihre Züge doch eigentlich im Griff haben müssen. Auch im privaten Bereich.

»Tschüss, ihr beiden! Habt einen schönen Abend.«

Für den Weg zu Lannerts Villa im Niemannsweg ließ Lisa sich sehr viel Zeit. Als sie schließlich dort ankam, parkte sie ihren Wagen an der Straße anstatt wie sonst auf der großen Auffahrt. Sie ging den gepflasterten Weg zum Haus hinauf und spürte bei jedem Schritt ihr aufgeregt schlagendes Herz.

»Hallo«, sagte sie, als sich die schwere Eingangstür auf ihr Klingeln hin nach kurzer Zeit öffnete. »Darf ich reinkommen?«

Fehrbach hatte die Zeit nach seiner Rückkehr in die Staatsanwaltschaft mit dem Studium zweier Fälle verbracht, deren Prozesse kurz bevorstanden. Wenn schon nichts aus dem Urlaub wurde, konnte er seinen Mitarbeitern auch etwas von deren Arbeit abnehmen. So wurde es zwanzig Uhr, als er endlich die zwei dicken Aktenordner zusammenklappte, seinen Rechner herunterfuhr und sich auf den Heimweg machte.

Barbara hatte darauf gedrungen, dass er die Penthaus-Wohnung in Holtenau, die er erst bei seiner Rückkehr nach Kiel erworben hatte, wieder verkaufte. Sie wollte, dass er sich ganz auf Lankenau niederließ, so weit sei der Weg nach Kiel ja nicht. Sie setzte alles daran, ihn enger an sich und das Gestüt zu binden, weil sie offensichtlich noch immer die Hoffnung hegte, dass er der Staatsanwaltschaft irgendwann den Rücken kehren und sich ausschließlich auf Lankenau konzentrieren würde. Es hatte einige Diskussionen gegeben, und alle hatten sie in Missstimmung geendet. Bei ihrem letzten Gespräch hatte Fehrbach ihr dann unmissverständlich erklärt, dass er nicht daran denke, seinen Job aufzugeben, und die Wohnung in Kiel behalten werde. Barbara hatte es hingenommen und nichts mehr entgegnet, aber Fehrbach wusste genau, dass ihr diese Entscheidung missfiel.

In der Wohnung war es kalt, offensichtlich hatte er am Morgen vergessen, die Heizung höher zu drehen. Er ging in den großen Wohnbereich, den eine Dachterrasse umgab, und blickte auf die dunkle Förde hinaus. Noch war der Schiffsverkehr nicht eingestellt, aber wenn es weiterhin so bitterkalt war, konnte dies durchaus noch geschehen.

Nachdem er in allen Räumen die Heizung angedreht hatte, zog er sein Jackett aus und setzte sich in einen der Designersessel am Fenster. Barbara war die Wohnung zu kalt und unpersönlich. Sie hatte sich bis jetzt nur einige Male hier aufgehalten. Ihren Versuch, die Einrichtung etwas persönlicher zu gestalten, hatte Fehrbach energisch unterbunden.

Das Handy zeigte keine neuen Nachrichten an, obwohl Lisa zugesagt hatte, ihn über ihren Besuch bei Bongers zu informieren. Kurz entschlossen drückte Fehrbach ihre Nummer. Der Ruf ging raus, und nur kurze Zeit später erklang das Besetztzeichen. Verwundert schüttelte Fehrbach den Kopf. Hatte Lisa ihn weggedrückt? Er versuchte es ein weiteres Mal mit demselben Ergebnis. Was sollte das? Sie konnte Anrufe auf ihrem Diensthandy während einer laufenden Ermittlung nicht einfach ignorieren. Was dachte sie sich dabei? Er suchte die Kontakte durch und drückte in einem neuen Versuch Lisas Büronummer. Dort ging niemand mehr ran. Ein kurzer Blick auf die Uhr zeigte ihm, dass es mittlerweile nach neun war. So würde er nicht weiterkommen. Dann also eine SMS. Er verfasste einen kurzen Text, an dessen Ende er um Rückruf bat, und drückte auf »Senden«. Aber auch diese Form der Kontaktaufnahme brachte kein Ergebnis. Als er gegen Mitternacht zu Bett ging, hatte Lisa sich noch immer nicht gemeldet.

Berta Matthiessen war erleichtert gewesen, als sie gegen Mittag wieder in Kienholz angekommen war. Sie hatte die junge Polizeibeamtin gebeten, an der Hauptstraße in der Nähe des Supermarkts zu halten. Sie hatte noch einige Einkäufe zu erledigen, aber sie schreckte davor zurück, sich direkt vor dem Markt absetzen zu lassen, wo sie womöglich von Bekannten gesehen wurde und aufdringlichen Fragen ausgesetzt wäre.

Jetzt, am Abend, versuchte Berta es sich vor ihrem Fernseher gemütlich zu machen. Im dritten Fernsehprogramm lief ein alter Film mit Heinz Erhardt, den sie auch in der soundsovielten Wiederholung immer noch gerne sah. Aber diesmal konnten ihr die Späße des bekannten Komikers keine Ablenkung bringen. Immer wieder ließ sie den Vormittag Revue passieren, die Ankunft auf dem umzäunten Gelände der Landespolizei am Mühlenweg in Kiel, die Vielzahl der unterschiedlichen Gebäude, die Menschen, an denen sie dort vorbeigefahren waren. Viele hatten Uniform getragen, manche waren in Zivil gewesen.

Der Beamte, der das Phantombild nach ihren Angaben erstellte, war nett und geduldig. Es dauerte einige Zeit, bis ein Ergebnis vorlag, aber Berta wollte ganz sichergehen, dass das Bild dem Mann, den sie gesehen hatte, auch wirklich ähnelte. Mit dem Ergebnis war sie zufrieden. Die Kommissarin hatte ihren Kollegen gebeten, ihr die Bilddatei per Mail zu schicken, sich aber gleichzeitig einige Ausdrucke machen lassen.

Wer hatte Carsten umgebracht? Die Frage peinigte Berta.

Hatten die Eltern oder das Umfeld der ermordeten Jungen etwas damit zu tun? Hing es mit anderen Taten zusammen, die er womöglich begangen hatte? Oder waren diese Neonazis dafür verantwortlich, die sich seit Carstens Verschwinden nicht mehr hatten blicken lassen?

Berta beschloss, sich eine heiße Milch mit Honig zu machen. Sie war todmüde, da sie in den letzten Nächten nur wenig Schlaf gefunden hatte. Zuerst hatte es den Anschein, als würde das alte Hausmittel ihr diesmal helfen, denn nachdem sie ins Bett gegangen war, schlief sie sofort ein. Aber bereits zwei Stunden später war sie wieder hellwach. Sie wälzte sich eine Zeitlang von einer Seite auf die andere, dann beschloss sie aufzustehen.

In der Küche war es kalt, und sie zog die alte Strickjacke, in die sie sich eingemummelt hatte, noch ein wenig fester vor ihrer Brust zusammen. Fast automatisch ging sie zum Fenster, schob die Gardine ein Stück zur Seite und schaute zu Carstens Haus hinüber. Ihr wurde bewusst, dass Lisas Worte sie in Unruhe versetzt hatten. Was, wenn der Mörder tatsächlich zurückkehrte? Sie stützte sich auf der Spüle ab und beugte sich ein Stück nach vorn, um besser sehen zu können. War das nicht ein Lichtstrahl, der gerade eben über die Stufen zur Eingangstür gehuscht war? Sie blinzelte und schaute noch einmal hinüber, aber Haus und Garten waren in undurchdringliche Finsternis gehüllt. Hatten ihre alten Augen ihr einen Streich gespielt? Hastig drehte sie sich um. Wo hatte sie ihre Brille hingelegt? Sie suchte die Räume ab und fand sie schließlich im Flur auf dem kleinen Tisch neben der Garderobe.

So schnell sie ihre alten Beine trugen, eilte sie in die Küche zurück. Sie knipste das Licht aus, um besser nach draußen sehen zu können. Und wieder war ihr, als sähe sie einen tanzenden Lichtstrahl, diesmal allerdings im Inneren des Hauses, hinter den Fenstern.

Berta stockte der Atem, ihr Hals wurde trocken vor Angst. Was sollte sie tun? Die Kommissarin hatte ihr eingeschärft, sofort anzurufen, wenn dort drüben etwas vor sich ging. Sie blickte zu der altmodischen Küchenuhr empor, die über der Tür befestigt war. Fast ein Uhr. Zu dieser nachtschlafenden Zeit konnte sie Lisa Sanders unmöglich anrufen. Sie warf einen weiteren Blick aus dem Fenster. Der Lichtstrahl war noch immer da, aber er tanzte nicht mehr suchend im Haus umher, sondern schien im Wohnzimmer zur Ruhe gekommen zu sein. Berta mühte sich ab, um mehr zu erkennen, aber ihre Augen waren schon lange nicht mehr die besten, da half auch eine starke Brille nicht viel. Plötzlich sah sie einen Schatten hinter der Gardine. Er bewegte sich langsam, bis plötzlich das Licht erlosch. Berta hielt den Atem an, voller Angst, dass sich im nächsten Moment die Haustür öffnen und Carstens Mörder die Treppen herunterkommen würde. Aber nichts dergleichen geschah.

Mehr als eine Stunde blieb Berta noch am Fenster sitzen und behielt das Haus gegenüber im Blick. Der Lichtstrahl tauchte nicht wieder auf, und einen Menschen bekam sie auch nicht zu Gesicht. Als sie gegen zwei Uhr ins Bett ging, durchgefroren, die Augen schwer vor Müdigkeit, fragte sie sich, ob die letzten Stunden nur in ihrer Einbildung existiert hatten.

Freitag, 17. Februar

Vor ihrem Besuch in der JVA hatte Lisa einen kurzen Stopp in ihrer Wohnung eingelegt. Während sie duschte und dann in neue Kleidung schlüpfte, kehrten ihre Gedanken zur vergangenen Nacht zurück.

Peter Lannert war ihr keinen Schritt entgegengekommen. Mehr noch, er war bockig gewesen wie ein kleiner Junge. Er enge sie nicht ein, dieser Vorwurf sei absolut lächerlich, er lasse ihr alle Freiheiten. Aber es sei doch nur natürlich, dass er so häufig wie möglich mit ihr zusammen sein wolle, schließlich liebe er sie. Was allerdings wohl nicht auf Gegenseitigkeit beruhe, so wie sie sich ihm gegenüber benehme.

An diesem Punkt angelangt, war bei Lisa endgültig der Geduldsfaden gerissen, denn aus dem in Ruhe begonnenen Gespräch hatte sich mittlerweile eine lautstarke Auseinandersetzung entwickelt. Sie war auf den Flur hinausgestürmt und hatte nach ihrer Jacke gegriffen, wild entschlossen, dieses Haus nie wieder zu betreten. Dann hatte sie den Fehler begangen, sich noch einmal umzudrehen, und Lannert in der Tür zum Wohnzimmer stehen sehen. Und nach einem Blick in sein Gesicht waren all ihre schönen Vorsätze in sich zusammengebrochen. Verzweiflung und Hilflosigkeit hatten in seinen Augen gelegen, jede Aggressivität war verschwunden. »Ich liebe dich«, hatte er geflüstert. »Ich möchte doch bloß für immer mit dir zusammen sein.«

Erst sehr viel später, als sie nebeneinander in dem breiten Doppelbett gelegen und Lisa Lannerts ruhigen Atemzügen gelauscht hatte, waren ihr seine Worte wieder in den Sinn gekommen. Für immer. Er meinte es ernst, das hatte sie mittlerweile begriffen. Aber was war mit ihr? Sie kannte diese zwiespältigen Empfindungen bereits von anderen Beziehungen, denn durch ihre nie versiegten Gefühle für Horst Wiesner war sie niemals wirklich frei für einen anderen Mann gewesen. Aber Horst war tot, jetzt hatte sie die Möglichkeit auf einen Neubeginn. Warum ergriff sie diese Chance nicht? Worauf wartete sie? Auf wen wartete sie?

Wütend auf sich selbst und ihre Unentschlossenheit zerrte sie nun die Steppjacke von der Garderobe und schloss die Haustür mit einem lauten Knall hinter sich. Schluss jetzt mit diesen elenden Grübeleien! Peter Lannert war der richtige Mann für sie, und es wurde Zeit, dass sie das endlich begriff.

In Lauerhof wurde Lisa bereits erwartet. Der JVA-Beamte am Tor begrüßte sie in Begleitung eines Kollegen, der sie in ein Büro im Erdgeschoss brachte. Während sie auf Klaus Wenners wartete, ließ sie ihre Blicke durch den kleinen Raum schweifen, der noch karger war als der, in dem sie sich vor zwei Tagen aufgehalten hatte.

Es dauerte eine knappe Viertelstunde, dann stand Wenners in der Tür. Er war von schmaler Statur und trug einen kleinen Ziegenbart, was seinem Gesicht einen verschlagenen Ausdruck verlieh. Wenners' Händedruck war fest, seine Stimme klang energisch, als er sich vorstellte.

»Möchten Sie einen Kaffee?«

Lisa verneinte, und Wenners setzte sich ihr gegenüber. »Man hat mir gesagt, dass Carsten Hunold ermordet wurde.«

»Das ist richtig«, bestätigte Lisa. »Ihr Direktor und Herr Kleinschmitt, mit denen ich am Mittwoch gesprochen habe, konnten mir nicht viel über Herrn Hunold erzählen. Man verwies mich an Sie.«

Wenners nickte, enthielt sich aber einer Äußerung.

»Wie gut kannten Sie Herrn Hunold?«

Wenners zuckte mit den Schultern. »Nicht besser oder schlechter als die anderen in meinem Trakt.«

»Was war er für ein Mensch?«

Wenners wiederholte das, was bereits sein Kollege Kleinschmitt ausgesagt hatte. Höflich und sauber, sehr zurückhaltend, keinerlei private Gespräche.

»Haben Sie eine Idee, wer für den Mord in Frage kommen könnte? Hat Hunold mal erwähnt, dass er vor jemandem Angst hat?«

»Hunold war hier drinnen natürlich nicht besonders beliebt.« Ein trockenes Lachen folgte Wenners' Worten. »Aber damit dürfte ich Ihnen ja nichts Neues erzählen. Pädophile, noch dazu, wenn sie gemordet haben, haben im Gefängnis keine Freunde.«

»Herr Krenz hat zugegeben, dass Hunold mehrere Male zusammengeschlagen wurde.«

»Das ist richtig.«

»Waren Sie dabei?«

Wenners sah Lisa ungehalten an. »Wenn ich dabei gewesen wäre, Frau Sanders, wäre es nicht passiert. Nur um das klarzustellen! Ich hab Hunold verachtet, aber ich gehöre nicht zu denen, die tatenlos danebenstehen, wenn Häftlinge von anderen misshandelt werden.«

»Wissen Sie, wer sich an Hunold vergriffen hat?«

»Nein.« Die Antwort kam schnell, zu schnell für Lisas Geschmack. Sie sah Wenners abwartend an, aber er hielt ihrem Blick stand. »Ich weiß es nicht, okay?«

»Herr Krenz hat gesagt, dass diese Angriffe auf Hunold nur in der Elektrowerkstatt stattgefunden haben. Können Sie mir sagen, ob einer der Häftlinge, die dort arbeiten, in der Zwischenzeit entlassen worden ist?«

»Ach, jetzt weiß ich, worauf Sie hinauswollen. Sie glauben, dass jemand draußen vollendet hat, was ihm hier drinnen nicht gelang.«

»Es wäre eine Möglichkeit.«

Wenners schüttelte den Kopf. »Da muss ich Sie enttäuschen, Frau Sanders. Die Typen aus der Elektrowerkstatt sind ganz schwere Jungs. Von denen kommt keiner so schnell wieder raus.« Wenners zupfte an seinem Ziegenbart. »Sie sollten sich lieber auf die Opferfamilien und deren Umfeld konzentrieren. Die haben doch viel mehr Gründe gehabt, den Hunold kaltzumachen.«

Immer wieder schön, wenn jemand glaubte, ihr den Job erklären zu müssen. »Es ist aber doch ein gewisser Pieter Seegers fast zeitgleich mit Hunold freigekommen. Ebenfalls ein Sexualstraftäter.«

»Sie haben mich nach den Jungs in der Elektrowerkstatt gefragt. Seegers hat in der Malerei gearbeitet.«

Spitzfindig war er also auch noch. Lisa bemühte sich um Geduld und ein freundliches Gesicht. »Okay, dann noch mal von vorne. Hunold ist vor fünf Monaten entlassen worden. Ist in der Zeit davor beziehungsweise danach noch jemand freigekommen? Vielleicht jemand, den Hunold kannte?«

»Weder noch. Nur Pieter Seegers.«

»Kannten Hunold und Seegers sich?«

»Ja.«

»Wie war ihr Verhältnis zueinander?«

»Ich hab sie einige Male beim Hofgang zusammen gesehen und hatte den Eindruck, dass sie sich ganz gut verstanden.«

»Gab es noch andere Gelegenheiten, bei denen sie zusammengetroffen sind?«

»Nein, ich wüsste nicht, wo.«

»Haben Sie eine Ahnung, wohin Seegers nach seiner Entlassung gezogen sein könnte?«

Wenners schüttelte den Kopf. »Nein, tut mir leid. Seegers war nicht in meinem Trakt untergebracht. Das müssen Sie den Kollegen fragen.«

»Das werde ich.« Lisa strich sich eine Haarsträhne hinter das Ohr. »Hat Hunold eigentlich jemals Besuch bekommen?«

»Am Anfang seiner Haftzeit gab es Anträge von einer Nachbarin. Hunold wollte sie aber nicht sehen. Sie hat ihm auch einige Briefe geschrieben. Die ersten hat er noch gelesen, wenn ich mich recht entsinne, aber die folgenden hat er alle zurückgehen lassen.«

»Und sonst? Andere Besucher, weitere Post?«

Wenners schüttelte erneut den Kopf. »Nein, weder noch.«

»Um noch mal auf meine Frage von vorhin zurückzukommen. Wissen Sie, ob Hunold vor irgendjemandem draußen Angst hatte? Hat er da mal etwas erwähnt, vielleicht in der Zeit vor seiner Entlassung?«

»Wie schon gesagt, wir haben keine privaten Gespräche geführt. Vielleicht können Ihnen da unsere Therapeuten weiterhelfen.«

»Ich denke, Herr Hunold hat keinen Platz in der sozialtherapeutischen Abteilung bekommen.«

»Das stimmt, aber es haben natürlich trotzdem immer wieder Gespräche mit unseren Psychologen stattgefunden. «

Lisa klappte ihren Notizblock zusammen. »Danke, Herr Wenners.« Sie erhob sich und verstaute den Block in ihrem Rucksack, bevor sie dem JVA-Beamten die Hand zur Verabschiedung reichte. »Ich würde dann gerne mit Ihrem Kollegen sprechen, in dessen Trakt Pieter Seegers untergebracht war, und mit den Psychologen, die sich mit Hunold unterhalten haben. Wäre das jetzt möglich?«

Wenners zog ein Handy aus seiner Jackentasche und führte ein kurzes Gespräch. Im Anschluss daran nickte er Lisa zu. »Sie werden abgeholt.«

Das Gespräch mit den beiden Therapeuten brachte ebenfalls keine großen Neuigkeiten. Sie bestätigten das, was Lisa bereits vom Anstaltsleiter erfahren hatte. Hunolds Reue war ihrer Einschätzung nach nur eine vermeintliche gewesen und seine Bereitschaft, sich mit seinen Taten und seiner Veranlagung auseinanderzusetzen, nur vorgetäuscht.

»Vielleicht hat er gehofft, so früher rauszukommen«, meinte einer der Männer. »Für mich war der Hunold ein durch und durch böser Mensch. Der hätte weitergemacht, da bin ich mir sicher.«

Auch sein Kollege war der Meinung, dass nach wie vor eine hohe Gefahr von Hunold ausgegangen war und er niemals hätte entlassen werden dürfen. Dass Hunold sich nach seiner Entlassung in die Hände eines Arztes begeben haben sollte, konnten sich die beiden Therapeuten nicht vorstellen. Somit schien die Aussage von Berta Matthiessen unglaubwürdig zu sein. Lisa glaubte nicht, dass die alte Frau sie angelogen hatte, Berta hatte Hunold eben einfach vertraut und geglaubt, was er ihr sagte.

Das Gespräch mit Wenners' Kollegen nahm hingegen einen erfreulichen Verlauf. Der JVA-Beamte wusste zu berichten, dass Pieter Seegers nach seiner Entlassung nach Sylt gezogen war, wo ihm eine Anstellung im Restaurant eines entfernten Verwandten in Aussicht gestellt worden war.

»Ich meine, er hat was von Wenningstedt gesagt«, erklärte der Vollzugsbeamte. »Oder war es Westerland? Das Restaurant jedenfalls hieß Meerblick, daran erinnere ich mich noch ganz genau.«

»Meerblick?«, sagte Malte grinsend, als Lisa ihn nach ihrer Rückkehr in die Blume bat, ein Restaurant dieses Namens in Wenningstedt oder Westerland oder irgendwo sonst auf Sylt ausfindig zu machen. »Was für ein seltener Name an der Küste. Gib mir fünf Minuten.«

Lisa boxte ihn in die Seite und ging zurück in ihr Büro, als ihr Handy zu klingeln begann. Die Titelmelodie von *Magnum* erfüllte den Raum.

»Geiler Klingelton«, rief Malte ihr hinterher. »Ist der neu? Den will ich auch haben.«

»Nix da!« Lisa nahm das Gespräch entgegen. Als sie hörte, was die aufgeregte Frau am anderen Ende der Leitung zu sagen hatte, sank sie auf ihren Stuhl. »Warum haben Sie mich nicht sofort angerufen, Frau Matthiessen?« Sie schüttelte ungläubig den Kopf, als die Erklärung folgte. »Ich habe Ihnen gesagt, dass Sie mich Tag und Nacht anrufen können. Das war ernst gemeint, Frau Matthiessen!«

Bergmann trat neben sie und hob fragend die Augenbrauen. »Hunolds Nachbarin?«

Lisa nickte und versuchte den Redefluss der Frau zu stoppen. »Frau Matthiessen, mein Kollege und ich werden jetzt zu Ihnen kommen. Bleiben Sie bis dahin bitte auf jeden Fall im Haus.« Sie beendete das Gespräch nach Berta Matthiessens Zusicherung, keinen Fuß vor die Tür zu setzen.

»Was war?«, wollte Bergmann wissen.

»Hunolds Nachbarin glaubt, dass sie in der vergangenen Nacht Licht in seinem Haus gesehen hat. Also einen Lichtstrahl wie von einer Taschenlampe. Das sollten wir uns ansehen. Am besten nehmen wir gleich die Spusi mit.«

Das Siegel an Hunolds Eingangstür war tatsächlich gebrochen. Das Schloss war unbeschädigt, aber die Tür war nicht abgeschlossen, wie die Kollegen der Spurensicherung feststellten.

»Es war jemand im Haus«, sagte Alexander Behring und trat in den Flur, »und darauf deutet nicht nur das kaputte Siegel hin. Ich bin nämlich neulich als Letzter gegangen und habe zweimal abgeschlossen, bevor ich das Siegel angebracht habe.« Er drehte sich zu Lisa herum, die noch im Freien stand. »Habt ihr auf Fußspuren geachtet, als ihr gekommen seid?«

»Klar, aber falls wirklich welche da waren, waren die doch schon längst wieder zugeschneit«, gab Lisa zur Antwort und deutete zum Himmel, aus dem dicke Flocken fielen. »Ich möchte bloß mal wissen, wo das alles herkommt. Das geht doch jetzt schon seit dem frühen Morgen wieder so.« Sie erklomm die rutschigen Stufen zur Eingangstür und sah sich dann in allen Räumen des Hauses und auch im Keller gewissenhaft um. Auf den ersten Blick deutete nichts auf eine Durchsuchung der Örtlichkeiten hin. Alles schien an seinem angestammten Platz zu stehen, weder geöffnete Schubladen noch Schranktüren. Aber vielleicht hatte der Eindringling ja gewusst, wonach er Ausschau halten musste und wo das Gesuchte aufbewahrt wurde. Mit etwas Glück würden die Kollegen der Spurensicherung einen Hinweis finden. Lisa wies Behring darauf hin, dass sie sich vor allen Dingen die Kellertür vornehmen sollten, denn laut der Aussage von Berta Matthiessen konnte davon ausgegangen werden, dass der nächtliche Besucher das Haus durch ebendiese Tür wieder verlassen hatte.

Berta Matthiessen empfing Lisa und Bergmann mit ängstlichem Blick. Sie hatte das Geschehen beobachtet, Lisa hatte sie am Fenster entdeckt.

»Es war also tatsächlich jemand im Haus«, sagte sie mit zittriger Stimme. »Ist das Carstens Mörder gewesen?«

Lisa schloss die Haustür hinter sich und stellte ihren Kollegen vor. »Das Siegel ist gebrochen, die Tür wurde allerdings nicht mit Gewalt geöffnet. Wer immer letzte Nacht im Haus war, muss einen Schlüssel gehabt haben. Vielleicht war es der von Carsten Hunold, denn er hatte ja keinen bei sich, als wir ihn gefunden haben.«

»Aber dann muss es doch Carstens Mörder gewesen sein.«

»Wissen Sie, ob Herr Hunold außer Ihnen noch jemandem einen Schlüssel gegeben hat?«, fragte Bergmann.

Berta schüttelte den Kopf. »Das kann ich mir nicht vorstellen. Carsten hat mir den Schlüssel gegeben, weil er mir vertraut hat und damit ich ins Haus komme, falls mal irgendwas ist. Aber anderen Menschen … Nein, auf keinen Fall!« Sie sah Lisa mit einem entschuldigenden Ausdruck an. »Es tut mir leid, dass ich Sie nicht sofort angerufen habe, aber ich war mir nicht sicher, ob da wirklich was war. Meine Augen sind nicht mehr so gut und haben mir schon häufiger einen Streich gespielt. Ich wollte Sie nicht unnötig herholen bei dem Wetter, und es war doch auch schon so spät. Sie brauchen doch auch mal Ihren Feierabend.«

Lisa bemühte sich, ihre zwiespältigen Gefühle unter Kontrolle zu bekommen. Auf der einen Seite tat die Frau ihr leid, wie sie dort so verloren im Flur ihres alten Bauernhauses stand. Sie hatte Hunold wie einen Sohn geliebt, und Lisa brachte es nicht über sich, ihr zu sagen, dass er sie in Bezug auf seine Reue und eine nach der Haftentlassung fortgeführte Therapie ganz offensichtlich angelogen hatte. Berta Matthiessen war durch Hunolds Tod sowieso schon bis ins Mark erschüttert, und die Erkenntnis, dass der Mann, den sie zu kennen glaubte, sie dreist belogen hatte, hätte ihr endgültig den Boden unter den Füßen weggerissen. Auf der anderen Seite war es aber gut möglich, dass sich Hunolds Mörder in der vergangenen Nacht Zutritt zu dessen Haus verschafft hatte. Ein rechtzeitiger Anruf von Berta Matthiessen und sie hätten ihn schnappen können.

Lisa unterdrückte ein Seufzen. Was brachten die Überlegungen, das Kind war in den Brunnen gefallen, und wer immer dort drüben gewesen war, jetzt war er weg.

Sie legte Berta eine Hand auf die Schulter. »Ist schon okay. Aber das nächste Mal rufen Sie an, hören Sie? Wann immer Ihnen etwas verdächtig vorkommt. Ich komme lieber einmal umsonst als zu spät.«

Berta nickte und drückte kurz Lisas Hand. Ihre Finger waren trocken und knochig und von unzähligen Altersflecken übersät. »Und was passiert jetzt?«

»Meine Kollegen nehmen das Haus noch mal unter die Lupe. Vielleicht hat der nächtliche Besucher ja Spuren hinterlassen. Haben Sie eine Ahnung, was er gesucht haben könnte? Wir haben das Haus ja schon neulich auf den Kopf gestellt, aber Wertsachen haben wir dort nicht gefunden. Wissen Sie vielleicht etwas von irgendwelchen Geheimverstecken?«

Berta dachte angestrengt nach. »Nein«, sagte sie nach einer Weile.

»Was war mit Schmuckstücken, von Hunolds Mutter vielleicht? Wissen Sie, ob es Sparbücher gab?«

»Ich hab Louise nie Schmuck tragen sehen. Und Sparbücher … Nein, das glaube ich nicht. Die Hunolds haben nie viel Geld gehabt. Und Carsten hat in der Zeit vor seiner Haft bestimmt auch nicht so viel verdient.«

»Sie haben nie über solche Dinge gesprochen?«

»Nein. Carsten und ich standen uns zwar nahe, aber das bedeutet ja nun nicht, dass man über alles spricht.«

»Was ist mit dem Haus? Hatte Hunold das geerbt?«

»Ja. Seine Großeltern hatten es gebaut.«

»Dann dürfte es also schuldenfrei sein.«

»Das ist es schon lange, das hat Carsten mir mal erzählt. Aber ansonsten haben wir nicht über Gelddinge gesprochen.«

»Gut«, sagte Lisa und gab Bergmann ein Zeichen. »Das war's für den Moment, Frau Matthiessen. Und wie gesagt …«

»Ich weiß«, unterbrach diese sie. »Wann immer mir etwas auffällig vorkommt, rufe ich Sie sofort an. Versprochen!«

Bevor sie sich auf den Weg zur Polizeistation in Henndorf machten, sprachen Lisa und Bergmann noch einmal mit den Kollegen der Spurensicherung.

»Bis jetzt Fehlanzeige«, sagte Alexander Behring, nachdem sie das Haus betreten hatten. »Wer immer hier war, ist sehr vorsichtig zu Werke gegangen.«

»Nehmt euch das Haus noch mal in Hinblick auf Geheimverstecke vor«, sagte Lisa.

»Haben wir schon«, erwiderte Behring. »Aber für dich machen wir es gerne ein zweites Mal.« Er grinste. »Wo wollt ihr jetzt hin?«

»Zur Polizeistation in Henndorf. Die dortigen Kollegen waren einige Male hier, als diese Neonazi-Gruppe demonstriert hat. Ich hoffe, dass sie deren Personalien aufgenommen haben.«

Die Polizeistation war mit zwei Beamten besetzt, von denen einer mit Grippe im Bett lag. Der andere entpuppte sich als beflissener Polizeikommissar von Anfang dreißig, dessen Augen bei dem Wort Mordkommission zu funkeln begannen. »Wow«, entfuhr es ihm bei der Begrüßung. Danach bemühte er sich, seine offensichtliche Begeisterung für den hohen Besuch unter Kontrolle zu bekommen.

Lisa schilderte ihm den Grund ihres Kommens. »Uns wurde gesagt, dass Sie und Ihr Kollege zu Hunolds Haus gerufen wurden, als eine Gruppe von Männern dort Steine geschmissen hat.«

»Das ist richtig. Wir haben die Personalien der Männer aufgenommen und sie verwarnt. Leider war nicht mehr nachvollziehbar, wer die Steine geworfen hatte.«

»Haben Sie einen Platzverweis ausgesprochen?«

»Zu dem Zeitpunkt noch nicht. Das haben wir erst getan, als wir von Hunolds Nachbarin gerufen wurden.« Der Beamte sah etwas unglücklich drein. »Das hat aber nicht viel genutzt. Zwei Tage später mussten wir das nächste Mal hin.«

»Laut Hunolds Nachbarin war die Truppe zwei- bis dreimal in der Woche vor Ort. Sie hätten sie zur Abschreckung in Gewahrsam nehmen können.«

»Mein Dienststellenleiter hat gemeint, das wäre nicht nötig. Die würden ja keinen Schaden anrichten.«

»Aha«, sagte Bergmann gedehnt. »Sehr interessant, was Ihr Dienststellenleiter so meint. Steine schmeißen ist für ihn also kein Straftatbestand.«

»Er meinte, das täten die nicht wieder.«

»Sie sagten, dass Sie die Personalien der Männer aufgenommen haben«, fuhr Lisa fort. »Ich hätte gerne die Namen und Anschriften.«

Der Beamte ging zum Schreibtisch und hob einige Ordner hoch, bis er gefunden hatte, was er suchte. »Ich mache Ihnen Kopien.« Er ging zum Fotokopierer und steckte die erstellten Ablichtungen dann in eine Klarsichthülle.

»Danke«, sagte Lisa, als er ihr die Unterlagen in die Hand drückte. Als sie Anstalten machte zu gehen, versuchte der Beamte sie aufzuhalten.

»Hören Sie, es tut mir leid, was da gelaufen ist. Wenn es nach mir gegangen wäre, hätte ich die Männer zur Abschreckung wenigstens für eine Nacht festgesetzt. Aber ich habe hier nicht so viel zu sagen.«

Lisa blickte ihn ernst an. »Das ist keine Entschuldigung.

Carsten Hunold wurde brutal ermordet, und vielleicht ist einer dieser Männer der Täter.«

»Aber unser Eingreifen hätte den Mann doch nicht an seinem Vorhaben gehindert«, versuchte der Beamte sich zu rechtfertigen.

Lisa hatte nicht die Absicht, das Gespräch fortzusetzen. Zu oft schon hatte sie sich mit desinteressierten Dorfsheriffs und deren Fehleinschätzungen herumschlagen müssen. Einsichtig war bisher noch keiner gewesen.

Bergmann schien ähnliche Gedanken zu hegen. Als sie wieder beim Wagen angekommen waren, ließ er sich mit einem verächtlichen Schnauben auf den Fahrersitz fallen. »Elende Provinzler.«

Lisa zog die Fotokopien aus der Hülle, drei DIN-A4-Blätter, auf denen sechzehn Namen abgedruckt waren. Sie studierte das erste Blatt. »Hier sind fünf Personen vermerkt, die in Kienholz wohnen.« Sie zog ihren Notizblock aus der Jackentasche und verglich die Namen mit denen, die sie von Berta Matthiessen erhalten hatte. Die Namen stimmten überein. Als sie sich die zweite Seite vornahm, stieß sie einen überraschten Pfiff aus. »Sieh mal einer an.«

Bergmann beugte sich zu ihr hinüber und versuchte einen Blick auf das Schriftstück zu ergattern. »Was Interessantes?«

»Sehr interessant sogar.« Lisa deutete auf einen Namen. »Axel Schäfer aus Kiel. Und uns wollte er weismachen, dass er Hunolds Aufenthaltsort nicht kannte.«

Am Morgen hatte Maren endlich mit Constantins Anwalt telefoniert, aber obwohl sie sich fest vorgenommen hatte, vollkommen offen zu sein, hatte sie es am Ende dann doch nicht über sich gebracht, ihm die ganze Wahrheit zu offenbaren. Auf dem

Weg zur Arbeit verspürte sie Unbehagen ob ihrer Schwäche, das sich verstärkte, als sie kurz nach ihrer Ankunft in der Bank in das Büro ihres Vorgesetzten gebeten wurde.

»Ich habe gestern Abend einen Anruf von Herrn Syberg bekommen«, begann der Bankchef das Gespräch und lehnte sich mit über dem Bauch gefalteten Händen auf seinem voluminösen Schreibtischstuhl zurück. »Er hat angedroht, unser Institut aufgrund Ihrer falschen Beratung zu verlassen. Was haben Sie mir dazu zu sagen, Frau Waldorf?«

Maren gab sich alle Mühe, Kleemanns Blick standzuhalten. Der Junior, wie sie ihn insgeheim nannte, war jetzt seit einem halben Jahr ihr Chef und setzte seit ihrer ersten Auseinandersetzung alles daran, sie aus der Bank zu mobben. Kleemann war fünfunddreißig und von erschreckender Ahnungslosigkeit, was seinen neuen Arbeitsplatz betraf. Vor seiner Inthronisierung war er nur als Sohn und Erbe des alten Kleemann in Erscheinung getreten, dem es freilich nicht an forschem Auftreten gemangelt hatte. Kleemann senior hatte sich mit Hilfe seiner Angestellten verzweifelt bemüht, seinem einzigen Nachkömmling das Einmaleins des Bankgeschäfts beizubringen, damit dieser ihn einmal beerben konnte. Den Junior hatten all diese Dinge nicht sonderlich interessiert, wie ihm arbeiten überhaupt zuwider schien. Und so hatte er sich laut Hörensagen zuerst auch ziemlich gesträubt, nach dem plötzlichen Herztod seines Vaters das noch viel zu frühe Erbe anzutreten. Erst ein energisches Machtwort von Juniors Mutter sollte die Wende gebracht haben. Arbeitseifer und Einsatz suchte man bei ihm allerdings vergebens.

Und nun das. Nun saß dieses inkompetente Jüngelchen mit einem fiesen Grinsen vor ihr und war sich offensichtlich sehr sicher, dass der eben erwähnte Vorwurf ihr das Genick brechen würde.

Eine unheilvolle Hitze stieg in Maren auf, als sie sich an die zurückliegenden Gespräche mit Syberg zu erinnern versuchte. Ihr letztes Treffen lag jetzt knapp drei Monate zurück. Hans-Joachim Syberg war Inhaber einer mittelgroßen Buchhandelskette, die in den vergangenen Jahren verstärkt in den Onlinehandel investiert hatte, wozu zusätzliches Kapital vonnöten gewesen war. Bei ihrer letzten Zusammenkunft war die Kreditlinie noch einmal erweitert worden, und außerdem hatte Syberg auf eine veränderte Anlagestrategie für sein Privatvermögen gedrungen. Maren hatte ihm diverse Vorschläge gemacht, allerdings immer wieder darauf hingewiesen, dass einige von ihnen sehr risikoreich seien. Aber sie brachten eben auch die höchste Rendite, und so hatte Syberg damit begonnen, einen Großteil seines Vermögens in genau diese Werte umzuschichten. Maren hatte ihm geraten, hierbei sukzessive vorzugehen, die Börse zu beobachten und in unterschiedliche Werte zu investieren, aber Syberg hatte ihren Rat in den Wind geschlagen. Wenn die Gier regiert, hat der Verstand das Nachsehen.

»Was meint Herr Syberg mit falscher Beratung?« Maren war sich hundertprozentig sicher, dass sie alles korrekt abgewickelt hatte.

»Herr Syberg hat in den letzten zwei Monaten fast vierhunderttausend Euro verloren, weil er das Geld in die von Ihnen empfohlenen Anlagen investiert hat. Was also kann er wohl mit falscher Beratung meinen?« Kleemanns Stimme troff vor Sarkasmus.

»Herr Syberg wurde von mir genauestens über die Risiken dieser Investments aufgeklärt. Von einigen habe ich ihm abgeraten, aber er konnte den Hals ja nicht vollkriegen«, rutschte es ihr heraus.

»Herr Syberg will uns verklagen.«

»Das ist lächerlich, und das weiß er auch. Er hat das Beratungsprotokoll unterschrieben und damit eindeutig erklärt, dass er über die Risiken informiert wurde. Seinen Verlust jetzt auf eine falsche Beratung zurückzuführen ist eine Frechheit.«

»Schön, dass Sie auf das Beratungsprotokoll zu sprechen kommen, Frau Waldorf. Ich hätte es Herrn Syberg nämlich gerne vorgelegt, nur leider habe ich es nicht in seiner Akte gefunden.« Kleemann schmiss den Ordner über den Tisch zu ihr herüber. Sein Gesicht war mittlerweile rot angelaufen.

Maren merkte, wie ihr Herzschlag für einen Moment aussetzte. Nein, das konnte nicht sein. Wie gesetzlich vorgeschrieben setzte sie bei jeder Anlageberatung ein Protokoll auf, das der Kunde unterschreiben musste. Und das hatte sie auch bei Hans-Joachim Syberg getan.

Hektisch griff sie nach dem Ordner und schlug ihn auf, aber sosehr sie auch suchte, das Protokoll fand sie nicht. Sie fuhr sich mit der Hand über das Gesicht, das schweißnass geworden war, und spürte Übelkeit in sich aufsteigen.

»Sie sind fristlos gekündigt, Frau Waldorf. Außerdem werde ich Sie persönlich zur Haftung heranziehen«, hörte sie Kleemanns Stimme wie durch Watte, dann löste sich die Welt um sie herum auf.

Bei seinem dritten Anruf in der BKI erfuhr Fehrbach, dass Lisa auf dem Rückweg ins Büro war und dort in Kürze erwartet wurde. Sie hatte am Morgen nur mit einer kurzen Antwort auf seine SMS reagiert und geschrieben, dass sie zu Vernehmungen unterwegs sei und sich am Nachmittag bei ihm melden werde. Aber über diese Brücke wollte Fehrbach nicht gehen, und so machte er sich auf den Weg in die Bezirkskriminalinspektion. Wie es aussah, schien Lisa noch immer nicht damit klarzukommen, dass sie wieder mit ihm zusammenarbeiten musste, doch das war ihr Problem. Er erwartete, dass sie ihn auf dem Laufenden hielt und sich wie ein Profi benahm, egal, was privat zwischen ihnen vorgefallen war. Er tat das schließlich auch.

Sie trafen nahezu zeitgleich bei der BKI ein. Fehrbach sah Lisa zusammen mit Bergmann die Straße hochkommen und blieb vor dem Eingang stehen. Als die beiden ihn erreicht hatten, grüßte er Bergmann und blickte dann Lisa an. »Kann ich Sie kurz sprechen, bevor wir reingehen?«

»Bis gleich«, sagte Bergmann und war nur Sekunden später hinter der schweren Eingangstür verschwunden.

Fehrbach kam ohne Umschweife auf den Punkt. »Warum haben Sie meinen Anruf gestern Abend weggedrückt?«

Die Frage schien Lisa sichtlich unangenehm, ihr von der Kälte gerötetes Gesicht wurde noch eine Spur dunkler. »Ich … ich konnte gerade nicht.«

»Wenn Sie gerade nicht konnten, hätten Sie mich doch später zurückrufen können oder auf meine SMS reagieren.«

»Das habe ich doch.«

»Ja, heute Morgen, herzlichen Dank!« Fehrbach wurde langsam ärgerlich angesichts Lisas offenkundigem Widerwillen, ihm eine vernünftige Antwort zu geben. »Frau Sanders, so geht das nicht! Wir befinden uns in einer Todesermittlung, da haben Sie an Ihr Diensthandy zu gehen, egal, wie spät es ist.«

»Ja, tut mir leid«, sagte Lisa nach kurzem Zögern und senkte den Blick auf ihre behandschuhten Hände.

Fehrbachs Zorn verrauchte von einer Sekunde auf die andere. Diese Stimmung kannte er nicht an ihr. Sie wirkte bedrückt, keine Spur von der Kampfeslust, die sie ihm gegenüber sonst so gerne an den Tag legte. Irgendetwas war in den letzten Tagen anders mit ihr, und wenn er es recht bedachte, ging die Veränderung in ihrem Verhalten mit dem Anruf einher, den sie nach ihrem ersten Besuch bei Berta Matthiessen erhalten hatte.

»Was wollten Sie denn von mir?«, hörte er Lisa fragen.

»Ich wollte wissen, was bei Ihrem Besuch bei Bongers rausgekommen ist.«

»Lassen Sie uns reingehen, mir ist kalt. Ich erzähle es Ihnen auf dem Weg nach oben.«

Im Büro erfuhr Fehrbach dann auch noch die Neuigkeiten des Morgens. Lisa und Bergmann berichteten von ihren Besuchen in Kienholz und Henndorf sowie dem bei Axel Schäfer, den sie nach ihrer Rückkehr nach Kiel aufgesucht hatten.

»Schäfer hat zugegeben, dass er uns bezüglich seiner Kenntnis von Hunolds Aufenthaltsort angelogen hat. Er hatte Angst, dass ihn das verdächtig machen würde. Er hat ausgesagt, dass er einige Male bei den Demos dabei war, aber keinen der Männer kenne«, sagte Bergmann.

»Was hat er überhaupt da zu suchen gehabt?«, wollte Södersen wissen, der auf Fehrbachs Begrüßungsworte, er solle sich besser einige Tage ins Bett legen und mal richtig auskurieren, nur abwehrend den Kopf geschüttelt hatte. »Und woher kannte er Hunolds Aufenthaltsort?«

»Die Adresse hat ihm ein Reporter gesteckt. Schäfer hat angegeben, dass er sich den Ort, an dem der Mörder seines Sohnes lebte, einfach nur mal ansehen wollte. Dabei sei er dann auf diese Truppe gestoßen. Er hat betont, dass er sich ausdrücklich von denen distanziert.«

»Was ihn aber nicht davon abgehalten hat, mit ihnen zu demonstrieren«, sagte Uwe. »Das ist doch widersinnig. Auch dass er niemanden von denen kennen will. Wenn die sich häufiger bei diesen Demos getroffen haben, kommt man doch zwangsläufig ins Gespräch.«

»Schäfer bestreitet jeden Kontakt. Er will angeblich auch nur dreimal auf die Gruppe gestoßen sein, danach sei er nicht mehr hingefahren.«

»Was ist mit den anderen Namen auf der Liste?«, fragte Malte. »Soll ich die mal durch den Computer jagen? Bis jetzt bin ich nämlich noch nicht weitergekommen, was unsere Neonazi-Truppe angeht. Der Staatsschutz hält sich sehr bedeckt. Über Bongers haben sie angeblich nichts.«

Lisa reichte ihm die mitgebrachten Papiere. »Die angekreuzten Namen sind Bewohner aus Kienholz. Frank und ich haben sie befragt, aber ich kann mir nicht vorstellen, dass einer von denen was mit dem Mord an Hunold zu tun hat. Die wollten einfach nicht, dass ein entlassener Sexualmörder in ihrem Ort wohnt, weil sie Angst um ihre Frauen und Kinder haben, was ja auch irgendwo verständlich ist. Sie sagen, dass sie nichts mit den Neonazis zu tun haben, sondern schon vor deren Erscheinen gegen Hunolds Anwesenheit demonstriert haben. Friedlich wohlgemerkt, so in der Art einer stillen Mahnwache. Sie haben ausgesagt, dass sie niemals Steine geschmissen und auch keine Parolen geschrien hätten.«

»Aber als die Neonazis aufgetaucht sind, haben sich die Einwohner doch nicht von denen distanziert. Die sind nach wie vor da aufgetaucht und haben zusammen mit ihnen demonstriert, oder?«, fragte Uwe.

»Ja«, sagte Bergmann.

Södersen richtete sich auf seinem Stuhl auf. »Ich halte es für richtig, sämtliche Bewohner des Ortes zu befragen. Vielleicht kommt dabei noch ein bisschen mehr heraus.«

Lisa schien erleichtert. »Ich wollte dich schon fragen, ob wir die Rendsburger Kollegen dafür bekommen können.«

»Ich kümmere mich darum.« Der Leiter der Mordkommission sah seine Mitarbeiter der Reihe nach an. »Was haben wir sonst noch?«

Malte meldete sich zu Wort. »Ich habe herausgefunden, in welchem Restaurant Pieter Seegers arbeitet.« Er grinste Lisa an. »Es heißt übrigens nicht Meerblick sondern Wellenschlag und befindet sich in List. So viel zum Thema Erinnerungsvermögen.«

»Wer ist Pieter Seegers?«, wollte Fehrbach wissen.

»Seegers ist ein weiterer Sexualstraftäter, der einige Tage nach Hunold aus Lauerhof entlassen wurde. Die beiden Männer haben sich gekannt, und der JVA-Beamte hatte den Eindruck, dass sie sich ganz gut verstanden. Seegers ist nach Sylt gezogen, wo er eine Anstellung im Restaurant …«, sie wandte sich an Malte, »wie hieß das Ding?«

»Wellenschlag.«

»… im Restaurant Wellenschlag gefunden hat. Ich werde morgen hinfahren und mit Seegers sprechen. Vielleicht kann er uns weiterhelfen.«

»Willst du jemanden mitnehmen?«, fragte Södersen.

»Nein, ihr habt hier genug zu tun. Außerdem ist Wochenende, und das sollten wenigstens ein paar von uns genießen.« Ein mahnender Blick fiel auf Södersen. »Du zum Beispiel.«

Der Angesprochene stieß die Luft aus. »Ich kann mich beherrschen.«

Fehrbach erwog kurz, Lisa zu begleiten, verwarf den Gedanken dann aber. Nicht, weil sie es mit Sicherheit wieder als eine Kontrolle aufgefasst hätte, derlei Befindlichkeiten waren ihm mittlerweile egal, sondern weil sein Schreibtisch vor Arbeit überquoll. Wenn er wenigstens einen Teil des Wochenendes auf Lankenau verbringen wollte, konnte er sich keine weitere Abwesenheit von seiner Dienststelle leisten.

»Gut«, sagte er, stand auf, verabschiedete sich mit einem Blick in die Runde und heftete seine Augen als Letztes auf Lisa.

»Sie informieren mich? Ich bin auf dem Gestüt und jederzeit über Handy zu erreichen.«

Lisa nickte. »Ich rufe Sie an, wenn ich etwas Wichtiges erfahre.«

Hoffen wir's mal, dachte Fehrbach, als er den Raum verließ.

Der Anruf von Barbara erreichte ihn auf dem Rückweg in die Staatsanwaltschaft. Sie klang aufgeregt und wollte wissen, ob er sofort kommen könne.

»Was ist diesmal passiert?«, fragte er anzüglich, denn natürlich stand ihm sofort wieder die Begebenheit mit dem Architekten vor Augen. »Ich komme heute Abend doch sowieso.« Was zu diesem Zeitpunkt keineswegs feststand, aber das musste sie jetzt noch nicht erfahren.

»Das Dach der Scheune ist eingestürzt«, hörte er Barbara sagen. »Die beiden Gutsarbeiter hatten noch darüber gesprochen, dass es wohl besser sei, es von den Schneemassen zu befreien, da war es auch schon passiert. Wiemers ist verletzt worden.«

Fehrbach durchzuckte der Schreck. »Schlimm?«

»Zum Glück nicht. Er stand am Eingang der Scheune, als es passiert ist, und konnte sich selber ins Freie retten. Ein Balken hat ihn an der Schulter getroffen. Sie ist ausgerenkt. Das kommt jedoch schnell wieder in Ordnung, hat der Arzt im Krankenhaus gemeint, mit dem ich vorhin telefoniert habe. Er will Wiemers aber trotzdem über Nacht zur Beobachtung dabehalten.«

»Na, Gott sei Dank.« Eine Welle der Erleichterung durchflutete Fehrbachs Körper. »Dann hole ich ihn morgen ab.« Er blickte auf die Uhr im Armaturenbrett. »Ich muss noch einiges im Büro erledigen, warte also nicht auf mich. Es kann spät werden.«

Nachdem die beiden Kripobeamten gegangen waren, hatte Berta Matthiessen versucht, sich mit Hausarbeit von ihren quälenden Gedanken abzulenken. Sie hatte die Küche geputzt, abgestaubt, gesaugt und gewischt und zum Schluss noch die angesammelte Buntwäsche gewaschen. Während sie die nassen Kleidungsstücke aus der Maschine holte, überlegte sie, ob sich die Anschaffung eines Trockners nicht doch lohnen würde. Im Sommer konnte sie die Sachen im Garten auf die Leine hängen, im Herbst und Winter hatte sie keine andere Möglichkeit, als sie im Keller zu trocknen, was jedes Mal Tage dauerte, so kalt, wie dieser war.

Berta hängte die Kleidungsstücke auf die über die gesamte Länge des Raums gespannte Wäscheleine, dann sah sie sich nachdenklich um und überlegte, wo sie den Trockner hinstellen könnte. Es musste in der Nähe der Waschmaschine sein, möglichst sogar direkt daneben, damit sie die nasse Wäsche nicht noch lange durch die Gegend schleppen musste. Es war schon beschwerlich genug, sie aufzuhängen.

An der linken Seite der Waschmaschine hing ein altmodisches Waschbecken. Hier würde es also nicht gehen. Aber rechts gab es eine Möglichkeit, denn dort stand die alte Kommode, die die Möbelpacker vor zwei Wochen hier runtergeschafft hatten, als im Wohnzimmer nach dem Aufstellen eines neu gekauften Schranks kein Platz mehr für sie war. Vielleicht gelang es ihr, das Möbelstück an die andere Wand zu rücken.

Für einen Moment stiegen Tränen in Bertas Augen. Früher hätte ihr Carsten bei so etwas geholfen. Er war immer da gewesen, wenn sie Hilfe gebraucht hatte. Nun war sie ganz allein auf sich gestellt.

»Hör auf zu flennen«, schimpfte sie halblaut vor sich hin und wischte die Tränen mit einer unwilligen Bewegung weg. Sie bückte sich, so gut sie konnte, und öffnete die Türen der Kommode, weil sie sich plötzlich zu erinnern meinte, dass sie neulich noch nicht alle Sachen ausgeräumt hatte. Und tatsächlich, es befanden sich noch einige Aktenordner darin. Sie zog einen nach dem anderen heraus und stellte sie auf dem Boden ab. Als sie einen letzten Blick in die Kommode warf, entdeckte sie etwas Dunkles in der hintersten Ecke. Ächzend stützte sie sich mit der linken Hand auf dem Möbelstück ab und versuchte mit der rechten nach dem Gegenstand zu greifen. Als sie ihn schließlich herausgezogen hatte, warf sie einen verwunderten Blick darauf. »Was ist das denn?«

Es war eine Kassette aus abgegriffenem braunem Leder, einer Schmuckschatulle gleich. Berta betrachtete sie von allen Seiten. »Komisch«, murmelte sie, »die hab ich ja noch nie gesehen.« Nach kurzem Zögern hob sie den Deckel an und schaute hinein. Sie entdeckte einen Brief, an sie adressiert, und einen Schlüssel, der aussah, als würde er zu einem Schließfach gehören. Mit zitternden Fingern öffnete sie den Umschlag und zog ein Blatt Papier heraus, auf dem etwas geschrieben stand. Sie versuchte es zu entziffern, musste aber feststellen, dass die Funzel an der Decke nicht genügend Licht dafür hergab. Also mühte sie sich die Treppe ins Erdgeschoss hinauf und ließ sich auf dem Sofa im Wohnzimmer nieder. Zum Glück lag die Lesebrille auf dem Tisch vor ihr.

»Liebe Berta«, las sie. »Entschuldige, dass ich diese Kassette in Deinem Haus versteckt habe, aber das erschien mir der sicherste Ort. Der Schlüssel gehört zu einem Schließfach im Kieler Hauptbahnhof.« Hier folgte die Schließfachnummer. »Falls mir etwas zustoßen sollte, möchte ich Dich bitten, die Sachen herauszuholen und zur Polizei zu bringen. Ich danke Dir für alles, was Du für mich getan hast. Dein Carsten.«

Berta versuchte vergeblich das Zittern unter Kontrolle zu bekommen, das ihren Körper ergriffen hatte. Sie ließ den Brief auf den Tisch gleiten und starrte mit leerem Blick auf den Schlüssel in der Kassette. Was hatte das alles zu bedeuten? Ihre Gedanken verwirrten sich, sie versuchte aufzustehen, aber ihre Beine wollten ihr nicht mehr gehorchen. Dann wurde ihr schwarz vor Augen.

Susanna war schon lange zu Bett gegangen und schlief tief und fest, als Dahlström nach ihr sah. Ich muss morgen schließlich fit sein, hatte sie gemeint und hinzugefügt, dass man in ihrem Alter eben ein paar Stunden Schlaf mehr benötige, wollte man am kommenden Tag wie das blühende Leben aussehen.

Ich denke, im Alter braucht man weniger Schlaf, hatte Dahlström geflachst und gemerkt, dass ihm dieser muntere Ton genauso viel Mühe abverlangte wie zuvor seiner Frau. Denn das alles beherrschende Thema war wie so häufig in den vergangenen Jahren Maren gewesen, während des morgendlichen Einkaufs und der nachmittäglichen Vorbereitung der Kaffeetafel, die sie im Wohnzimmer und dem daran anschließenden Wintergarten aufgebaut hatten. Zwischendurch hatte Dahlström mit seinem Anwalt telefoniert, der ihn über das Gespräch mit Maren informierte. Sollte die Polizei ein weiteres Mal bei ihr auftauchen, würde der Jurist zur Stelle sein.

Am Vortag hatte Susanna noch einmal mit ihrer Schwester gesprochen. Heute hatte sie Maren allerdings nicht erreicht, was sie zutiefst beunruhigte.

»Hör endlich auf, dich wie eine Glucke zu benehmen. Deine Schwester ist eine erwachsene Frau, du musst sie nicht ständig von vorne bis hinten betüddeln.«

»Ich mache mir Sorgen um sie, kannst du das denn nicht verstehen?«

»Ja, das verstehe ich schon, aber du musst doch jetzt nicht

ständig hinter ihr hertelefonieren, bloß weil du sie mal einen Tag nicht erreichst.«

»Und wenn ihr was passiert ist? Wenn sie sich etwas angetan hat?«

Diese Angst hatte Susanna seit Bastis Tod nicht mehr verlassen. Sie hatte sie begleitet in den langen Tagen und Nächten nach der Tat, in denen sie ihrer Schwester so gerne Beistand geleistet hätte, von deren Mann aber stets abgewiesen worden war. Nach der ersten qualvollen Zeit war sie dann ein unsichtbarer, aber ständiger Begleiter geworden, hatte Ausflugswochenenden und Urlaube zerstört, wenn Susanna ihre Schwester wieder einmal nicht erreichen konnte.

Zuerst hatte Dahlström Maren die Schuld dafür geben wollen, bis er sich bewusst gemacht hatte, dass es seine Frau war, die ihre Schwester nicht loslassen konnte. Natürlich war es ihm auch schon vor Bastis Tod aufgefallen, dass Susanna klammerte und sich in vieles von dem, was Maren und ihr Mann taten, einzumischen versuchte. Ich möchte am Leben meiner Schwester teilhaben, hatte sie stets zu ihrer Verteidigung angebracht, ich liebe sie doch. Nach Bastis Tod und erst recht, nachdem Jörg seine Frau verlassen hatte, hatte Susannas Einmischung teilweise exzessive Züge angenommen. So lange, bis Dahlström ein Machtwort gesprochen hatte.

»Du kannst deine Schwester nicht vor sich selber schützen«, hatte er gesagt. »Wenn sie sich wirklich umbringen will, kann es niemand verhindern.«

Es war ein langes Gespräch gewesen, an das sich Dahlström jetzt mit plötzlicher Deutlichkeit erinnerte. Susanna hatte eingesehen, dass er recht hatte, und versprochen, die ständige Kontrolle ihrer Schwester aufzugeben. Allerdings glaubte er nicht, dass sie dieses Versprechen einhielt. Er war unter der Woche in Rendsburg und Susanna allein in dem Haus auf dem

Graswarder. Sie erzählte ihm zwar bei ihren abendlichen Telefongesprächen, was sie den Tag über unternommen hatte, erwähnte aber nie etwas von Besuchen oder Telefonaten mit ihrer Schwester. Er war überzeugt davon, dass es diese trotzdem gab und seine Frau alles daransetzte, dass er nichts davon erfuhr.

Samstag, 18. Februar

Der Schaden an der Scheune war dann doch größer, als es bei einer ersten Inaugenscheinnahme in der Nacht den Anschein gehabt hatte. Erst jetzt, bei Tageslicht, war das ganze Ausmaß zu erkennen. Das Dach war zur Gänze eingestürzt und hatte die im Inneren des Gebäudes gelagerten Gerätschaften sowie zwei alte Kutschen, die erst im Herbst aufwendig restauriert worden waren, unter sich begraben.

Fehrbach war bereits um sechs Uhr aufgestanden, damit er den von seinem unverletzt gebliebenen Gutsarbeiter zusammengetrommelten Verwandten bei den Aufräumarbeiten zur Hand gehen konnte. Bei Tagesanbruch gingen die Männer an die Arbeit.

Gegen zehn Uhr legten sie eine erste Pause ein und kamen in der Diele des Herrenhauses zusammen, wo die beiden weiblichen Angestellten einen behelfsmäßigen Frühstückstisch aufgebaut hatten.

»Frau von Fehrbach lässt ausrichten, dass sie im Bett geblieben ist«, sagte die Köchin, die gerade mit einem Frühstückstablett die Diele durchquerte, als sie Fehrbach zur Tür hereinkommen sah. »Sie fühlt sich nicht wohl.«

Fehrbach nahm ihr das Tablett ab. »Lassen Sie mich das machen, Frau Ahlers. Sie haben hier unten schon genug zu tun.«

Die Frau sah mit einem dankbaren Blick zu ihm auf. Schweiß

stand auf ihrer Stirn. Als Fehrbach gegen halb sieben heruntergekommen war, hatten sie und ihre Kollegin schon eifrig in der Küche gewerkelt.

Barbara lag im Bett, sah allerdings nicht besonders hinfällig aus. War es möglich, dass sie sich vor den anfallenden Arbeiten hatte drücken wollen? Es wäre nicht das erste Mal gewesen.

»Was ist mit dir?« Fehrbach stellte das Tablett auf einem kleinen Beistelltisch ab und setzte sich auf die Bettkante.

»Keine Ahnung. Mir war auf einmal so schwindlig, als ich aufstehen wollte.« Sie griff nach seiner Hand. »Bleib doch ein bisschen bei mir, ich fühle mich so allein in dem großen Bett.«

Fehrbach erhob sich abrupt. »Ich muss wieder runter, die Männer warten auf mich.« Was ging nur in ihrem Kopf vor, dass sie das Unglück mit der Scheune und ihrem Gutsarbeiter so kaltließ? Dass sie hier wie eine Diva im Bett lag und erwartete, dass diejenigen, die sowieso schon jeden Tag schwer schufteten, nun auch noch sie bedienten?

»Mein Gott, Thomas, du bist hier der Gutsherr.« Barbaras Stimme klang ungehalten. »Du musst doch nicht überall selbst mit Hand anlegen. Dafür haben wir doch unsere Angestellten.«

Fehrbach betrachtete sie, als sähe er sie zum ersten Mal. Ihr Verhalten stieß ihn ab.

Brüsk drehte er sich um und ging zur Tür. »Ich fahre ins Krankenhaus, um nach Wiemers zu sehen. Er muss länger dort bleiben, weil die Schulter schlimmer betroffen ist, als es gestern den Anschein hatte.«

»Das tut mir leid.« Ihre Worte waren von einer erschreckenden Gleichgültigkeit.

Fehrbach verließ den Raum ohne ein weiteres Wort.

Axel Schäfer war gerade erst aufgestanden, als es an der Haustür klingelte. Seit Sandras Fortgang waren seine Tage seltsam unstrukturiert geworden. Normalerweise waren sie am Samstag früh aufgestanden, um die nötigen Wochenendeinkäufe zu erledigen und dann für den Rest der beiden Tage Zeit für ihre Hobbys oder Ausflüge zu haben. Jetzt aber gammelte Schäfer erst einmal bis zum Mittag im Haus herum, bevor er sich endlich aufraffte, nach draußen zu gehen und einige Dinge zu erledigen. Er wusste selbst, dass es so nicht weitergehen konnte, aber ihm fehlte einfach der Antrieb. Nicht einmal beim Arzt war er gewesen, fiel ihm plötzlich siedend heiß ein. Hoffentlich gab es deswegen keine Abmahnung in der Firma. Am Montag würde er wieder losgehen, und falls sein Chef sich zickig anstellte und auf einem gelben Zettel bestand, würde er eben für die Zeit, die er zu Hause geblieben war, Urlaubstage einreichen. War ja auch schon egal. Ohne Sandra hatte er sowieso keine Lust, irgendwohin zu verreisen.

Wer immer da vor der Tür stand, schien langsam ungeduldig zu werden, denn das Klingeln war mittlerweile zu einem Dauerton angeschwollen.

»Ja, verdammt noch mal! Ich komm ja schon.« Schäfer beschleunigte seine Schritte und wäre in seiner Eile fast über den Einkaufskorb gefallen, der in der Mitte des Flurs auf dem Fußboden stand. Irritiert starrte er ihn an und stellte fest, dass der Korb noch gefüllt war. Wieso hatte er ihn nicht mit in die Küche genommen und ausgepackt, wie er es doch sonst auch immer tat?

Dann erinnerte er sich wieder. Als er gestern am späten Nachmittag vom Einkauf zurückgekommen war, hatte das Telefon geklingelt, kaum dass er das Haus betreten hatte. Er war sofort in das Wohnzimmer gelaufen, in der Hoffnung, dass Sandra die Anruferin wäre. Aber er hatte nur eine nörgelige Stimme vernommen, die »falsch verbunden« gemurmelt und das Gespräch sofort beendet hatte. Danach war er so verzweifelt gewesen, dass er sich mit einer halben Flasche Whisky zugeschüttet und nur mit Mühe den Weg ins Bett gefunden hatte.

Schäfer stellte den Korb zur Seite und öffnete die Tür. Als er sah, wer vor ihm stand, prallte er zurück.

»Jetzt glotz nicht so blöd und lass mich rein«, herrschte Dirk Bongers ihn an. »Oder glaubst du, dass ich mir hier den Arsch abfrieren will?«

Woher kannte Bongers seine Adresse?

»Ich bekomme alles raus, was ich wissen will«, sagte Bongers mit einem hämischen Grinsen, als hätte er die stumme Frage gehört, und schob sich an Schäfer vorbei ins Haus.

»Was willst du hier?« Endlich fand Schäfer seine Sprache wieder.

»Mit dir reden.« Bongers setzte seinen Weg ins Wohnzimmer fort und sah sich auch dort interessiert um. »Hübsch habt ihr's hier. Deine Frau versteht was vom Einrichten.« Mit einem zufriedenen Seufzer knöpfte er seinen Mantel auf und ließ sich auf das Ledersofa sinken. Schnee fiel aus seinen Haaren und vom Mantel hinab auf das Sofa und den Boden, und neben seinen schweren Winterstiefeln begann sich eine kleine Wasserlache auf dem glänzenden Parkett zu bilden.

Alles in Schäfer sträubte sich gegen die Selbstverständlichkeit, mit der Bongers in seinen privatesten Bereich eindrang und ihn beschmutzte. Ja, er beschmutzte ihn, und zwar auch im übertragenen Sinn.

Sie hatten sich nie hier getroffen, weil Schäfer sich weigerte, seine private Adresse bekanntzugeben. Er wollte verhindern, dass jemand aus der Truppe seinen Fuß hierher setzte und womöglich Sandra oder die Nachbarn einen der Männer zu Gesicht bekamen, denn der anfängliche Überschwang, dass es

Menschen gab, die ihn verstanden und ihm ihre Unterstützung zusagten, war schon sehr bald einer tiefen Scham gewichen, als er diese Menschen näher kennengelernt hatte. Er hatte sich zurückgezogen und erst nach dem Besuch der Polizei wieder Kontakt aufgenommen.

»Worüber willst du reden?« Schäfer wurde bewusst, dass er noch immer im Pyjama und Bademantel herumlief. Der Aufzug untergrub sein Selbstwertgefühl noch mehr, aber er wollte Bongers jetzt nicht hier allein lassen, um sich schnell etwas anderes anzuziehen. Wer weiß, was der Kerl in seiner Abwesenheit trieb und wo er überall herumschnüffelte.

»Wieso war die Polizei noch mal bei dir?« Bongers lehnte sich auf dem Sofa zurück und breitete die Arme in einer raumgreifenden Geste auf den Rückenpolstern aus.

»Das habe ich dir doch schon am Telefon gesagt.« Er musste verrückt gewesen sein, Bongers von den beiden Besuchen der Kripo zu erzählen. Der erste hatte ihn so aufgewühlt, dass er sich noch am Abend mit Bongers in der Kneipe getroffen hatte, in der die Truppe ihre Zusammenkünfte abhielt. Er hatte wissen wollen, ob die Polizei auch bei Bongers gewesen war. Dessen Bestätigung hatte ihn noch nervöser gemacht, was dazu führte, dass er Bongers auch von dem zweiten Besuch erzählte. Was für ein Schwachsinn! Bereits am Telefon hatte er sich anhören müssen, dass es ja nur eine Frage der Zeit gewesen sei, bis die Bullen auch auf seinen Namen stoßen würden, der seinerzeit ja ebenfalls von den Dorfpolizisten festgehalten worden war.

»Warum hast du nicht gleich zugegeben, dass du Hunolds Aufenthaltsort kanntest?« Bongers schlug die Beine übereinander, aber seine scheinbar entspannte Haltung konnte Schäfer nicht täuschen. Der Mann, der ihm gegenübersaß, stand unter Strom. Seinetwegen?

»Weil ich Angst hatte, dass mich das verdächtig macht.«

»Dass du es nicht gesagt hast, macht dich jetzt aber erst recht verdächtig.«

»Ja«, gab Schäfer widerwillig zu. »Hinterher ist man immer schlauer.«

Bongers schnellte so unvermittelt auf dem Sofa nach vorn, dass Schäfer zusammenzuckte. »Warum hast du unsere Bekanntschaft geleugnet?«

»Weil ich euch da nicht mit reinziehen wollte.« Schäfer hörte selbst, dass es seiner Stimme an Überzeugungskraft mangelte.

Sein Gegenüber hatte es ebenfalls bemerkt. »O nein, mein Lieber, das war nicht der Grund.« Bongers' Gesicht verfinsterte sich. »Du willst dich von uns distanzieren. Zuerst wolltest du unbedingt bei uns mitmachen, weil wir dieselben Ziele haben, und jetzt machst du einen Rückzieher. Aber so geht das nicht. Wir sind kein Verein, dem man mal so eben beitreten und den man dann ganz schnell wieder verlassen kann, wenn einem irgendwas nicht passt.« Ein hässliches Grinsen hatte sich in Bongers' Mundwinkel geschlichen. »Wir dulden keine Aussteiger, Axel. Ich hoffe, das ist dir klar.«

Der Hindenburgdamm war zum Glück nicht gesperrt, obwohl seit der Nacht ein heftiger Sturm tobte. Sylt-Shuttle fuhr planmäßig, Lkw, Kleinlaster und Wagen mit Anhängern hatten allerdings das Nachsehen und mussten auf dem Festland oder der Insel bleiben. Die L 24, die von Westerland nach List führte, war zwar geräumt, der stürmische Wind sorgte allerdings immer wieder für Schneeverwehungen auf der Straße.

Sylt im Winter ist eine Klasse für sich, dachte Lisa, als sie sich dem Promi-Dorf Kampen näherte, das um diese Jahreszeit wie ausgestorben wirkte. Kaum Touristen, dafür das Toben der Elemente. Lisa liebte den Winter auf ihrer Heimatinsel, die Stürme, die häufig so stark waren, dass man im Freien aufpassen musste, nicht umgeweht zu werden, die Wellen, die krachend auf den Strand schlugen und ihn nicht selten unter sich begruben. Das war die Kehrseite der Medaille. Das Wasser nagte an der Insel und stahl ihr Jahr für Jahr weiteres Land. Die jährlich stattfindenden Strandaufschüttungen waren aufwendig, verschlangen Unsummen von Geld und wurden im darauffolgenden Winter häufig wieder zunichtegemacht.

Nachdem Lisa die Vogelkoje in Kampen und die linker Hand gelegene Abfahrt nach Klappholttal passiert hatte, näherte sie sich dem Dünengebiet von List. Die große Düne schob sich in ihr Blickfeld, majestätisch ragte sie inmitten von Listland empor.

Nach kurzer Zeit hatte sie den nördlichsten Ort der Insel Sylt erreicht. Das Wellenschlag befand sich am Lister Hafen, schräg gegenüber der Alten Tonnenhalle. Lisa parkte den Wagen auf einem Parkplatz in einiger Entfernung und hatte Mühe, zum Hafen hinunterzugelangen. Der Sturm tobte hier am Wasser besonders stark. Am schlimmsten war es, wenn man um eine Hausecke bog.

Im Restaurant herrschte eine angenehme Wärme. Lisa entdeckte mehrere Gäste, die sich an Grog und heißem Kakao wärmten. Einige hatten sich bereits über ihr Mittagessen hergemacht. In drei Tagen wurde das Biikebrennen gefeiert, und zu diesem traditionellen Volksfest, das jedes Jahr am 21. Februar in vielen Orten Nordfrieslands stattfand, reisten die Touristen häufig schon einige Tage vorher an.

Lisa ging zum Tresen hinüber, hinter dem eine Frau mittleren Alters stand, deren Haare den Eindruck erweckten, als hätte sie am Morgen den Finger in die Steckdose gehalten. »Moin. Ich hätte gerne Herrn Seegers gesprochen.«

»Moin«, lautete die Antwort, und ein misstrauischer Blick

aus wasserblauen Augen nahm Lisa ins Visier. »Das ist gerade schlecht. Wir haben Gäste, wie Sie sehen. Pieter muss kochen.«

Lisa zog den Ausweis aus der Tasche und hielt ihn ihrem widerborstigen Gegenüber vor die Nase. »Ich muss Herrn Seegers sprechen! Jetzt! Es ist wichtig!«

Die Frau nahm den Ausweis zur Hand und studierte ihn für Lisas Empfinden etwas zu ausgiebig, bevor sie ihn zurückgab. »In der Küche.« Es folgte eine ruckartige Bewegung mit dem Kopf Richtung Tür. »Aber halten Sie ihn nicht von der Arbeit ab!«

Die Küche war hochmodern und blitzsauber, was Lisa angesichts des etwas heruntergekommenen Restaurantbereichs nicht vermutet hatte. Sie entdeckte zwei Männer, von denen der Jüngere gerade einen Salatteller herrichtete, wobei er nicht mit Essig und Öl sparte. Der Ältere, dessen Körper eine beträchtliche Fülle aufwies, stand vor dem Herd und briet Fischfilets.

»Wer von Ihnen ist Pieter Seegers?«, fragte Lisa. Die beiden Männer hatten bei ihrem Eintreten kurz hochgeschaut, sich dann aber sofort wieder ihrer Arbeit gewidmet.

»Wer will das wissen?«

Die Frage kam von dem Mann am Herd, der sich anschickte, die Fischfilets zu wenden.

Lisa trat zu ihm und zückte erneut ihren Ausweis. »Lisa Sanders, Mordkommission Kiel. Sind Sie Pieter Seegers?«

Der Mann nickte kurz, ließ sich aber nicht in seiner Arbeit stören. »Was wollen Sie?«

»Das würde ich gerne mit Ihnen allein besprechen.«

»Ich habe jetzt keine Zeit, das sehen Sie doch.«

»Es geht um Carsten Hunold, Herr Seegers. Soweit mir bekannt ist, kennen Sie sich.«

»Was ist mit ihm?«

»Er wurde ermordet.«

Seegers' Kopf fuhr herum. Er hatte ein breitflächiges Gesicht mit dunklen Augen, einer leicht eingedrückten Nase und einem weichen Kindermund. Das spärliche graumelierte Haar war zu lang und klebte an seinem Kopf.

»Können wir uns irgendwo in Ruhe unterhalten?«, fragte Lisa.

Seegers dachte einen Augenblick nach, dann nickte er und gab seinem Kollegen, der neugierig zu ihnen hinüberlugte, ein Zeichen. »Mach du so lang hier weiter.« Er deutete auf eine Tür im hinteren Bereich. »Da lang.«

Sie traten auf einen fensterlosen Flur, der mit billigem Linoleum ausgelegt war und von einer schwachen Funzel an der Decke erleuchtet wurde. Eine grün gemusterte Tapete verunstaltete die Wände.

Seegers ging voran und führte Lisa in einen kleinen Wintergarten, der zum Hafenbecken hinausging und nur spärlich beheizt war. Im Sommer hatte man von hier aus einen schönen Blick auf die am Kai liegenden Boote und die Ausflugsdampfer, die zu ihren Touren rund um den Ellenbogen oder zu den Seehundsbänken vor List fuhren.

»Hier sind wir ungestört.« Seegers zündete sich eine Zigarette an. »Was ist passiert?«

Lisa erzählte ihm das Nötigste. »Wie gut kannten Sie Carsten Hunold?«

»Geht so. Wir haben uns häufiger beim Hofgang getroffen und dann immer ein bisschen miteinander geplauscht.«

»Haben Sie sich noch bei anderen Gelegenheiten gesehen?«

»Nein.«

»Worüber haben Sie bei diesen Begegnungen gesprochen? Waren das eher allgemeine Sachen oder persönliche Dinge?«

»Mal so, mal so. Wir haben über den Bau gesprochen, klar. Das Leben ist ja nicht so ganz einfach dort.«

»Wussten Sie, weshalb Hunold eingesessen hat?«

Seegers nickte und trat die halbgerauchte Zigarette in Ermangelung eines Aschenbechers mit der Fußspitze aus. »Klar.«

»War das ein Thema zwischen Ihnen?«

»Eher weniger.«

»Und sonst?«

»Wir haben über die Zeit nach unserer Entlassung gesprochen. Was wir machen wollten. Ich bin ja Koch, und dieses Restaurant hier gehört einem Cousin von mir. Der hat mir im letzten Jahr angeboten, hier zu arbeiten. Fand ich sehr anständig, denn wer stellt so einen wie mich schon ein. Aber wir hatten immer schon ein gutes Verhältnis.«

»Wie sahen Hunolds Pläne aus?«

»Er wollte gerne in seinen Beruf zurück. Aber er hat sich da wenig Hoffnung gemacht. Deshalb hat er nach seiner Entlassung ja auch auf Haftentschädigung geklagt. Weil er Geld brauchte.«

»Er hat auf Haftentschädigung geklagt?«

Seegers nickte und zündete sich die nächste Zigarette an. »Nach diesem Urteil aus Straßburg war die nachträgliche Sicherungsverwahrung ja nicht mehr okay. Carsten hatte durch einen Mithäftling davon erfahren und seinen Anwalt gefragt, ob das auch für ihn gelten würde. Hat es, und daraufhin hat er dann die Klage eingereicht.«

Das musste Lisa erst einmal sacken lassen. »Wissen Sie, um wie viel Geld es da ging?«

»Es gibt da wohl so'n Satz, was man pro Tag kriegt. Weiß ich jetzt nicht mehr, wie hoch der war. Geklagt haben sie jedenfalls auf zwanzigtausend Euro, wenn ich mich recht erinnere.«

»Wissen Sie, ob es da schon eine Entscheidung gab? Hatten Sie nach Ihrer Entlassung noch Kontakt zu Hunold? Hat er Sie einmal hier besucht?«

»Wir haben ein paarmal telefoniert, aber hier ist er nie gewesen. Und durch war die Sache noch nicht.«

»Ist Ihnen bekannt, ob Hunold noch mit jemand anderem über diese Haftentschädigung gesprochen hat?«

»Keine Ahnung.«

»Wann hatten Sie den letzten Kontakt zu ihm?«

»Das liegt bestimmt schon zwei Monate zurück. Wir haben ja auch nicht regelmäßig telefoniert, nur hin und wieder mal. Und ich hatte zum Schluss auch keinen Bock mehr drauf. Ständig nur dieses Lamentieren, wie schlecht es ihm ging und so. Ich hab immer gesagt, steh auf und tu was, lass dich nicht so hängen. Aber Carsten war einfach ein Schlaffi. Er hat mir dann immer vorgeworfen, ich hätte ja auch keine Probleme, schließlich hätte ich Arbeit und dadurch wenigstens ein paar soziale Kontakte.« Seegers schnippte die Asche auf den Fußboden. »Soziale Kontakte, dass ich nicht lache. Mein Cousin ist okay, aber seine Frau findet es überhaupt nicht witzig, dass ich hier bin. Dabei haben die dringend einen Koch gesucht, denn die bekommen doch nur noch Saisonkräfte. Aber ich bleibe hier, ich lasse mir diese Chance auf ein neues Leben nicht nehmen. Von niemandem!«

Lisa befragte Seegers noch nach seinem Alibi für die Tatzeit. Er sei hier gewesen, was sein eilig herbeigerufener Cousin bereitwillig bestätigte. Danach machte sie sich auf den Weg zu ihrer Freundin Hannah, die ein Hotel zwischen Kampen und List besaß. Schließlich war Wochenende, da konnte auch sie sich wenigstens ein paar freie Stunden gönnen und erst am nächsten Tag nach Kiel zurückfahren.

»Entschuldigt mich bitte einen Augenblick.« Dahlström nickte dem befreundeten Ehepaar zu, mit dem er sich bis eben unterhalten hatte, als er sah, wie Susanna mit dem Handy in der

Hand in das Restaurant zurückkehrte. Ihr erleichterter Gesichtsausdruck sprach Bände.

»Du hast sie erreicht«, stellte Dahlström fest.

»Mein Gott, du glaubst gar nicht, wie froh ich bin. Maren hat gesagt, dass sie gestern an die Ostsee gefahren ist, weil sie eine Luftveränderung brauchte. Sie hatte ihr Handy vergessen und ist erst vorhin nach Schleswig zurückgekommen, wo sie meine ganzen Nachrichten auf dem Anrufbeantworter vorgefunden hat. Es tut ihr wahnsinnig leid, dass ich mich so geängstigt habe.«

Dahlström schloss seine Frau in die Arme und spürte ihr Zittern.

»Ich weiß, dass ich versprochen hatte, Maren ihren Freiraum zu lassen.« Susanna löste sich von ihm. »Aber ich hatte solche Angst, Constantin.«

»Du wolltest dich da nicht wieder so reinsteigern.«

Susanna nickte schuldbewusst. »Es tut mir leid, dass ich hier wie ein aufgescheuchtes Huhn herumgeflattert bin.«

Das war sie in der Tat, und zwar schon zu Hause, wo die Feierlichkeiten mit der Kaffeetafel begonnen hatten. Susanna hatte keine fünf Minuten stillsitzen und sich auf die Unterhaltungen mit den Gästen konzentrieren können. Mehrmals war Dahlström gefragt worden, was denn mit ihr los sei. Er hatte Ausflüchte gefunden, etwas von einer kranken Freundin erzählt, und zum Glück waren keine weiteren Nachfragen gekommen.

»Maren gratuliert uns ganz herzlich zur Silberhochzeit«, flüsterte ihm Susanna ins Ohr, als sie zum Tisch zurückgingen. »Sie hat gesagt, dass sie eine Überraschung für uns hat, aber die bekommen wir erst nächste Woche.« Sie drückte ihm einen Kuss auf die Wange. »Danke für dein tolles Geschenk. Ich glaube, ich habe das heute Morgen gar nicht richtig gewürdigt.«

Dahlström hatte lange überlegt, was er seiner Frau zur silbernen Hochzeit schenken sollte, und sich schließlich für eine zweiwöchige Ayurveda-Kur in Sri Lanka entschieden – ein langgehegter Herzenswunsch von Susanna, dem er aufgrund seiner Flugangst bisher nicht nachgekommen war.

»Dass du mal freiwillig ein Flugzeug besteigst, hätte ich auch nicht mehr gedacht«, neckte Susanna ihn. »Wieso dieser plötzliche Sinneswandel?«

»Du bist es mir wert«, sagte Dahlström und verschloss ihr den Mund mit einem langen Kuss, der alle Anwesenden begeistert Beifall klatschen ließ.

Sonntag, 19. Februar

Lisa hatte am Vorabend noch lange mit Hannah zusammengesessen und sich vieles von der Seele geredet – den mysteriösen Anruf bei ihrer Mutter, die Beziehung zu Lannert und die neuerliche Zusammenarbeit mit Fehrbach. Hannah hatte wie immer geduldig zugehört und sich allzu viele Ratschläge verkniffen, vor allen Dingen in Bezug auf die, wie sie es nannte, »ungeklärte Männersituation« in Lisas Leben.

»Wie willst du denn jetzt mit diesem Anruf umgehen?«, hatte Hannah gefragt, als es bereits auf ein Uhr zuging. »Glaubst du, dass es wirklich Britt war?«

»Gerda ist sich hundertprozentig sicher. Und ich drehe langsam am Rad, weil ich nicht weiß, was ich machen soll. Es gibt nichts, wo ich ansetzen kann. Es ist zum Verzweifeln.«

»Wie geht es deiner Mutter?«

»Schlecht, aber sie versucht natürlich, sich das nicht anmerken zu lassen. Du kennst sie ja. Ich bin bloß froh, dass sie Jakob Solberg hat. Der bringt sie wenigstens ab und zu auf andere Gedanken. Schade, dass nicht Sommer ist, dann hätte er sie bestimmt auf sein Kreuzfahrtschiff verschleppt und würde wochenlang mit ihr durch die Gegend schippern. Das wäre im Moment das Beste für sie, dann käme sie auf andere Gedanken. So hockt sie zu Hause und hypnotisiert das Telefon. Solberg wollte sie für einige Zeit zu sich nach Strande holen, aber das hat Gerda abgelehnt.«

Um drei Uhr morgens hatten die beiden Frauen dann endlich ins Bett gefunden. Als der Wecker um acht Uhr klingelte, fühlte sich Lisa wie zerschlagen.

Die Rückfahrt nach Kiel verlief problemlos, denn seit der letzten Nacht hatte es nicht wieder geschneit. Trotzdem kam Lisa erst gegen Mittag in der Landeshauptstadt an und fuhr gleich in die Blume. Der Hinweis von Seegers, dass Hunold eine Haftentschädigung gefordert hatte, ließ ihr keine Ruhe. Hatte noch jemand davon gewusst? Es war schon nahezu unmöglich, dem Normalbürger verständlich zu machen, dass auch ein Sexualstraftäter und Kindsmörder Anspruch auf Haftentschädigung hatte. Für die Eltern eines getöteten Kindes musste dieser Umstand der reinste Hohn sein.

Als Erstes wollte sie den Namen von Hunolds Anwalt ausfindig machen. Sie fand ihn nach einiger Zeit in den Akten und stellte fest, dass sich die Kanzlei in Kiel befand. Unter der vermerkten Telefonnummer ging niemand ran, also handelte es sich offenbar um die Büronummer. Lisa googelte den Namen und fand einen Eintrag, unter dem dieselbe Nummer stand. Sie würde also bis morgen warten müssen. Kurz überlegte sie, ob sie Bongers aufsuchen und nach der Haftentschädigung befragen sollte, entschied sich dann aber dagegen. Es war besser, wenn sie Bergmann mitnahm, und dem wollte sie nicht den Sonntag verderben. Während einer Todesermittlung war an Feierabend und Wochenende zwar selten zu denken, aber jeder Mensch brauchte schließlich ein wenig Ruhe.

Zu der Lisa allerdings nicht fand. Ein innerer Aufruhr erfüllte sie, wann immer sie an Britt dachte, das Gefühl der Unzulänglichkeit, weil sie nichts tun konnte.

War die Anruferin wirklich ihre Schwester gewesen? Und falls ja, was hatte dieses ominöse »Hilf mir« zu bedeuten? Hatte Henning Britt damals entführt, um sich an ihr zu rächen? Hielt er sie seitdem irgendwo fest? Lisa schüttelte verärgert den Kopf. Das war doch Wildwest, was sie sich da zusammenreimte. Sicher gab es solche Fälle, aber war es in diesem Zusammenhang nicht eher unwahrscheinlich?

Sie fuhr den Computer herunter und beschloss, zu ihrer Mutter zu fahren. Vielleicht konnte sie noch irgendetwas in Erfahrung bringen, wenn sie das Telefonat ein weiteres Mal mit Gerda durchging.

Berta Matthiessen hatte fast den gesamten Samstag im Bett verbracht. Zum Glück war sie nach ihrem Ohnmachtsanfall am Tag zuvor wieder schnell zu sich gekommen, aber seitdem plagten sie Schwindelanfälle und Herzrasen. Sie hatte überlegt, den Arzt zu rufen, sich dann aber anders besonnen. Er war ein schlauer Fuchs und würde wissen wollen, was der Auslöser für diese plötzliche Verschlechterung ihres Gesundheitszustands gewesen war. Und sie hatte nicht die Absicht, ihm das zu erzählen.

Warum hatte Carsten den Schließfachschlüssel in ihrer Kommode versteckt? Warum hatte er ihn ihr nicht ausgehändigt, warum diese Geheimniskrämerei? Weil er sie nicht hatte ängstigen wollen?

Gegen ein Uhr stand Berta auf und bereitete sich ein leichtes Mittagessen. Sie hatte jetzt seit beinahe zwei Tagen kaum etwas zu sich genommen und bekam langsam Hunger. Nachdem sie aufgegessen und den Abwasch hinter sich gebracht hatte, machte sie sich einen starken Kaffee. Der Arzt hatte ihr dies zwar schon vor einiger Zeit untersagt, aber ein bisschen Freude wollte sie auf ihre alten Tage schließlich auch noch haben.

Der Kaffee weckte ihre Lebensgeister, und sie nahm den

Becher mit ins Wohnzimmer, wo sie sich auf dem Sofa niederließ und in die Wolldecke hüllte.

Sollte sie Lisa Sanders nicht doch besser anrufen und die Sache mit dem Schließfach ihr überlassen? Der Weg nach Kiel würde beschwerlich werden, vielleicht war es klüger, Hilfe anzunehmen. Sie war unentschlossen. Sie wusste, dass sie Lisa Sanders sofort nach dem Fund hätte benachrichtigen müssen, aber sie hatte sich einfach nicht dazu durchringen können. Was, wenn sich etwas Persönliches in dem Umschlag befand, das nicht für die Augen von Fremden bestimmt war? War es nicht besser, wenn sie erst einmal alles in Augenschein nahm?

Berta schlug die Wolldecke zurück und versuchte sich vom Sofa hochzustemmen. Sie brauchte zwei Anläufe, dann ließ das Schwindelgefühl nach. Sie ging zum Schreibtisch und zog die obere Schublade auf. Irgendwo musste hier noch ein Busfahrplan liegen. Sie kramte herum, bis sie ihn endlich gefunden hatte. Der Plan war zerknittert und auch schon einige Jahre alt, aber sie ging davon aus, dass sich an den Fahrzeiten nicht allzu viel geändert hatte.

Berta studierte die Angaben, dann schlurfte sie in den Flur und verstaute den Plan in ihrer Handtasche. Morgen früh um Viertel nach neun ging der erste Bus in Richtung Kiel Hauptbahnhof. Den würde sie nehmen.

Fehrbach hatte den Samstag mit einem Besuch im Krankenhaus und weiteren Aufräumarbeiten an der Scheune verbracht. Heinz Wiemers hatte sich ehrlich gefreut, ihn zu sehen, und darauf bestanden, dass Fehrbach das Mittagessen mit ihm teilte, das Wiemers' Frau gebracht hatte. »Den Fraß hier kann man doch nicht essen«, hatte der Gutsarbeiter gemeint und trotz seiner Schmerzen über das ganze Gesicht gegrinst. Fehrbachs Gespräch mit dem Arzt hatte ergeben, dass Heinz Wiemers aller Voraussicht nach noch bis Anfang kommender Woche im Krankenhaus würde bleiben müssen.

Auf der Rückfahrt zum Gestüt hatte Fehrbach überlegt, ob es nicht besser wäre, noch einige zusätzliche Gutsarbeiter einzustellen oder zumindest bei Bedarf, wie gerade jetzt, Zeitarbeiter zu beschäftigen. Er hatte das Thema schon einige Male gegenüber seinen Angestellten angesprochen, aber alle hatten gemeint, das sei nicht nötig. Jeder von ihnen arbeitete schon lange Jahre auf dem Gestüt, sie alle waren mit Lankenau verbunden und standen Neuankömmlingen misstrauisch gegenüber. Trotzdem war Fehrbach klar, dass er die Angelegenheit noch einmal würde erörtern müssen.

Als er nach seiner Rückkehr erfuhr, dass es Barbara noch nicht besser ging und sie nach wie vor im Bett lag, schwankte er für einen kurzen Moment, ob er nach ihr sehen sollte. Aber dann hatte er den Gedanken verworfen und die Nacht in seinem Apartment im Torhaus verbracht. Er war immer noch über ihr Verhalten verärgert gewesen, da er überzeugt davon war, dass sie nur simulierte.

Auch der Sonntag verging mit Aufräumarbeiten, an der sich wieder alle beteiligten. Bis auf Barbara. Es gehe ihr nach wie vor schlecht, hatte sie ihm durch die Köchin ausrichten lassen. Sie bitte ihn zu kommen.

»Ich habe keine Zeit«, hatte seine knappe Erwiderung gelautet, und ihm war, als hätte nach dieser Äußerung so etwas wie ein stillschweigendes Einverständnis in den Augen der Köchin gelegen.

Erst am Nachmittag überwand er sich und stieg die Treppe in den ersten Stock des Herrenhauses empor, in dem sich Barbaras Schlafzimmer befand.

Als er eintrat und zum Bett hinüberblickte, erschrak er. Barbara hatte die Decke um sich geschlungen, ihr Gesicht war unnatürlich blass, und unter ihren Augen lagen dunkle Ringe. Angstvoll starrte sie ihn an, und er wurde augenblicklich von seinem schlechten Gewissen heimgesucht.

»Thomas.« Ihre Stimme brach, und sie versuchte sich aufzurichten, sank aber sofort wieder zurück.

Fehrbach setzte sich auf die Bettkante und strich über ihre schweißnasse Stirn. »Es tut mir leid, dass ich nicht eher gekommen bin, aber es ist so viel zu tun da draußen mit der Scheune.« Er schämte sich der Lüge, aber die Wahrheit konnte er ihr unmöglich sagen.

»Jetzt bist du ja hier.« Es lag kein Vorwurf in ihrer Stimme, sie schien einfach nur erleichtert, ihn zu sehen.

»Was ist mit dir? Hattest du wieder Schwindelanfälle? Soll ich den Arzt rufen?«

Ihre Augen füllten sich mit Tränen. »Ich weiß nicht, was mit meinen Beinen ist. Als ich heute Morgen aufgewacht bin, war das linke Bein taub. Und als ich versucht habe aufzustehen, ist es immer wieder weggeknickt.« Ihre Finger krallten sich um seine Hand, die auf der Bettdecke lag. »Ich hab solche Angst, Thomas«, hörte Fehrbach sie flüstern. »Hol bitte einen Arzt.«

Auf dem Weg zu ihrer Mutter wurde Lisa als Zeugin in einen Auffahrunfall verwickelt, und so war es bereits später Nachmittag, bis sie endlich bei Gerda in der Wohnungstür stand.

»Ich habe wieder einen Anruf bekommen«, empfing ihre Mutter sie mit blassem Gesicht. »Es war Britt, da bin ich mir hundertprozentig sicher, und sie hat wieder ›Hilf mir, Mama‹ gesagt.«

»Verdammt«, fluchte Lisa und ließ ihren Rucksack auf den Boden fallen. »Wann war das?«

»Vor einer knappen Stunde.«

Lisa musste an sich halten, nicht auszurasten. Vor einer Stunde hatte sie sich mit zwei Vollidioten von Autofahrern herumärgern müssen, die sich gegenseitig die Schuld zuschoben, dann aber unversehens gemeinsame Front gegen sie machten, als sie bei den eilig herbeigerufenen Kollegen von der Schutzpolizei ihre Aussage zu Protokoll gab. »Hast du den Anruf auf dem AB?«

»Nein«, gab Gerda kleinlaut zu. »Das Band war voll, ich hatte vergessen, die letzten Anrufe zu löschen. Es tut mir so leid.«

Ein Blick in Gerdas Gesicht hielt Lisa von einem weiteren Fluch ab. Ihre Mutter litt sowieso schon genug, da musste sie ihr nicht auch noch Vorwürfe machen. »Erzähl mir bitte den genauen Ablauf des Gesprächs.«

»Ich habe abgenommen und mich gemeldet. Einen Augenblick war Schweigen, ich habe ›Hallo, wer ist da?‹ gefragt, und dann kam wieder dieses ›Hilf mir, Mama‹. Ich habe gerufen ›Britt, bist du das?‹, aber es kam keine Antwort. Dann habe ich gehört, dass aufgelegt wurde.«

Lisa folgte ihrer Mutter ins Wohnzimmer und starrte das Telefon an. »Wie war dein Eindruck? Hattest du das Gefühl, dass da ein Mensch am Telefon war, oder klang es eher nach einer Bandaufnahme?«

»Das hast du mich letztes Mal auch schon gefragt«, entgegnete ihre Mutter hilflos. »Ich kann es dir nicht sagen, Lisa. Du hättest vielleicht den Unterschied gehört, aber du bist in solchen Sachen auch geschult.«

Und genau das brachte Lisa an den Rand der Verzweiflung. Anstatt hier zu sein und vielleicht endlich Licht in die Angelegenheit zu bringen, hatte sie ihre Zeit mit zwei durchgeknallten

Autofahrern vergeudet. Es war zum Verrücktwerden. Sie fiel auf das Sofa und vergrub ihr Gesicht in den Händen.

»Was machen wir denn jetzt?«, fragte Gerda. Ihre Stimme war schwer vor Kummer.

Lisa hob den Kopf. »Ich spreche morgen noch mal mit Södersen.« Eine Fangschaltung, schoss es ihr durch den Kopf. Aber das würde sie niemals genehmigt bekommen. Sie zog das Telefon heran. »Aber jetzt löschen wir erst mal das Band. Und denk bitte dran, in Zukunft immer den AB anzulassen.«

Das Auftauchen von Bongers hatte Axel Schäfer in Panik versetzt. Der Rest des Vortages war wie in einem Trancezustand an ihm vorbeigegangen, in der Nacht hatten ihn Albträume geplagt, und als er am Morgen aufstand, hatte er sich wie gerädert gefühlt.

Er hätte seine rechte Hand dafür gegeben, sich jetzt mit Sandra auszusprechen und ihr alles anzuvertrauen. Aber er wusste, dass er sie dann endgültig verlieren würde.

Er war an die Förde gefahren, nach Laboe, und hatte einen langen Spaziergang am schneebedeckten Strand gemacht. Die frische Luft und die Bewegung hatten ihm gutgetan, seinen Gedankenfluss allerdings nicht zum Versiegen gebracht. Erst am Nachmittag kehrte er in sein leeres und dunkles Haus zurück, das ihm seit dem Vortag keine Sicherheit mehr zu bieten schien.

Bongers war nicht damit rausgerückt, woher er seine Adresse kannte. Schäfer hatte daraufhin das Internet durchforstet, ob es dort irgendeinen Eintrag über ihn gab. Aber er hatte nichts gefunden, denn auch im Telefonbuch stand er schon lange nicht mehr.

Das konnte also nur bedeuten, dass Bongers oder einer der Männer ihm irgendwann einmal gefolgt war, weil sie ihm nicht trauten. »Wir müssen sehr genau darauf achten, wen wir bei uns aufnehmen«, hatte Bongers bei einem ihrer ersten Gespräche gesagt. »Es laufen einfach zu viele Menschen herum, die uns schaden wollen.«

Nachdem Schäfer die Haustür hinter sich geschlossen und den Schlüssel zweimal umgedreht hatte, legte er auch noch die Sicherheitskette vor. Dann kontrollierte er jedes Fenster, auch die im Obergeschoss, und ließ als Letztes die Außenrollläden herunter.

Das Haus war nicht unterkellert, was er zum ersten Mal als Segen empfand, denn bei seiner momentanen nervlichen Verfassung hätte er nicht auch noch einen Kontrollgang durch einen Keller durchführen können.

Als alles überprüft und gesichert war, begab sich Schäfer in die Küche. Er schmierte ein Butterbrot und zwang es hinunter, auch wenn er keinen Hunger verspürte.

Ein lautes Knacken ließ ihn zusammenfahren. Es war von draußen gekommen, aus dem Vorgarten, auf den die Küche und das Wohnzimmer hinausgingen. Er sprang auf, der Stuhl krachte hinter ihm zu Boden, und da … da war es wieder. Lauter diesmal, unheimlich, er merkte, wie sich die Härchen an seinen Armen aufrichteten.

Seine Gedanken begannen zu rasen, sein Herz pumpte unregelmäßig. Sollte er den Rollladen in der Küche ein Stück hochfahren und einen Blick nach draußen werfen? Kippen ließen sich die Lamellen nicht, ein Sparen am falschen Ende, wie er sich jetzt eingestehen musste.

Zögernd griff er nach der Fernbedienung, die auf dem Fensterbrett lag. Nur ein kleines Stück hoch und dann vorsichtig nach draußen spähen. Er drückte auf den entsprechenden Knopf, aber nichts geschah. Er versuchte es ein weiteres Mal, wieder ohne Erfolg. An den Batterien konnte es nicht liegen, die hatte er erst vor zwei Wochen erneuert. Vielleicht hatte sich etwas verhakt, das war in der Vergangenheit schon einige Male vorgekommen.

Oder …? Der Gedanke, dass jemand von draußen die Rollläden blockiert hatte, um ihn ins Freie zu locken, brach sich auf einmal Bahn. Seine Angst verstärkte sich. Am liebsten wäre er wie ein kleiner Junge in eine schützende Ecke gekrochen. Erst nach einiger Zeit überwand er sich, ging ins Wohnzimmer hinüber und versuchte es mit dem dortigen Rollladen. Er funktionierte und fuhr mit einem leisen Surren hoch, bis Schäfer ihn stoppte und das Licht löschte, weil ihm auf einmal bewusst geworden war, dass er wie auf dem Präsentierteller stand. Als ihn die schützende Dunkelheit umgab, fuhr er den Rollladen einige Zentimeter weiter hoch. Er bückte sich und lugte durch die Fensterscheibe, sah aber nur den tiefverschneiten Vorgarten. Kein Mensch weit und breit. Allerdings war der Bereich vor dem Küchenfenster von hier aus schlecht einzusehen, denn aus seiner momentanen Perspektive konnte er nur den Teil des Gehwegs ausmachen, der zur Straße führte.

Ich muss nach draußen, dachte er, und die Vorstellung trieb ihm den Angstschweiß auf die Stirn. Aber er wusste auch, dass er nicht zur Ruhe kommen würde, wenn er weiterhin in der Ungewissheit verharrte, was dort draußen vor sich ging.

Bevor er zur Haustür ging, sah er sich im Haus um, ob es etwas gab, was er zu seiner Verteidigung mit nach draußen nehmen könnte. Seine Augen blieben auf dem Baseballschläger hängen, der in einer kleinen Nische im Flur an der Wand befestigt war. Sandra und er hatten das Teil aus den Flitterwochen in Amerika mitgebracht.

Der Schläger lag schwer in der Hand und vermittelte ihm ein Gefühl der Sicherheit, das allerdings nur bis zu dem Moment währte, als von draußen ein weiteres Krachen erklang, dem ein helleres Geräusch folgte, das sich wie das Zersplittern von Glas anhörte.

Schäfer spürte seinen Herzschlag bis zum Hals, als er mit dem Schläger in der Hand in das Wohnzimmer rannte. Die Fensterscheibe war heil, ebenso wie die in der Küche, die er anschließend inspizierte.

Was um Himmels willen ging da draußen vor?

Er atmete mehrere Male tief durch, dann straffte er die Schultern und ging zur Haustür. Er entriegelte die Kette, drehte den Schlüssel herum und löschte die Flurbeleuchtung, bevor er vorsichtig die Tür aufzog.

Die Außenbeleuchtung am Haus brannte und warf einen sanften Schimmer über die Stufen, die zur Haustür hinaufführten, aber der Gehweg, der von mehreren Lampen flankiert wurde, und der Garten, in dem eine Außenlaterne normalerweise ein sanftes Licht verbreitete, lagen im Dunkeln.

Schäfer rannte ins Haus zurück und holte die Maglite aus der Kommode. Langsam trat er wieder in die Dunkelheit hinaus, und nach einem kurzen Zögern schaltete er die Flutlichtfunktion der Lampe ein. Sofort war der Außenbereich taghell erleuchtet. Er blickte sich um, und dann sah er es.

Ein mächtiger Ast der bald zwei Meter hohen Tanne vor dem Küchenfenster war unter der Last der Schneemassen zusammengebrochen und auf die Gartenlaterne gekracht. Dies hatte offensichtlich einen Kurzschluss verursacht, dem die anderen Lampen ebenfalls zum Opfer gefallen waren.

Es war nur ein Ast!

Schäfer hätte beinahe aufgeschluchzt, so erleichtert war er. Er löschte das Licht der Maglite und drehte sich um, um ins Haus zurückzugehen. Die Gestalt, die sich aus dem Schatten eines Trafohäuschens an der Straße löste, wo sie jetzt schon seit einiger Zeit gestanden und das Haus beobachtet hatte, bemerkte er nicht.

Auch am Abend sollte Lisa nicht zur Ruhe kommen. Sie hatte Fehrbach angerufen und ihn über das Gespräch mit Seegers informiert und sich dann eine Kleinigkeit zu essen gemacht, als es an der Haustür läutete.

Lisa sprang auf und ging mit leisen Schritten über den Flur. Ein Blick durch den Spion bestätigte ihre Befürchtung – Lannert. Alles in ihr sträubte sich, ihn hereinzulassen. Sie wollte keine erneute Diskussion, keinen Streit, sie wollte einfach nur ihre Ruhe. Vor ihm. Aber mit Sicherheit hatte er von draußen gesehen, dass Licht in ihrer Wohnung brannte.

»Hallo.« Peter Lannert hielt einen großen Strauß roter Rosen im Arm und sah sie mit einem schwer zu deutenden Ausdruck an.

»Komm rein.«

Er trat ein und schloss die Tür hinter sich. »Für dich«, sagte er und übergab ihr die Rosen mit einem verlegenen Gesichtsausdruck. Dann schälte er sich etwas umständlich aus seiner Jacke und hängte sie an der Garderobe auf.

»Danke.« Lisa füllte eine Vase mit Wasser und brachte die Blumen ins Wohnzimmer. Lannert folgte ihr. »Gibt es dafür einen besonderen Grund?«

»Ich wollte der Frau, die ich liebe, einfach eine kleine Freude machen.« Lannert setzte sich auf das Sofa und lehnte sich zurück, aber er wirkte nicht entspannt.

»Das ist lieb von dir.« Unvermittelt stieg Mitleid in ihr auf, wie sie ihn dort sitzen sah. Er wirkte verloren, als wüsste er nicht mehr, wie es jetzt weitergehen sollte. Es war eine Unruhe um ihn, die Lisa nicht kannte. »Ich habe mir gerade etwas zu essen gemacht. Möchtest du auch etwas?«

Lannert schüttelte den Kopf. »Nein, danke.«

»Stört es dich, wenn ich esse?«

»Nein, natürlich nicht.«

Es klang wie eine förmliche Konversation zwischen zwei Menschen, die sich gerade erst kennengelernt hatten.

Als Lisa mit dem Teller aus der Küche zurückkehrte, hatte Lannert sich auf dem Sofa aufgerichtet. Er wartete, bis sie Platz genommen hatte, dann räusperte er sich. Und plötzlich wurde ihr mit erschreckender Deutlichkeit der Grund seines Besuchs klar.

»Ich … ich …« Erst nach mehrmaligem Räuspern hatte Lannert seine Stimme wieder unter Kontrolle. »Ich bin gekommen, weil ich dich fragen wollte, ob du meine Frau werden willst.«

Nachdem die bedeutsamen Worte heraus waren, sah Lannert schon wesentlich entspannter aus. Wäre nicht sie, sondern jemand anders betroffen, hätte Lisa laut aufgelacht, so klischeebeladen war die Situation.

Hätte sie damit rechnen müssen? Lannert hatte keine Gelegenheit versäumt, ihr seine Liebe zu zeigen, und schon häufiger gesagt, dass er für immer mit ihr zusammenbleiben wolle. Das letzte Mal vor zwei Tagen. Sie war stets mit einem Lachen oder einer flapsigen Bemerkung über diese Äußerungen hinweggegangen und hatte sich geweigert, sie für bare Münze zu nehmen. Außerdem war sie sowieso nicht der Typ zum Heiraten, selbst das Zusammenleben mit einem Mann würde sie mittlerweile auf Dauer erdrücken.

»Lisa?«

Es war klar, er wartete auf eine Antwort. Lisa stand auf und ging zum Fenster hinüber. Sie fühlte sich wie eine Tigerin im Käfig und wäre am liebsten aus ihrer Wohnung geflohen.

»Das kommt sehr überraschend.« Sie kehrte zum Sofa zurück, blieb aber stehen, die Hände tief in den Taschen ihrer Jeans vergraben.

»Überraschend?« Lannert sah verwundert zu ihr auf. »Du weißt doch, wie sehr ich dich liebe. Ich möchte mit dir zusammen sein. Nicht nur für ein paar Stunden in der Woche, sondern für immer. Ich möchte jeden Abend in deinen Armen einschlafen und jeden Morgen darin aufwachen.«

»Ich weiß nicht, was ich sagen soll.« Das wusste sie in der Tat nicht, denn das, was ihr auf der Zunge lag, *nein, ich will nicht, lass doch bitte alles so, wie es ist, oder besser noch, lass mich endlich in Ruhe,* konnte sie ihm unmöglich sagen.

»Ist es wegen unserer Auseinandersetzung neulich? Wir hatten uns doch versöhnt. Ich dachte, es wäre alles wieder in Ordnung.«

Nichts war in Ordnung. Außerdem war es keine Versöhnung gewesen, sie hatte einfach nur wie so häufig nachgegeben und war angesichts seiner offensichtlichen Hilflosigkeit wieder mal zu feige gewesen, von Trennung zu sprechen. Warum eigentlich? Bloß weil er mit einem Dackelblick vor ihr gestanden hatte? Vielleicht war das ja seine Masche, sie rumzukriegen, und sie blöde Kuh fiel immer wieder darauf rein. Was würde denn passieren, wenn sie es wirklich einmal aussprach und dann auch die Konsequenzen zog? Er würde sich mit Sicherheit nicht vom nächsten Dach stürzen. Warum also brachte sie nicht endlich den Mut dazu auf?

»Ich finde einfach, dass wir uns erst besser kennenlernen sollten.«

Lannert stand auf und kam mit einem Lächeln auf sie zu. »Ich weiß alles von dir, was ich wissen muss.« Er wollte sie in die Arme nehmen, aber Lisa wich einen Schritt zurück. Sofort erschien ein verletzter Ausdruck in seinen Augen.

»Lass es uns doch ruhig angehen, Peter. Wir haben noch so viel Zeit.«

»Du liebst mich nicht.«

Das war der Satz, der noch gefehlt hatte in dieser immer mehr an eine missglückte Fernsehinszenierung erinnernden Situation. Und er bot ihr die Möglichkeit, es endlich auszusprechen. *Nein, ich liebe dich nicht.*

»Ist es wegen diesem Fehrbach?«

Lisa erstarrte.

»Glaubst du, ich hab nicht bemerkt, dass da etwas zwischen euch ist? Ich hab doch gesehen, wie du ihn damals auf diesem Gestüt angeschaut hast. Damit hattest du nicht gerechnet, dass ich da plötzlich auftauchen und euer Tête-à-Tête stören würde, nicht?«

Lisa ging auf den Flur hinaus. »Ich glaube, es ist besser, wenn du jetzt gehst.« Sie öffnete die Eingangstür.

Lannert war ihr gefolgt und blieb vor ihr stehen. »Tut mir leid, das hätte ich nicht sagen sollen.« Die Worte klangen ehrlich, aber seine Augen sagten etwas anderes.

»Gute Nacht!« Lisa machte eine auffordernde Bewegung ins Treppenhaus. Diesmal würde sie nicht wieder einknicken.

Montag, 20. Februar

Als Lisa gegen halb acht ihr Büro betrat, war Bergmann bereits dort. Bis acht Uhr erschienen dann auch die übrigen Kollegen. Selbst Södersen tauchte auf, dem ein paar freie Stunden ganz offensichtlich nicht zu der nötigen Erholung verholfen hatten. Er sah, wenn überhaupt möglich, noch schlechter aus als in den Tagen zuvor. Lisa berichtete von ihrem Besuch bei Pieter Seegers und folgte ihrem Vorgesetzten dann in sein Büro, wo er sich mit einem Ächzen auf seinen Stuhl fallen ließ. Die Frage nach einer Fangschaltung wollte sie ihm nicht stellen, denn er hätte nur ablehnen können, und sie mochte ihn nicht unnötig in Verlegenheit bringen. Aber etwas anderes musste jetzt raus. »Wem willst du hier eigentlich imponieren? Bleib doch endlich zu Hause und kurier dich aus, sonst wirst du noch irgendwann zusammenklappen, so scheiße, wie du aussiehst.« Es war zwar nicht die feine Art, ihm das so direkt an den Kopf zu werfen, aber in manchen Dingen war Södersen stur wie ein Esel, da brauchte es eben stärkere Geschütze.

»Danke, Lisa, vielen Dank! Feinfühlig wie immer.«

»Oh, bitte! Jetzt mach hier bloß keinen auf Mitleidstour.« Sie trat einige Schritte zurück, als eine Salve von Niesern den Raum zu erfüllen begann.

»Besprechung in zehn Minuten«, sagte Södersen, nachdem er wieder zu Atem gekommen war. Er blickte sie an, und Lisa wurde klar, dass jeder weitere Versuch, ihn nach Hause schicken zu wollen, zwecklos sein würde.

Die Besprechung begann mit einem Paukenschlag.

»Pieter Seegers ist gestern erschossen worden.«

Uwe hatte die Nachricht im System entdeckt und sich sofort darangemacht, Näheres herauszufinden. Es dauerte einige Zeit und bedurfte mehrerer Telefonate, dann wussten sie mehr. Im Moment hatte Södersen den Leiter der für Sylt zuständigen Flensburger Mordkommission am Telefon, dem er gerade erklärte, warum das Kieler K1 an Seegers interessiert war.

»Dann lass mal hören, was du für uns hast, Hanno.«

Hans-Joachim Klemper begrüßte seine Kieler Kollegen und begann dann ohne Umschweife zu erzählen. »Als Seegers heute Morgen nicht zur Arbeit erschien, ist sein Cousin zu seiner Wohnung gefahren. Er hat einen Schlüssel und fand Seegers leblos im Flur. Daraufhin hat der Cousin die Polizei verständigt. Seegers hatte eine Einschusswunde im Brustkorb und eine weitere an der rechten Schläfe. Die sah verdammt nach einem aufgesetzten Schuss aus. Vielleicht hat das Opfer nach dem Schuss in den Brustkorb noch gelebt, und der Mörder wollte mit dem zweiten auf Nummer sicher gehen. Der Doc vermutet, dass der Todeszeitpunkt so zwischen vierzehn und siebzehn Uhr liegt.«

»Da hätte Seegers doch eigentlich im Restaurant sein müssen, denn die haben doch durchgehend auf«, warf Lisa ein. »Hat ihn da keiner vermisst?«

»Er hatte sich mit einer Magen-Darm-Grippe krankgemeldet«, sagte Klemper. »Seegers scheint seinen Mörder selbst reingelassen zu haben, denn es deutet nichts auf ein gewaltsames Eindringen hin. Ebenso wenig auf Raubmord. Wir haben eine alte Taschenuhr gefunden, die einigen Wert zu haben scheint, und an die zweihundert Euro.« Klemper machte eine Pause und schien etwas zu trinken. »Die Frau von Seegers' Cousin hat uns erzählt, dass Seegers gestern Besuch von einer Polizeibeamtin aus Kiel gehabt habe. Waren Sie das, Frau Sanders?«

»Ja.«

»Könnte es einen Zusammenhang zwischen den beiden Fällen geben?«, fragte Klemper.

»Möglich, allerdings wüsste ich im Moment noch nicht, welchen. Deshalb fahre ich besser noch mal nach Sylt. Ihre Kollegen sind doch sicher noch vor Ort.«

»Ja, das wird noch ein bisschen dauern, bis die zurückkommen. Ich wäre normalerweise auch dort geblieben, aber ich habe heute Morgen eine wichtige Sitzung. Zusammenlegung von Dienststellen, Sie wissen schon. Das Gespenst geht wieder mal um.«

Sie verabredeten, in Kontakt zu bleiben und ihre Ermittlungsergebnisse auszutauschen, als sich die Tür öffnete und Fehrbach eintrat.

»Guten Morgen.« Er nickte in die Runde und wollte Södersen die Hand geben, aber dieser winkte ab.

»Besser nicht.«

Fehrbach setzte sich. Sein Blick blieb an Lisa haften. »Gibt es irgendwelche Neuigkeiten? Sie sehen alle so angespannt aus.«

»Pieter Seegers ist gestern erschossen worden«, klärte Lisa ihn auf und gab dann in kurzen Worten das Gespräch mit dem Leiter der Flensburger Mordkommission wieder.

»Wollen Sie hochfahren?«

Lisa nickte.

»Gut«, sagte Fehrbach, »dann komme ich mit.«

Bevor sie aufbrachen, legte Lisa in Absprache mit Södersen noch die Aufgabenverteilung für den Tag fest. Sie mussten in

Erfahrung bringen, wer von der Haftentschädigung gewusst haben konnte. Uwe und Malte wollten sich auf den Weg zu Bongers und Schäfer machen, Bergmann würde nach Schleswig zu Maren Waldorf fahren, und Södersen wollte Hunolds Anwalt einen Besuch abstatten.

Die Frage, welchen Wagen sie nehmen würden, stellte sich diesmal nicht. Fehrbach schlug vor, einen der Dienstwagen zu nehmen, da Audi und VW mit ihrem Frontantrieb bei diesem Wetter einfach die bessere Lösung waren. Als er eine kleine Sporttasche aus seinem BMW holte, sah Lisa ihn irritiert an.

»Ein paar Sachen zum Wechseln«, erklärte er und lud die Tasche in den Kofferraum des Audi, den Lisa sich hatte zuteilen lassen. »Wer weiß, ob wir heute noch zurückkommen, der Wetterbericht hat schweren Sturm vorausgesagt.«

Daran hatte sie nicht gedacht, und der Gedanke, womöglich mit Fehrbach auf der Insel übernachten zu müssen, behagte ihr überhaupt nicht.

»Dann nehmen wir die Fähre nach Römö.«

»Die fährt schon seit gestern nicht mehr.«

Lisa unterdrückte einen Fluch und holte ihre Notfalltasche, die sie ebenfalls immer dabeihatte, um sie in den Kofferraum zu laden.

Sylt-Shuttle hatte den Verkehr noch nicht eingestellt, allerdings wiesen Lautsprecherdurchsagen darauf hin, dass dies in den nächsten Stunden der Fall sein könnte.

Während sie darauf warteten, dass der gerade eingetroffene Zug seine Fracht entlud, rief Lisa Hannah an. »Lisa hier. Ich bin mit Staatsanwalt Fehrbach auf dem Weg auf die Insel. Hättest du zwei Zimmer für uns, falls der Damm gesperrt wird? Wir sind hier gerade an der Verladung, und sie weisen darauf hin, dass der Fall eintreten könnte.«

»Das kriege ich hin«, hörten sie Hannahs muntere Stimme durch die Freisprechanlage. »Dein Zimmer steht doch sowieso immer für dich bereit, das weißt du doch.«

»Danke, Hannah. Ich melde mich wieder.« Lisa beendete das Gespräch, und kurze Zeit später konnten sie auf den Autozug fahren. Die Verladung ging zügig vonstatten, denn an einem Tag wie diesem wollten nur wenige Fahrzeuge auf die Insel hinüber.

Während der Zug den Bahnhof verließ und sich seinen Weg durch die schneebedeckte Landschaft bahnte, hing ein angespanntes Schweigen im Wagen. Lisa wollte einfach kein Gesprächsthema einfallen, und Fehrbach schien es ebenso zu gehen. Sie überlegte, warum er mitgekommen war. Ob diese Einmischung in ihre Arbeit jemals aufhören würde. Er konnte doch unmöglich immer noch Zweifel an ihrer Qualifikation haben. Oder hatte seine Begleitung womöglich andere Gründe?

Nein, Lisa, nein, schalt sie sich. Hör endlich auf mit diesen wirren Gedanken. Fehrbach ist nicht mitgekommen, weil er so gern in deiner Nähe ist. Er hat dafür ausschließlich dienstliche Gründe.

»Ist Hannah eine Freundin von Ihnen?«

Lisa schlang die Arme um ihren Oberkörper, denn obwohl der Zug noch nicht einmal den Hindenburgdamm erreicht hatte, war ihr bereits kalt geworden. Aber sie scheute sich, die Standheizung anzulassen, denn bei der alten Gurke, die man ihr zugeteilt hatte, war damit zu rechnen, dass sie unter diesen Umständen bereits vor ihrer Ankunft auf Sylt den Geist aufgab. »Ja, wir sind schon zusammen zur Schule gegangen.«

»Sie stammen von Sylt, nicht wahr?«

Lisa nickte.

»Eine schöne Insel«, sagte Fehrbach.

»Der Meinung sind viele, zu viele für meinen Geschmack.«

»Die Touristen sind Segen und Fluch zugleich. Glauben Sie, dass der Ausverkauf der Insel noch zu stoppen sein wird?«

»Ehrlich gesagt, nein. Vielleicht, wenn es endlich entsprechende Gesetze gäbe, die den Zuzug und diese wilde Bauwut stoppen würden. Es gibt immer mal wieder Initiativen in diese Richtung, aber die verlaufen schon nach kurzer Zeit im Sand.«

Der Zug hatte mittlerweile den Hindenburgdamm erreicht. Der Wind gewann an Kraft und ließ die Schutzgitter erzittern. Es war Flut, das aufgewühlte Meer leckte an den Füßen des Damms.

»Lebt Ihr Vater noch auf der Insel?«

»Nein. Er ist schon vor vielen Jahren gestorben, und meine Mutter ist nach seinem Tod nach Kiel gezogen. Sie wollte in meiner Nähe sein.«

»Sie haben ein gutes Verhältnis«, stellte Fehrbach fest. »Das ist nicht selbstverständlich.«

»Das stimmt.« Lisa erinnerte sich an ihre erste Zusammenarbeit, an die Gefahr, in der Gerda damals geschwebt hatte. Fehrbach hatte ihre Mutter seinerzeit kennengelernt und mitbekommen, wie eng ihre Verbindung war.

Eine heftige Bö erschütterte den Zug, und Lisa sah, wie die Fahrertür des Vorderwagens aufgerissen wurde. Es dauerte einige Zeit, bis es dem Fahrer gelang, sie wieder zu schließen. Im nächsten Augenblick erfüllte das Klingeln von Lisas Handy den Audi.

»Ralf ist zusammengeklappt«, hörten sie Maltes aufgeregte Stimme durch die Freisprechanlage. »Wir wollten losfahren, und auf der Treppe ist ihm plötzlich schwindlig geworden. Ich hab noch versucht ihn zu halten, aber es ging einfach zu schnell.«

Ein eisiger Schreck durchfuhr Lisa. »Ist er die Treppe runtergefallen?«

»Ja, aber das waren nur ein paar Stufen. Er kam danach ziemlich schnell wieder hoch.«

»Habt ihr ihn ins Krankenhaus gebracht?«

»Ja, obwohl er sich mit Händen und Füßen dagegen gewehrt hat. Die Ärzte checken ihn gerade durch. Ich bin im Moment noch hier und warte, bis seine Frau eintrifft.«

»Weißt du schon, was mit ihm ist?«

»Nee, leider noch nicht.« Lisa hörte eine Stimme im Hintergrund. »Ralfs Frau ist gerade gekommen. Ich ruf dich später noch mal an.«

Fehrbach gab sich alle Mühe, Lisa zu beruhigen, aber der Anruf ihres Kollegen hatte sie in große Aufregung versetzt, die sie nur schwer abzuschütteln vermochte. Offensichtlich standen sie und Södersen sich näher, als es für Fehrbach bisher den Anschein gehabt hatte.

Nach ihrer Ankunft in List begaben sie sich als Erstes zum Tatort, der in einem Mehrfamilienhaus in der Mövenbergstraße lag. Die Spurensicherung war noch in vollem Gange. Lisa begrüßte zwei Kollegen der Flensburger Mordkommission und stellte Fehrbach vor.

»Ist der Tote schon abtransportiert?«, fragte sie.

Der ältere der beiden Männer nickte. »Der ist auf dem Weg nach Kiel.« Er beugte sich zu Lisa hinunter. »Was habt ihr denn da jetzt für 'nen Hansel in der Rechtsmedizin? Der war ja so was von unfreundlich.«

»Wieso, war Hesse nicht da?«

»Nee. Ich dachte auch, der wär schon pensioniert.«

»Zum Glück erst im Sommer. Ich weiß gar nicht, wie es ohne ihn gehen soll.«

»Also, der Typ schien mir fachlich sehr kompetent, aber menschlich kannst du den ja echt in die Tonne treten.«

»Das wird dann wohl Dr. Karstens gewesen sein.« Lisa wollte dem Kollegen nicht den Tag verderben, aber irgendwann würde er es ja sowieso erfahren. »Er ist Hesses Nachfolger.«

»Das ist nicht Ihr Ernst!«

»Leider doch.«

»Na, prost Mahlzeit! Das kann dann ja in Zukunft heiter werden.«

Der Flensburger Kripobeamte schien in Plauderlaune zu sein, und bevor er fortfahren konnte, deutete Fehrbach zum Hauseingang. »Können wir rein?«

Der Mann wirkte irritiert angesichts der Unterbrechung. »Wir sind noch nicht fertig.« Sein Ton war bedeutend kühler geworden.

»Aber für uns werden Sie doch sicher eine Ausnahme machen, oder?«, sagte Lisa, ihren Kollegen anlächelnd.

Ein Grinsen überzog sein Gesicht, und er betrat das Treppenhaus. »Manni«, rief er zu einem hünenhaften Kollegen hinüber, dessen weißer Schutzanzug über einem mächtigen Bauch spannte, »gib den Kieler Kollegen doch mal zwei Ganzkörperkondome.«

Der Angesprochene nickte und zog zwei Tyvek-Anzüge aus einem großen Metallkoffer, der zu seinen Füßen stand. Lisa und Fehrbach benötigten einige Zeit, bis sie die Anzüge übergestreift hatten.

Die Wohnung war höchstens fünfunddreißig Quadratmeter groß und bestand aus Flur, Küche und Bad sowie einem rechteckigen größeren Zimmer, das als Wohnraum und Schlafstätte diente. Die Fenster gingen auf einen trostlosen Garten hinaus, in dem allerlei Müll abgeladen war, den selbst die Schneemassen nicht vollständig hatten bedecken können. Fehrbach erblickte zwei alte Matratzen, die hochkant aus dem Schnee ragten, sowie das Hinterteil eines Fahrrads und einen Kühlschrank, auf dem ein Gebilde stand, das einmal ein Vogelkäfig gewesen sein mochte.

Die Wände der Wohnung trugen einen schmutzigen Grauton, und die Holzfensterläden waren an vielen Stellen verrottet. Obwohl die Heizung in allen Zimmern auf Hochtouren lief, war es kalt hier, da die Fenster nicht mehr richtig zu schließen schienen.

Wie kann man so wohnen, dachte Fehrbach und begegnete Lisas Blick.

»Ja, auch das ist Sylt«, sagte sie, als hätte sie seine Gedanken erraten. »Viele Hausbesitzer lassen ihre Gebäude verrotten, in der Hoffnung, so die Mieter rauszubekommen, damit die Wohnungen dann irgendwann luxussaniert werden können. Häufig werden die Häuser auch abgerissen, und der Baugrund wird teuer verkauft.«

Von den offensichtlichen Abnutzungserscheinungen abgesehen, wirkte die Wohnung sauber und aufgeräumt. Sie enthielt nur das Nötigste an Mobiliar, Nippes und Zierrat fehlten.

Sie gingen auf den schmalen Flur zurück, in dem eine Mitarbeiterin der Spurensicherung gerade ihre Sachen zusammenpackte.

»Und?«, fragte Fehrbach. »Haben Sie die Tatwaffe gefunden?«

Die Frau schüttelte bedauernd den Kopf.

Lisa ging ins Treppenhaus hinaus. »Wo sind die Kollegen vom K1?«, hörte Fehrbach sie rufen.

»Draußen«, antwortete eine heisere Stimme. »Die müssen mal eben eine durchziehen.«

Als Fehrbach Lisa die Treppe hinunterlaufen hörte, folgte er ihr. Er fand sie bei den beiden Beamten, die im Schatten einer Hauswand rauchten.

»Was ist bei der Befragung der Nachbarn rausgekommen?«, fragte Lisa.

»Nicht viel«, entgegnete der jüngere der Männer. »In diesem Eingang befinden sich sechs Wohnungen, von denen vier bewohnt sind. In zweien wohnt jeweils ein älteres Ehepaar, in der dritten eine alleinstehende Frau. Wir haben mit allen gesprochen. Die Frau hat Seegers noch nie zu Gesicht bekommen. Laut ihrer Aussage wusste sie nicht einmal, dass die Wohnung wieder vermietet war. Die beiden Ehepaare haben ihn wohl hin und wieder im Treppenhaus getroffen, aber außer ›Guten Tag‹ und ›Guten Weg‹ wurden da keine Worte gewechselt.« Der Beamte drückte seine Zigarette an der Hauswand aus und verstaute die Kippe in einer Plastiktüte, die er in seiner Jackentasche verschwinden ließ.

»Hat jemand die Schüsse gehört?«, fragte Fehrbach.

Der Kripobeamte schüttelte den Kopf. »Wie es aussieht, wurde ein Schalldämpfer benutzt. Die Frau war zu der vermuteten Tatzeit nicht zu Hause, und die beiden Ehepaare haben ferngesehen. Die haben nichts gehört.«

»Wir waren auch in den Nachbareingängen«, fuhr sein Kollege fort. »Der Wohnblock hat insgesamt vier Eingänge und beinhaltet vierundzwanzig Wohnungen. Aber da war erst recht Fehlanzeige.« Er blickte zum Hauseingang hinüber, aus dem gerade zwei Mitarbeiter der Spurensicherung traten und zu einem vor dem Haus geparkten hellen Kastenwagen gingen. Sie öffneten die Heckklappe und verstauten die Kiste mit den sichergestellten Gegenständen sowie ihre Metallkoffer. Anschließend kamen sie zu ihnen herüber.

»Wir bringen die Sachen jetzt in die Rechtsmedizin«, sagte die Beamtin, mit der Fehrbach vorhin gesprochen hatte.

»Dann seid ihr durch?«

Die Frau schüttelte den Kopf. »Die Kollegen brauchen noch ein bisschen. Wir wollen den wichtigsten Kram bloß schon mal nach Kiel bringen.«

Fehrbach wandte sich an die Flensburger Beamten. »Können Sie uns sagen, wo wir Seegers' Cousin finden?«

»Der war vorhin im Restaurant. Sie wissen, wo das ist?«

Lisa nickte. »Dann fahren wir da jetzt gleich mal hin.«

An der Eingangstür des Wellenschlag hing ein Schild, auf dem »Wegen Trauerfall geschlossen« stand. Fehrbach drückte die Klinke trotzdem herunter und stellte fest, dass die Tür offen war. Sie betraten das Restaurant und trafen auf zwei weitere Kripobeamte, die gerade im Aufbruch begriffen waren. Lisa schien auch diese zu kennen. Man begrüßte sich freundlich, und Lisa erklärte den Grund ihres Kommens.

»Die Garbers sind da drinnen«, sagte einer der Beamten und deutete auf eine Tür hinter dem Tresen. »Dahinten, im Büro.« Nach einer kurzen Verabschiedung verließen die beiden Männer das Restaurant.

Das Büro war ein kleiner rechteckiger Raum, dessen einziges Fenster zum Hafen hinausging. Es war mit einer Jalousie vor den Blicken Neugieriger geschützt, die im Moment allerdings halb hochgezogen war.

Fehrbach musterte das Paar mittleren Alters, das an einem kleinen Tisch in der Mitte des Raums saß und offenbar gerade in einen Streit verwickelt war. Bei ihrem Eintritt hatten die beiden erschrocken die Köpfe gehoben und waren schlagartig verstummt. Das Gesicht der Frau nahm einen verärgerten Ausdruck an, als Lisa ihr mitteilte, warum sie gekommen waren.

»Sie waren doch gestern schon hier«, blaffte die Frau. »Was wollen Sie denn noch?«

»Gestern hat Herr Seegers auch noch gelebt«, gab Lisa zurück. »Jetzt ist die Situation eine andere.«

»Aber wir haben doch gerade alles Ihren Kollegen erzählt«, wandte Seegers' Cousin ein und warf seiner Frau einen kurzen

Blick zu, der wohl beruhigend wirken sollte, aber das Gegenteil erreichte.

»Genau«, bekräftigte diese aufgebracht. »Wir werden jetzt mit Sicherheit nicht noch einmal alles wiederholen. Fragen Sie Ihre Kollegen, die haben das alles aufgeschrieben.«

»Wir fragen Sie«, sagte Fehrbach mit Nachdruck, was Frau Garbers jedoch nicht im mindesten zu beeindrucken schien.

»Ich hab immer gesagt, dass du den Kerl nicht aufnehmen sollst«, begann sie in Richtung ihres Mannes zu schimpfen. »Der bringt nichts als Unglück, das siehst du doch jetzt.«

»Er hat mir leidgetan«, versuchte der Gescholtene sich zu rechtfertigen.

»Leidgetan, leidgetan«, höhnte seine Frau. »Der Typ hat ein Kind vergewaltigt und umgebracht. Der ist nichts als ein Stück Scheiße. So jemand kann einem doch nicht leidtun.«

»Aber er ist mein Cousin.«

»Er war dein Cousin«, warf seine Frau mit einer deutlichen Betonung ein. »Gott sei Dank sind wir den Kerl jetzt endlich los.«

Fehrbach registrierte den warnenden Blick, den Garbers ihr zuwarf. »Pass auf, was du sagst. Am Ende werden wir noch verdächtigt.«

»Pffffhh.« Seine Frau zog ein Taschentuch aus ihrem weißen Kittel und schnaubte geräuschvoll aus.

Lisa war dem Gespräch genauso interessiert gefolgt wie Fehrbach. Manchmal war es besser, die Menschen erst einmal reden zu lassen und bei ihren Interaktionen zu beobachten, als sie gleich mit gezielten Fragen zu bedrängen. Wie es aussah, hatte das Ehepaar jetzt allerdings die Lust an der Konfrontation verloren, denn nachdem die Frau das Taschentuch wieder eingesteckt hatte, blieb es still.

»Herr Garbers, können Sie mir bitte erzählen, was seit meinem Besuch am Samstag passiert ist«, begann Lisa die Vernehmung. Sie hatte auf einem Stuhl Platz genommen und stellte das eingeschaltete Aufnahmegerät auf den Tisch.

»Nichts ist passiert, es war alles wie immer. Wir haben das Restaurant gegen Mitternacht geschlossen und sind nach Hause gefahren.«

»Und was war gestern?«

»Wir waren so gegen neun hier, weil die ersten Mittagsgäste häufig schon kurz nach elf auftauchen. Als Pieter um zehn noch nicht da war, hab ich mich gewundert, aber dann rief er auch schon an und sagte, er könne nicht kommen, weil er eine Magen-Darm-Grippe habe. Er sei die ganze Nacht nicht von der Toilette runtergekommen.«

»Faule Ausrede«, schnaubte seine Frau.

Garbers schenkte ihr keine Beachtung. »Das war natürlich blöd, so kurzfristig, aber wir haben das trotzdem gewuppt. Pieter hatte versprochen, mich heute Morgen um neun anzurufen, ob er kommen würde. Als ich nichts gehört hab, habe ich bei ihm durchgeklingelt. Aber er ging nicht ran, weder zu Hause und auch nicht ans Handy. Dann habe ich es im Restaurant versucht, aber da war er auch nicht. Dann bin ich zu ihm nach Hause gefahren und …« Er war blass geworden und wirkte ehrlich bedrückt.

»Wissen Sie noch, wie spät es war, als Sie in Seegers' Wohnung ankamen?«, fragte Fehrbach.

»So gegen halb zehn. Ich hab die Tür aufgeschlossen, denn Pieter hatte mir einen Schlüssel für den Notfall gegeben.«

»Hat er das seinerzeit so gesagt?«, wollte Lisa wissen. »Für den Notfall? Hat er sich in irgendeiner Art und Weise bedroht gefühlt?«

»Davon hat er nichts gesagt. Ich glaube, er hat das eher so in Hinsicht auf einen Notfall in der Wohnung gemeint. Die hatten da kurz vor seinem Einzug einen Wasserschaden, und was Pieter so gehört hat, war dauernd was in dem Haus.«

»Sie haben also die Wohnung betreten«, sagte Fehrbach. »Was war dann?«

»Pieter lag im Flur. Ich bin zu ihm hin und habe gleich diesen Einschuss in der Brust gesehen. Dann hab ich mich neben ihn gekniet und das Loch in der Schläfe entdeckt. Das sah schrecklich aus. So komisch ausgefranst und alles voller Blut.« Er schüttelte sich. »Da hab ich die Polizei gerufen.«

»Haben Sie etwas angefasst?«

Garbers schüttelte den Kopf. »Nein. Ich bin auch nur auf dem Flur gewesen. Als ich die Polizei gerufen habe, bin ich nach draußen gegangen. Mir war das nicht geheuer in der Wohnung.«

»Hatten Sie denn den Eindruck, dass sich noch jemand darin aufhielt?«

»Nee, die Wohnung ist so klein, das hätte ich gemerkt.«

»War die Wohnungstür abgeschlossen oder nur zugezogen?«

Garbers kratzte sich am Hals und schien angestrengt nachzudenken. »Komisch«, antwortete er nach einer Weile, »jetzt, wo Sie's sagen ... Ich habe nicht aufgeschlossen, ich habe den Schlüssel einfach nur kurz nach rechts gedreht, dann ging die Tür auf. Und soweit ich mich erinnere, hat Pieter mal gesagt, dass er immer abschließt, egal, ob er unterwegs ist oder zu Haus. Sicher ist sicher, außerdem sei er das Abschließen aus dem Knast gewöhnt.« Er stieß ein verlegenes Lachen aus.

»Wo haben Sie auf die Polizei gewartet?«, wollte Lisa wissen.

»Ich bin nach draußen gegangen, ich brauchte frische Luft. Als dann alles erledigt war, also mit Polizei und so, bin ich ins Restaurant gefahren.«

»Das kann ich bezeugen«, sagte Garbers' Frau. »Wolfgang war kurz vor zwölf hier.«

»Wo waren Sie an diesem Vormittag?«, fragte Fehrbach.

Sie schien sich wieder etwas beruhigt zu haben, ihre Antworten kamen nicht mehr ganz so angriffslustig heraus. »Als Wolfgang weg war, habe ich zu Hause noch ein bisschen klar Schiff gemacht, dann bin ich hierhergefahren.«

»Hat Ihr Cousin einmal etwas von Bekanntschaften erzählt, die er nach seiner Entlassung gemacht hat? Hier auf Sylt oder anderswo?«, fragte Lisa.

Das Ehepaar Garbers schüttelte den Kopf.

»Wissen Sie etwas von ehemaligen Freunden, vielleicht auch aus seiner Zeit in der JVA?«

»So jemand hat doch keine Freunde«, warf Garbers' Frau ein.

»Herr Garbers?«

»Pieter hat nichts von Freunden oder Bekannten erzählt.«

»Hat Herr Seegers einmal den Namen Carsten Hunold erwähnt?«

Die Garbers sahen sich an und schüttelten dann beide den Kopf. »Nein. Wer soll das sein?«

Lisa blieb ihnen die Antwort schuldig, schaltete das Aufnahmegerät aus und verstaute es in ihrem Rucksack. Dann stand sie auf und wandte sich an Wolfgang Garbers. »Wir hätten jetzt noch gerne mit Ihren Angestellten gesprochen.«

Bei den Angestellten handelte es sich um zwei Personen. Einen Mann, den Lisa der Begrüßung nach schon bei ihrem ersten Besuch kennengelernt hatte, und eine junge Frau, die am Wochenende als Serviererin arbeitete. Beide hatten Seegers nicht näher gekannt und nur während der Arbeit mit ihm zu tun gehabt. Von seinem Hintergrund wussten sie nichts. Wolfgang Garbers hatte Lisa gegenüber angegeben, dass dieser niemanden etwas angehe.

Es lag schon länger zurück, dass Berta Matthiessen zum letzten Mal am Kieler Hauptbahnhof gewesen war, und so brauchte sie einige Zeit, um sich zu orientieren. In der Wandelhalle nahm sie ein zweites Frühstück in einem kleinen Café zu sich und erkundigte sich bei der freundlichen Bedienung nach den Schließfächern.

Nachdem sie erfahren hatte, wo sich diese befanden, bezahlte sie und machte sich auf den Weg. Es herrschte eine drangvolle Enge. Ängstlich presste Berta ihre Handtasche an die Brust. Gerade in Bahnhofsbereichen lungerte einiges Gesindel herum, aber angesichts der vielen schrecklichen Meldungen in der Tageszeitung hatte Berta sowieso das Gefühl, dass die Kriminalität in Kiel erschreckend zugenommen hatte.

Als sie die Schließfächer endlich erreichte, atmete sie erleichtert auf. Hier hielten sich zum Glück nur wenige Menschen auf. Sie zog den Schlüssel aus der Manteltasche, dessen Nummer sie mittlerweile auswendig kannte – 43. Sie setzte ihre Brille auf und nahm die Fächer in Augenschein, vor denen sie gerade stand. 28 las sie auf einem von ihnen. Sie würde also nicht lange suchen müssen. Und schon Augenblicke später stand sie vor dem Schließfach mit der gesuchten Nummer.

Bertas Hand umkrampfte den Schlüssel. Ihr war während des Wegs warm geworden, aber plötzlich merkte sie, dass sie fror. Ihr Herz schlug hart, es war, als würde sich auf einmal ein eiserner Ring um ihren Brustkorb legen. Sie atmete mehrere Male tief durch.

Was verbarg sich hinter dieser kleinen quadratischen Klappe, die zerkratzt und mit einem unleserlichen Aufdruck beschmiert war? Für einen Augenblick war sie versucht, wieder zu gehen und die Sache auf sich beruhen zu lassen. Aber Carsten hatte sie gebeten, die Dinge, die in diesem Schließfach ruhten, zur Polizei zu bringen. Es wäre Betrug an ihm, wenn sie diesen Willen, seinen Letzten Willen, aus Angst ignorierte. Außerdem hatte sein Schreiben ja darauf hingedeutet, dass die Unterlagen zu seinem Mörder führen würden.

Berta atmete noch einmal tief durch und sah sich nach allen Seiten hin um. Sie war allein. Mit pochendem Herzen hob sie die rechte Hand und steckte den mittlerweile schweißnassen Schlüssel ins Schloss.

Es kam, wie Fehrbach vorausgesagt hatte, der Hindenburgdamm war gesperrt. Als sie an der Verladerampe in Westerland eintrafen, verließ gerade der letzte Zug den Bahnhof. Obwohl Fehrbach darauf hingewiesen hatte, dass die Fähre nach Römö schon am Vortag ihren Betrieb eingestellt hatte, rief Lisa bei dem Betreiber Syltfähre an und erfuhr, dass sich die Situation nicht verändert hatte.

»Hilft ja nichts«, meinte Fehrbach und blickte aus dem Wagenfenster auf das Schneetreiben vor ihren Augen. »Wir müssen eben das Beste draus machen. Morgen kommen wir bestimmt wieder hier weg.«

Lisa entgegnete nichts, sondern wendete den Wagen und fuhr den Weg zurück, den sie gerade gekommen waren.

»Wo liegt das Hotel Ihrer Freundin?« Fehrbach wirkte wesentlich entspannter als sie.

»Kurz vor Klappholttal. Kennen Sie das?«

»Die Akademie am Meer? Ja, ich habe davon gelesen. Ich wusste gar nicht, dass es in der Nähe ein Hotel gibt.«

»Hannah hat es erst vor einigen Jahren eröffnet. Es heißt Klar Kimming und war früher ein alter Bauernhof.«

Das Klar Kimming schmiegte sich in eine Dünenlandschaft, die zum Wasser hin anstieg. Das Reetdach des langgestreckten Gebäudes lag unter einer dicken Schneehaube verborgen. Bei ihrer Ankunft waren zwei Angestellte des Hotels gerade dabei, den schmalen Zufahrtsweg und den Parkplatz von der neuen Schneedecke zu befreien.

Lisa parkte den Wagen und nahm einen tiefen Atemzug, nachdem sie ausgestiegen war. Normalerweise fiel alle Anspannung von ihr ab, wenn sie diesen Ort aufsuchte, an dem die Zeit stillzustehen schien.

Aber diesmal war Fehrbach dabei. Während der Fahrt hatte sie sich den Kopf zerbrochen, wie sie die Zeit bis zum nächsten Tag überstehen sollte. Sie hatte mehrere Stoßgebete zum Himmel geschickt, dass der Zug oder wenigstens die Fähre morgen wieder fahren würde. Aber selbst wenn diese Gebete erhört werden sollten, bis zum nächsten Tag war es noch weit. Sie konnte nicht einfach in ihrem Zimmer verschwinden und erst morgen wieder auftauchen. Es war gerade mal vierzehn Uhr, hell genug, um noch einen Spaziergang zu machen, was sie normalerweise immer als Erstes tat. Danach konnte man Hannahs selbstgebackenen Kuchen probieren und am Abend ein köstliches Mahl zu sich nehmen.

Sei nicht so kindisch, schalt sie sich, als sie ihre Taschen zum Haus trugen. Genieß die unfreiwillige Auszeit und mach dir ein paar schöne Stunden. Mit Fehrbach, wenn er Lust auf deine Gesellschaft hat. Vielleicht gelingt es dir dann endlich, die Verkrampfung zu überwinden, die du in seiner Gegenwart ständig empfindest. Vielleicht erfährst du mehr über ihn, das war doch immer dein Wunsch. Vielleicht …

»Lisa!« Hannah kam aus dem Büro geeilt, kaum dass sie das Haus betreten hatten. »Ich hab euch ankommen sehen.« Sie schloss Lisa in die Arme. »Ich bin froh, dass der Damm gesperrt ist. Dann lerne ich endlich mal einen gewissen Herrn kennen«, flüsterte sie Lisa ins Ohr.

Fehrbach war zum Empfang gegangen und gerade dabei, das Anmeldeformular auszufüllen, er konnte Hannahs Worte also unmöglich gehört haben. Trotzdem konnte Lisa nicht verhindern, dass ihr die Röte ins Gesicht schoss.

»Also wirklich!« Sie löste sich aus Hannahs Armen und knuffte ihre Freundin in die Seite.

»Ist doch wahr!«, flüsterte diese mit lachenden Augen und ging zur Rezeption hinüber. »Hannah Wieland.« Sie ergriff Fehrbachs Hand und drückte sie. »Willkommen in meinem Hotel. Ich freue mich, Sie kennenzulernen.«

Wenn sie jetzt noch den Satz *Ich habe schon so viel von Ihnen gehört!* hinzufügt, kenne ich sie nicht mehr, dachte Lisa. Hannah war spontan, viel spontaner als sie, und da konnte es schon mal passieren, dass ein unbedachter Satz herausschlüpfte.

Fehrbach stellte sich vor und wollte nach seiner Reisetasche greifen, aber der junge Mann, der seine Anmeldung entgegengenommen hatte, kam ihm zuvor.

»Martin wird Sie zu Ihrem Zimmer bringen. Ich wünsche Ihnen einen schönen Aufenthalt«, sagte Hannah. Lisa registrierte, dass sie Fehrbach mit einem interessierten Blick musterte. »Vielleicht haben Sie ja Lust, mit Lisa und mir zusammen zu Abend zu essen.«

»Gerne«, sagte Fehrbach.

»Prima. Um sieben im Restaurant.«

»Ich werde da sein.« Fehrbach nickte ihnen zu und folgte dann dem jungen Mann, der bereits auf ihn wartete.

»Ich hab ihn nebenan einquartiert.« Hannah grinste über das ganze Gesicht und ging zu der Verbindungstür, die in das benachbarte Hotelzimmer führte. »Willst du den Schlüssel haben?«

»Das ist nicht dein Ernst.« Lisa starrte ihre Freundin bestürzt an.

»War ein Scherz.« Lachend trat Hannah ans Fenster und zog die Gardinen zurück. Die Terrasse vor dem Apartment war geräumt, aber der dahinter befindliche Kräutergarten lag unter den Schneemassen begraben. »Ich wollte bloß mal deine Reaktion sehen.« Sie kam zum Sofa hinüber und zog einen Pullover aus Lisas Sporttasche, um ihn in den Schrank zu legen. »In den Mann könnte ich mich auch vergucken. Das ist ja wirklich ein attraktives Kerlchen.«

»Ich habe mich nicht in ihn verguckt!«, begehrte Lisa auf und brachte ihre Schminksachen ins Bad.

»Natürlich hast du das! Glaubst du, ich bin blind?«

Lisa stellte die Utensilien auf der Ablage unter dem Spiegel ab und musterte ihr blasses Gesicht. Sah man es ihr denn wirklich so deutlich an?

Hannah tauchte neben ihr auf und legte einen Arm um ihre Schultern. »Das ist doch kein Grund, Trübsal zu blasen. Immerhin seid ihr euch nach der Geiselnahme sehr nahegekommen. Wenn du dich nur ein bisschen anstrengen würdest und ihn nicht immer von dir stößt, kann vielleicht doch noch was aus euch werden.«

»Ich habe ihn nicht weggestoßen!«

»Nein, ich weiß, das war er. Aber er hat dir doch eine Erklärung für sein Verhalten gegeben, und die fand ich sehr nachvollziehbar. Aber du musstest ja wieder die Sture spielen. Bloß nicht zeigen, wie es wirklich um dich steht.«

Lisa schwieg, denn was hätte sie sagen sollen. Hannah hatte mit jedem Wort recht.

Ihre Freundin drehte sie zu sich herum. »Du hast jetzt die Möglichkeit, das Blatt noch zu wenden. Wir werden heute Abend zusammen essen, und dann lasse ich euch allein. Geht an die Bar, nimm einen Drink, versuch dich mit ihm auszusprechen, dann ergibt sich alles andere von selbst.«

»Schlägst du jetzt allen Ernstes vor, dass ich ihn verführen soll?«

»Warum nicht?«

Lisa löste sich aus Hannahs Griff und ging ins Wohnzimmer zurück. Mit unerwarteter Heftigkeit wünschte sie sich, etwas mehr von der Leichtigkeit zu haben, mit der ihre Freundin durchs Leben ging. »Ich kann so was nicht, Hannah, ich bin einfach nicht der Typ dafür. Außerdem würde es sowieso nichts bringen. Fehrbach ist jetzt mit dieser Barbara zusammen.« Sie erzählte Hannah von dem Telefonat, das sie mitbekommen hatte.

»Ach Gottchen, das klingt ja wie aus einem Groschenroman. Der begehrenswerte Gutsherr verfällt dem Stiefmütterlein.« Hannah lachte auf, wurde aber sofort wieder ernst, als sie Lisas Miene sah. »Und selbst wenn es so ist … Menschen kommen zusammen, und Menschen trennen sich wieder. Die böse Stiefmutter ist heute nicht hier. Aber du bist es.«

Helligkeit.

Gleißendes, in jede Zelle strömendes Licht.

Es fließt durch ihren Körper, macht sie leicht und schwerelos.

Frei.

»Mami!«

Sie öffnet die Augen und blinzelt zu dem kleinen Jungen hinüber, der ihr entgegenläuft. Hellblonde Locken, ein Blitzen in den grünen Augen, stürzt er sich mit einem Jauchzer in ihre Arme.

»Mami, wo warst du denn die ganze Zeit? Ich hab dich so doll vermisst.«

Sie schluchzt auf, Tränen laufen ihre Wangen hinunter, als sie Basti ganz fest an sich drückt.

Nie wieder getrennt …

»Wachen Sie auf, Frau Waldorf!«

Eine Männerstimme, dunkel und schroff. Maren kannte sie nicht, und sie wollte auch nicht auf diesen Befehlston reagieren. Sie wollte in diesem wunderschönen Licht verharren, in dem Basti endlich wieder an ihrer Seite war.

»Wachen Sie auf, verdammt noch mal!«

Die Stimme hatte an Schärfe gewonnen, und nur Sekunden später spürte Maren, wie ihr jemand mehrere Male hart ins Gesicht schlug, dass ihr Kopf hin und her pendelte. Im nächsten Moment wurde sie hochgehoben.

Was sollte das? Wer war dieser Mann, der sich so rüde an ihr vergriff?

Wo war sie?

Sie versuchte den Kopf zu heben und ihre Augen zu öffnen, um in das Gesicht dieses Rohlings zu blicken und ihm zu sagen, dass er sie in Ruhe lassen sollte. Aber es gelang ihr nicht. Sie war so müde.

»Frau Waldorf! Hallo! Nicht wieder einschlafen!«

Der Mann musste Feldwebel sein, so gut, wie er kommandieren konnte. Maren wollte protestieren, aber ihre Lippen waren wie ausgetrocknet. Sie spürte, wie der Mann sie mit sich zog. Ihre Füße schienen über den Boden zu schleifen. Hin und her, hin und her.

»Frau Waldorf, bleiben Sie wach!«

Der Schwindel verstärkte sich. Maren wollte um sich schlagen, sich von diesen Händen befreien, die sie in einem eisernen Klammergriff hielten, als sie plötzlich spürte, wie der Mann sie aus seinen Armen gleiten ließ. Sie erschauerte, als sie die Kälte des Untergrunds spürte, auf dem sie jetzt lag.

War sie im Bad?

Endlich gelang es ihr, die Augen einen Spaltbreit zu öffnen. Sie registrierte weiße Fliesen, einen Umriss schräg über sich.

Die Toilettenschüssel?

Bevor sie den Gedanken zu Ende bringen konnte, hörte sie ein Geräusch neben sich und realisierte, dass sie wieder hochgehoben wurde. Finger drängten sich in ihren Mund und versuchten den Kiefer auseinanderzudrücken.

»Machen Sie den Mund auf, Frau Waldorf!«

Flüssigkeit rann ihre Kehle hinunter und benetzte ihr Kinn, als sie sich zu wehren versuchte. Der Geschmack – bitter und salzig. Übelkeit stieg in ihr auf. Sie begann zu husten, versuchte dem Würgereiz entgegenzuwirken, der immer stärker wurde. Am Rande ihres Bewusstseins, aber trotzdem bekam sie mit, dass ihr Körper umgedreht wurde, sie jetzt auf dem Boden zu kauern schien und eine Hand ihr Kinn umfasste. Wieder wurde etwas an ihre Lippen gesetzt, wieder versuchte sie die ekelerregende Flüssigkeit auszuspucken.

»Es tut mir leid, Frau Waldorf, aber Sie müssen das jetzt trinken!«

Sie begann zu husten, Säure bahnte sich einen Weg nach oben, ihre Speiseröhre brannte. Sie blinzelte und erfasste, dass sie in verdrehter Haltung über der Toilettenschüssel hing. Sie zuckte zur Seite, als sie das Glas erblickte, das sich wieder bedrohlich ihren Lippen näherte. Im nächsten Moment erbrach sie sich in einem gewaltigen Schwall.

»Scheiße!«, hörte sie die Stimme neben sich fluchen. Als die nächste Woge emporstieg, klammerte sie sich mit beiden Händen an der Kloschüssel fest. Sie würgte und spuckte, bis die Übelkeit endlich nachließ und sie erneut von dieser bleiernen Müdigkeit umfangen wurde.

Schlafen, sie wollte nur noch schlafen.

»Frau Waldorf! Bleiben Sie wach, verdammt noch mal!«

Erneut wurde sie hochgehoben, erneut irgendwo niedergelegt. Kälte umgab ihren Körper, dann vernahm sie ein Geräusch, das sie nicht einordnen konnte.

»Es tut mir leid, Frau Waldorf, aber das muss jetzt sein.«

Die Stimme konnte also auch nett klingen, wer hätte das gedacht. Im nächsten Moment traf sie ein eiskalter Strahl. »Was … was …?«

Sie riss die Augen auf, versuchte dem Wasser auszuweichen, das unerbittlich auf sie herunterprasselte, und bemerkte plötzlich, dass sie in einer Badewanne lag. »Hören Sie auf!«

»Was machen Sie denn da?«, war auf einmal eine andere Stimme zu vernehmen, die ihr vage bekannt vorkam und die sie instinktiv ablehnte. »Stellen Sie die Brause ab!«

»Sagen Sie mal, sind Sie taub? Ich habe Ihnen gesagt, dass Sie draußen bleiben sollen!« Das war wieder der andere, immer noch ungeduldig und befehlsgewohnt. Und immer noch mit der Brause in der Hand. Mittlerweile hatte das Wasser ihren Pyjama durchnässt. Sie begann mit den Zähnen zu klappern.

»Ich …« Endlich gelang es ihr, die Augen für einen Moment offen zu halten. Sie würde dem Kerl den Marsch blasen, was er sich anmaßte, sie so zu behandeln.

»Frau Waldorf, der Rettungswagen ist gleich hier.«

Das Gesicht, das zu der jetzt wieder sanften Stimme gehörte und sich mit einem besorgten Ausdruck über sie beugte, gefiel ihr. Es war kantig, mit einem energischen Kinn und dunkelblauen Augen und war das eines Mannes mittleren Alters mit einer kräftigen Statur.

Er hatte ihr Zittern bemerkt, stellte den Wasserhahn ab und hängte die Dusche in ihre Halterung zurück. Sie sah seine Hände und die kräftigen Arme unter den hochgekrempelten Hemdsärmeln, die Spuren ihres Erbrochenen trugen. Mein

Gott, sie hatte diesen Mann vollgekotzt. Unendliche Scham stieg in ihr auf.

Er war ihrem Blick gefolgt. Ein beruhigendes Lächeln überzog sein Gesicht, als er leicht den Kopf schüttelte. »Halb so schlimm.« Er ging zum Waschbecken hinüber, drehte den Hahn auf und säuberte sich.

»Wer sind Sie?« Sie wich seinem Blick aus. Am liebsten wäre sie im Erdboden versunken.

»Frank Bergmann, Mordkommission Kiel.« Der Mann drehte sich um, als schnell näher kommendes Sirenengeheul zu vernehmen war. »Ich bin gleich wieder zurück«. Mit eiligen Schritten ging er hinaus.

Mordkommission Kiel … Was hatte sie denn mit denen zu tun? Was war überhaupt passiert? Wo war sie? In ihrem Haus?

Maren versuchte den Kopf anzuheben, als ein zweiter Mann in ihr Blickfeld trat. Sie blinzelte und bemühte sich, sein Gesicht zu fokussieren.

»Frau Waldorf?« Er kniete sich neben der Badewanne nieder. »Ich bin Ihr Nachbar, erinnern Sie sich an mich?«

»Was ist passiert?«, presste sie hervor und drehte ihren Kopf zur Tür, um zu sehen, wo der Kripobeamte abgeblieben war. Sie hörte ihn sprechen, irgendwo draußen, und vernahm das Wort Schlaftabletten. Im nächsten Augenblick stand er wieder im Badezimmer, einen Sanitäter an seiner Seite.

»Wir werden Sie jetzt ins Krankenhaus bringen, Frau Waldorf.«

Krankenhaus? Aber warum? Es war ihr doch gutgegangen, alles war auf einmal so leicht gewesen. Dort, in dem hellen Licht, in dem sie Basti wiedergefunden hatte.

Bevor Fehrbach seine Sachen auspackte, rief er Barbara an, um zu hören, wie es ihr ging. Der Notarzt hatte am Vortag einen eingeklemmten Nerv diagnostiziert und nach einigen Sofortmaßnahmen, die allerdings keine große Linderung brachten, den Besuch bei einem Orthopäden empfohlen. Dort hatte sie für den nächsten Tag einen Termin bekommen.

Nach dem Gespräch brach Fehrbach zu einem kleinen Rundgang durch das Hotel auf und stellte fest, dass ihm gefiel, was er sah. Die weiß gekalkten Wände und die ausgesucht schönen Möbelstücke und Accessoires, die allen Räumlichkeiten ein behagliches Ambiente verliehen. Als er zur Rezeption zurückkehrte, traf er auf Lisa, die offensichtlich gerade zu einem Spaziergang aufbrechen wollte. Sie hatte einen dicken Schal umgeschlungen und hielt ihre ulkige Norwegermütze in der Hand.

»Sie sehen so aus, als ob Sie an die frische Luft wollten.«

Lisa nickte. »Ich wollte an den Strand.«

»Haben Sie etwas dagegen, wenn ich mitkomme?«

»Nein, natürlich nicht.«

Das kam ein wenig zu hastig heraus, als dass es der Wahrheit entsprochen hätte, aber das war Fehrbach egal. Er hatte Lust auf einen Spaziergang und auf Lisas Begleitung. »Ich hole nur schnell meine Jacke.«

Erst beim Aufstieg zur Düne merkte Fehrbach, wie kalt es war. Das Hotel lag in einer Senke, und dort unten war der Wind spürbar weniger gewesen. Aber hier oben riss er ihn fast von den Beinen. Als er die Holztreppe hinunterschaute, stellte er fest, dass vom Strand nichts mehr zu sehen war. Das Wasser hatte ihn vollständig überflutet, und die Wellen brachen sich zu Füßen des Kliffs, auf dem er stand. »Das wird nichts mit dem Strandspaziergang«, rief er Lisa zu, die beim Aufstieg zurückgeblieben war. »Der Strand ist nicht mehr da.«

Lisa trat neben ihn und umklammerte mit beiden Händen das Treppengeländer, um nicht umgeweht zu werden. »Du meine Güte.« Sie blickte zum Wasser hinunter, das schäumte und tobte, und schüttelte ungläubig den Kopf. Der Wind riss ihre nächsten Worte mit sich. Sie lachte und gab ihm ein Zeichen umzukehren.

Sie beschlossen, den Weg nach Kampen zu nehmen, mussten aber schon nach kurzer Zeit einsehen, dass auch dieses Vorhaben zum Scheitern verurteilt war. Der Schnee lag kniehoch, die Räumfahrzeuge fuhren nur bis zum Hotel. Außerdem hatte der Wind wieder aufgebrist und der Schneefall zugenommen.

»Lassen Sie uns zurückgehen«, rief Fehrbach Lisa zu, die ihre Mütze mit beiden Händen festhielt. Sie kämpften sich durch den Schnee, der mit Tausenden kleiner Nadelstiche in ihre Gesichter peitschte.

Fehrbach war froh, als sie wieder im Hotel angelangt waren. Er hatte die Handschuhe vergessen, und seine Hände schmerzten, als er in die Wärme gelangte. »Was halten Sie jetzt von einem schönen heißen Tee?«

Für einen Augenblick sah Lisa ihn unsicher an, dann nickte sie. »Das ist eine gute Idee. Wir können in den Wintergarten gehen, der wird hier als Café genutzt. Ich kann Hannahs selbstgebackenen Kuchen empfehlen.«

Der Nachmittag verging wie im Flug, und nach einiger Zeit gesellte sich Lisas Freundin zu ihnen. Fehrbach bemerkte, wie vertraut die beiden Frauen miteinander waren.

Hannah erhob sich, als ein Mitarbeiter zu ihnen trat und die Ankunft neuer Gäste anzeigte. »Entschuldigung, aber ich muss euch jetzt allein lassen. Wir sehen uns beim Abendessen.«

Als Fehrbach gegen neunzehn Uhr das Restaurant betrat, war es bis auf den letzten Platz besetzt. Hannah hatte einen Tisch reserviert, ein Kellner führte Fehrbach dorthin. Es dauerte nicht lange, bis auch Lisa und Hannah auftauchten. Das Essen war köstlich. Hannah erzählte, dass sie den Koch einem Westerländer Nobelhotel abgeworben habe. Gegen halb neun verabschiedete sie sich. »Ich muss mich noch um die Vorbereitungen für morgen kümmern.«

Fehrbach sah sie fragend an.

»Morgen ist der 21. Februar«, sagte sie, aber Fehrbach konnte ihr immer noch nicht folgen.

»Biikebrennen«, klärte Lisa ihn auf. »Hier ist morgen richtig was los.«

»Biikebrennen?«, sagte Fehrbach ungläubig. »Bei dem Wetter?«

»Och, wir sind ziemlich erprobt, was stürmisches Wetter angeht. Die Biike hat Tradition, da müsste schon die Welt untergehen, bevor die ausfällt.« Hannah lächelte ihn an. »Haben Sie das Fest schon mal mitgemacht?«

Fehrbach schüttelte den Kopf. »Leider nicht. Aber ich wollte es mir immer schon einmal vor Ort anschauen.«

Ein schelmischer Ausdruck überzog Hannahs Gesicht. »Vielleicht dauert der Sturm ja an.« Sie drückte Lisa einen Kuss auf die Wange und verließ das Restaurant.

Fehrbach lehnte sich auf seinem Stuhl zurück und ließ seine Blicke schweifen. Er fühlte sich so entspannt wie schon lange nicht mehr und musste sich eingestehen, dass er Lisas Gegenwart genoss. Sehr sogar. Er hätte nicht das Geringste gegen einen weiteren Tag in ihrer Gesellschaft einzuwenden gehabt.

Wie schon am Vortag hatte Axel Schäfer auch an diesem Abend bei seiner Rückkehr alle Fenster und Türen kontrolliert, bevor er sich ins Wohnzimmer vor den Fernseher setzte.

Sein Chef hatte tatsächlich eine Krankmeldung verlangt und ziemlich komisch geguckt, als er ihm einen nachträglichen Urlaubsantrag hingelegt hatte. Er hatte etwas Unverständliches in seinen Bart gebrummelt, den Antrag dann aber doch unterschrieben. Schäfer hoffte, dass die Sache damit aus der Welt war und nicht noch ein dickes Ende nachkam.

Der Krimi im ZDF brachte keine Ablenkung, da er von einem entlassenen Sexualstraftäter handelte, der von einer Gruppe Neonazis traktiert wurde. Mein Gott, was waren diese Drehbuchautoren doch für einfallslose Schreiberlinge. Hatten die denn keine eigenen Ideen, dass sie sich immer reale Fälle zum Vorbild nehmen mussten? Entnervt schaltete er den Fernseher wieder aus.

Die Sehnsucht nach Sandra überfiel ihn mit aller Macht. Bisher hatte er ihrem Wunsch entsprochen und sie nicht angerufen. Selbst nach der SMS nicht, obwohl er schon gerne gewusst hätte, was sie der Polizei erzählt hatte. Aber heute Abend hielt er es nicht mehr aus. Er nahm sein Handy zur Hand und drückte die eingespeicherte Nummer.

Sie meldete sich nach dem vierten Klingelton, und das gab ihm Hoffnung, denn sie musste seine Nummer auf dem Display erkannt haben. Aber gleich ihre ersten Worte machten diese Hoffnung wieder zunichte.

»Ich möchte im Moment keinen Kontakt zu dir, Axel. Du hattest mir versprochen, nicht anzurufen.«

Aber warum hast du dann abgenommen, hätte er am liebsten gerufen, du hast doch gesehen, dass ich es bin. Doch er unterdrückte die Worte aus Angst, dass sie dann sofort wieder auflegen würde.

»Sandra …«, sein Hals war wie zugeschnürt, »ich vermisse dich so. Komm bitte zurück.«

»Nein, Axel, das werde ich nicht tun. Ich bin noch nicht so

weit.« Ein Zögern breitete sich in der Leitung aus. »Und ich weiß im Augenblick auch nicht, ob ich das jemals wieder sein werde.«

»Sandra, bitte ...« Schäfer presste das Handy ans Ohr und lauschte in die Stille hinein, die ihm daraus entgegendrang. Sandra hatte aufgelegt.

Er schmiss das Mobiltelefon auf das Sofa und warf einen wilden Blick durch das Wohnzimmer. Am liebsten hätte er den Baseballschläger genommen und alles kurz und klein geschlagen. Er war so aufgewühlt, dass er fast den Signalton überhört hätte, der den Eingang einer neuen Mail auf dem Notebook ankündigte.

Der Inhalt der Betreffzeile war eindeutig, und als Schäfer das Dokument mit zitternden Händen öffnete, sprangen ihm die Worte ein weiteres Mal entgegen.

»Wir dulden keine Aussteiger!«

Bongers!

Schäfer überlief es heiß und kalt, als ihm bewusst wurde, dass Bongers also auch seine E-Mail-Adresse hatte. Das erschreckte ihn im Moment fast noch mehr als der Inhalt der Mail. Eilends begann er seinen Mail-Verkehr zu checken, auch wenn er sich sicher war, dass er nie eine Nachricht mit Bongers ausgetauscht hatte. Aber die gespeicherten Nachrichten umfassten nur den Zeitraum der vergangenen beiden Monate. Jetzt erinnerte er sich, alles davor in der letzten Woche gelöscht zu haben.

Wie schon häufiger in den zurückliegenden Tagen kam ihm die erste Begegnung mit Bongers in den Sinn, die so vieles in seinem Leben verändert hatte. Die Faszination, die er am Anfang ihrer Bekanntschaft für den Mann empfunden hatte, war während ihrer letzten Zusammenkünfte immer mehr einer dumpfen Angst gewichen, weil er die Gewaltbereitschaft bei Bongers und seinen Leuten erkannte, die sie am Anfang noch vor ihm verborgen gehalten hatten. Als sie glaubten, dass er einer der ihren wäre, hatten sie sich weniger zurückhaltend gezeigt.

An ihr letztes Treffen erinnerte sich Schäfer nur zu gut. Es lag jetzt zwei Monate zurück, dass er und Bongers nach Kienholz gefahren waren, in der Hoffnung, Hunold in seinem Haus anzutreffen und das Schwein mal so richtig fertigzumachen. Sie hatten sich zur Rückseite des Gebäudes geschlichen, wo niemand sie sehen konnte. Am Abend, in der Dunkelheit, als dichter Nebel aufgekommen war, der auch noch das Restlicht verschluckte und jedes Geräusch erstickte. Hinter den Fenstern hatte Licht gebrannt, und ehe Schäfer sich's versah, hatte Bongers die Hintertür geknackt und ihn in das Innere des Hauses gezogen.

Hunold hatte in der Badewanne gelegen und ihnen mit entsetztem Gesichtsausdruck entgegengesehen. Sie hatten ihn auf den Boden gezerrt und den nackten und um Gnade winselnden Mann mit Händen und Füßen malträtiert, bis er sich nicht mehr rührte. Schäfer war wie im Rausch gewesen, als er seinen über die Jahre angestauten Hassgefühlen endlich freien Lauf lassen konnte. Es war Bongers gewesen, der ihn schließlich zurückgezogen und die Sache beendet hatte.

»Hör auf«, hatte er gesagt. »Wir wollen ihm nur eine Lektion erteilen und ihn nicht umbringen.« Bongers hatte Hunold ins Gesicht gespuckt, als dieser versuchte den Kopf zu heben. »Noch nicht jedenfalls.«

Fehrbach hatte vorgeschlagen, an die Bar zu gehen. Er bestellte das gewünschte Glas Rotwein für Lisa und ein Wasser für sich, dann nahmen sie an einem Ecktisch am Fenster Platz.

Und plötzlich war die Befangenheit wieder da. Lisa trank einen Schluck Wein und gleich darauf den nächsten, in der Hoffnung, dass der Alkohol sie etwas lockerer machen würde.

»Haben Sie etwas von Herrn Södersen gehört?«, fragte Fehrbach. Er legte den dunkelblauen Blazer ab, den er zum Abendessen getragen hatte, und krempelte die Ärmel seines weißen Hemds hoch. Lisa bemerkte, dass zwei Frauen an der Bar zu ihnen herübersahen. Bereits im Restaurant hatte Fehrbach die Blicke einiger weiblicher Gäste auf sich gezogen.

»Es ist zum Glück nicht so schlimm, wie es im ersten Moment aussah.« Lisa hatte am Nachmittag den versprochenen Anruf von Malte erhalten. Da Södersen ausgefallen war, hatte Malte versucht, Hunolds Anwalt zu kontaktieren, diesen allerdings noch nicht erreicht. »Ralf hat sich bei dem Sturz die Schulter ausgekugelt, aber die Ärzte meinen, dass es keine langwierige Sache sei. Ansonsten hat er eine Lungenentzündung, deshalb auch der Schwächeanfall. Die ist zwar auch nicht zu unterschätzen, aber mit der Zwangspause wird er sie bestimmt schnell überwinden. Er hat ja bisher zum Glück immer eine Bombenkonstitution gehabt.«

»Wie lange kennen Sie beide sich eigentlich schon?«

»Seit zwölf Jahren. Damals war Ralf Hauptkommissar in der Mordkommission, ich habe im Drogendezernat gearbeitet. Als er dann zum Leiter des K1 ernannt wurde, hat er mich gefragt, ob ich nicht Lust auf einen Wechsel hätte. Natürlich hatte ich Lust, die Mordkommission ist schließlich das, wovon jeder Kripobeamte träumt. Und mit den Jahren ist aus unserer Zusammenarbeit eine Freundschaft geworden. Ralf ist einer der wenigen Menschen, auf die ich mich hundertprozentig verlassen kann. Er hat mich noch nie enttäuscht. Außerdem hat er immer hinter mir gestanden, wenn es mal nötig war.«

»Ich habe gehört, dass Sie Södersens Stellvertreterin geworden sind.«

»Das ist richtig.«

»Dann hätten Sie ja die Chance auf seine Nachfolge.«

»O Gott, hören Sie bloß auf! Ich kann mir das K1 ohne Ralf nicht vorstellen.« Sie nahm einen weiteren Schluck und merkte, wie der Alkohol ihren Körper zu entspannen begann. »Zum Glück sind es ja noch einige Jahre hin bis zu seiner Pensionierung.«

»Aber Sie wären dann die erste Frau in einer solchen Position. Jedenfalls in Schleswig-Holstein.«

»Das ist richtig, aber ich weiß nicht, ob ich das Zeug zu einer Schreibtischtäterin hätte. Ich will raus an die Tatorte und aktiv an den Ermittlungen teilhaben.«

»Aber das tut Södersen doch auch.«

»Wenn er Zeit hat, aber das ist leider nicht immer der Fall. Er hat so viel bürokratischen Kram zu erledigen, davor graust mir jetzt schon.« Sie trank einen Schluck und sprach dann übergangslos den Gedanken aus, der ihr seit dem Verlassen des Tatorts in List keine Ruhe mehr ließ. »Ich überlege die ganze Zeit, ob die Morde an Hunold und Seegers etwas miteinander zu tun haben könnten.«

»Wir können es nicht ausschließen, auch wenn ich im Moment noch nicht den leisesten Zusammenhang erkennen kann. Die beiden Männer haben sich im Gefängnis kennengelernt und sind nach ihrer Entlassung, abgesehen von ein paar Telefongesprächen, getrennte Wege gegangen. Ich frage mich, wo es da einen gemeinsamen Nenner gegeben haben könnte.«

Lisa hatte ihre Ellbogen auf dem Tisch abgestützt und das Kinn auf die verschränkten Hände gelegt. Sie wusste nicht, warum sie dieser Gedanke so umtrieb, aber sie hatte gelernt, ihrem Bauchgefühl zu vertrauen.

Fehrbach hatte ihr leeres Glas bemerkt. »Darf ich noch etwas für Sie bestellen?«

Du meine Güte, sie hatte tatsächlich schon alles ausgetrunken. Egal. »Gerne.« Als Fehrbach dem Kellner ein Zeichen gab, wurde ihr auf einmal bewusst, dass ein trockener Alkoholiker es doch eigentlich als Zumutung betrachten müsste, wenn andere in seiner Gegenwart Alkohol tranken. »Wenn das für Sie in Ordnung ist«, sagte sie schnell.

»Ich habe damit kein Problem.«

Als der Kellner ein neues Glas vor Lisa abstellte, bemerkte sie die Vibration ihres Handys in der Hosentasche. »Entschuldigung.« Sie erhob sich, als sie den Namen ihrer Mutter auf dem Display sah. »Das muss ich kurz annehmen, ich bin gleich wieder zurück.« Sie eilte hinaus, voller Angst, dass Gerda womöglich einen weiteren Anruf erhalten hatte. Das war zum Glück nicht der Fall. Ihre Mutter wollte nur wissen, ob sie am nächsten Tag zurückkommen würde.

»Ich hoffe es, aber im Moment sieht es nicht danach aus. Der Sturm hat noch zugenommen.«

»Sie haben eine Sturmflutwarnung für die gesamte Küste ausgegeben«, hörte sie Gerdas Stimme. »Pass bloß auf, Kind, und bleib besser drinnen. Bei Hannah bist du doch gut aufgehoben. Da kommt es auf einen Tag mehr oder weniger nicht an.«

Lisa schluckte. Ihre Mutter machte sich Sorgen, auch wenn sie das zu verbergen suchte. Sie überlegte, ob sie das Thema Britt anschneiden sollte, unterließ es dann aber. Sie unterhielten sich noch einen Augenblick und beendeten schließlich das Gespräch.

»Meine Mutter«, sagte sie auf Fehrbachs fragenden Blick hin nach ihrer Rückkehr in die Bar.

»Ich hoffe, es geht ihr gut.«

Lisa nahm einen großen Schluck Wein und starrte auf ihre Hände, die den Stiel des Glases umschlossen. Und bevor sie groß zum Nachdenken kam, hörte sie sich auch schon von Britt erzählen und den mysteriösen Anrufen, die ihre Mutter und sie nicht mehr zur Ruhe kommen ließen.

»In der ersten Zeit nach Britts Verschwinden habe ich geglaubt, dass sie entführt worden ist. Ihr Ex-Freund war nämlich zum selben Zeitpunkt verschwunden, und er hatte noch eine Rechnung mit ihr offen. Schließlich hatte sie auf meine Veranlassung hin gegen ihn ausgesagt und ihm damit einen zweijährigen Gefängnisaufenthalt wegen Drogenbesitzes beschert.« Lisa fingerte an ihrem Armband herum. »Natürlich habe ich damals alles versucht, um sie zu finden. Ich habe Überstunden geschoben und gewartet, bis die Kollegen in den Feierabend gegangen waren, weil ich verhindern wollte, dass sie mitbekommen, wie ich den Polizeiapparat für meine privaten Zwecke missbrauche. Einige Male hatte ich das Gefühl, dass Ralf mir auf die Schliche gekommen ist, gesagt hat er nie etwas. Und schließlich habe ich meine Nachforschungen eingestellt, denn sie hatten mich kein Stück weitergebracht.« Sie hob den Kopf und sah Fehrbach an. »Im letzten Jahr ist dann plötzlich etwas passiert. Es war auf der Kieler Woche, kurz vor der Geiselnahme. Da habe ich eine Frau in der Menschenmenge gesehen.«

»Und diese Frau sah Ihrer Schwester ähnlich?«

Die Anteilnahme in seinem Gesicht wärmte sie. »Ja … nein … Es ist so schwer zu sagen. Ich habe sie nur kurz im Profil gesehen, dann wurde ich in die andere Richtung abgedrängt. Es vergeht kein Tag, an dem ich mir nicht vorwerfe, dass ich der Frau nicht gefolgt bin, sondern wieder mal den Beruf an die erste Stelle gestellt habe.«

»Haben Sie Ihrer Mutter davon erzählt?«

»Nein! Seit Britts Verschwinden hat es immer wieder Hinweise gegeben, dass jemand sie gesehen hätte. Aber jeder davon hat sich als trügerisch erwiesen.«

»Und um Ihre Mutter zu schonen, haben Sie all diese Dinge für sich behalten.«

Lisa nickte.

»Glauben Sie, dass Ihre Schwester noch lebt?«

»Ich weiß es nicht. Britt war viele Jahre lang drogensüchtig. Sie hat sich prostituiert, um an Geld für Stoff zu kommen, und ist immer tiefer ins Milieu abgerutscht. Ich habe immer wieder auf sie eingeredet und sie beschworen, auszusteigen und eine Entziehungskur zu machen. Irgendwann hatte ich sie dann tatsächlich so weit. Sie hat die Kur mit Erfolg beendet, und im Anschluss daran hat sie sich auf Sylt eine neue Existenz aufgebaut. Als Verkäuferin in einer Boutique. Die letzten beiden Jahre vor ihrem Verschwinden war sie clean, da bin ich mir sicher. Und dann ist plötzlich wieder dieser Henning aufgetaucht. Er trage ihr nichts nach, hat Britt gesagt. Im Gegenteil, er sei ihr sogar dankbar, dass sie gegen ihn ausgesagt habe. Er habe im Gefängnis eine Therapie gemacht und sei jetzt ebenfalls von den Drogen runter. Sie wollten es noch einmal miteinander versuchen.«

Lisa schaute zum Bartresen hinüber, wo eine offensichtlich betrunkene Frau gerade in ein lautes Lachen ausbrach. »Ich bin fast verrückt geworden vor Angst. Ich habe einfach nicht begriffen, wie ein Mensch einem anderen so hörig sein kann. Britt und ich hatten einen bösen Streit. Am Ende ist sie fortgelaufen, und am nächsten Morgen war sie verschwunden. Das Einzige, was man von ihr fand, waren das T-Shirt und die Strickjacke, die sie am Abend zuvor getragen hatte. In einiger Entfernung von der Stelle am Strand von Westerland, wo unser Streit in der Nacht eskaliert war.«

»Sie hatten Angst um Ihre Schwester und wollten ihr helfen, nur deshalb kam es zu diesem Streit. Das müssen Sie sich klarmachen.«

»Ich bin schuld, dass Britt verschwunden ist!«

»Nein, das sind Sie nicht! Sie wissen nicht, was ohne diesen Streit passiert wäre. Aber wenn Sie sich weiterhin die Schuld daran geben, wird es Sie irgendwann vernichten.« Fehrbach trank einen Schluck Wasser. Die Leichtigkeit war aus seinem Gesicht gewichen. »Glauben Sie mir, ich weiß, wovon ich rede.«

Instinktiv wusste sie, was er meinte, und der Alkohol verlieh ihr den Mut zu fragen. »Sie sprechen von Ihrer Frau.«

Fehrbach nickte und schaute gedankenverloren in die Dunkelheit hinter dem Fenster hinaus. »Ich besitze ein Haus in Stöfs in der Hohwachter Bucht. Meine Frau und ich hatten dort Urlaub gemacht. Wir liebten den Winter an der Ostsee ... Eine unserer wenigen Gemeinsamkeiten.« Ein harter Zug hatte sich in seine Mundwinkel gegraben. »Am Abend ihres Todes hatten wir einen heftigen Streit. Ich habe es am Ende nicht mehr ausgehalten und mir ein Hotelzimmer in Hohwacht gesucht. Gegen Mitternacht rief Eva mich an. Sie war aufgewühlt, hat geweint und mich gebeten zurückzukommen. Aber ich hatte einfach keinen Nerv mehr und habe das Gespräch sofort beendet. Eva hat es dann noch mehrere Male versucht, aber ich habe die Anrufe jedes Mal weggedrückt und das Handy zum Schluss einfach ausgestellt. Ich habe versucht noch etwas zu schlafen und mir am Morgen sehr viel Zeit gelassen, bevor ich zurückgefahren bin. Als ich das Haus betrat, habe ich sofort gespürt, dass etwas nicht stimmt. Ich habe nach Eva gerufen, aber sie hat nicht geantwortet. Und dann habe ich sie im Wohnzimmer gefunden ...« Fehrbach hielt inne, sein Gesicht war blass geworden, und seine Lippen hatten zu zittern begonnen. Nach einer endlos wirkenden Zeit sprach er weiter. »Die Rekonstruktion der Polizei hat ergeben, dass gegen halb zwei ein Einbruch stattgefunden hatte, der von zwei Männern durchgeführt worden war. Sie gehörten zu einer osteuropäischen Bande, deren

Mitglieder im ganzen Bundesgebiet tätig sind. Bei allen Einbrüchen wurde mit äußerster Brutalität vorgegangen. Allerdings hatte es bis dahin noch keine Toten gegeben. Die Männer haben ein Kellerfenster eingeschlagen, und als sie im Wohnzimmer auf Eva trafen, haben sie sie zuerst vergewaltigt und dann mehrere Schüsse auf sie abgegeben. Sie dachten wohl, dass Eva tot wäre, aber als ich sie am Morgen fand, hat sie noch gelebt. Kurz danach ist sie ins Koma gefallen und einige Tage später gestorben.« Er holte tief Luft und starrte auf den Tisch. »Wenn ich zu ihr gefahren wäre, hätte ich vielleicht alles verhindern können.«

»Oder Sie wären ebenfalls getötet worden.« Der Satz kam schärfer heraus, als Lisa es beabsichtigt hatte, aber Fehrbachs Eröffnung war einfach zu aufwühlend für sie. Sie hatte bis zu diesem Moment nur das Gerüst des Falles gekannt. Die Ermittlungen waren vom LKA übernommen worden, und die Akte war gesperrt, eine mehr als ungewöhnliche Maßnahme bei einem normalen Tötungsdelikt. Trotzdem hätte sie vielleicht noch etwas herausbekommen, aber sie hatte sich gescheut, weitere Nachforschungen anzustellen, weil sie das Gefühl hatte, dass es ihr nicht zustand, in dem sicherlich schlimmsten Erlebnis in Fehrbachs Leben herumzustochern.

»Es besteht nach wie vor die Annahme, dass der Anschlag ein gegen mich gerichteter Racheakt war oder sogar mir selber gegolten haben könnte.«

Fehrbachs Satz dröhnte wie ein Donnerschlag in ihre Gedanken. Also hatte sie mit ihrer Vermutung doch richtiggelegen.

»Ich hatte ein halbes Jahr zuvor den Anführer dieser Gang hinter Gitter gebracht. Die Einbruchsserien wurden von Frankfurt aus gesteuert. Als er nach dem Urteil aus dem Gerichtssaal geführt wurde, hat er mir Rache angedroht.« Fehrbach strich sich über das Gesicht. »Ich habe das nicht allzu ernst genommen, denn mit so etwas muss man in unserem Job immer rechnen. Sicherlich ist das Ihnen auch schon passiert.«

Lisa nickte. »Mehrere Male sogar. Aber ich habe mittlerweile gelernt, damit umzugehen. Sonst kommt man ja überhaupt nicht mehr zur Ruhe.« Sie sah Fehrbach fragend an. »Wie kommen Sie darauf, dass der Anschlag Ihnen gegolten haben könnte?«

»Der Verdacht stand sofort im Raum, als die beiden Männer verhaftet worden waren. Es war bekannt, dass sie zu der Bande gehörten, von der ich eben gesprochen habe. Deshalb hat das LKA den Fall übernommen. Allerdings haben die beiden nie eine Aussage gemacht, weder zu dem Mord an Eva noch zu ihrer Zugehörigkeit zu der Bande. Da ihre DNA aber überall im Haus und auch an Evas Körper gefunden wurde, konnte ihnen der Prozess gemacht werden. Im Dezember letzten Jahres wurden sie zu hohen Haftstrafen verurteilt.« Fehrbach blickte auf seine Hände, die auf dem Tisch lagen. »Seitdem mir die Umstände bekannt sind, quält mich der Gedanke, dass Eva statt meiner umgekommen ist. An manchen Tagen ist es kaum auszuhalten.«

Lisa legte eine Hand auf die seine. Er ließ die Annäherung zu, erwiderte schon nach kurzer Zeit den Druck ihrer Finger und sah schließlich zu ihr auf. Ihr Mund wurde trocken, als sie den Ausdruck in seinen Augen sah. Die Hilflosigkeit, die Schuld. Und die Trauer.

Ich liebe ihn. Die Leere, die dieser Erkenntnis folgte, schmerzte unendlich. Sie wich seinem Blick aus und zog ihre Hand zurück, voller Angst, dass ihre Augen oder eine weitere Geste sie verraten könnten.

»Bei der Obduktion wurde festgestellt, dass Eva schwanger war. Als ich es erfuhr, habe ich sie zum zweiten Mal im Stich gelassen. Ich wollte einfach nicht glauben, dass das Kind von mir war, und habe unter der Hand eine DNA-Analyse veranlasst. Als es herauskam, wurde ich zum Oberstaatsanwalt zurückgestuft. Ich kann froh sein, dass sie mich damals nicht vor die Tür gesetzt haben.« Er schwieg und starrte wieder auf seine Hände, die mittlerweile zu Fäusten geballt waren. »Das Kind war von mir, es war ein Junge. Wenn ich nicht so stur gewesen wäre, könnten beide noch leben.«

»Aber ... das können Sie doch gar nicht wissen.« Eine Phrase, entsprungen aus purer Hilflosigkeit. Sie hätte ihm so gerne geholfen, sein Kummer hatte den ihren schon längst überdeckt, aber ihr fehlten einfach die Worte. Sie zuckte zusammen, als Fehrbach jäh aufstand und der Stuhl, auf dem er gesessen hatte, über den Steinboden scharrte. Einige Gäste schauten zu ihnen herüber.

»Entschuldigung.« Sein Blick streifte sie für den Bruchteil einer Sekunde, dann wandte er sich ab und verließ mit schnellen Schritten den Raum.

Dienstag, 21. Februar

»Man hat Ihren Magen ausgepumpt«, hatte die junge Krankenschwester am frühen Morgen zu Maren gesagt. »Weil Sie Schlaftabletten genommen haben.«

Maren hatte verwundert den Kopf geschüttelt, weil sie es nicht verstand. Sie nahm häufiger Schlaftabletten, da sie anders keine Ruhe finden konnte. Waren es diesmal zu viele gewesen?

Bevor sie den Gedanken vertiefen konnte, klopfte es an der Tür. »Ja?«, rief sie.

Ein Mann betrat das Krankenzimmer, und als er zum Bett herüberkam, erkannte Maren in ihm den Kripobeamten vom Vortag.

»Hallo, Frau Waldorf.« Sein Händedruck war trocken und fest. »Wie geht es Ihnen?«

Seine Stimme klingt wirklich nett, wenn er nicht diesen Kommandoton am Leib hat, dachte Maren. Sie blinzelte und wollte sich im Bett aufrichten, war aber viel zu erschöpft dazu.

»Ich will Sie nicht lange stören. Ich habe nur ein paar Fragen.«

»Ich habe Ihren Namen vergessen.« Das wurde ja langsam zum Dauerzustand.

»Frank Bergmann.« Er zog einen Stuhl heran und setzte sich neben das Bett.

»Was ist passiert, Herr Bergmann?« Seitdem sie in diesem

Krankenzimmer lag, hatte sie in ihrer Erinnerung gekramt, aber keine Antworten auf ihre Fragen gefunden. »Warum waren Sie gestern in meinem Haus?«

»Wir hatten noch einige Fragen im Zusammenhang mit dem Mord an Carsten Hunold. Ich hatte versucht, Sie auf Ihrer Arbeitsstätte zu erreichen, aber man sagte mir, dass Sie dort nicht mehr beschäftigt seien.«

Maren schloss die Augen und versuchte die Erinnerungsfetzen einzufangen, die ihr Gehirn in Etappen präsentierte. Am Freitag hatte Kleemann sie gefeuert, ganz deutlich stand ihr diese erniedrigende Situation plötzlich wieder vor Augen. Aber was war danach geschehen? Sie erinnerte sich noch, dass ihr Kreislauf versagt hatte und sie ohnmächtig geworden war. Allerdings hatte dieser Zustand offensichtlich nur kurze Zeit angedauert, denn als sie wieder zu sich gekommen war, stand Kleemann mit einem entgeisterten Gesichtsausdruck neben ihr, war aber weit davon entfernt, Hilfe herbeizurufen. Sie hatte sich ohne ein Wort aufgerappelt und war in ihr Büro gegangen, wo sie ihre Sachen zusammenpackte. Dann hatte sie sich von ihrer Sekretärin verabschiedet, die keinen besonders überraschten Eindruck machte, und war über den Flur zum Fahrstuhl gegangen. Zum Glück war sie niemandem begegnet, denn sie hätte sich außerstande gefühlt, irgendwelche Erklärungen abzugeben.

Noch am selben Tag war sie an die Ostsee gefahren, an den Strand bei Maasholm, an dem sie so viele Stunden mit Basti und Jörg verbracht hatte. In einem anderen Leben.

Und sie erinnerte sich an ein Telefongespräch, das sie nach ihrer Rückkehr nach Schleswig geführt hatte. Aber mit wem? Sie zermarterte sich das Gehirn, und dann fiel es ihr wieder ein. Sie hatte mit ihrer Schwester telefoniert. Susanna hatte angerufen und war sehr aufgeregt gewesen, weil sie sie nicht erreichen konnte. Susanna … immer war sie so besorgt um sie. Würde das denn niemals aufhören?

»Ich bin dann zu Ihnen nach Hause gefahren«, drang Bergmanns Stimme in ihre Gedanken. »Ich habe geklingelt, aber niemand hat aufgemacht. Das hat mich gewundert, weil ein Wagen auf dem Grundstück stand und ich davon ausging, dass es Ihrer war. Dann tauchte plötzlich Ihr Nachbar auf und sagte, dass er Sie vor zwei Stunden ins Haus habe gehen sehen. Er war sich sicher, dass Sie in der Zwischenzeit nicht wieder rausgekommen waren. Außerdem hatte er angedeutet, dass Sie sehr bedrückt ausgesehen hätten und überhaupt in der letzten Zeit nicht gut drauf gewesen seien.« Bergmann zog sein Handy aus der Tasche, auf dem offensichtlich eine Nachricht eingegangen war. Nach einem kurzen Blick auf das Display steckte er das Mobiltelefon wieder zurück. »Mir kam das alles nicht geheuer vor, und deshalb habe ich nach einer Möglichkeit gesucht, ins Haus zu gelangen, aber leider waren alle Fenster und Türen verschlossen. Da musste ich zu einem anderen Mittel greifen.« Ein verlegenes Grinsen überzog sein kantiges Gesicht, als er die Scheckkarte aus der Brieftasche zog, und Maren spürte ihr Herz klopfen. Spürte auf einmal Leben in sich, Empfindungen, die sie für immer begraben geglaubt hatte.

»Ich dachte, so was funktioniert nur im Fernsehen.«

Bergmann stieß ein herzhaftes Lachen aus. »Wenn die Tür nur zugezogen ist, funktioniert das auch im richtigen Leben. Doch sagen Sie das bitte nicht weiter.« Er wurde wieder ernst. »Jetzt möchte ich aber auch von Ihnen wissen, was passiert ist. Wollten Sie sich umbringen?«

»Nein!« Oder doch? Mein Gott, sie wusste es nicht. Sie hatte drei Glas Rotwein getrunken, in der Hoffnung, dass er sie müde machen würde, was aber nicht geschehen war. Daraufhin hatte sie zu den Tabletten gegriffen.

Es war ihr peinlich, und sie zögerte einen Moment, aber dann klärte sie Bergmann über ihren Schlaf- und Beruhigungsmittelkonsum auf. Er hatte ein Recht darauf, es zu erfahren, denn wie es aussah, hatte er ja ihr Leben gerettet. Maren erwartete Ablehnung in seinen Augen zu lesen, wie es bei anderen so häufig der Fall war, wenn sie zu erklären versuchte, warum sie mit ihrem Leben nicht mehr zurechtkam. Aber die Ablehnung blieb aus. Ein Schatten schien auf Bergmanns Stimmung gefallen zu sein, sein Blick wirkte auf einmal unstet. Maren hätte ihn gerne gefragt, ob sie womöglich eine Erfahrung teilten, ob in seinem Leben auch etwas Schreckliches geschehen war, aber sie traute sich nicht.

»Was wollten Sie denn von mir wissen?«, fragte sie, als Bergmann nicht weitersprach.

»Carsten Hunold wurde nach seiner Haftentlassung von einer Gruppe Neonazis bedroht, deren Anführer ein gewisser Dirk Bongers ist. Kennen Sie ihn?«

Maren zögerte. Sie hätte sich Bergmann so gerne offenbart, sich am liebsten endlich alles von der Seele geredet. Obwohl sie den Mann vor sich nicht weiter kannte, hatte sie ein unerklärliches Vertrauen zu ihm. »Nein … tut mir leid. Ich kenne ihn nicht.«

»War Ihnen bekannt, dass Carsten Hunold Haftentschädigung beantragt hatte?«

Maren schüttelte den Kopf und kämpfte gegen die aufkommende Übelkeit an. Sie bemerkte, dass Bergmann sie aufmerksam beobachtete. Er ließ nicht erkennen, ob er ihr glaubte. Sie erwartete weitere Fragen, aber Bergmann stand auf.

»Ihre Schwester wartet übrigens draußen. Soll ich sie reinbringen?«

Maren blickte ihn flehend an. »Können Sie ihr sagen, dass sie später wiederkommen soll? Ich kann jetzt nicht mit ihr sprechen.« Sie krampfte die Hände in die Bettdecke. »Susanna ist … Sie will mich immer behüten. Das geht schon seit unserer Kindheit so. Aber ich will jetzt nicht über meinen Gemütszustand reden und irgendwelche Erklärungen abgeben. Sie will immer wissen, wie es mir geht und wie ich mich gerade fühle. Das macht mich ganz krank.«

»Sie erdrückt Sie und nennt es Liebe.«

»Ja.« Sie sah Bergmann an, verwundert darüber, dass er so genau zu wissen schien, was in ihr vorging. »Ja, ganz genauso ist es. Ich will das nicht mehr. Aber ich weiß nicht, wie ich ihr das sagen soll, ohne sie zu verletzen.«

»Sie sollten jetzt an sich denken und an das, was Ihnen guttut. Sprechen Sie mit Ihrer Schwester, und teilen Sie ihr Ihre Empfindungen mit. Es bringt nichts, wenn Sie um den heißen Brei herumreden, dann wird es immer so weitergehen. Wenn Ihre Schwester Sie wirklich liebt, wird sie Verständnis für Sie haben.«

Als Bergmann schon an der Tür stand, fiel ihr ein, dass sie sich noch gar nicht bei ihm bedankt hatte. »Ich bin sehr froh, dass Sie mich gefunden haben. Sie haben mein Leben gerettet, und dafür möchte ich Ihnen danken.« Verwundert stellte sie fest, dass sie diese Worte nicht nur einfach so dahingesprochen hatte. Sie war tatsächlich froh, dass sie noch am Leben war. Wie war das möglich? Unsicher sah sie zu Bergmann hinüber. »Tut mir leid, dass ich Sie vollgekotzt habe.«

Er stieß ein Lachen aus. »Da machen Sie sich mal keine Gedanken. Ich habe schon weitaus Schlimmeres erlebt.« Mit diesen Worten schloss er die Tür und ließ Maren mit ihren Gedanken allein.

Lisa hatte eine unruhige Nacht verbracht und kaum Schlaf gefunden. Das Gespräch über den Mord an Fehrbachs Frau hatte sie aufgewühlt, aber sein Eingeständnis bezüglich des unrechtmäßig angeordneten Vaterschaftstests hatte sie geschockt. Wie vergiftet musste diese Beziehung gewesen sein, dass er zu einer solchen Maßnahme gegriffen und damit seinen Job aufs Spiel gesetzt hatte? Und trotzdem hatte seine Frau ein Kind von ihm erwartet, also musste da doch auch noch Liebe im Spiel gewesen sein. War seine Handlung auf Verzweiflung oder Hass zurückzuführen? Vielleicht auf eine Mischung von beidem. Zuerst hatte alles in Lisa aufbegehrt in Hinblick auf diesen in ihren Augen unmenschlichen Akt einer gerade Verstorbenen gegenüber, aber dann hatte sie sich bewusst gemacht, dass sie nichts über die Ehe der Fehrbachs wusste.

Als sie in ihre Jeans schlüpfte, klopfte es an der Tür.

»Guten Morgen, meine Süße.« Hannah betrat den Raum und zog Lisa in ihre Arme. »Ich hoffe, du hattest einen schönen Abend.«

Lisa hatte nicht die Absicht, Hannah etwas von dem gestrigen Gespräch zu erzählen. Es wäre ein Vertrauensbruch gegenüber Fehrbach gewesen.

»Es war nett.«

»Nett?« Hannah musterte sie mit skeptischem Blick. »Das klingt irgendwie langweilig. Hast du ihn …?«

»Nein, ich habe ihn nicht in mein Bett gezerrt, falls es das ist, was du fragen wolltest.«

»Okay, okay.« Hannah machte eine beschwichtigende Geste. »Wenn du nicht drüber reden willst.« Sie ging zur Tür. »Wenn du noch eine Viertelstunde wartest, leiste ich dir beim Frühstück Gesellschaft.«

Das war einer der vielen Pluspunkte von Hannah. Sie bohrte nicht nach, wenn sie merkte, dass der andere nicht reden wollte.

»Ich bin sowieso noch nicht fertig«, entgegnete Lisa.

»Zug- und Fährverkehr sind übrigens immer noch eingestellt«, teilte Hannah ihr mit. »Vorhin hieß es, dass sie heute wohl auch nicht mehr aufgenommen werden.« Sie warf Lisa eine Kusshand zu. »Bis gleich.«

Das hatte Lisa befürchtet. Sie hatte vor dem Zubettgehen noch einmal die Nachrichten gehört und erfahren, dass die erwartete Sturmflut schwerer gewesen war als angenommen und eine weitere für die Mittagszeit vorausgesagt worden war.

Also noch einmal vierundzwanzig Stunden mit Fehrbach und aller Wahrscheinlichkeit nach nicht allzu viele Möglichkeiten, ihm aus dem Weg zu gehen. Es sei denn, sie verbarrikadierte sich in ihrem Zimmer.

Nach zwanzig Minuten machte Lisa sich auf den Weg ins Restaurant, wo sie Hannah am Frühstücksbüfett neben Fehrbach antraf.

»Wir sitzen da drüben.« Hannah deutete auf einen Tisch am Fenster und stellte dann Fehrbach ein Schälchen mit Butter auf seinen Teller. Er machte eine Bemerkung, Hannahs Antwort bestand aus einem Lachen.

Lisa beneidete ihre Freundin um die Leichtigkeit, mit der sie Fehrbach begegnete. Ihr selber würde das heute nicht gelingen.

»Guten Morgen.« Fehrbach kam zum Tisch herüber und stellte die mitgebrachten Sachen ab. Er nahm Lisa gegenüber Platz und deutete zum Fenster hinaus, hinter dem dichtes Schneetreiben herrschte. »Wie es aussieht, werden wir noch einen Tag dranhängen müssen.«

Lisa beobachtete ihn unauffällig, während er ein Brötchen aufschnitt. Er demonstrierte Leichtigkeit, aber sie kannte ihn mittlerweile gut genug, um zu bemerken, dass es ihn Mühe kostete. Sehr wahrscheinlich bereute er schon zutiefst, was er ihr am vergangenen Abend alles anvertraut hatte.

»Also, ich würde mich freuen«, war Hannahs Stimme zu vernehmen, die Fehrbachs letzten Satz offensichtlich mitbekommen hatte. Ihre Freundin hielt eine Schale mit Obstsalat in den Händen und ließ sich neben Lisa nieder. »Dann gehen wir heute Abend zum Biikebrennen, und danach gibt es Grünkohl satt.«

»Vielleicht beruhigt sich der Sturm ja wieder, und wir können heute Nachmittag fahren«, wandte Lisa ein.

»Das glaubst du doch selber nicht«, gab Hannah zurück und widmete sich ihrem Gesundheitsfrühstück.

Nein, wenn Lisa ehrlich war, glaubte sie es nicht. Aber die Hoffnung starb eben immer zuletzt.

Im Schließfach hatte ein großer brauner Umschlag gelegen, den Berta, ohne einen Blick darauf zu werfen, in ihre Handtasche gesteckt hatte. Sie hatte plötzlich Angst vor dem bekommen, was sie da in Händen hielt, und ebenso davor, dass jemand sie beobachten und ihr den Fund im nächsten Moment entreißen könnte.

Zurück auf dem Bahnhofsplatz, hatte sie den Entschluss gefasst, nicht mit dem Bus zu fahren, sondern ein Taxi für den Heimweg zu nehmen.

Als sie endlich sicher und wohlbehalten in ihren vier Wänden angekommen war, hatte sie erleichtert aufgeatmet. Sie hatte den Umschlag aus der Tasche genommen und auf dem Tisch im Wohnzimmer abgelegt.

Und dort lag er heute Morgen noch immer, unangetastet, denn sie hatte sich am Vortag außerstande gesehen, ihn zu öffnen.

Nachdem sie gefrühstückt hatte, ging sie ins Wohnzimmer

hinüber und nahm auf dem Sofa Platz. Vorsichtig zog sie den Umschlag zu sich heran, als könnte er Sprengstoff enthalten. Der Verschluss war zusätzlich mit braunem Paketband gesichert, und Berta benötigte einige Minuten, bis sie alles mit Hilfe einer Schere aufbekommen hatte.

Mit zitternden Fingern zog sie den Inhalt heraus und breitete ihn vor sich auf dem Tisch aus. Dann hielt sie einen Augenblick inne und betrachtete das Sammelsurium, das sich ihren Augen bot. Sie entdeckte ein Buch im DIN-A4-Format, dessen blauer Einband abgegriffen war und von häufigem Gebrauch zeugte. Zuerst dachte sie, dass es sich um ein Tagebuch von Carstens Mutter handeln würde, sah dann aber bei näherem Hinsehen, dass die Schrift darin von ihm stammte. Der erste Eintrag war auf den 9. März 2004 datiert, der darunter stehende Text deutete auf beginnende Schwierigkeiten mit einigen von Carstens Mithäftlingen hin. Beim weiteren Blättern sah Berta, dass Carsten an mehreren Tagen in der Woche Einträge gemacht hatte.

Darüber hinaus enthielt der Umschlag einige Briefe, und als Berta diese zur Hand nahm, stellte sie fest, dass es ihre eigenen waren, die sie Carsten in die JVA geschickt hatte.

Ein Kuvert aus billigem grauem Papier trug die Aufschrift »Für Berta. Im Falle meines Todes zu öffnen.«

Berta stockte der Atem. Aufs Neue bekam sie es mit der Angst, dass sie Dinge erfahren würde, von denen sie nichts wissen wollte. Aber Carsten hatte auf sie gebaut, und sie durfte das in sie gesetzte Vertrauen nicht enttäuschen.

Sie griff nach einem Brieföffner und schlitzte das Kuvert auf. Ein zusammengefaltetes DIN-A4-Blatt fiel heraus, aus demselben grauen Papier wie der Umschlag, und zwei vergilbte Blätter, die aussahen, als wären sie älteren Datums. Als sie sie auseinanderfaltete und die darauf stehenden Worte las, spürte sie ihren Herzschlag bis zum Hals.

Das war doch nicht möglich!

Doch der beigefügte Brief, der in Carstens etwas ungelenker Handschrift geschrieben war und mit den Worten »Meine liebe Berta« begann, räumte jeden Zweifel aus.

Nach dem Frühstück hatte Fehrbach sich in sein Zimmer zurückgezogen. Er telefonierte mit seiner Sekretärin und Norbert Sievers und im Anschluss daran mit Barbara, der es deutlich besser als am Vortag ging. Sie hatte keinerlei Lähmungserscheinungen mehr und den Besuch beim Orthopäden deshalb kurzerhand abgesagt. Bevor Fehrbach einen Einwand anbringen konnte, wollte sie wissen, ob er allein nach Sylt gefahren sei. Ja, hatte er geantwortet, und die Lüge war ihm ohne Zögern über die Lippen gekommen.

Er hatte natürlich bemerkt, dass Barbara eifersüchtig auf Lisa war. Barbara hatte das Thema nie angesprochen, aber manchmal stand es wie ein Gespenst zwischen ihnen. Wenn sie wissen wollte, mit wem von der Kripo er zusammenarbeitete. Wenn er auf Dienstreisen ging. Immer stand unausgesprochen die Frage im Raum, ob er in Kontakt mit Lisa stand.

Fehrbach trat ans Fenster und schaute nachdenklich auf die schneebedeckten Dünen hinaus.

Von all dem, was er Lisa am Vorabend anvertraut hatte, wusste Barbara nichts. Sie hatte ihn mehrfach gebeten, ihr endlich zu erzählen, was in jener Nacht in Stöfs geschehen war und warum er sich die Schuld an Evas Tod gab. Er hatte es immer abgelehnt und Barbara damit verletzt, das war ihm bewusst. Und er hatte auch nie zu sagen vermocht, warum er mit ihr nicht darüber sprechen konnte.

Lisa gegenüber war es ihm leichtgefallen. Sie war ihm plötzlich wieder so vertraut gewesen, als sie über ihre verschwundene Schwester gesprochen hatte. So nah.

Wie damals auf dem Schiff …

Auf einmal war Fehrbach froh, dass die Insel noch immer vom Festland abgeschnitten war und sie heute nicht mehr nach Kiel zurückkommen würden. Hier hatte er Abwechslung und nette Gesellschaft, und vielleicht ergab sich ja die Möglichkeit für ein weiteres Gespräch mit Lisa.

Dahlström ließ den Telefonhörer sinken, aber Erleichterung wollte sich nach dem gerade beendeten Gespräch nicht einstellen. Maren war zwar nicht mehr in Lebensgefahr, wie Susanna ihm eben versichert hatte. Sie würde das Krankenhaus am kommenden Tag verlassen können. Aber ansonsten …

»Ich habe nur kurz mit ihr gesprochen, denn sie ist sehr erschöpft. Ich bleibe heute Nacht in Schleswig und bringe sie morgen wieder nach Hause«, hatte Susanna gesagt. Sie wollte in Marens Gästezimmer übernachten.

Der Anruf aus dem Krankenhaus hatte Susanna am Vormittag erreicht, als sie gerade vom Einkaufen zurückgekommen war. Dahlström hatte seine Frau nach Schleswig begleiten wollen, aber er konnte den bereits am Freitag stornierten Termin mit dem Innenminister kein weiteres Mal verschieben. So war Susanna allein gefahren, und Dahlström hatte wie auf glühenden Kohlen gesessen, bis endlich der Anruf kam, dass sie sicher in Schleswig angekommen war.

»Ich wollte mich nicht umbringen«, hatte Maren ihrer Schwester gegenüber beteuert. »Ich wollte einfach nur eine Nacht durchschlafen und habe anscheinend ein paar Tabletten zu viel erwischt.«

Susanna hatte Zweifel an dieser Aussage, auch weil ihr Gespräch mit dem Kripobeamten, der Maren gefunden hatte, deren Behauptung nicht gerade stützte. Mehrere Polizeibeamte hatten sich Marens Haus vorgenommen und diverse Packungen mit Schlaf- und Beruhigungsmitteln in Schränken und Schubladen gefunden. Neben ihrem Bett hatte eine Packung Schlaftabletten gelegen, in der sich ein fast leeres Blister befand.

Dahlström wusste ebenfalls nicht, was er von der ganzen Sache halten sollte. Maren hatte ohne Anwalt mit der Polizei gesprochen. Sehr wahrscheinlich hatte sie in der ganzen Aufregung nicht mehr daran gedacht, ihn anzurufen und zu dem Gespräch dazuzubitten.

»Der Polizist hat mich übrigens auch vernommen«, hatte Susanna am Telefon gesagt und ängstlich geklungen. »Er wollte wissen, ob mir nach Hunolds Entlassung irgendeine Veränderung in Marens Verhalten aufgefallen sei. Ob ich mir vorstellen könne, dass sie etwas mit dem Mord an Hunold zu tun haben könnte.« Nach diesen Worten hatte Susanna ein hysterisches Lachen nicht mehr unterdrücken können. »Das darf doch nicht wahr sein«, hatte sie hervorgestoßen. »Die scheinen Maren tatsächlich zu verdächtigen. Mit dir wollen sie auch noch sprechen.«

Dahlström griff noch einmal zum Telefonhörer und drückte die eingespeicherte Nummer seines Anwalts. Während er dem Läuten am anderen Ende lauschte, versuchte er vergeblich sich seiner Anspannung zu erwehren.

Lisa hatte sich am Vormittag eine Hot-Stone-Massage gegönnt und im Anschluss daran noch eine Gesichtsbehandlung genossen. Wenn sie schon hier festsaß, konnte sie wenigstens versuchen das Beste daraus zu machen. Nach den Anwendungen fühlte sie sich für den Tag und weitere Begegnungen mit Fehrbach gestählt. Zurück in ihrem Zimmer, machte sie sich daran, einige Telefonate zu erledigen. Als Erstes rief sie Södersen im Krankenhaus an und war erleichtert, als sie seine Stimme vernahm, die schon sehr viel munterer klang, als sie es erwartet hatte.

»In ein paar Tagen bin ich hier wieder raus«, sagte er zuversichtlich, nachdem sie ihm Bericht erstattet hatte.

»Mit einer Lungenentzündung? Das glaube ich nicht.«

»Ich langweile mich zu Tode.« Södersens Stimme senkte sich zu einem Flüstern herab. »Außerdem habe ich kein Einzelzimmer. Als die Jungs vorhin da waren, um mich auf den neuesten Stand zu bringen, mussten wir das alles im Flüsterton erledigen. Ich habe dem Oberarzt gesagt, dass das so nicht geht.«

»Und was hat er darauf erwidert?«, fragte Lisa mit einem Schmunzeln. Sie konnte sich lebhaft vorstellen, von welcher Ungeduld Södersen bei seinem unfreiwilligen Krankenhausaufenthalt geplagt wurde. Ihr wäre es ganz genauso ergangen.

»Dass ab sofort jeder Besuch gestrichen wird!« Södersens Stimme war laut geworden vor Empörung. »Ich hab zuerst gedacht, der Typ macht Witze, aber der hat das tatsächlich ernst gemeint.«

»Das war sehr vernünftig von ihm. Schließlich sollst du ja gesund werden.«

Södersen brummelte etwas Unverständliches. Lisa versprach, am kommenden Tag wieder anzurufen oder vorbeizuschauen, wenn sie endlich von der Insel runterkommen sollten.

Der nächste Anruf galt Frank Bergmann, und Lisa war erstaunt, als sie erfuhr, dass er sich noch in Schleswig befand, wo Maren Waldorf in ein Krankenhaus eingeliefert worden war.

»Ich glaube, dass sie uns etwas verheimlicht«, hörte Lisa Bergmann am Ende seiner Erklärungen sagen. »Sie ist ziemlich angeschlagen und macht den Eindruck, als ob ihr etwas ganz schwer auf der Seele liegen würde. Und ich schätze mal, dass das irgendwie mit Hunold zusammenhängt.«

»Vielleicht hat sie doch gewusst, wo er wohnt, und ist dorthin gefahren. Aber ich kann mir nicht vorstellen, dass sie Hunold umgebracht hat. Dabei war nicht nur Hass, sondern auch sehr viel Kraft im Spiel. Und ihr habt schon nach eurem ersten Besuch gesagt, dass Maren Waldorf eine zierliche Frau ist.«

»Das ist richtig. Trotzdem ist da irgendwas, ich kann nur noch nicht den Finger drauflegen.«

»Glaubst du ihr, dass es kein Selbstmordversuch war?«

»Ich bin mir nicht sicher. Ich habe lange mit ihrem Nachbarn gesprochen, der mir erzählte, dass sie oft merkwürdige Verhaltensweisen an den Tag legt. Der Mann scheint zwar zu der Sorte aufdringlicher Zeitgenosse zu gehören, aber manches von dem, was er sagte, erschien mir doch sehr plausibel. Allem Anschein nach hat Maren Waldorf eine schwere Depression. Ob das nun immer noch mit dem Tod ihres Sohnes zusammenhängt oder einen anderen Ursprung hat, wissen wir natürlich nicht. Sie soll zum Beispiel häufig bis zu einer Stunde in ihrem Auto gesessen haben, nachdem sie von der Arbeit gekommen war. Ihr Nachbar hat sie mehrere Male angesprochen und sagt, dass sie bei diesen Gelegenheiten völlig geistesabwesend wirkte. Sie ist wohl auch häufig aus dem Haus gegangen, ohne die Fenster und die Terrassentür zu schließen. Diese Verhaltensweisen sind typisch für das Krankheitsbild. Man sitzt wie unter einer Glocke aus Glas, nichts ist einem mehr wichtig.«

»Aber der Tod ihres Sohnes liegt siebzehn Jahre zurück.«

»Trauer kennt doch kein Zeitfenster, Lisa. Und über den Tod eines Kindes kommt man nie hinweg. Die Frage ist nur, wie man mit dem Verlust und der Trauer umgeht. Ob man ein Umfeld hat, das einen auffängt und trägt, oder ob man fest in einem Glauben verankert ist. Da spielen so viele Faktoren rein, das äußert sich bei jedem Menschen anders. Und wie ich schon sagte, kann diese Depression ja auch einen anderen oder weiteren Hintergrund haben.«

»Der mit dem Mord an Hunold zusammenhängen könnte.«

»Ausschließen können wir es jedenfalls nicht«, sagte Bergmann. »Ich habe übrigens auch mit Frau Waldorfs Schwester gesprochen und ihr angekündigt, dass wir ihren Mann ebenfalls aufsuchen werden. Bei dem Gespräch mit ihr ist nichts rausgekommen. Mal sehen, was wir von ihrem Mann zu hören bekommen. Sehr wahrscheinlich genauso wenig, denn freiwillig dürften die nichts rausrücken, selbst wenn sie etwas wissen oder vermuten.«

Sie besprachen noch einige Kleinigkeiten, dann rief Lisa in der Blume an, in der Hoffnung, Uwe oder Malte zu erwischen. Als niemand ans Telefon ging, versuchte sie es auf Uwes Handy und erfuhr, dass die beiden noch unterwegs waren. Da sie weder Bongers noch Schäfer angetroffen hatten, wollten sie sich nun auf den Weg zu Hunolds Anwalt machen.

»Malte hat übrigens vorhin mit Jörg Waldorf telefoniert«, erzählte Uwe. »Er hat ausgesagt, dass es ihn eine verdammt lange Zeit gekostet habe, wenigstens halbwegs wieder zur Normalität zurückzufinden. Dabei hätten ihm seine zweite Frau und die Zwillinge, die sie bekommen haben, geholfen. Waldorf hat Angst, dass durch eine Begegnung mit Maren alles wieder aufgewühlt wird. Mit ihrer Ehe hat es schon vor dem Tod ihres Kindes nicht zum Besten gestanden, und deshalb sieht er sich jetzt auch nicht in der Pflicht, ihr beizustehen.«

»Du meine Güte, was für ein erbarmungsloser Kerl.« Lisa schüttelte sich innerlich. »Konnte er denn irgendwas Verwertbares sagen? Oder hat er überhaupt keinen Kontakt mehr zu seiner Ex-Frau?«

»Die haben sich seit der Scheidung nicht mehr gesprochen.«

»Na super.«

Lisa beendete das Gespräch und nahm sich dann etwas von dem Schreibpapier, das in ihrem Zimmer auslag. Jetzt war ein guter Zeitpunkt, endlich einmal die Informationen zusammenzufassen, die sie über ihre täglichen Telefonate hinaus in Form von SMS-Nachrichten und E-Mails seit ihrer Ankunft auf Sylt erhalten hatte. Ansonsten bestand die Gefahr, dass sie irgendwann den Überblick verlor. Sie setzte sich hin, rief die entsprechenden Nachrichten auf ihrem Smartphone auf und begann sie dann niederzuschreiben:

- Verwandtschaftliches Umfeld der getöteten Kinder: wurde befragt, allerdings ohne verwertbare Ergebnisse.
- Die beiden von Bongers genannten Zeugen haben bestätigt, dass sie in der angegebenen Zeit mit ihm zusammen waren.
- Ungeklärte Kindsmorde oder Übergriffe vor Hunolds Inhaftierung: keine.
- Vermisste Kinder bis zu diesem Zeitpunkt: keine.
- Befragung des vor Hunolds Inhaftierung bestehenden Umfelds: konnte nicht stattfinden, da a) die Tischlerei, in der er damals gearbeitet hat, bereits ein Jahr vor seiner Inhaftierung pleiteging und sowohl der Inhaber als auch der damalige zweite Angestellte mittlerweile verstorben sind, b) es keine weiteren sozialen Kontakte gegeben zu haben scheint.
- Tatwaffe im Fall Hunold: wurde trotz einer zweiten intensiven Suche nicht aufgefunden, wahrscheinlich hat der Täter sie in den Kanal geworfen.
- Obduktionsbericht Seegers: Tatwaffe war eine Pistole vom Kaliber 9 mm mit Schalldämpfer. Todesursächlich war der zweite Schuss (Kopfschuss).
- Erneute Überprüfung von Hunolds Haus durch die KT: ein frischer Fingerabdruck (rechter Daumen) an der Kellertür. Ansonsten keine neuen Hinweise.

Der letzte Punkt war ein weiterer Beweis dafür, dass sich jemand in Hunolds Haus aufgehalten hatte. Allerdings befand sich der Fingerabdruck nicht in ihrer Datei, die betreffende Person war also noch nicht erkennungsdienstlich behandelt worden.

Nachdem Lisa die Schreibarbeiten erledigt und noch eine Zeitlang über die einzelnen Punkte nachgegrübelt hatte, sah sie sich etwas ratlos in ihrem Zimmer um. Um siebzehn Uhr sollten die Hotelgäste in mehreren Mietwagen nach St. Jürgens in List gebracht werden, wo das Biikebrennen eine halbe Stunde später mit der traditionellen Lichterandacht beginnen würde. Im Anschluss daran wollte man sich zur Feuerwehr in List begeben, wo die Fackeln in Empfang genommen werden sollten, mit denen die Biike entfacht wurde. Danach würde der Marsch zum Biikeplatz, der hinter dem Königshafen lag, beginnen.

Lisa schaute auf ihre Armbanduhr. Noch immer vier Stunden. Hannah hatte beim Frühstück verkündet, dass sie Lisa und Fehrbach in ihrem Jeep mitnehmen wolle.

Da das Essen am Abend üppig werden würde, beschloss Lisa, jetzt nur einen Salat zu sich zu nehmen. Sie überlegte, ob sie ihn auf ihr Zimmer bringen lassen sollte, schalt sich dann aber für ihre Feigheit. Als sie sah, dass sich Fehrbach nicht im Restaurant aufhielt, verspürte sie Erleichterung. Die allerdings nur kurz währte, denn wenige Minuten nachdem sie ihren Salat bestellt hatte, betrat er den Raum. Als er sie erblickte, kam er auf sie zu.

»Darf ich mich zu Ihnen setzen?«

Lisa nickte. »Natürlich.«

Der Kellner brachte Fehrbach die Speisekarte, und dieser entschied sich nach einem kurzen Blick auf das Tagesangebot ebenfalls für einen Salat. »Gibt es etwas Neues aus Kiel?«, wollte er dann wissen.

Lisa gab ihm eine kurze Zusammenfassung.

»Und wie geht es Herrn Södersen?«

»Besser.« Sie erzählte von ihrem Gespräch und der Anweisung des Arztes. »Jetzt dreht Ralf natürlich am Rad.«

Fehrbach lachte, aber es klang gezwungen. »Das würde mir ganz genauso gehen.«

»Mir auch«, gab Lisa zu.

Als Fehrbachs Essen kam, stocherte er darin herum. Er wirkte noch angespannter als beim Frühstück, und Lisa überlegte verzweifelt, wie sie die Stimmung auflockern konnte. Sie war froh, als Hannah sich zu ihnen gesellte und das Schweigen mit ihrer munteren Art vertrieb.

Es war ein fröhlicher Fackelzug, der sich zum Biikeplatz in Bewegung setzte. Einheimische vermischten sich wie in jedem Jahr mit Touristen, bei denen sich das alte Volksfest der Friesen großer Beliebtheit erfreute. Zum Glück hatte auch der Wettergott ein Einsehen, denn der Schneefall hatte endlich aufgehört, und auch der stürmische Wind war zur Ruhe gekommen.

Nachdem sie das Wohngebiet hinter sich gelassen und das unbebaute Gelände hinter dem Königshafen erreicht hatten, lotste sie der Ortsvorsteher auf einen vereisten Trampelpfad, zu dessen Seiten sich ein unwegsames Gelände erstreckte, in dem nur vereinzelte Büsche wuchsen. Als auf einer kleinen Anhöhe schließlich der Biikestapel in Sicht kam, ging ein erwartungsvolles Raunen durch die Menge.

»Mann, ist der hoch«, sagte Lisa und blickte staunend zu dem vor ihnen befindlichen Stapel empor, der an die fünf Meter in die Höhe wuchs und aus alten Weihnachtsbäumen, dem ersten Gartenschnitt und durch die Winterstürme zerstörten Bäumen bestand. Ein unerwartetes Glücksgefühl durchströmte sie angesichts des bevorstehenden Ereignisses, und sie fühlte sich mit einem Schlag in ihre Kindheit zurückversetzt.

»Wann warst du eigentlich das letzte Mal zur Biike hier?«, fragte Hannah.

»Seitdem ich nach Kiel gezogen bin leider nicht mehr«, antwortete Lisa und fühlte einen Stich des Bedauerns. Seit ihrem Wegzug von der Insel war sie jedes Jahr bestimmt mehrere Male auf Sylt gewesen, häufig auch dienstlich, so wie jetzt, aber niemals zum Biikefest. Immer war etwas dazwischengekommen.

Sie reihten sich in die Menschengruppe ein, die den Holzstapel umgab, und beobachteten, wie die ersten von ihnen den Stapel zu entzünden begannen. Lisa unterhielt sich mit Bekannten, die sie zwischen den Anwesenden entdeckt hatte, und Hannah gab Fehrbach eine ausführliche Abhandlung über den Brauch des Biikebrennens. Als der Holzstapel nach einer halben Stunde endlich loderte, brach ein Sturm der Begeisterung aus, wozu mit Sicherheit auch der kräftige Punsch beitrug, der in einem nahe gelegenen Zelt ausgeschenkt wurde.

Gegen einundzwanzig Uhr blies Hannah zum Aufbruch. »Ab in die Wärme, jetzt gibt's Grünkohl satt. Hat jeder eine Taschenlampe?«

Alle bejahten ihre Frage, woraufhin sich der kleine Trupp der Hotelgäste in Bewegung setzte. Hannah bildete die Vorhut, Lisa und Fehrbach das Schlusslicht. »Wie auf einem Schulausflug«, sagte Lisa mit einem Schmunzeln. Im nächsten Moment blieb sie so abrupt stehen, dass Fehrbach fast in sie hineingelaufen wäre.

»Was ist?«, fragte er irritiert.

»Ich weiß nicht … Ich glaube, da hat jemand um Hilfe gerufen.«

Fehrbach sah sie zweifelnd an. »Um Hilfe?«

»Ich bin mir nicht sicher.« Lisa schaltete das Flutlicht ihrer Maglite an und leuchtete mit der Taschenlampe die Umgebung ab. Eine Schneelandschaft erstreckte sich vor ihren Augen, aus der nur einige kleingewachsene Windflüchter hervorlugten, die sich unter der Kraft des wieder einsetzenden Sturms noch tiefer hinabzubeugen schienen. Ein schmaler Weg zweigte in Richtung Meer ab, und in einiger Entfernung sah Lisa die Scheinwerfer eines Wagens aufleuchten. »Sehen Sie das?«, fragte sie Fehrbach, der seine Taschenlampe ebenfalls eingeschaltet hatte.

»Ja. Was mag da los sein?«

»Keine Ahnung. Hier ist Naturschutzgebiet, Autos haben hier nichts zu suchen. Ich denke, ich werde mir die Sache mal ansehen.«

In diesem Moment ertönte ein gellender Schrei.

Lisa rannte los, Fehrbach folgte ihr. Sie wusste nicht, was sie erwartete, und sie hatte auch keine Waffe dabei, aber hier befand sich allem Anschein nach ein Mensch in Not. Zweimal strauchelte sie, zweimal kam sie wieder auf die Füße, und es gab ihr ein Gefühl der Sicherheit, dass sie Fehrbach in ihrem Rücken wusste. Als sie am Auto ankamen, waren sie völlig außer Atem.

»Was ist hier los?«

Lisa starrte auf den grauen VW-Bus älteren Datums und die beiden Männer, die gerade dabei waren, eine offensichtlich bewusstlose Frau in das Innere des Wagens zu hieven.

»Wir …« Der Ältere stockte und schien erschrocken, während der Jüngere sich beeilte, die Tür des Busses zu schließen. Allerdings hatte er die Rechnung ohne Fehrbach gemacht, der in der nächsten Sekunde neben ihm stand und ihn in den Schwitzkasten nahm. Aus dem Inneren des Busses war ein Stöhnen zu vernehmen, gefolgt von einem derben Fluch.

»Sie rühren sich nicht vom Fleck«, wies Lisa ihr Gegenüber an und hielt ihm ihren Dienstausweis entgegen.

Er schien eingeschüchtert, wagte aber trotzdem einen halbherzigen Protest. »Wir haben nichts getan. Was wollen Sie von uns?«

»Ich möchte sehen, wen Sie da gerade in Ihren Bus verladen haben. Ich habe nämlich gehört, wie die Person um Hilfe gerufen hat.«

»Ich habe nicht um Hilfe gerufen, Lisa. Du kannst die toughe Polizistin wieder ablegen.«

Lisa wirbelte herum, als sie die Stimme vernahm, und riss die Taschenlampe hoch. Eine ausgemergelte Frau rappelte sich aus dem Wagen und kam mit stockenden Schritten auf sie zu, bis sie schließlich vor ihr stehen blieb. Ein Windstoß fuhr unter die schwarze Kapuze ihres Sweatshirts und gab einen kahlen Schädel und ein von roten Flecken zerstörtes Gesicht frei.

»Hallo, Schwesterchen. Schön, dich zu sehen.«

Der Zettel hatte im Briefkasten gelegen.

»WIR WISSEN, WO DEINE FRAU WOHNT.«

Zuerst hatte Schäfer sich geweigert, die unmissverständliche Drohung, die mit diesen Worten einherging, zur Kenntnis zu nehmen. Nichts als Panikmache und Einschüchterungsversuche. Die wollten ihn kleinkriegen, aber da fiel er doch nicht drauf rein.

Irgendwann hatte er dann begonnen, im Haus auf und ab zu laufen, um den Druck abzubauen, und sich dabei immer mehr wie ein Tiger im Käfig gefühlt. Schließlich hatte sein Magen das Regiment übernommen und revoltiert. Schäfer war ins Badezimmer gewankt, vor der Toilettenschüssel in die Knie gesunken und hatte das Mittagessen erbrochen. Jetzt, zwei Stunden später, saß er noch immer wie paralysiert auf der Couch im Wohnzimmer, den Zettel in den Händen.

Er musste Sandra warnen. Tolle Idee, dachte er sogleich. Dann wird sie alles erfahren und endgültig nicht mehr zurückkehren. Aber dieser Umstand war doch im Moment vollkommen bedeutungslos, falls ihr Leben tatsächlich in Gefahr sein sollte. Doch wohin konnte er sie in Sicherheit bringen? Wenn Bongers' Leute ihre Anschrift kannten, würden sie Sandra mit Sicherheit auch verfolgen, wenn sie das Haus verließe.

Nein, so ging das nicht. Er hatte nur eine Möglichkeit, er musste zur Polizei gehen. Die Beamten würden Sandra schützen, er konnte es nicht. Er würde alles gestehen und über Bongers und seine Leute auspacken, und dann …

Und dann? Schäfer wurde von Verzweiflung übermannt, als ihm klarwurde, dass Sandra dann erst recht in Gefahr wäre. Wenn die Polizei Bongers und seinen Leuten nichts nachweisen konnte, würden sie ganz schnell wieder auf freien Fuß gesetzt werden und sich Sandra vorknöpfen. Und falls sie doch etwas länger einsitzen würden, gäbe es hier draußen bestimmt genug andere, die diese Arbeit gerne übernähmen.

Er saß in der Zwickmühle. Er konnte jetzt nicht einfach dasitzen und abwarten, er konnte Bongers und seine Männer aber auch nicht ans Messer liefern. Beides wäre Sandras und sein Verderben.

Als sein Handy zu klingeln begann, zuckte Schäfer zusammen. Er zögerte, nahm das Gespräch dann aber doch an, als ein Klirren aus dem Wintergarten zu vernehmen war.

»Du hast eine sehr schöne Frau«, drang eine heisere Stimme an sein Ohr. »Die könnte uns auch gefallen.« Ein obszönes Lachen erklang, dann ertönte ein Klicken in der Leitung.

Schäfer ließ das Handy fallen und rannte in den Wintergarten, dessen Fenster als einzige im Haus nicht mit Außenrollläden gesichert waren. Ein Loch klaffte in der Terrassentür. Auf dem Boden entdeckte er einen großen Stein, an dem etwas befestigt schien. Er konnte in der Dunkelheit nichts erkennen, also hob er den Stein vorsichtig auf und trug ihn ins Wohnzimmer.

Ein brauner DIN-A4-Umschlag war mit Paketband daran befestigt. Schäfer riss und zerrte, bis er ihn schließlich abbekam. Mit zitternden Händen öffnete er das Kuvert und zog mehrere Fotos heraus.

Sandra hinter einem Fenster, wie sie gerade die Gardinen zuzog. Sandra beim Verlassen eines Hauses. Sandra in einem Raum der Volkshochschule, wo sie ihren wöchentlichen Fotokurs gab.

Als er das letzte Bild zur Hand nahm, stieß Schäfer einen erstickten Schrei aus. Er erblickte den Körper einer wohlgeformten Frau, nur gehüllt in einen schwarzen Lederstring und an Händen und Füßen mit Ketten gefesselt, deren Enden an Ringen in der Wand hinter ihrem Rücken befestigt waren. Vor ihr war eine schemenhafte Gestalt zu erkennen, ganz in Schwarz gekleidet, deren rechte Hand gerade zu einem Schlag mit einer Lederpeitsche ausholte. Der Körper der Frau schien sich dem Schlag wollüstig entgegenzustrecken.

Die Frau trug Sandras Gesicht.

Eine Fotomontage, aber so gut gemacht, dass nur derjenige, der Sandras Körper kannte, den Unterschied bemerken würde. Schäfer ließ das Foto fallen, angewidert von dessen Inhalt und erschrocken über die Drohung, die dahintersteckte. Da entdeckte er die Schrift auf der Rückseite.

»WENN DU DICH NICHT RUHIG VERHÄLTST, WERDEN WIR DAS AUF SANDRAS FACEBOOK-SEITE POSTEN. SIE HAT JA SEHR VIELE FREUNDE, UND EINIGE DAVON WERDEN IHRE VORLIEBE BESTIMMT ZU SCHÄTZEN WISSEN …«

Die Fahrt ins Krankenhaus nach Westerland wurde zu einem dreißigminütigen Alptraum, den Lisa in ihrem ganzen Leben nicht mehr vergessen würde.

»Hallo, Schwesterchen. Schön, dich zu sehen.«

Ein hässliches Grinsen hatte sich nach diesen vor Sarkasmus triefenden Worten auf dem Gesicht der Frau ausgebreitet, in der Lisa nur mit Mühe ihre Schwester wiedererkannt hatte. Lisa hatte dagestanden, stocksteif, unfähig, auch nur einen Muskel zu bewegen, und wie in Trance auf dieses Schreckgespenst mit den verdreckten Klamotten und dem zerstörten Gesicht, den brennenden Augen, die tief in ihren Höhlen lagen und sie hasserfüllt anfunkelten, gestarrt. Selbst als ein Krampfanfall Britts Körper zu erschüttern begonnen hatte und sie nur wenige Augenblicke später bewusstlos zu Boden gesunken war, hatte Lisa sich nicht gerührt.

Fehrbach hatte sich um alles gekümmert. Er hatte den Rettungsdienst gerufen und die Polizei, der er eine kurze Schilderung der Abläufe gab, als sie die beiden Männer in Gewahrsam nahm. Bevor sie dann in den Notarztwagen gestiegen waren, hatte Fehrbach Hannah, die sie bereits vermisste, in einem kurzen Telefonat über die Ereignisse in Kenntnis gesetzt.

»Sind Sie okay?« Der Notarzt hatte Britt versorgt, die noch immer bewusstlos auf der Liege lag, und blickte jetzt beunruhigt zu Lisa hinüber, die sich auf einem kleinen Sitz neben ihrer Schwester niedergelassen hatte. Fehrbach hatte vorne neben dem Fahrer Platz genommen.

Lisa nickte fahrig und strich zaghaft über die magere Hand ihrer Schwester, die seltsam verloren auf der weißen Überdecke lag. Sie musterte die vor ihr liegende Frau und konnte ein Aufschluchzen nicht mehr unterdrücken. Sie schämte sich so unendlich für ihr Verhalten. Warum hatte sie Britt nicht in die Arme genommen? Warum hatte sie sie angestarrt, als hätte sie eine Fremde vor sich?

Aber das ist sie ja, versuchte sie ihr schlechtes Gewissen niederzuringen. Du weißt nichts mehr von dieser Frau, die hier vor dir liegt.

»Wenn Sie wollen, kann ich Ihnen eine Beruhigungsspritze geben.« Dem Notarzt war der gequälte Laut, der tief aus Lisas Innerem zu kommen schien, nicht entgangen.

»Nein … nein … alles okay.«

Nichts war okay, und am liebsten hätte sie laut aufgeschrien: Britt, mein Gott, Britt, was ist denn nur mit dir geschehen?

»Können Sie mir schon sagen, was mit ihr ist?«

Der Notarzt wiegte den Kopf hin und her. »Ich vermute, dass ihrer Schwester GHB verabreicht wurde. Einige ihrer Symptome deuten jedenfalls darauf hin.«

K.-o.-Tropfen?

»Aber wer … wie …« Sie riss sich zusammen. »Wird sie überleben?«

Der Notarzt hatte eine unbewegte Miene aufgesetzt. »Wir tun für Ihre Schwester, was wir können.«

Im Krankenhaus wurden sie bereits erwartet. Britt wurde umgehend auf die Intensivstation gebracht, und Lisa musste hilflos mit ansehen, wie sich die Tür hinter ihrer Schwester schloss. Als sie sich umdrehte, erblickte sie Fehrbach, der nur wenige Schritte hinter ihr stand. Sie war so aufgeregt, dass sie überhaupt nicht mitbekommen hatte, dass er ihr gefolgt war.

Er ergriff ihren Arm und führte sie zu einer Reihe von Plastikstühlen, wo er neben ihr Platz nahm. »Was hat der Notarzt gesagt?«

»Er glaubt, dass Britt K.-o.-Tropfen verabreicht wurden.«

»Wird sie …?«

Sag es nicht, schrie alles in ihr, sag es nicht. Wenn du es aussprichst, werde ich in einer Tränenflut ertrinken. Britt wird überleben, etwas anderes darf nicht sein. Ich habe sie doch nicht gefunden, nur um sie gleich wieder zu verlieren. So teuflisch kann das Schicksal doch nicht sein.

Fehrbach schwieg. Lisa lehnte den Kopf an die Wand in ihrem Rücken. Im nächsten Augenblick stand Fehrbach wieder auf.

»Ich fahre zur Polizeistation und versuche mit den beiden Männern zu sprechen. Vielleicht sind sie ja polizeilich erfasst.«

Was hatten die beiden mit Britt vorgehabt? Ihre Schwester hatte um Hilfe gerufen, also musste sie doch in Gefahr gewesen sein. Aber wieso hat sie mich dann so verächtlich behandelt? Das hat ja alles so gewirkt, als ob sie nicht wollte, dass ich ihr helfe. Ich verstehe das alles nicht.

»Wir kriegen raus, was da los war.« Fehrbach legte eine Hand auf ihre Schulter. Ganz kurz nur, aber die Geste verlieh ihr Kraft.

Es verging fast eine Stunde, bis Fehrbach zurückkehrte. »Gegen die Männer liegt nichts vor.« Er ließ sich neben ihr nieder. »Sie haben ausgesagt, dass sie mit ein paar Freunden, zu denen auch Ihre Schwester gehörte, beim Biikebrennen waren. Ihre Schwester hätte ein bisschen zu viel getrunken. Deshalb hat einer den Wagen geholt, da sie nicht mehr in der Lage war, zu Fuß nach Hause zu gehen.«

»Aber das ist doch vollkommener Blödsinn!«, fuhr Lisa auf. »Erstens hab ich sie überhaupt nicht bei der Biike gesehen, und außerdem hat sie um Hilfe gerufen. Das haben wir uns doch nicht eingebildet.«

»Das habe ich den Polizeibeamten auch gesagt, es schien sie allerdings nicht sonderlich zu interessieren. Sie waren der Meinung, dass die Aussagen der Männer glaubhaft geklungen hätten, und da beide einen festen Wohnsitz nachweisen konnten, hat man sie wieder gehen lassen.«

Fassungslos sah Lisa ihn an. »Die beiden sind frei?«

Fehrbach zuckte mit den Schultern. »Ja.« Er fingerte einen Zettel aus der Innentasche seiner Jacke. »Ich habe allerdings ihre Adressen. Wenn Sie wollen, kann ich gleich dorthinfahren und mir die beiden vorknöpfen.«

Lisa nickte. »Ja, das wäre gut.« Die Tür zur Intensivstation hatte sich geöffnet, aber es kam nur eine Putzfrau heraus, die einen großen Reinigungswagen vor sich herschob und einen kurzen Blick zu ihnen hinüberwarf.

»Haben Sie Ihre Mutter angerufen?«

Lisa schüttelte den Kopf. »Nein. Sie hat im Moment sowieso keine Möglichkeit, auf die Insel zu kommen. Ich will sie nicht unnötig ängstigen. Erst muss ich wissen, was mit Britt ist.«

Fehrbach erhob sich. »Gut. Wir sehen uns später.«

Berta Matthiessen hatte die Unterlagen aus dem Bahnhofsschließfach nun bereits dreimal durchgelesen, und noch immer sträubte sich alles in ihr, deren Inhalt zu akzeptieren.

Carsten hatte geschrieben, dass er erst nach seiner Haftentlassung darüber informiert worden war. Von einem Notar, bei dem Louise ihr Testament und diese brisanten Unterlagen hinterlegt hatte. Carstens Worte hatten Erschütterung ausgedrückt, aber irgendwann waren seine Sätze härter, die Schrift steiler geworden, als hätte er beim Schreiben des Briefes eine Veränderung durchlaufen.

Was hatte er unternommen, nachdem diese neue Erkenntnis über ihn hereingebrochen war? Er hatte Kontakt aufgenommen, das stand in dem Brief, aber über das, was dabei herausgekommen war, ließ er nichts verlauten.

Es muss etwas Schlimmes gewesen sein, dachte Berta in jäher

Erkenntnis, denn Carsten scheint große Angst gehabt zu haben. Vor dem, was er tut, vielleicht tun muss, aber ebenso vor den Konsequenzen, die sein Handeln nach sich ziehen könnte. Warum hätte er sonst diesen Brief hinterlassen, in dem er mit dem Finger auf seinen Mörder zeigt?

Mein Gott, was hat der Junge getan, dass er so ein Ende nehmen musste? Hatte er sein wahres Ich immer geschickt vor ihr verborgen, lernte sie ihn erst jetzt wirklich kennen?

Berta war ins Freie gehastet, hatte gehofft, dass die frische Luft ihre Gedanken klären würde. Aber es hatte nichts genützt, und als sie vor der Rückkehr nach Hause noch einige Besorgungen im Supermarkt erledigte, sah sie sich wieder einmal diesen misstrauischen Blicken ausgesetzt, die sie verfolgten, seit Carsten aus der Haft entlassen worden war.

Sie war nie so in der Ortsgemeinschaft aufgegangen, wie andere es getan hatten. Sie hatte keinem Verein angehört und selten an irgendwelchen Veranstaltungen teilgenommen. Selbst nach dem Tod ihres Mannes hatte sie nie das Bedürfnis nach der Gesellschaft anderer gehabt. Sie war immer gern für sich geblieben und sich selbst genug gewesen und hatte oft den Eindruck gehabt, dass dieses Verhalten die meisten Menschen verunsicherte, weil sie es anders kannten und nicht bereit waren, über ihren Tellerrand zu blicken und einmal gefasste Urteile zu revidieren.

Berta war klar, dass ihr die meisten Bewohner von Kienholz ablehnend gegenüberstanden, weil sie sich nach Carstens Haftentlassung mit ihm abgegeben hatte. Für die anderen war er Dreck, der letzte Abschaum, den es zu meiden galt. Niemand von ihnen hatte auch nur ansatzweise darüber nachdenken wollen, dass er ein kranker Mann war, dem es nur mit ärztlicher Unterstützung gelang, seinen Trieb unter Kontrolle zu halten. Er war das Monster, das zwei Kinder missbraucht und umgebracht hatte, und damit basta! Kein Gedanke daran, dass er sich vielleicht geändert haben könnte und seine Taten bereute.

Aber hatte er das denn überhaupt getan? Seine Taten bereut? Er hatte es Berta immer wieder versichert, und sie hatte es ihm geglaubt. Hatte es glauben wollen, weil sie den Carsten zurückhaben wollte, der er vor den schrecklichen Ereignissen gewesen war. Weil sie sich einfach nicht vorstellen konnte, dass der Junge, den sie immer so geliebt hatte, ein Monster geworden war oder schon immer gewesen, lauernd unter der Oberfläche, bereit, jederzeit auszubrechen.

Der Nachmittag und der Abend waren mit stumpfer Brüterei vergangen, und erst jetzt, als es Zeit war, ins Bett zu gehen, fiel Berta wieder ein, dass sie Lisa Sanders anrufen musste. Mein Gott, wie hatte sie das vergessen können? Eilends suchte sie die Visitenkarte heraus, die sie in eine Schublade des Schreibtisches gesteckt hatte, und gab dann die Nummer in das Telefon ein. Aber es meldete sich nur die Mailbox. Berta versuchte es ein weiteres Mal, wieder mit demselben Ergebnis. Sie überlegte, was sie tun sollte. Lisa Sanders hatte ihr gesagt, dass ihr Diensthandy immer eingeschaltet sei. Wenn es jetzt ausgestellt war, gab es dafür bestimmt einen triftigen Grund.

Berta beschloss, es in einer halben Stunde noch einmal zu versuchen, denn sie wollte der Kommissarin die Nachricht persönlich übermitteln. Aber auch bei dem dritten Anruf sprang wieder nur die Mailbox an. Gut, dann musste es eben auch so gehen. Sie räusperte sich, denn sie fand es immer wieder ungewohnt, auf einen Anrufbeantworter zu sprechen. »Frau Sanders, hier spricht Berta Matthiessen. Kommen Sie bitte so schnell wie möglich zu mir. Ich habe Unterlagen, aus denen hervorgeht, wer Carstens Mörder ist.«

Als ein eisiger Windzug sie traf, zuckte Berta zusammen und hätte fast den Telefonhörer fallen lassen, so sehr erschrak sie sich. Sie hörte ein scheppperndes Geräusch, das aus dem Flur zu kommen schien. Hatte sie etwa die Haustür nicht richtig geschlossen? Sie hatte nach dem Abendessen noch etwas zur Mülltonne gebracht, immer noch tief in Gedanken versunken. Vielleicht hatte sie die Tür nach ihrer Rückkehr ins Haus nur ins Schloss gedrückt und nicht abgesperrt. Wenn der Wind ungünstig stand, war es in der Vergangenheit schon häufiger vorgekommen, dass er die alte Tür aufgedrückt hatte.

Als Berta auf den Flur gehen wollte, merkte sie, dass sie immer noch den Telefonhörer in der Hand hielt. Sie legte ihn auf die Gabel zurück und drehte sich um. Und erstarrte, als sie die ganz in Schwarz gekleidete Gestalt mit der Sturmhaube sah, die in der Wohnzimmertür stand.

Mittwoch, 22. Februar

Fehrbach war erst am frühen Morgen ins Krankenhaus zurückgekehrt, durchgefroren und vollkommen übermüdet. Er hatte die Männer nicht bei den angegebenen Adressen angetroffen, die sich in zwei heruntergekommenen Wohnblocks in List und Westerland befanden. Obwohl es schon sehr spät gewesen war, hatte er trotzdem in beiden Häusern bei einigen der Nachbarn geklingelt, aber niemand hatte ihm weiterhelfen können, denn niemand hatte die beiden Männer gekannt.

»Fahren Sie ins Hotel«, sagte Lisa, nachdem er ihr alles erzählt hatte. »Wir müssen nicht beide hierbleiben.«

Fehrbach schüttelte den Kopf. »Sie sollten jetzt nicht allein sein.«

»Ich bin okay.«

»Haben Sie schon mit einem Arzt sprechen können?«

»Sie haben Britt stabilisiert. Sie liegt jetzt im künstlichen Koma. Wenn sie die Nacht übersteht, kommt sie durch.«

»Dann muss ihr aber jemand eine ziemliche Menge K.-o.-Tropfen verabreicht haben.«

Lisa erhob sich und begann auf und ab zu gehen, die Hände tief in den Taschen ihrer Jeans versenkt. Es fiel ihr schwer, die nächsten Worte auszusprechen. »Die Ärzte haben Methamphetamin in Britts Körper festgestellt. Das kann in Verbindung mit dem GHB eine tödliche Mischung ergeben.« Sie bemühte sich vergeblich, ihr Zittern zu unterdrücken. »Meine Schwester ist wieder auf Drogen. Die Ärzte meinten, dass sie schon seit längerer Zeit Crystal Meth nimmt. Deshalb auch dieses zerstörte Gesicht und der abgezehrte Körper.« Sie schlang die Arme um ihren Oberkörper und krümmte sich zusammen. Ihr Magen rebellierte, und sie hatte das Gefühl, im nächsten Moment zusammenzuklappen. »Ich hole einen Arzt«, hörte sie Fehrbach noch wie aus weiter Ferne sagen, dann wurde alles um sie herum schwarz.

Als Lisa wieder erwachte, blickte sie in das grelle Licht quadratischer Deckenlampen. Sie kniff die Augen zusammen, blinzelte mehrere Male und registrierte schließlich, dass sie sich in einem kleinen Raum befand und auf einer Liege lag. Hastig richtete sie sich auf und sank sofort wieder zurück, als eine Welle der Übelkeit sie überschwemmte.

»Bleiben Sie liegen!« Oh, diesen Befehlston kannte sie nur zu gut.

»Was ist denn passiert?« Sie ignorierte Fehrbachs Anweisung und kam erneut hoch, diesmal allerdings vorsichtig und langsam, bis es ihr schließlich gelang, die Beine über den Rand der Liege zu schwingen und sich aufzurichten. Alles drehte sich vor ihren Augen.

»Ihr Kreislauf hat schlappgemacht.« Fehrbach trat an die Liege heran, und ehe sie sich's versah, hatte er ihre Beine ergriffen und nötigte sie, sich wieder hinzulegen. Sie gab nach, denn sie hatte keine Kraft, gegen ihn aufzubegehren. »Und deshalb werden Sie jetzt so lange hier liegen bleiben, bis der Arzt Ihnen erlaubt, wieder aufzustehen.« Als sie ihn anblickte, sah sie die Sorge in seinen Augen, die in so völligem Gegensatz zu seinem harschen Ton stand.

»Was ist mit Britt?«

»Sie ist über den Berg. Es kann allerdings noch einige Zeit dauern, bis die Ärzte die Aufwachphase einleiten. Ihre Schwester ist sehr geschwächt, deshalb ist das künstliche Koma im Moment besser für sie.« Fehrbach ging zu einem Regal an der Wand, in dem mehrere Wolldecken lagen, und kam mit einer davon zurück. »Versuchen Sie ein bisschen zu schlafen.« Er breitete die Decke über ihr aus und hüllte sie darin ein. »Ich bin draußen, falls irgendwas ist.«

Als Lisa zum zweiten Mal an diesem Morgen erwachte, fühlte sie sich besser. Sie kletterte von der Liege herunter und war erleichtert, dass sie kein Schwindel mehr plagte und auch das Gefühl der Übelkeit verschwunden war. Sie warf einen kurzen Blick in den Spiegel an der Wand, fuhr sich mit allen zehn Fingern durch die Haare und richtete den Mascara, bevor sie die Tür öffnete und auf den Flur hinaustrat. Fehrbach war nirgendwo zu entdecken. Als sie einen Blick auf ihre Armbanduhr warf, bemerkte sie, dass es schon fast neun Uhr war. Sie hatte sechs Stunden geschlafen.

Vor der Tür zur Intensivstation saßen ein Mann und eine Frau, die sich an den Händen hielten. Lisa streifte sie mit einem kurzen Blick, dann drückte sie auf die Klingel neben der Tür. Es dauerte nicht lange, bis eine Ärztin herauskam. Lisa konnte sich nicht an sie erinnern, denn in der Nacht waren so viele Menschen um sie herum gewesen, aber die Frau schien sie zu kennen, denn sie sprach sie an. »Ihre Schwester ist über den Berg, Frau Sanders. Das hatte ich vor ein paar Stunden auch schon Ihrem Mann gesagt.«

Ihrem Mann? Lisa schluckte, als ihr bewusst wurde, wer damit gemeint war, und bemühte sich um einen neutralen Gesichtsausdruck. Fehrbach hatte nach einer Möglichkeit gesucht, etwas über Britts Gesundheitszustand herauszubekommen, und das war nur mit einer Lüge möglich gewesen. »Kann ich zu ihr?«

»Natürlich.«

Als Lisa die Intensivstation wieder verließ, war ihr leichter ums Herz. Sie hätte gerne mit Britt gesprochen und erfahren, was passiert war, aber die Ärzte würden erst gegen Mittag damit beginnen, ihre Schwester aus dem künstlichen Koma zu holen. Immerhin hatte Lisa den Hinweis erhalten, dass die Anfrage nach einem Therapieplatz bereits lief.

Fehrbach kam ihr auf dem Vorplatz des Krankenhauses entgegen. Sein Gesicht war grau vor Müdigkeit, und sie bekam ein schlechtes Gewissen, dass er ihretwegen die ganze Nacht über geblieben war.

»Ich bin noch mal bei den Wohnungen der beiden Männer vorbeigefahren«, sagte er, »aber ich habe auch diesmal niemanden angetroffen. Die scheinen wie vom Erdboden verschluckt, und das kann doch nur bedeuten, dass etwas faul an der ganzen Sache ist.«

»Danke.« Lisa zog ihr Handy aus der Tasche, das sie in der Nacht beim Betreten des Krankenhauses abgeschaltet hatte. »Lassen Sie uns ins Hotel fahren. Sie brauchen dringend etwas Schlaf und ich eine Dusche und neue Klamotten.«

Fehrbach schüttelte den Kopf. »Keine Zeit, ich muss nach Kiel zurück. Sievers will mich wegen irgendeiner dringenden Sache sprechen.«

»Ist der Damm denn wieder frei?«

»Ja.« Fehrbach zog die Autoschlüssel aus der Jackentasche. »Was ist mit Ihnen? Wollen Sie bei Ihrer Schwester bleiben?«

Da war sie wieder, diese verdammte Zwickmühle zwischen Beruf und Privatleben. Wenn es nur nach ihr gegangen wäre, wäre sie auf jeden Fall geblieben. Aber sie hatte einen aktuellen

Fall, und den konnte sie nicht einfach abgeben. »Ich fahre mit zurück. Ich werde meine Mutter anrufen, damit sie herkommen und bei Britt bleiben kann. Vielleicht kommt Jacob ja mit, dann hat Gerda ein wenig seelischen Beistand.«

»Das wird er bestimmt«, bestätigte Fehrbach, der Jacob Solberg schon seit vielen Jahren kannte und schätzte.

Auf der Fahrt zum Hotel rief Lisa als Erstes ihre Mutter an. Gerda versprach, noch am selben Tag nach Sylt aufzubrechen.

Im Anschluss daran hörte sie die eingegangenen Nachrichten ab. Hunolds Anwalt war am Vortag wieder nicht erreichbar gewesen, laut Aussage der Sekretärin sei er am Mittwoch aber definitiv von seiner Dienstreise zurück. Als Lisa schließlich die Anrufe von Berta Matthiessen entdeckte, stellte sie den Lautsprecher an, damit Fehrbach mithören konnte. Nachdem sie die aufgeregten Worte vernommen hatten, sahen sie sich bestürzt an. Voller Hektik drückte Lisa Berta Matthiessens Nummer, aber es ging niemand ans Telefon. Sie versuchte es noch mehrere Male, dann setzte sie sich mit Bergmann in Verbindung, dem sie das eben Gehörte in kurzen Worten wiedergab. »Fahr bitte so schnell wie möglich nach Kienholz. Ich habe das Gefühl, dass Berta Matthiessen etwas passiert ist.«

Das Auschecken im Hotel geschah in größter Eile. Danach verabschiedeten sie sich von Hannah und brachen nach Westerland auf. Die Verladung ging zügig vonstatten. Während der Fahrt über den Hindenburgdamm nickte Fehrbach das erste Mal ein. Als sich der Zug dem Bahnhof von Niebüll näherte, begann Lisas Handy zu klingeln. Bergmann. Sie stellte den Lautsprecher an, denn Fehrbach war in der Zwischenzeit wieder wach geworden.

»Du hattest recht mit deiner Vermutung, Frau Matthiessen ist überfallen worden«, hörten sie Bergmann sagen. »Sie ist jetzt auf dem Weg ins Krankenhaus, aber ich sage dir gleich, das sieht nicht gut aus. Sie wollte wohl vor dem Täter fliehen und scheint dabei auf einem Läufer ausgerutscht zu sein. Vielleicht wurde sie auch gestoßen, das können wir im Moment noch nicht genau sagen. Jedenfalls ist sie sehr unglücklich mit dem Kopf auf eine Kante des Couchtisches gefallen.«

Lisa stieß den Atem aus und spürte ihr wild klopfendes Herz. Die ersten beiden Anrufe von Berta Matthiessen waren kurz hintereinander gegen zweiundzwanzig Uhr eingegangen. Die letzte Nachricht, bei der sie dann endlich etwas hinterlassen hatte, war von zweiundzwanzig Uhr dreißig. Zu diesem Zeitpunkt hatte Lisa im Krankenhaus von Westerland darauf gewartet, dass ihr ein Arzt sagte, was mit Britt war. Natürlich hatte sie ihr Handy ausgeschaltet, das war in einem Krankenhaus selbst für das Diensthandy einer Kripobeamtin Pflicht. Aber sie hätte zwischendurch wenigstens einmal ins Freie gehen sollen, um zu überprüfen, ob Anrufe eingegangen waren.

»Das Haus ist total verwüstet«, sprach Bergmann weiter. »Da hat jemand ganz offensichtlich etwas gesucht.«

»Wir sind auf dem Weg, Frank. Wenn wir gut durchkommen, dürften wir in spätestens zwei Stunden bei euch sein.«

Susanna hatte sie aus dem Krankenhaus abgeholt und nach Hause gebracht. Der Kripobeamte war nicht mehr erschienen, und nachdem er gegangen war, hatte sich erneut die Glocke aus Traurigkeit über Maren gesenkt. Kein Gedanke mehr daran, dass sie tatsächlich für einen Moment froh gewesen war, am Leben zu sein.

»Jetzt sag mir bitte die Wahrheit.« Susanna stellte die Kanne mit dem frisch gebrühten Kaffee auf dem Couchtisch ab und zog den Kuchenteller etwas näher heran. »Wolltest du dich umbringen?« Sie sank neben sie auf das Sofa und ergriff ihre Hand.

»Maren und Susanna, meine unzertrennlichen Mädchen.« Marens Stimme klang rauh von unterdrückten Tränen. »Weißt du noch, so hat Papa uns immer genannt.«

»Maren, bitte.«

»Ich vermisse ihn so.«

Alle waren gegangen, erst Mama, dann Basti, dann Papa und als Letztes Jörg. Maren war, als würde ihr Leben aus einer Abfolge von Abschieden bestehen. Sie konnte nicht mehr, und ja, vielleicht war es Absicht gewesen, dass sie ein paar Schlaftabletten zu viel geschluckt hatte, und nicht nur der Wunsch, für einige Stunden alles zu vergessen.

»Ich habe meinen Job verloren. Kleemann hat mir fristlos gekündigt, weil ich angeblich vergessen habe, ein Beratungsprotokoll aufzusetzen. Jetzt redet sich der Kunde auf Unwissenheit heraus. Er hat viel Geld verloren und macht mich dafür verantwortlich. Aber das stimmt nicht! Ich habe alles so korrekt abgewickelt wie immer.« Es fehlte nicht viel, und sie hätte mit der Faust auf den Tisch geschlagen.

»O Maren, das tut mir so leid. Hast du deshalb …?«

»Vielleicht.«

Das Wort war heraus, bevor sie groß nachgedacht hatte. Ihre Schwester blickte verstört, und Maren stellte voller Verwunderung fest, dass es ihr Genugtuung bereitete, Susanna zu quälen.

»Maren, was ist passiert? Ich habe ein Recht darauf, es zu erfahren.«

»Ich weiß nicht, was passiert ist, verdammt noch mal!« Jetzt endlich schlug sie zu, so kraftvoll, dass die Kaffeekanne umkippte und sich die dunkle Flüssigkeit über den Tisch ergoss. Sie beobachtete, wie Susanna aufsprang und in die Küche lief, aus der sie nur Sekunden später mit einer Papierrolle in der

Hand zurückkehrte. Voller Hektik begann ihre Schwester die Flüssigkeit mit dem Papier aufzusaugen. Trotzdem konnte sie nicht verhindern, dass sich einige hässliche Flecken auf dem hellen Teppichboden auszubreiten begannen.

»Lass doch.« Der Ausbruch schien Marens letzte Kraft verbraucht zu haben.

Susanna achtete nicht auf sie und fuhr in ihrer Arbeit fort, bis sie den Tisch gereinigt hatte. »Was machen wir denn bloß mit dem Teppich?«, sagte sie dann leise und sah Maren hilflos an.

»Was kümmert mich der Teppich? Nichts in diesem Haus hat mehr eine Bedeutung für mich. Nichts in meinem Leben. Ich kann nicht mehr, verstehst du? Ich will nicht mehr, das hat doch alles keinen Sinn!«

»Was redest du denn da? Das stimmt doch überhaupt nicht.«

»Ach nein? Woher willst du denn wissen, wie es in mir aussieht? Welche Kraft es mich kostet, jeden einzelnen dieser verdammten Tage zu überstehen? Wie sehr ich mir wünsche, endlich meine Ruhe zu haben. Vor allen Dingen vor dir.«

»Was redest du da, Maren? Ich habe es doch immer nur gut gemeint.«

»Du meinst es seit unserer Kindheit gut. Seit Mama tot ist, habe ich keine Ruhe mehr vor dir. Und dann diese ganze Anteilnahme nach Bastis Tod. Das war doch alles nur Masche, damit du dich besser fühlst. Wenn Basti damals wie abgesprochen mit euch verreist wäre, dann würde er jetzt noch leben!«

»Wir mussten den Urlaub absagen, weil Constantin den Innenminister auf einer Dienstreise begleiten musste.«

»Klar, Constantins politische Karriere ging natürlich vor. Das war ja schon immer so. Dahinter musste alles zurückstecken.«

Es war, als wäre ein Damm gebrochen. Mit etwas Willenskraft hätte sich Maren der Flutwelle noch in den Weg stellen können, aber ihr wurde bewusst, dass sie das gar nicht wollte. Sie wollte dieses elende Schuldgefühl, das sie jetzt seit siebzehn Jahren niederdrückte, an jemand anderen abgeben. Sie wollte, dass ihre Schwester ebenso litt und sich verantwortlich fühlte, wie sie es auch all die Jahre über getan hatte. Susanna sollte sich endlich eingestehen, dass sie und Constantin eine Mitschuld an Bastis Tod trugen.

»Hast du dich deshalb immer so fürsorglich um mich gekümmert, weil du dein Gewissen beruhigen musstest? Maren hier, Maren da, geht es dir gut, was können wir für dich tun. Du meine Güte, deine Fürsorge war ja an manchen Tagen nicht mehr auszuhalten.« Ein albernes Kichern entschlüpfte ihr. »Oder sollte ich besser sagen, vermeintliche Fürsorge? Denn so, wie du mich immer betüddelt hast, das war doch nicht mehr normal.«

Es tat gut, sehr gut sogar, Susannas wechselndes Mienenspiel zu verfolgen, den Unglauben, die einsetzende Blässe, das Zittern der Lippen, den Ausdruck der Augen, in denen sich sämtliche Facetten von Unglauben über Abwehr bis hin zu Empörung spiegelten.

»So siehst du das also?«

»Ja, so sehe ich das.«

Einen Augenblick herrschte Stille, dann erhob sich Susanna vom Fußboden, auf dem sie immer noch kniete. »Dann ist es wohl besser, wenn ich gehe.«

Maren erwiderte nichts und sah zu, wie ihre Schwester die Küchenrolle auf den Couchtisch legte, nach ihrer Handtasche griff, dann aber zögerte und sie noch einmal ansah.

»Was ist los mit dir, Maren? Das bist doch nicht du. Warum fällst du plötzlich über mich her? Ich bin doch immer für dich da gewesen.«

»Und jetzt erwartest du, dass ich danke sage, oder was? Ich habe dich jedenfalls nicht darum gebeten.«

Susannas Blick flackerte, dann wandte sie sich ab und ging in Richtung Flur. »Danke, ich finde den Weg!«

Nach einigen Sekunden fiel die Eingangstür mit einem lauten Knall ins Schloss.

Es dauerte dann doch fast drei Stunden, bis sie endlich am Kanal ankamen. Lisa hatte die A 7 genommen, in der Hoffnung, dort schneller als auf der Landstraße voranzukommen, aber ein Unfall auf der Höhe der Auffahrt Schuby hatte diese Erwartung zunichtegemacht. Zehn Kilometer Stau, fast eine Stunde nur Schritttempo.

Ein Gutes hatte die Verzögerung allerdings gehabt. Fehrbach hatte die ganze Zeit über geschlafen und fühlte sich bei ihrer Ankunft in Kienholz nicht mehr ganz so zerschlagen.

Frank Bergmann stand im tief verschneiten Vorgarten und unterhielt sich mit Alexander Behring, als Lisa den Wagen vor dem Haus von Berta Matthiessen parkte. Uwe Grothmann schien gerade die Fenster einer genaueren Beobachtung zu unterziehen.

»Wisst ihr, wie es Frau Matthiessen geht?«, war Lisas erste Frage, nachdem sie aus dem Wagen gestiegen waren.

»Ich habe vor einer halben Stunde im Krankenhaus angerufen, da hieß es unverändert«, gab Bergmann zur Antwort. Er sah Lisa fragend an. »Und sie hat wirklich gesagt, dass sie weiß, wer Hunolds Mörder ist.«

»Sie hat gesagt, dass sie Unterlagen besitze, aus denen dieses hervorgeht.«

»Die scheint der Täter dann ja wohl im Haus gesucht zu haben. Da drinnen sieht es nämlich aus wie auf einem Schlachtfeld.«

»Warum hat sie dir die Sachen denn nicht schon früher gegeben?«, fragte Uwe, der zu ihnen getreten war. »Ich denke, sie war mit dem Hunold so dicke, da muss ihr doch daran gelegen sein, dass sein Tod so schnell wie möglich aufgeklärt wird.«

»Vielleicht hat sie die Unterlagen erst jetzt gefunden oder sie von jemandem erhalten«, wandte Fehrbach ein.

»Ich bin mir sicher, dass sie erst vor kurzem in den Besitz dieser Unterlagen gekommen ist, sonst hätte sie mir die schon lange gegeben.« Lisa krauste die Stirn. »Wir müssen herausfinden, was sie in den letzten Tagen gemacht hat. Ob sie Besuch hatte, irgendwohin gefahren ist oder so.«

»Das haben wir schon getan«, sagte Bergmann. »Wir haben mit einer Frau gesprochen, die Frau Matthiessen am Montagmorgen an der Bushaltestelle getroffen hat. Sie wollte nach Kiel, und die Frau, die ebenfalls dorthin gefahren ist, sagt, dass Frau Matthiessen genauso wie sie am Hauptbahnhof ausgestiegen ist. Die beiden sind dann noch ein Stück zusammen gegangen. Die Frau wollte zu ihrer Tochter nach Hamburg fahren, und Frau Matthiessen ist nach ihrer Verabschiedung in Richtung der Schließfächer gegangen.«

»Interessant«, meinte Fehrbach. »Sie hat aber nicht gesagt, dass sie wirklich dorthin wollte.«

»Nein. Die Frau, die Frau Matthiessen begleitet hat, sagt, dass diese die ganze Zeit über sehr schweigsam gewesen sei. Sie hat mit keinem Wort erwähnt, was sie vorhatte, soll aber ängstlich gewirkt haben.«

»Vielleicht war sie ja bei den Schließfächern und hat aus einem die Unterlagen geholt, die sie mir jetzt zeigen wollte.« Lisa warf einen Blick zu Behring, der sich anschickte, wieder ins Haus zu gehen. »Wie weit seid ihr, Alexander? Können wir mit rein?«

Behring blieb stehen und schien zu überlegen. »Wir brauchen noch ein bisschen.« Dann gab er sich einen Ruck. »Also gut. Dann zieht euch mal Schutzanzüge an.«

Das Innere des Hauses sah wirklich so aus, als hätte eine Bombe eingeschlagen. Möbelstücke waren zur Seite gekippt, Schubladen ausgeleert, unzählige Utensilien lagen auf dem Boden verstreut.

Als sie die Küche in Augenschein nahmen, kam Behring herein und reichte Lisa einen eingetüteten handgeschriebenen DIN-A4-Brief. »Das hat gerade ein Kollege entdeckt. Es lag unter einem umgekippten Stuhl im Wohnzimmer. Die darin erwähnte Kassette haben wir bis jetzt allerdings nicht gefunden.«

»Liebe Berta. Entschuldige bitte, dass ich diese Kassette in Deinem Haus versteckt habe, aber das erschien mir der sicherste Ort. Der Schlüssel gehört zu einem Schließfach im Kieler Hauptbahnhof.«

»Also hatten Sie recht mit Ihrer Vermutung.« Fehrbach hatte Lisa über die Schulter geblickt und las gerade den Rest des Briefes. »Wer immer hier gewesen ist, hat diese Unterlagen gesucht. Es muss sich um dieselbe Person handeln, die neulich in Hunolds Haus rumgeschnüffelt hat. Dort hat er oder sie nichts gefunden, also wurde hier gesucht.«

»Ich habe gerade das Gefühl, dass wir komplett auf dem Holzweg sind«, sagte Lisa zerstreut. »Wir gehen die ganze Zeit davon aus, dass der Mord an Hunold etwas mit seinen Verbrechen zu tun hat. Dass sich die Eltern oder andere Personen an ihm rächen wollten. Was, wenn das alles gar nicht stimmt? Vielleicht gibt es einen ganz anderen Grund.«

Fehrbach sah sie nachdenklich an. »Hunold muss vor irgendjemandem Angst gehabt haben, sonst hätte er diese Zeilen nicht geschrieben und auch keine Unterlagen zur Rückversicherung verwahrt. Aber warum hat er sie in einem Schließfach hinterlegt und nicht bei seinem Anwalt?«

»Das werde ich hoffentlich bald erfahren. Ich mache mich jetzt auf den Weg zu ihm.« Lisa blickte Fehrbach fragend an.

»Kommen Sie mit nach Kiel, oder wollen Sie noch hierbleiben?«

Fehrbach setzte sich in Bewegung. »Ich komme mit. Mein Wagen steht ja noch dort.«

Axel Schäfer hatte sich erneut krankgemeldet und das mürrische »Nicht, dass das jetzt zu einem Dauerzustand wird, Schäfer!« seines Chefs zu ignorieren versucht. Mein Leben geht gerade den Bach runter, hatte er wütend gedacht, und der Typ hat nichts anderes zu tun, als mir dämliche Sprüche an den Kopf zu werfen.

Er hatte die ganze Nacht gegrübelt, was er jetzt tun sollte. Erst am Morgen war er in einen unruhigen Schlaf gefallen, aus dem er nur eine Stunde später schweißgebadet wieder erwachte. Mit einem Entschluss.

Er würde zur Polizei gehen und alles erzählen. Nach dem, was gestern passiert war, blieb ihm gar keine andere Wahl. Was aus ihm wurde, war ihm mittlerweile egal, das Einzige, was jetzt zählte, war, Sandra zu schützen.

Schäfer konnte sich nicht mehr daran erinnern, wohin er die Visitenkarte der Kripobeamtin gelegt hatte. Gut möglich, dass er sie weggeschmissen hatte. Wenn er ehrlich war, würde er sowieso lieber mit dem Mann sprechen, der neulich dabei gewesen war. Er hatte gesagt, dass seine Frau und sein Sohn bei einem Amoklauf getötet worden waren. Wenn jemand verstehen würde, wie es ihm nach dem Verlust seiner Familie ergangen war, warum er nicht loslassen konnte und sich jetzt mit diesen Gangstern eingelassen hatte, dann war es dieser Kripobeamte. Schäfer versuchte sich den Namen ins Gedächtnis zu rufen. Bergmann, ja, so hatte der Beamte geheißen.

Schäfer verabschiedete den Mann vom Glasernotdienst, der noch in der Nacht eine neue Fensterscheibe eingesetzt hatte und jetzt vorbeigekommen war, um die Rechnung höchstpersönlich abzugeben. Dann zog er die Stiefel an, streifte die Jacke über und öffnete die Haustür. Erst einen Spaltbreit, dann ein Stück mehr, bis sie schließlich halb offen stand und er vorsichtig auf die oberste Stufe hinaustrat, um sich nach allen Seiten hin umzusehen. Sein Herz raste, Adrenalin pumpte durch seinen Körper. Er schalt sich einen elenden Feigling, weil er am liebsten wieder ins Haus zurückgelaufen wäre, um sich darin zu verkriechen.

Der Schneefall hatte aufgehört, und eine fahle Sonne setzte alles daran, wenigstens ein paar Strahlen durch die Wolkendecke zu schicken. Schäfer zog die Tür hinter sich zu, schloss ab und ging durch den Vorgarten zum Carport hinüber. Immer wieder sah er sich nach allen Seiten hin um, selbst während er die Autoscheiben freikratzte und die Außenscheinwerfer mit Enteisungsspray bearbeitete. Auf der Straße fuhren mehrere Autos vorbei. Schäfer beäugte sie misstrauisch, konnte aber nichts Verdächtiges entdecken. Sie fuhren alle im Schritttempo, aber das musste ja nicht bedeuten, dass in einem davon jemand saß, der sein Haus beobachtete. Die Wetterverhältnisse ließen einfach kein schnelles Fahren zu.

Schäfer benötigte über eine Stunde, bis er die Bezirkskriminalinspektion erreicht hatte. Zum Glück scherte gerade ein Wagen aus einer Parklücke aus, so dass die langwierige Suche nach einem Parkplatz entfiel.

Als er das alte Gebäude betreten wollte, fuhr ein Windstoß in den Schnee auf dem First über dem Eingang. Es gelang ihm nicht mehr, auszuweichen, und so ergoss sich die weiße Pracht mit einem sirrenden Geräusch über seinen Körper. Er schüttelte sich und klopfte den Schnee aus Kleidung und Haaren, dann betrat er die BKI und erkundigte sich beim Pförtner nach Bergmann.

»Ich frage mal nach, aber ich glaube, der ist noch nicht wieder im Haus.« Der Mann wollte zum Telefonhörer greifen, als sich die Tür ein weiteres Mal öffnete. »Na, das nenne ich Glück. Da kommt er gerade.«

Schäfer drehte sich zur Tür herum. »Herr Bergmann!« Seine Knie wurden weich, als er auf den Kripobeamten zuging, der ihm überrascht entgegenblickte. Jetzt gab es kein Zurück mehr.

Die Kanzlei von Hunolds Anwalt befand sich im zweiten Stock eines Altbaus in der Holtenauer Straße. Die Außenfassade des Hauses zierte ein offensichtlich neues Graffito, das ein hünenhafter Mann in einem blauen Overall unter Zuhilfenahme von Reinigungsmitteln sowie derben Flüchen zu entfernen suchte. Als Lisa die Klinke der Eingangstür hinunterdrückte, schaute er kurz hoch und deutete auf die schwarzen großflächigen Kreise an der Hauswand. »Und das nennen diese Idioten Kunst. Man sollte ihnen die Hände abhacken.«

Lisa ersparte sich eine Antwort und schlüpfte in das Innere des Gebäudes – glänzendes Parkett auf Böden und Treppe, Wände in einem schimmernden Grauton. Der Fahrstuhl war neueren Datums und störte das Gesamtbild eines hochherrschaftlichen Hauses aus der Gründerzeit mit seiner Modernität. Lisa nahm die Treppe, bis sie im zweiten Stock vor der Tür der Anwaltskanzlei Schauberg & Grützner stand. Die Klingel gab einen melodischen Dreiklangton zum Besten, dem nur wenige Sekunden später das Summen des Türöffners folgte. Sie trat ein und fand sich in den hellen und mit erlesenem Geschmack eingerichteten Räumen einer Anwaltskanzlei wieder, deren Klientel zur gehobenen Klasse zu gehören schien.

Rechtsanwalt Grützner begrüßte Lisa mit einem festen Händedruck und entschuldigte sich, dass seine Dienstreise länger als geplant gedauert habe und er somit erst jetzt für sie erreichbar sei. Während er seine Sekretärin anwies, ihnen Kaffee zu bringen, ließ sich Lisa auf dem angebotenen Sitzplatz nieder und beobachtete den Anwalt unauffällig. Grützner mochte um die vierzig sein, ein eher unauffälliger Typ Mann mit grünen Augen und einer beginnenden Glatze. Sein dunkelgrauer Anzug mit Weste war Maßarbeit ebenso wie seine auf Hochglanz polierten schwarzen Schuhe.

Nachdem Grützner Platz genommen hatte, legte Lisa ihm den Grund ihres Kommens dar. »Uns ist zu Ohren gekommen, dass Carsten Hunold für die Zeit, die er laut Urteil des EGMR unzulässig in Sicherungsverwahrung saß, Haftentschädigung beantragt hatte.«

Bevor Lisa fortfahren konnte, fiel Grützner ihr ins Wort. »Ich kann mir vorstellen, was Sie jetzt denken, und ich habe mir diesbezüglich auch schon einiges von Kollegen anhören müssen. Ein Sexualstraftäter und Mörder hält die Hand auf und will Geld von Vater Staat. Aber die Sache ist nun einmal rechtens. Die nachträgliche Sicherungsverwahrung ist laut Urteil des EGMR menschenrechtswidrig. Da gibt es nichts dran zu rütteln.« Er machte eine kurze Pause. »Ich möchte betonen, dass ich Herrn Hunold von der Klage abgeraten habe. Als er mich in der Angelegenheit kontaktierte, habe ich ihm die Rechtsgrundlagen dargelegt und darauf hingewiesen, dass er sich unter Umständen Ärger mit einer solchen Klage einhandeln könnte.«

»Darauf wollte ich gar nicht hinaus. Mich interessiert vielmehr, wer davon gewusst haben könnte. Ist Ihnen da etwas bekannt?«

»Aus genau diesem Grund hatte ich ihm ja abgeraten. Diese Dinge können Sie nämlich noch so unterm Deckel halten, da findet trotzdem immer einer was raus und geht damit dann natürlich auch gerne mal an die Medien. Und wenn es dann bekannt ist, kann es eben sehr leicht Begehrlichkeiten wecken oder wie in Hunolds Fall Anlass zur Empörung geben. Aber davon wollte er nichts hören. Das Geld stehe ihm zu, und basta. Ich habe ihm dann eindringlich geraten, mit niemandem darüber zu sprechen. Ob er sich allerdings daran gehalten hat«, hier hob Grützner die Schultern, »entzieht sich meiner Kenntnis.«

»Uns ist zumindest eine Person bekannt, der Hunold davon erzählt hat.«

»Dieser Hunold war ein merkwürdiger Mensch. Auf der einen Seite verschlossen wie eine Auster und auf der anderen dann wieder sehr mitteilsam, wenn es um Dinge ging, mit denen er sich wichtigmachen konnte. Er hat mir einmal erzählt, dass er ein begnadeter, ja, das hat er wirklich so gesagt, ein begnadeter Tischler gewesen sei, der nur für die oberen Zehntausend gearbeitet habe. Als ich aus Neugierde nachgeforscht habe, bekam ich heraus, dass er Angestellter in einer Tischlerei war, die ausschließlich Kleinstaufträge ausführte und außer Hunold nur noch einen weiteren Angestellten hatte. Der Betrieb ist ein Jahr vor dem ersten Mord pleitegegangen. Bis zu seiner Festnahme war Hunold arbeitslos. Da war also nichts mit Promis und so. Deshalb kann ich mir schon vorstellen, dass er mit der zu erwartenden Geldsumme geprotzt hat. Vielleicht ja den falschen Leuten gegenüber.«

»Wie oft haben Sie Hunold während seiner Haft besucht?«

»Nur einmal. Das war, nachdem das Urteil des EGMR rausgekommen war. Hunold hatte durch einen Mithäftling davon erfahren und mich gebeten, in die JVA zu kommen. Wir haben die Thematik erörtert, und nachdem ich ihm nicht von der Klage abraten konnte, bin ich wieder gegangen und habe alles in die Wege geleitet.«

»Sie haben ihn nicht abgeholt, als er freigelassen wurde?«

Grützner stieß ein verächtliches Lachen aus. »Ich konnte mich beherrschen.«

»Haben Sie bei Ihrem Treffen in der JVA noch über andere Dinge gesprochen? Hat Hunold etwas von Plänen nach seiner Freilassung erwähnt?«

»Er wollte in das Haus seiner verstorbenen Mutter am Kanal ziehen. Mehr hat er nicht gesagt.«

»Auch nicht in Bezug auf seine beruflichen Pläne?«

»Nein, tut mir leid. Wir haben so gut wie nie über private Dinge gesprochen.«

»So gut wie nie?«

»Nun ja, ich wusste, dass er ledig war, seine Mutter während seiner Haft gestorben ist, und ich kannte seinen Beruf. Das war dann aber auch schon alles.«

»Wie war das nach Hunolds Haftentlassung? Haben Sie sich da getroffen?«

»Dazu bestand keine Veranlassung. Wenn das Geld zur Auszahlung gekommen wäre, hätte ich ihn informiert. Aber dazu hätte es keines persönlichen Treffens bedurft.« Grützner interpretierte Lisas Blick richtig. »Ich mochte Hunold nicht, der Mann hatte für mein Empfinden etwas Hinterhältiges an sich. Deshalb habe ich unsere Begegnungen auch auf ein Minimum beschränkt. Das mag Ihnen ungewöhnlich erscheinen, aber ich habe das Mandat seinerzeit nur angenommen, weil ich einem Kollegen helfen wollte, der an Krebs erkrankt war. Wenn das nicht gewesen wäre, hätte ich abgelehnt. Das habe ich Hunold bei unserer letzten Begegnung übrigens auch gesagt. Er wusste, dass ich mein Mandat nach der erfolgten Zahlung des Geldes niederlegen würde.«

»Das erklärt einiges«, sagte Lisa.

»Was meinen Sie?«

»Ich bin nämlich noch wegen einer anderen Sache zu Ihnen gekommen, die ich mir nicht erklären konnte«, sagte sie. »Carsten Hunold hatte in einem Schließfach im Hauptbahnhof wichtige Unterlagen versteckt, und ich hatte mich gewundert, wieso er die nicht bei Ihnen hinterlegt hat. Aber jetzt ist mir das natürlich klar.« Lisa erhob sich, und Grützner tat es ihr gleich. »Danke für Ihre Auskünfte, Herr Grützner. Sie haben mir sehr geholfen.«

Fehrbach waren Lisas Worte, dass der Mord an Hunold vielleicht gar nicht in Zusammenhang mit seinen Verbrechen stand, nicht mehr aus dem Kopf gegangen. Es war natürlich die naheliegendste Vermutung gewesen, aber vielleicht nicht die richtige.

Er schenkte sich einen Kaffee ein und nahm wieder auf seinem Bürostuhl Platz. Gedankenverloren griff er nach Stift und Papier und schrieb nach einigen Sekunden des Nachdenkens die Namen der Personen auf, die nichts mit den alten Fällen zu tun haben konnten.

Bongers.

Aber welchen Grund hätte er gehabt, Hunold umzubringen? Bongers hatte mit seinem Neonazi-Trupp gegen Hunold protestiert. Aber Mord? Dafür hatte kein Motiv vorgelegen. Jedenfalls keines, das uns bekannt ist, dachte Fehrbach resigniert.

Seegers.

Das Flensburger K1 ermittelte fieberhaft, hatte bis jetzt aber noch mit keinem Tatverdächtigen aufwarten können. Fehrbach schüttelte den Kopf. Es machte keinen Sinn, dass Seegers seinen Knastkumpanen getötet haben sollte, selbst wenn er es auf das

Geld aus der Haftentschädigung abgesehen hatte. Zum Zeitpunkt von Hunolds Ermordung hatte sich dieses schließlich noch gar nicht in dessen Besitz befunden.

Die Kripobeamten aus Flensburg und auch Lisa hatten die Überlegung angestellt, inwieweit die Morde an Hunold und Seegers zusammenhängen könnten. Aber bis jetzt hatten sie nichts gefunden, was darauf hindeutete.

Obwohl …

Was, wenn Hunold und Seegers ein Wissen geteilt hatten, von dem der Mörder nicht wollte, dass es an die Öffentlichkeit drang? Fehrbach hatte nicht die leiseste Idee, um was es sich dabei handeln könnte, aber der Gedanke elektrisierte ihn, und so spann er ihn weiter.

Hunold hatte etwas gewusst, womit er einer anderen Person gefährlich werden konnte. Weil diese Person eine Straftat begangen hatte, aber vielleicht auch nur, weil Hunold deren Ruf beschädigen konnte. Das war für manche Menschen schon ein starkes Mordmotiv. Seegers hatte durch Hunold davon erfahren oder es unter Umständen auch alleine herausgefunden. Und somit war auch Seegers zu einer Gefahr geworden, die beseitigt werden musste.

Ebenso wie Berta Matthiessen …

Fehrbach griff zum Telefonhörer und rief Alexander Behring an, um ihm seine Überlegungen mitzuteilen. Der Leiter des K6, der sich mit seinen Mitarbeitern immer noch im Haus von Berta Matthiessen aufhielt, fand den Gedanken folgerichtig und versprach Fehrbach, zusammen mit seinen Flensburger Kollegen dafür zu sorgen, dass sämtliche sichergestellten Gegenstände der beiden Tatorte sowie die aus Berta Matthiessens Haus auf Gemeinsamkeiten überprüft wurden.

Als Nächstes rief Fehrbach Lisa an. »Aber wer soll diese Person sein?«, hörte er sie fragen, nachdem er seine Ausführungen beendet hatte. »Hunold hat sich nach seiner Freilassung doch quasi in seinem Haus verbarrikadiert. Der Mann hatte Angst, nach draußen zu gehen. Frau Matthiessen hat ihm ja sogar häufig die Lebensmittel eingekauft. Wo soll er denn jemanden kennengelernt haben, den er sich zum Feind gemacht hat?«

»Ich weiß es nicht«, sagte Fehrbach und erzählte Lisa, worum er Alexander Behring gebeten hatte. »Wenn wir Glück haben, finden die Techniker etwas, denn die Ergebnisse der Tatorte sind ja noch nicht miteinander abgeglichen worden.«

Lisa schien nachzudenken, denn es dauerte einen Augenblick, bis sie wieder sprach. »Vielleicht hat Hunold jemanden erpresst. Sein Anwalt meinte, er habe immer so etwas Hinterhältiges an sich gehabt.« Sie stieß ein gequältes Lachen aus. »Oje, wer nichts in der Hand hat, verliert sich in Spekulationen. Drücken wir mal die Daumen, dass Ihre Überlegung zu einem Ergebnis führt.«

Das Gespräch mit Fehrbach hatte Lisa sehr nachdenklich gemacht und auf dem Weg in die Uni-Klinik begleitet, wo sie ihren Vorgesetzten besuchen wollte. Sie hatte sich Stations- und Zimmernummer bereits während ihres Aufenthalts auf Sylt geben lassen und bekam jetzt einen großen Schrecken, als sie feststellen musste, dass das angegebene Zimmer leer war. Es geht Ralf gut, versuchte sie sich zu beruhigen, er ist nur verlegt worden, vielleicht hat man ihn sogar schon entlassen. Ja, so musste es sein. Ralf war schon wieder zu Hause, und die Kollegen hatten vergessen, ihr Bescheid zu geben.

»Kann ich Ihnen helfen?« Eine Schwester war vor Lisa stehen geblieben.

»Ja … ich …« Du meine Güte, jetzt reiß dich zusammen!

»Ich suche Herrn Södersen. Man hatte mir gesagt, dass er in Zimmer 109 liegt. Aber das Zimmer ist leer.«

Das Gesicht der Schwester nahm einen besorgten Ausdruck an. »Wir mussten Herrn Södersen verlegen.«

Lisa stockte der Atem. »Geht es ihm schlechter?«

»Nein, aber er hat sich leider einen Keim eingefangen. Deshalb mussten wir ihn isolieren.«

»Kann ich trotzdem zu ihm?«

»Natürlich. Ich bringe Sie hin. Sie müssen sich allerdings Schutzkleidung anlegen.« Die Schwester sah Lisa neugierig an. »Sind Sie eine Kollegin von Herrn Södersen?«

Lisa nickte.

Die Schwester begann über das ganze Gesicht zu strahlen. »Na, dann kennen Sie das mit der Schutzkleidung ja. Ach, ist das aufregend, die Mordkommission hier zu haben. Ich bin nämlich ein großer Krimifan, müssen Sie wissen.«

Lisa bemühte sich nach Kräften, Interesse zu heucheln, und war heilfroh, als sie Södersens neues Zimmer erreicht hatten und sie dem Redefluss der Krankenschwester entrinnen konnte. Sie schlüpfte in die Schutzkleidung und betrat den Raum.

»Das wurde aber auch Zeit, dass du dich blicken lässt«, wurde sie von einem übellaunig dreinblickenden Södersen empfangen. »Wo warst du denn die ganze Zeit?«

»Auf Sylt, das wusstest du doch.«

»Ja, aber warum denn so lange?«

»Weil der Damm gesperrt war und wir nicht zurückkonnten. Haben die Jungs dir das denn nicht gesagt?«

»Die Jungs machen gemeinsame Sache mit den Ärzten. Seit zwei Tagen hat mich keiner mehr besucht! Mein Handy haben sie eingezogen, und fernsehen darf ich auch nicht!« Es fehlte nicht viel, und er hätte einen Schmollmund gezogen. Lisa musste sich ein Grinsen verkneifen, wie er dort so mürrisch und mit sich und der Welt im Unfrieden in seinem Bett lag. Am liebsten hätte sie ihn in die Arme genommen und ihm seine schlechte Laune weggeknuddelt.

»Das ist ja auch richtig so. Schließlich sollst du dich schonen.«

»Ich muss mich nicht schonen, ich bin topfit!« Wie zum Beweis seiner markigen Worte wollte er sich aufrichten, sank aber augenblicklich mit einem Stöhnen zurück.

»Was ist?« Lisa trat neben das Bett. »Soll ich einen Arzt rufen?«

»Nein, mir brummt nur der Schädel seit diesem Sturz. Eine leichte Gehirnerschütterung, sagt der Doc.« Södersen deutete auf den Stuhl am Fenster. »Bring mich jetzt bitte auf den neuesten Stand, sonst krieg ich hier noch den Krankenhauskoller.«

Anderthalb Stunden später traf Lisa im Büro ein, wo sie schon ungeduldig von Bergmann erwartet wurde. »Wieso ist dein Handy ausgeschaltet?«

Sie tippte sich an die Stirn und zog das Mobiltelefon aus der Tasche, um es wieder anzustellen. »Verdammt, das habe ich vergessen. Ich war bei Ralf im Krankenhaus. Es hat länger gedauert, weil wir noch eine Übergabe machen mussten. Ich hab ja überhaupt keine Ahnung, was bei ihm im Moment anfällt. Was ist denn los?«

»Axel Schäfer war hier und hat zugegeben, dass er mit Bongers und seinen Neonazis gemeinsame Sache gegen Hunold gemacht hat. Er und Bongers haben Hunold sogar einmal in dessen Haus überfallen und zusammengeschlagen.«

»Na, sieh mal einer an. Und wieso gibt Schäfer das jetzt plötzlich zu?«

»Weil er aussteigen will. Seitdem werden er und seine Frau bedroht.« Bergmann ging zu seinem Schreibtisch hinüber und nahm einige Beweismitteltüten zur Hand, in denen mehrere Fotos steckten. »Sieh dir das mal an.«

In der nächsten Viertelstunde lauschte Lisa den Ausführungen ihres Kollegen und begutachtete dabei die Fotos. »Hat Schäfer denn wirklich nicht gewusst, an wen er da geraten ist?«, fragte sie, als Bergmann geendet hatte.

»Er hat zugegeben, dass er wohl sehr blauäugig war. Nach Hunolds Entlassung ging es ihm schlecht, denn die hat natürlich alles wieder aufgewühlt. Er sagt, dass er in diesem Zustand nur allzu empfänglich für Bongers' Thesen war.« Bergmann strich sich über das Kinn. »Ich kann mir das schon vorstellen. Du weißt nicht, wohin mit deiner Wut und deinem Hass, und willst nur noch Rache, und dann kommt da jemand, der dir ein Ventil bietet.«

Lisa verkniff sich die Frage, ob Bergmann aus eigener Erfahrung sprach, denn sie merkte sehr deutlich, dass ihrem Kollegen die Angelegenheit zusetzte und Schäfer ihm leidzutun schien. »Wo befinden sich die Schäfers jetzt?«

»In ihrem Haus. Ich habe zwei Kollegen der Schutzpolizei zu ihrer Bewachung abgestellt.«

»Dann ist Sandra Schäfer zu ihrem Mann zurückgekehrt?«

»Ich habe sie darum gebeten, vorerst wieder zurückzugehen, weil wir nicht genug Leute haben, um zwei Unterkünfte zu bewachen.«

»Wer hat sie über das Vorgefallene informiert?«

»Ich bin mit Schäfer zu ihr gefahren. Sie war natürlich ziemlich geschockt, als sie gehört hat, mit wem ihr Mann sich da eingelassen hat. Und noch viel mehr, als sie die Fotos gesehen hat.«

»Das kann ich mir vorstellen«, sagte Lisa. »Allein dieses SM-Foto … Stell dir mal vor, du wirst von jemandem beobachtet, der dir Böses will und dann so etwas ins Internet stellt. Da kannst du dich doch überhaupt nicht gegen wehren.« Sie schüttelte sich. »Schäfer ist für mich aber trotzdem nicht außen vor. Der hätte das alles nie zugegeben, wenn er jetzt nicht solche Angst hätte.«

»Ich glaube nicht, dass er Hunold getötet hat.«

»Aber er hat ihn mit Bongers' Unterstützung zusammengeschlagen. Erinnere dich an die Hämatome auf Hunolds Körper. Hesse hat gesagt, dass da jemand mit unglaublich viel Wut und Hass gehandelt hat. Da ist es bis zu einem Mord nicht mehr weit.«

»Das trifft dann aber auch auf Bongers zu.«

»Hast du Schäfer gefragt, ob er was von der Haftentschädigung wusste?«

»Er hat gesagt, nein.«

»Habt ihr Bongers schon hergeholt?«

Bergmann nickte und stand auf. »Er ist mit seinem Anwalt im Vernehmungsraum.«

»Schäfer wird mit einer Anklage wegen Hausfriedensbruch und schwerer Körperverletzung rechnen müssen«, meinte Lisa, während sie ihrem Kollegen auf den Flur folgte.

»Das habe ich ihm gesagt. Er hat auf mich den Eindruck gemacht, als ob er ehrlich bereut, was er Hunold angetan hat, und auch bereit ist, dafür die Verantwortung zu übernehmen. Er ist da in etwas reingeraten, dessen Ausmaße er nicht ermessen konnte. Um sich selbst schien er keine Angst zu haben, aber um seine Frau.«

»Hat er etwas von anderen Aktivitäten der Gruppe mitbekommen, zurückliegende oder vielleicht geplante?«

»Nein. Schäfer hat gemeint, dass sie ihm wohl nicht wirklich vertraut und ihn deshalb außen vor gelassen haben. Und ich denke, dass wir ihm das glauben können, denn wenn er wirklich von anderen Dingen wüsste, würde er es uns sagen. Solange

Bongers nicht aus dem Verkehr gezogen ist, wird Schäfer doch in ständiger Angst leben.«

»Wir werden ihn aber trotzdem nicht als Täter ausschließen«, wiederholte Lisa mit Nachdruck.

Bongers und sein Anwalt blickten auf, als Lisa und Bergmann den Vernehmungsraum betraten. Auf Bongers' Gesicht lag ein gelangweilter Ausdruck, der selbst dann nicht wich, als Lisa ihn mit Schäfers Vorwürfen konfrontierte. »Was haben Sie zu diesen Anschuldigungen zu sagen, Herr Bongers?«

Augenblicklich versuchte der Anwalt sich einzuschalten, aber Bongers fertigte ihn mit einer kurzen Geste ab.

»Dass sie nichts als Verleumdungen sind. Ich habe diesen Hunold nicht zusammengeschlagen, und dass ich Schäfers Frau bedroht haben soll, ist einfach lächerlich. Wenn er weiter mit diesen Sprüchen hausieren geht, soll er sich schon mal warm anziehen. Dann werde ich ihn nämlich mit einer Klage überziehen, die sich gewaschen hat.«

»Markige Worte, Herr Bongers«, sagte Bergmann und zog einen Stuhl heran. »Wirklich sehr beeindruckend.«

Bongers hob die rechte Augenbraue und sah Bergmann mit einem mitleidigen Ausdruck an. »Ihre Ironie können Sie sich sparen.«

Lisa legte die mitgebrachten Fotos nebeneinander vor Bongers ab. »Erkennen Sie diese Frau?«

Bongers ließ seinen Blick über die Aufnahmen gleiten und schnalzte kurz mit der Zunge, als er bei der Fotomontage angelangt war. »Knackige Puppe. Die würde ich gerne mal kennenlernen.« Er sah Lisa an. »Wer soll das sein, Frau Kommissarin?«

»Sandra Schäfer.«

»Ach, wirklich? Der Schäfer macht so einen biederen Eindruck, und dabei hat er einen solchen Feger zu Hause.« Ein unangenehmes Lächeln kräuselte Bongers' Lippen. »Aber vielleicht hat er ja gar nichts davon gewusst. Vielleicht hat sie ihre Vorlieben an anderen Orten ausgelebt.«

»Schluss mit dem Theater!«, herrschte Bergmann ihn an, woraufhin sich Bongers' Anwalt abrupt erhob.

»Ich denke, dass wir die Sache an dieser Stelle beenden. Mein Mandant hat erklärt, dass die gegen ihn erhobenen Vorwürfe nicht zutreffen. Und wie es aussieht, haben Sie keine gegenteiligen Beweise außer der Aussage von diesem Herrn Schäfer. Wenn ich Sie vorhin richtig verstanden habe, hat er nicht gesehen, wer den Stein geworfen hat, an dem der Umschlag mit den Fotos befestigt war. Seine Anschuldigungen gegen meinen Mandanten fußen also ausschließlich auf Mutmaßungen. Dass Sie damit nicht weiterkommen, brauche ich Ihnen ja wohl nicht zu sagen.«

Eine Welle der Frustration überrollte Lisa, und sie presste die Zähne zusammen, um sich nicht zu einer unbedachten Äußerung hinreißen zu lassen. In Momenten wie diesen hätte sie ihren Job am liebsten hingeschmissen, weil die Erkenntnis, dass sie in so vielen Fällen am kürzeren Hebel saßen, einfach zu viel für sie war. Zum Glück währten diese Augenblicke immer nur kurz und sorgten dafür, dass sie den Menschen, die sie und ihre Kollegen vorzuführen versuchten, noch enger auf die Pelle rückte.

»Wenn Sie unschuldig sind, Herr Bongers, werden Sie doch sicher nichts dagegen haben, uns eine DNA-Probe abzugeben.« Es gelang ihr tatsächlich, ein freundliches Lächeln auf ihre Lippen zu zaubern.

»Aber gerne doch, liebe Frau Sanders. Wenn Sie mir den richterlichen Beschluss zeigen.«

Lisa registrierte den warnenden Blick, den Bongers' Anwalt seinem Mandanten zuwarf.

»Es ist nur eine Frage der Zeit, bis wir den bekommen, Herr Bongers. Sie würden Ihre Situation allerdings verbessern, wenn Sie die Probe freiwillig abgeben.«

»Ich empfinde meine Situation nicht als verbesserungswürdig, Frau Sanders. Also sehe ich auch keine Notwendigkeit, Ihrer Bitte nachzukommen.« Bongers erhob sich ebenfalls und machte eine kleine Verbeugung. »Nett, mit Ihnen geplaudert zu haben. Aber jetzt müssen Sie uns leider entschuldigen.«

»Eine Frage noch«, hielt sie die beiden Männer zurück. »Haben Sie gewusst, dass Hunold Haftentschädigung beantragt hatte?«

Bongers' Erstaunen schien echt. »Nein, das habe ich nicht gewusst.« Er schüttelte ungläubig den Kopf. »Na, der hat vielleicht Nerven gehabt. Aber zum Glück muss Vater Staat jetzt ja nicht mehr für dieses Schwein in die Kasse greifen.«

Mit eiserner Selbstdisziplin behielt Lisa ihr Lächeln bei. Als sich die Tür hinter Bongers und seinem Anwalt schloss, stand sie allerdings kurz davor, mit der Faust auf den Tisch zu hauen.

»Dieses verdammte Arschloch!« Sie atmete tief durch.

»Wir kriegen ihn, Lisa«, sagte Bergmann. »Lass uns den Druck erhöhen, dann kippt er irgendwann um.«

Sie schüttelte entnervt den Kopf. »Da bin ich mir nicht so sicher.«

»Wenn nicht jetzt, dann ein anderes Mal, denn so, wie der uns gerade vorgeführt hat, werden wir ihn doch sicher nicht mehr aus den Augen lassen, oder?«

»Da kannst du Gift drauf nehmen! Der ist auf meiner persönlichen Liste gerade nach ganz oben gerückt.« Sie stutzte. »Das hat sich ja eben so angehört, als ob du bei uns bleiben möchtest? Oder habe ich da irgendwas hineininterpretiert?«

Bergmann rückte den Stuhl, auf dem er gesessen hatte, an den Tisch heran. »Ich fühle mich wohl bei euch. Also jetzt nicht gerade mit diesem Grothmann, auf den kann ich gerne verzichten. Aber ansonsten … Ja, ich würde gerne bei euch bleiben, aber ich rechne mir da keine großen Chancen aus, denn der Kollege Farinelli wird ja sicherlich nach seiner Auszeit zurückkommen.«

»Ich denke schon. Allerdings hat er nach wie vor großes Interesse an einer Ausbildung zum Fallanalytiker. Aber selbst wenn er zurückkommt … Ralf hat vor einiger Zeit angedeutet, dass das K1 unter Umständen um eine Stelle aufgestockt wird. Keine Ahnung, wie der aktuelle Stand ist. Ich werde unsern Boss mal fragen, wenn ich ihn das nächste Mal besuche.«

»Wusste er schon, wann er entlassen wird?«

»Vorhin noch nicht. Ich hoffe, dass es nicht mehr lange dauern wird, denn er fehlt hier ja an allen Ecken und Enden. Andererseits muss er aber auch erst wieder richtig gesund werden.« Sie öffnete die Tür und trat auf den Flur hinaus. »Lass uns rübergehen, dann erzähle ich euch von meinen Besuchen bei unserem übellaunigen Chef und Hunolds Anwalt.« Auf dem Weg warf sie einen Blick in Södersens Sekretariat, in dem seit drei Monaten Claudia Groth das Sagen hatte. Claudia war eine Plietsche und eine Nette dazu, und jeder im K1 war glücklich, dass Södersens Wahl auf die fünfzigjährige Mutter von zwei erwachsenen Söhnen gefallen war, die sich schon in anderen Dezernaten bewährt hatte. »Liegt was an?«

Claudia deutete auf drei Unterschriftsmappen, die auf ihrem Schreibtisch lagen. »Beim Chef sind noch zwei drin.«

»Und natürlich alles eilig, dringend, wichtig.«

Claudia lachte. »Klar, was glaubst du denn.«

Lisa seufzte. »Okay, leg bitte alles nach nebenan, ich komme heute Abend vorbei und sehe sie durch.«

Claudia nickte und reichte ihr dann ein Blatt Papier, auf dem die Überschrift »Um Rückruf bitten« prangte.

»Ach, du Elend!« Lisa traute ihren Augen nicht. »So viele?« Sie überflog die Namen und schob die Hälfte der Anrufer schon mal in die Rubrik *Hat Zeit*. Trotzdem blieben immer noch an die zwanzig Namen übrig. »Ich schaffe das nicht, die jetzt alle anzurufen!«

»Jeder von denen weiß, dass der Chef im Krankenhaus ist und im Moment der aktuelle Fall Priorität hat. Du musst dir also keinen Stress machen. Ich versuche dir weiterhin den Rücken freizuhalten.«

Erleichtert steckte Lisa den Zettel in die Tasche ihrer Jeans. »Du bist ein Schatz, danke!« Sie ging zu Bergmann zurück. »Dann lass uns mal rübergehen.«

In der nächsten Viertelstunde berichtete sie ihren Kollegen von den zurückliegenden Besuchen. Im Anschluss daran machte sie sich auf den Weg nach Rendsburg, weil sie endlich wissen wollte, wie es Berta Matthiessen ging, die dort in der imland-Klinik lag. Die Ärzte hatten zwar versprochen, sofort Bescheid zu geben, falls Veränderungen in deren Zustand eintreten würden, aber Lisa hatte das dringende Bedürfnis, nach der alten Dame zu sehen.

Der Polizeibeamte, der zu Bertas Schutz abgestellt war, saß, den Kopf auf die Brust gesenkt, auf seinem Stuhl und schlief den Schlaf der Gerechten. Lisa musste ihn erst kräftig an der Schulter rütteln, bis er sich endlich bequemte aufzuwachen. Sein Blick war gleichgültig und blieb es selbst dann noch, als Lisa lauter wurde und sie ihn schließlich anherrschte, dass er nicht zum Schlafen hier sei, sondern um auf eine gefährdete Person aufzupassen.

»Nun haben Sie sich mal nicht so«, war sein einziger Kommentar, bevor er ankündigte, einen Kaffee holen zu gehen, da die gefährdete Person jetzt ja unter der Bewachung einer hochdekorierten Mordkommissionsbeamtin stehe. Lisa musste all ihre Willenskraft aufbringen, um ihm keinen Schlag in sein grinsendes Gesicht zu versetzen. Während sie ihm hinterherblickte, wie er den Gang entlangstolzierte, forderte sie über Handy einen vertrauensvolleren Kollegen an.

Berta Matthiessen lag bleich und in tiefer Bewusstlosigkeit in dem Krankenbett. Lisa schluckte, als sie zu der alten Frau trat. Die eingefallene Brust hob und senkte sich leicht unter der dünnen Decke, der obere Teil des Kopfes war von einem großen Verband bedeckt. Lisa schaute auf die Anzeigen der Maschinen, die zu beiden Seiten des Bettes standen, aber die dort aufblinkenden Angaben und Werte sagten ihr nichts. Nur den Blutdruckwert konnte sie erkennen – 95 zu 60. Viel zu niedrig.

Wer war dafür verantwortlich, dass Berta Matthiessen jetzt hier lag? Es konnte nur die Person sein, die das Siegel von Hunolds Haus aufgebrochen hatte. Sie hatte dort etwas gesucht, aber nicht gefunden und sich daraufhin das Haus der alten Frau vorgenommen. Waren es die Unterlagen aus dem Schließfach gewesen oder etwas anderes?

Lisa zog einen Stuhl heran, setzte sich neben das Bett und griff nach Bertas Hand. Die Berührung schien der alten Frau gutzutun, ihr verkrampfter Körper entspannte sich, und das Gesicht wirkte weniger angestrengt.

Was hatte Berta ihr mitteilen wollen? Lisa betete, dass sie überleben würde. Nicht nur, weil sie ihnen den Namen des Mörders nennen sollte, sondern auch, weil sie sie ins Herz geschlossen hatte.

Nach einiger Zeit erschien ein Arzt, den Lisa zum Zustand der alten Frau befragte.

»Frau Matthiessen hat ein Schädel-Hirn-Trauma erlitten«, gab er zur Auskunft. »Es ist noch zu früh, um irgendwelche Prognosen abzugeben.«

Lisa seufzte. »Kann ich noch ein bisschen bleiben?«

Der Arzt nickte und ging dann wieder zur Tür. »Solange Sie wollen.«

Nachdem sich die Tür hinter ihm geschlossen hatte, erfüllte nur noch das Piepen der Geräte den halbdunklen Raum. Lisa lehnte sich auf ihrem Stuhl zurück und schloss die Augen. Sie war todmüde, und es fehlte nicht viel, dass sie ihrer Erschöpfung nachgegeben hätte und eingeschlafen wäre, als sie plötzlich eine Bewegung in dem Bett neben sich bemerkte. Sie setzte sich auf und schaute angespannt in Berta Matthiessens Gesicht. Ein Zucken lief darüber, der Mund öffnete und schloss sich, und Lisa spürte einen leichten Druck in ihrer Hand.

»Ahl…«

Der Druck verstärkte sich. Lisa beugte sich zu Berta hinunter.

»Ahl… Schwill…« Ein Keuchen begleitete die Worte, die keine waren.

Lisa beugte sich noch tiefer hinunter. »Ich bin's, Frau Matthiessen. Lisa Sanders. Was wollen Sie mir sagen?«

»Zwill… Bru…« Die Anstrengung ließ die Adern an der Stirn hervortreten. »Zwillin…«

Mein Gott, was meinte sie damit? Lisa zermarterte sich das Gehirn, was diese Wortfragmente bedeuten mochten.

»Zwillin… Bru…« Berta Matthiessen versuchte sich aufzurichten, ihre Augenlider begannen zu flattern. Sanft drückte Lisa sie zurück.

»Ruhig, ganz ruhig.« Behutsam strich sie ihr über die Wange. »Ich bin bei Ihnen. Alles ist gut.«

Bertas Kopf sank zur Seite, und im ersten Moment dachte Lisa, dass die Anstrengung zu viel für sie gewesen war. Aber die Monitore gaben weiterhin ihr regelmäßiges Piepen von sich, an den Angaben auf den Displays schien sich nichts verändert zu haben. Nur der Blutdruck war gestiegen – 120 zu 70.

Lisa blieb noch eine Stunde an Bertas Bett sitzen. Sie hielt ihre Hand, strich über ihr Gesicht und sprach beruhigende Worte. Nachdem sie den Raum schließlich verlassen hatte, suchte sie den Arzt auf, mit dem sie schon einmal gesprochen hatte, und fand ihn im Gespräch mit einem Kollegen. Er versprach, sie zu informieren, wenn sich Berta Matthiessens Zustand verändern würde. Bevor sie ging, sprach Lisa ihn auf die Wortfragmente an, die Berta hervorgestoßen hatte. »Haben Sie etwas davon mitbekommen? Ich hatte das Gefühl, dass Frau Matthiessen mir etwas sagen wollte.«

Der Arzt nickte. »Ich habe es vor Ihrem Kommen auch gehört. Zwei Worte kamen immer wieder vor. Eines hörte sich so ähnlich an wie Zwilling und das andere wie Bruder.«

Zwilling …?

Bruder …?

Zwillingsbruder?

Es ging bereits auf Mitternacht zu, als Lisa die Tür zu ihrer Wohnung aufschloss. Trotz der späten Stunde spürte sie keine Müdigkeit. Im Gegenteil, seit dem Besuch im Krankenhaus und dem anschließenden Durcharbeiten der Unterschriftsmappen in Södersens Büro waren Kopf und Körper hellwach.

Zwillingsbruder …

Das Wort schien ihrem Körper einen Energieschub versetzt zu haben.

Lisa hängte ihre Jacke an die Garderobe und zog die Stiefel aus. Sie wusch ihre Hände und ging dann in die Küche, wo sie Wasser aufsetzte, um sich eine Kanne Tee zuzubereiten. Als alles erledigt war, stellte sie Kanne und Becher auf ein Tablett und holte eine Packung Schokoladeneis aus dem Tiefkühlfach. Nervennahrung und besser als alles andere geeignet, auch noch die letzte Gehirnzelle auf Trab zu bringen.

Im Wohnzimmer war es mollig warm, denn bei den zurzeit herrschenden Außentemperaturen wäre es zu riskant gewesen, die wieder funktionsfähige Heizung während ihrer Abwesenheit auszustellen. Lisa trank einen großen Schluck Tee und setzte sich dann mit ihrem Eisbecher in den blauen Ohrensessel am Fenster.

Zwillingsbruder …

Sie grub den Löffel in das Eis und stellte fest, dass es noch viel zu hart für ihren Geschmack war. Gedankenverloren stellte sie den Behälter auf dem Tisch neben sich ab.

Was hatte Berta Matthiessen mit dem Wort zu sagen versucht? Dass Hunold möglicherweise einen Zwillingsbruder hatte? Und dieser sein Mörder war? Du lieber Himmel, war das nicht vollkommen irre, was sie sich da gerade zusammenreimte?

Sie warf einen Blick zum Fenster hinaus, hinter dem sich eine malerische Winterlandschaft erstreckte. Dächer und Gärten waren unter einer dicken Schneeschicht begraben, und die Beselerallee zu ihren Füßen schien schon seit Tagen nicht mehr geräumt worden zu sein. Hinter einigen Fenstern entdeckte sie noch Licht, und die Laternen entlang der Straße tauchten alles in einen sanften Dämmerschein. Es war ein Bild, das Frieden und Ruhe vermittelte, und an einem anderen Tag hätte Lisa es genossen und stundenlang einfach nur hinausgeschaut. Aber heute war sie zu aufgedreht und hatte nur noch das Ziel, der Lösung dieses dubiosen Wortes endlich näher zu kommen.

Wenn Hunold wirklich einen Zwillingsbruder hatte, dann musste Berta Matthiessen dies erst vor kurzem erfahren haben. Vielleicht aus den vermissten Unterlagen? Berta hatte bereits in ihrem ersten Gespräch erwähnt, dass Hunold das einzige Kind ihrer Nachbarin gewesen sei. Lisa glaubte nicht, dass die alte Frau sie angelogen hatte. Berta war eine treue und ehrliche Haut, dessen war sie sich hundertprozentig sicher.

Dann gab es nur zwei Möglichkeiten. Entweder hatte Louise Hunold zwei Jungen zur Welt gebracht und einen davon nach der Geburt weggegeben, oder sie hatte Carsten adoptiert. Lisa erinnerte sich an eine weitere Bemerkung von Berta. Man habe Louise die Schwangerschaft erst spät angesehen. Das sprach für die zweite Möglichkeit. Ein Ehepaar kann keine Kinder bekommen und entschließt sich zu einer Adoption. Heute die natürlichste Sache der Welt, aber vor über fünfzig Jahren, noch dazu in einem Dorf, wo über alles und jeden geklatscht wurde, eher eine Ausnahmesituation, der sich die wenigsten gewachsen fühlten. Und mit Hilfe eines um den Bauch gebundenen Kissens kann man dann ohne Probleme eine Schwangerschaft vortäuschen.

Lisa ergriff den Eisbecher, dessen Inhalt in der Zwischenzeit deutlich geschmolzen war, und führte einen vollgehäuften Löffel zum Mund. Dem ersten folgten andere, bis schließlich der halbe Becher leer war und ihr eine weitere Idee kam.

Vielleicht hatte ja gar keine Adoption stattgefunden. Vielleicht hatte Louise Hunold ihrem Mann eine Schwangerschaft vorgegaukelt und war seinerzeit gar nicht im Krankenhaus gewesen, sondern an irgendeinem anderen Ort, wo sie ein fremdes Baby in Empfang genommen und nach ihrer Rückkehr als ihr eigenes ausgegeben hatte. Auch ihrem Mann gegenüber. Aber wo war dann das zweite Kind abgeblieben? Wenn es eines gab.

Lisa schwirrte der Kopf. Ihr Bauchgefühl sagte ihr, dass sie der Lösung gerade einen großen Schritt näher gekommen war. Allerdings hatte sie noch nicht die geringste Vorstellung, wie das alles zusammenhängen könnte. Sie beschloss, für den kommenden Morgen als Erstes eine Zusammenkunft in der BKI anzusetzen und die Angelegenheit mit ihren Kollegen zu besprechen. Bevor sie sich das restliche Eis einverleibte, schickte sie eine kurze SMS an alle und überlegte, ob sie Fehrbach zu dem Gespräch dazubitten sollte, entschied sich dann aber dagegen. Erst wollte sie die Meinung der anderen hören, ob sie sich nicht vielleicht doch mit ihren Überlegungen verrannte. Als sie schließlich alles erledigt hatte, ging sie zu Bett und fiel in einen unruhigen Schlaf.

Donnerstag, 23. Februar

Die Kollegen schauten Lisa zunächst voller Skepsis an. Als sie mit ihren Ausführungen allerdings zu Ende war, hatte sich die Atmosphäre im Raum elektrisch aufgeladen, und Bergmann sprach das aus, was alle anderen dachten.

»Das scheint mir die erste vielversprechende Spur zu sein!«

Lisa unterdrückte einen erleichterten Seufzer, denn nachdem sie am Morgen aufgewacht war, waren ihr die Überlegungen der Nacht plötzlich gar nicht mehr so logisch erschienen. Weiterhin hatte sie sich gefragt, wo sie eigentlich ansetzen sollten, wenn der einzige Mensch, der ihnen vielleicht Informationen geben könnte, im Koma lag. Aber die Energie, die ihre Kollegen auf einmal verströmten, gab auch ihr wieder Auftrieb.

»Wie groß ist die Chance, dass Frau Matthiessen wieder zu sich kommt und wir sie befragen können?« Selbst Uwe, der sonst so gerne ihre Überlegungen in Grund und Boden verdammte, schien diesmal auf ihrer Seite zu sein.

»Schwer zu sagen. Ich habe vorhin noch mal mit dem Arzt telefoniert, und er hat mir mitgeteilt, dass sie seit gestern manchmal an der Schwelle zum Wachsein sei. In diesen Momenten stoße sie dann diese komischen Wortfragmente aus und sei sehr aufgeregt. Der Arzt ist meiner Meinung, dass sie versucht, etwas für sie Wichtiges zu sagen.«

»Ich denke, dass wir realistisch sein müssen«, erklärte Bergmann. »Im Moment kann uns niemand sagen, ob Frau Matthiessen jemals zu einer Aussage fähig sein wird. Wir müssen also selber versuchen, die Zusammenhänge, die Lisa uns gerade erläutert hat, zu beweisen.«

»Jau«, sagte Malte und machte eine Geste, als ob er in die Hände spucken wollte. »Dann lasst uns mal loslegen!«

»Wir müssen noch mal alle abklappern, bei denen wir bereits waren«, sagte Lisa. »Ich bitte die Kollegen in Rendsburg, dass sie sich die Einwohner von Kienholz ein weiteres Mal vornehmen. Uwe fährt zu Hunolds Anwalt, und Frank und ich hören uns noch mal in Lauerhof um.«

»Wir wollten auch noch zu Dahlström«, erinnerte Bergmann sie.

»Der ist anschließend an der Reihe. Irgendwie werden wir den auch noch in unseren Tagesablauf reinkriegen.«

»Und was ist mit mir?« Maltes Gesicht war lang geworden. »Ich könnte doch zu diesem Dahlström fahren.«

Lisa unterdrückte ein Seufzen. Das war jetzt ganz dünnes Eis. Sie wusste, wie sehr ihr Kollege darauf wartete, endlich wieder in den vollen Außendienst zu gehen. Aber im Moment brauchte sie jemanden für den Stalldienst im Büro, der sofort den Computer füttern konnte, falls sie bei ihren kommenden Befragungen zu irgendwelchen neuen Erkenntnissen gelangen würden. Wenn Södersen da gewesen wäre, hätte er diese undankbare Aufgabe mit übernommen, wie schon häufiger in der Vergangenheit.

»Ich brauche dich hier, Malte. Du bist nun mal unser Computerfachmann und unentbehrlich auf diesem Platz.«

Malte zog einen Flunsch, aber Lisa wusste, dass er auf seine Weise einsichtig war. Sie griff zum Telefonhörer und rief in Rendsburg an. Zum Glück bekam sie einen anderen Kripobeamten an den Draht als den, der sie am Kanal so kurz abgefertigt hatte. Der Kollege sagte seine Unterstützung zu und versprach, umgehend einige Beamte nach Kienholz zu schicken. Lisa hoffte, dass diese zweite Befragung ergiebiger sein würde, weil sie jetzt zielgerichtet war. Louise Hunold hatte ihr Leben lang in Kienholz gewohnt, da musste doch noch jemand aufzutreiben sein, der ihnen etwas über ihre Schwangerschaft erzählen konnte.

Lisa rechnete nicht vor dem Abend mit einem Ergebnis und war somit ziemlich überrascht, als sie mitten in den Befragungen in der JVA einen Anruf des Rendsburger Kollegen erhielt. Sie lauschte seinen Worten mit zunehmender Spannung und gab ihrem Kollegen, der gerade einen Häftling aus Hunolds ehemaligem Trakt vernahm, nach Beendigung des Gesprächs ein kurzes Zeichen.

»Die Rendsburger Kollegen scheinen tatsächlich fündig geworden zu sein«, sagte sie leise, als Frank zu ihr an das vergitterte Fenster trat. »Einer von ihnen spricht gerade mit einer alten Frau, die bei der ersten Befragung nicht angetroffen wurde. Es hatte seinerzeit geheißen, dass sie im Krankenhaus sei, und es hat dann wohl keiner mehr nachgehakt, ob sie wieder zu Hause war. Die Frau heißt Klara Goldberg und hat ausgesagt, dass Carsten Hunold einen Zwillingsbruder hat. Frau Goldberg ist Hebamme und hat die Jungen seinerzeit entbunden.«

Bergmann reichte ihr die Autoschlüssel. »Dann solltest du sofort zu ihr fahren. Ich mache hier weiter, und wenn ich durch bin, gebe ich dir Bescheid.«

»Egal, was bei dem Gespräch jetzt rauskommt, ich will heute unbedingt noch zu Dahlström«, sagte Lisa im Hinausgehen. Und als sie kurz zurückschaute, sah sie, dass Bergmann den rechten Daumen in die Höhe hob. Na denn, dachte sie nach einem Blick auf ihre Armbanduhr. Der Tag ist ja noch jung.

Axel Schäfer warf einen unsicheren Blick zu seiner Frau hinüber, die sich auf der Couch im Wohnzimmer zusammengekauert hatte. Sie zog das um die Schultern geschlungene Plaid noch etwas fester zusammen und erweckte trotzdem den Eindruck, als wäre ihr kalt. Dabei hatte Schäfer die Heizung voll aufgedreht. »Möchtest du nicht wenigstens eine Kleinigkeit frühstücken?«

Sandra schüttelte den Kopf, ihr Gesicht war blass. »Ich krieg nichts runter.«

Schäfer wandte sich an die beiden Schutzpolizisten, die gerade von einem Kontrollgang um das Haus und durch die Nachbarschaft zurückgekehrt waren. »Und was ist mit Ihnen?«

»Danke, nein«, sagte der ältere der beiden. Er knöpfte seine Uniformjacke auf, behielt sie aber an. »Wir werden gleich abgelöst.«

Schäfer nickte mechanisch, sein Blick kehrte zu Sandra zurück. Auf Wunsch der Polizei hatte sie die Nacht hier verbracht, und weitere Nächte würden folgen, solange sie unter Polizeischutz standen. Er war auf die Couch im Wohnzimmer umgesiedelt. »Ich kann dich nicht in meiner Nähe ertragen«, hatte sie gesagt, und er hatte es hingenommen, unfähig, etwas zu entgegnen oder zu tun. Spät in der Nacht war er dann doch noch einmal ins Schlafzimmer hochgegangen, weil er geglaubt hatte Sandras Weinen zu vernehmen. Sie hatte im Bett gesessen, zitternd wie Espenlaub, und Tränen waren ihre Wangen hinuntergelaufen. Ihr Blick hatte ihn bis ins Mark getroffen. Sie hatte es zugelassen, dass er sie in die Arme nahm, hatte sich wie ein verängstigtes Kind an ihn geschmiegt. Irgendwann war sie eingeschlafen, und er war bei ihr geblieben, hatte ihren Schlaf bewacht, bis auch ihm die Augen zugefallen waren. Am Morgen war das Bett neben ihm leer gewesen.

»Was hältst du davon, wenn ich dir einen Tee mache?«, fragte er aufmunternd, obwohl er am liebsten losgeheult hätte. »Damit du etwas Warmes in den Magen bekommst?«

»Ich möchte nichts.«

Schäfers Herz zog sich zusammen angesichts der gequälten Stimme seiner Frau und der Angst in ihren Augen. Mein Gott, was hatte er ihr angetan? Wut stieg in ihm auf, auf sich, aber ebenso auf Bongers und dessen Leute, dieses ganze verdammte Pack. Der Kripobeamte hatte ihn darüber informiert, dass sie Bongers nicht festsetzen konnten, weil sie nichts gegen ihn in der Hand hatten. Der Stein sowie der Umschlag und die Fotos wurden von der Kriminaltechnik untersucht, aber selbst Schäfer glaubte nicht, dass man irgendwelche Spuren daran finden würde, die auf Bongers und seine Kumpane hindeuteten.

Er trat zum Fenster, hinter dem ein feuchter Nebel waberte. Wieder einer von diesen verdammten Tagen, an denen es einfach nicht hell werden wollte. Ein Streifenwagen kam die Straße entlang und hielt vor dem Haus. Bestimmt die Ablösung, von der der Beamte gesprochen hatte. Wie lange sollte das jetzt so weitergehen? Gewiss, die Anwesenheit der Polizisten vermittelte ihm ein Gefühl der Sicherheit, aber früher oder später würde diese Schutzmaßnahme eingestellt werden. Und dann würde Bongers zuschlagen, da war Schäfer sich ganz sicher. Er hatte ihn beschuldigt, und Bongers war nicht der Typ, der so etwas einfach hinnehmen würde. Irgendwann, wenn niemand mehr damit rechnete, würde er sich an Sandra und ihm rächen. Und erneut dafür sorgen, dass ihm auch diesmal niemand etwas nachweisen konnte.

Schäfer ballte die Hände zu Fäusten, ein bitterer Geschmack breitete sich in seinem Mund aus. Als er ein Geräusch hinter sich hörte, drehte er sich um. Sandra hatte sich vom Sofa erhoben. »Ich leg mich wieder hin«, sagte sie und mied seinen Blick.

Er war sofort neben ihr. »Soll ich dich nach oben bringen?«

Sie wich einen Schritt zurück, als hätte sie Angst vor seiner Berührung. »Danke, es geht schon.«

Verzweiflung überflutete Schäfer, einer riesigen Welle gleich, die alles in den Abgrund zu reißen drohte. Er hatte Sandra verloren, in diesem Augenblick wurde es ihm endgültig bewusst. Aber wenn es wirklich so war, würde er wenigstens dafür sorgen, dass Bongers und seine Leute ihr nichts mehr antun konnten. Das war er seiner Frau schuldig.

Nachdem Sandra ins obere Stockwerk gegangen war, trat Schäfer in den Flur und bemerkte, dass die Eingangstür einen Spaltbreit geöffnet war. Er spähte hinaus und sah die beiden Polizisten, die heute Nacht bei ihnen gewacht hatten, mit ihren neu eingetroffenen Kollegen sprechen. Das war seine Chance, aus dem Haus zu kommen. Er hielt inne. Sie würden sicherlich sofort die Suche nach ihm einleiten. Besser, er hinterließ eine kurze Nachricht. Er riss einen Klebezettel vom Block, schrieb »Bin einkaufen« darauf und legte den Zettel gut sichtbar auf den Küchentisch. Dann schlüpfte er in seine Jacke und schlich durch die Tür des Wintergartens ins Freie.

Das Haus von Klara Goldberg lag gegenüber der Kirche. Es schien aus der Zeit gefallen, wie es sich klein und verhutzelt unter mächtigen Kastanienbäumen duckte, deren Äste tapfer den Schneemassen standzuhalten versuchten.

Klein und verhutzelt war auch die Frau, die Fehrbach nach mehrmaligem Läuten öffnete und ihn mit trüben blauen Augen fragend musterte. Ihr Gesicht war eine einzige Faltenlandschaft, ihr dünnes graues Haar zu einem Knoten am Hinterkopf hochgesteckt. Ein fadenscheiniges schwarzes Kleid schlackerte um ihre knochige Figur, ihre Füße steckten in grauen Filzpantoffeln.

Fehrbach stellte sich vor und wurde ins Haus gebeten. Es war alt, älter als das von Berta Matthiessen, und machte einen heruntergekommenen Eindruck, als hätte der Mensch, der hier wohnte, nicht mehr die Kraft, es instand zu halten. Ein durchdringender Geruch nach Mottenkugeln hing über allem.

Lisa saß auf einer zerschlissenen Zweiercouch im Wohnzimmer, die sich neben einem dazugehörigen Sessel, auf den Klara Goldberg jetzt zusteuerte, als das einzige Möbelstück im Raum erwies. Bei seinem Eintreten blickte sie erstaunt auf. Sie hatte ihn am Telefon über ihre neue Vermutung und die Tatsache, dass es eine Zeugin gab, die ihre These vom Zwillingsbruder bestätigen konnte, informiert und ihm mitgeteilt, dass sie jetzt zu dieser Person fahre und sie vernehme.

Nach kurzer Überlegung hatte Fehrbach sich entschlossen dazuzukommen. An manchen Tagen ging ihm die Fülle der administrativen Tätigkeiten, die ihn an sein Büro fesselten, gewaltig gegen den Strich.

»Ich musste mal raus«, raunte er, nachdem er neben Lisa Platz genommen hatte. »Immer nur Aktenstaub einatmen ist ungesund.« Er warf ihr einen kurzen Blick zu, plötzlich unsicher, ob sie seinen scherzhaften Erklärungsversuch akzeptieren oder sich doch nur wieder von ihm kontrolliert fühlen würde. Als ein kurzes Grinsen über ihr Gesicht flog, verspürte er Erleichterung.

»Ich bin auch gerade erst gekommen«, sagte Lisa und wurde wieder ernst. »Sie haben also noch nichts verpasst.« Sie wandte sich der alten Frau zu. »Frau Goldberg, Sie haben meinem Kollegen erzählt, dass Carsten Hunold einen Zwillingsbruder hat und Sie die beiden Jungen seinerzeit entbunden haben. Laut unseren Informationen ist dieser Bruder aber nicht bei seiner Mutter aufgewachsen. Was ist mit ihm passiert? Können Sie uns da weiterhelfen?«

Klara Goldberg wirkte erschöpft, wie sie klein und in sich zusammengesunken in ihrem Sessel saß. Als sie zu sprechen begann, klang ihre Stimme leise und brüchig. »Das stimmt so nicht ganz. Carstens Zwillingsbruder ist schon bei seiner Mutter aufgewachsen.« Ein Hustenanfall begann den Körper der alten Frau zu erschüttern. Sie krümmte sich nach vorn.

Fehrbachs Gedanken überschlugen sich. Louise Hunold hatte nur ein Kind großgezogen, darin stimmten alle Aussagen überein. Dann konnte das eben Gehörte nur bedeuten …

Bevor er seine Vermutung aussprechen konnte, kam Lisa ihm zuvor. »Dann ist Carsten Hunold also nicht Louise Hunolds leiblicher Sohn.« Sie hielt ihren Blick auf Klara Goldberg gerichtet und verfolgte, wie diese wieder zu Atem kam und sich erschöpft im Sessel zurücklehnte. »Stimmt das, Frau Goldberg? Ist Carsten Hunold ein adoptiertes Kind?«

Klara Goldberg schien noch immer Probleme mit dem Atmen zu haben, denn sie holte mehrere Male tief Luft. Dann nickte sie. »Ich denke, ich muss etwas weiter ausholen, damit Sie es verstehen.« Abwesend strich sie über die Armlehnen ihres Sessels, als brauchte sie Zeit, sich zu sammeln. »Wir waren einmal zu dritt, Louise Hunold, Anna Berger und ich, unzertrennliche Freundinnen, praktisch von der Sandkiste an. Nichts und niemand vermochte uns auseinanderzubringen, wir haben uns in allen Situationen beigestanden.« Ihr Blick verschleierte sich.

»Louise war die Erste, die geheiratet hat. Da war sie Anfang zwanzig. Sie hat ihren Mann sehr geliebt, und die ersten Jahre erschien uns ihre Ehe sehr glücklich. Dann aber hat sie uns anvertraut, dass ihr Mann immer häufiger von Trennung sprach, weil sie ihm keine Kinder schenken konnte. Er hat sie dafür verantwortlich gemacht und den Gedanken, dass der Grund auch bei ihm liegen könnte, weit von sich gewiesen. Louise hat ihn angefleht, dass sie sich beide untersuchen lassen, aber er hat sich geweigert und es ihr auch verboten. Als die Ehe kurz vor der Scheidung stand, wurde Anna von ihrem Verlobten schwanger. Einige Tage nachdem sie es ihm gesagt hatte, verschwand der Kerl auf Nimmerwiedersehen. Anna war verzweifelt, und als ich sie dann irgendwann mit meiner Vermutung konfrontierte, dass sie Zwillinge bekommen würde, hat sie von Abtreibung gesprochen. Ein Kind allein großzuziehen würde sie sich zutrauen, hat sie gesagt, und vielleicht gelinge es ihr ja, einen Mann zu finden, der sie auch mit Kind nehmen würde. Aber zwei Kinder, nein, das würde sie nicht schaffen.« Klara Goldberg strich mit einer fahrigen Bewegung eine Haarsträhne aus dem Gesicht.

»Ich konnte sie ja verstehen, aber ich habe trotzdem alles darangesetzt, sie von einer Abtreibung abzubringen. Schließlich gelang es mir, weil ich Anna einen Vorschlag machen konnte. Louise war nämlich eines Tages zu mir gekommen und hatte gesagt, dass sie eines der Kinder nehmen würde. Sie hat gehofft, so ihren Mann zurückzugewinnen. Anna war einverstanden. Louises Mann war überglücklich, als er von der vermeintlichen Schwangerschaft seiner Frau erfuhr. Sie hat ihn nicht mehr an sich rangelassen, damit der Betrug nicht aufflog, und sich einige Zeit vor der angeblichen Entbindung ein Kissen vor den Bauch geschnürt, damit alles echt aussah.« Die alte Frau hielt einen Augenblick inne, dann fuhr sie fort. »Louise hatte lange überlegt, wie sie es hinbekommen konnte, dass ihr Mann keinen Verdacht schöpft, wenn es so weit ist. Er hatte davon gesprochen, sie ins Krankenhaus zu bringen, und sie hätte dort natürlich auch mit seinen Besuchen rechnen müssen. Zum Glück kam uns da der Zufall zu Hilfe. Georg war Maurer und musste für einen erkrankten Kollegen auf einer Baustelle auf Fehmarn einspringen. Louise und ich konnten ihn überreden, sich für diese Zeit dort ein Zimmer zu nehmen. Ich habe ihm versprochen, mich um Louise zu kümmern, und ihm gesagt, dass er sich keine Sorgen wegen der bevorstehenden Entbindung machen muss. Als er dann weg war, habe ich Anna zu mir genommen. Am Tag, als die Wehen einsetzten, habe ich Louise Bescheid gegeben.« Ein Lächeln überzog Klara Goldbergs faltiges Gesicht. »Carsten kam als Erster zur Welt. Ich habe ihn sofort von Anna getrennt und Louise gegeben. Anna hatte es so entschieden, weil sie Angst gehabt hatte, dass sie das Kind womöglich nicht mehr hergeben würde, wenn sie es erst einmal im Arm gehalten hatte.« Klara Goldberg seufzte. Es war unübersehbar, dass ihr die Geschehnisse von damals auch heute noch zusetzten. »Louise ist dann mit dem Kind für einige Tage in eine Pension in der Stadt gezogen. Ihr Mann war zwar nicht zu Hause, aber wir mussten ja für die anderen den Eindruck erwecken, dass sie im Krankenhaus war. Und Anna hatte bereits vor der Geburt beschlossen, nach Heide zu gehen, wo eine Cousine von ihr lebte. Ihre Eltern waren ja schon lange tot, und Geschwister hatte sie keine. Sie hat gesagt, dass es besser für ihr Seelenheil wäre, wenn sie ihren Erstgeborenen nicht mehr sehen würde. Nach ihrem Umzug hat Anna sich noch einige Male bei mir gemeldet. So habe ich erfahren, dass sie einen Mann kennengelernt und diesen dann auch ziemlich schnell geheiratet hatte. Danach hat sie den Kontakt abgebrochen. Weder Louise noch ich haben jemals wieder etwas von ihr gehört.«

Nachdem Klara Goldberg geendet hatte, herrschte Stille. Fehrbach musste das Gehörte erst einmal verarbeiten und einordnen, und Lisa schien es ähnlich zu gehen. Erst nach einiger Zeit stellte sie eine Frage.

»Wer hat die Geburtsurkunden ausgestellt?«

»Das war ich.«

»Und Sie wissen nicht, ob Anna Berger noch lebt?«

Klara Goldberg schüttelte den Kopf.

»Ist Ihnen der Name des Mannes bekannt, den Anna damals geheiratet hat?«

»Ich weiß nur, dass er Erwin hieß, seinen Nachnamen hat Anna nie genannt.«

Als Dahlströms Sekretärin den Kopf zur Tür hereinsteckte, wirkte sie verunsichert.

»Da sind zwei Herrschaften von der Polizei. Sie sagen, dass sie mit Ihnen sprechen müssen.«

Dahlström nickte, dann erhob er sich und kam hinter seinem Schreibtisch hervor, um den beiden Kripobeamten, die gerade sein Büro betraten, entgegenzugehen.

»Constantin Dahlström.« Er reichte ihnen die Hand und wies dann in Richtung der Besucherecke. »Bitte, nehmen Sie Platz.«

Die Kripobeamtin, die sich ihm als Lisa Sanders vorgestellt hatte, setzte sich als Erste, und Dahlström spürte instinktiv, dass sie diejenige war, die das Sagen hatte. Eine natürliche Autorität ging von ihr aus, die sich auf angenehme Weise von dem Protzgehabe unterschied, mit dem männliche Polizeibeamte häufig meinten ihren Status herauskehren zu müssen. Trotzdem war er auf der Hut. Als er das kurze Räuspern seiner Sekretärin vernahm, fiel ihm auf, dass er seinen Gästen noch nichts angeboten hatte. »Darf ich Ihnen etwas zu trinken bringen lassen? Kaffee, Tee oder vielleicht ein Wasser?«

Die beiden Beamten verneinten, und Dahlström setzte sich ebenfalls. »Meine Frau hat mir gesagt, dass Sie sie wegen des Mordes an Carsten Hunold befragt haben und sich diesbezüglich auch noch mit mir unterhalten wollten. Ich weiß allerdings nicht, inwieweit wir ihnen da weiterhelfen können. Außerdem hat meine Frau angedeutet, dass Sie offensichtlich meine Schwägerin verdächtigen, den Mann umgebracht zu haben. Haben Sie das ernst gemeint?«

Lisa Sanders ergriff das Wort. »Das ist so nicht ganz richtig. Mein Kollege hat Ihre Frau gefragt, ob sie sich vorstellen könne, dass ihre Schwester etwas mit dem Mord an Carsten Hunold zu tun hat.«

»Aber das ist doch Haarspalterei! Wenn Sie meine Schwägerin nicht verdächtigen würden, hätten Sie diese Frage doch gar nicht gestellt.«

»Wir stellen viele Fragen im Zuge einer Todesermittlung, Herr Dahlström. Vor allen Dingen denjenigen, die in irgendeiner Verbindung zum Opfer standen.«

Der Ton des Kripobeamten gefiel Dahlström nicht. »Meine Schwägerin stand in keiner Verbindung zu diesem Schwein, Herr Bergmann!«

»Dieses Schwein, wie Sie den Toten nennen, hat den Sohn Ihrer Schwägerin umgebracht. Sie hätte jeden Grund gehabt, sich an Hunold zu rächen, und die meisten Menschen würden diese Gründe sogar nachvollziehen können.«

Dahlström richtete sich in seinem Sessel auf, aber bevor er Bergmann in die Schranken weisen konnte, ergriff Lisa Sanders wieder das Wort.

»Herr Dahlström, bitte! Ich kann verstehen, dass Sie erregt sind, aber so kommen wir nicht weiter. Im Zuge der Todesermittlungen im Fall Carsten Hunold sind natürlich die Eltern der damals getöteten Jungen als Erstes in unseren Fokus gerückt. Es ist eine ganz normale polizeiliche Maßnahme, sie zu befragen, und ich gehe davon aus, dass Ihnen diese Tatsache nicht unbekannt sein dürfte. Mein Kollege hat Ihre Schwägerin in ihrem Haus aufgefunden, vollgepumpt mit Schlaftabletten und Alkohol. Unsere Befragungen im Umfeld von Frau Waldorf haben ergeben, dass Ihre Schwägerin durch den Mord an ihrem Sohn komplett aus der Bahn geworfen wurde und sich bis heute nicht wieder davon erholt hat. Wie es aussieht, ist Frau Waldorf tablettenabhängig und trinkt zu viel. Aufgrund dieser Umstände sind ihr an ihrem Arbeitsplatz einige eklatante Fehler unterlaufen, die vor ein paar Tagen zu ihrer fristlosen Kündigung geführt haben.«

»Aber all das bedeutet doch nicht, dass Maren etwas mit Hunolds Tod zu tun hat«, warf Dahlström ein.

»Das behauptet auch niemand. Wir müssen aber im Zuge unserer Ermittlungen natürlich auch diesen Aspekt abklären. Und deshalb würden wir jetzt gerne von Ihnen wissen, ob Sie seit Hunolds Freilassung irgendwelche Veränderungen an Ihrer Schwägerin bemerkt haben.«

»Ich kann Ihnen diese Frage nicht beantworten, Frau Sanders. Mein Kontakt zu meiner Schwägerin ist schon aufgrund unserer unterschiedlichen Wohnorte nicht allzu eng. Wir telefonieren hin und wieder miteinander, aber sehen tun wir uns nur selten.«

»Aber Ihre Frau hat doch einen engen Kontakt zu ihrer Schwester, oder? Ist ihr denn nichts aufgefallen, über das sie vielleicht einmal mit Ihnen gesprochen hat?«

Dahlström schüttelte den Kopf und fühlte sich immer mehr einer vollkommen absurden Situation ausgeliefert. »Meine Schwägerin hat nichts mit dem Mord an Hunold zu tun. Der Gedanke ist verrückt.«

Die Kripobeamten blieben noch eine halbe Stunde und stellten ihre unsinnigen Fragen, dann schienen sie begriffen zu haben, dass sie auf diesem Weg nicht weiterkommen würden, und verabschiedeten sich. Nachdem sie den Raum verlassen hatten, sank Dahlström in den Sessel zurück, plötzlich zu Tode erschöpft. Paradoxerweise kam ihm das letzte Gespräch mit seiner Frau in den Sinn, das sie über Maren geführt hatten. Susanna war so außer sich gewesen ob der Anklage, die ihre Schwester gegen sie erhoben hatte.

»Maren ist überreizt«, hatte er seine Frau zu beruhigen versucht. »Du solltest jetzt nicht zu hart mit ihr ins Gericht gehen. Sicher hat sie das nicht so gemeint. Das war alles nur ein bisschen viel in der letzten Zeit. Erst die Entlassung von Hunold, dann der Mord an ihm und der Besuch der Polizei.«

Susanna hatte den Kopf geschüttelt, die Erschütterung stand ihr noch ins Gesicht geschrieben. »Sie hat uns angeklagt, dass wir mitschuldig an Bastis Tod seien, weil wir den Urlaub damals absagen mussten. Was geht nur in ihr vor, dass sie so etwas sagt? Wenn sie das schon immer geglaubt hat, warum wirft sie es mir erst jetzt an den Kopf?«

»Sie schlägt um sich, Susanna. Du kannst ihre Worte im Moment nicht mit normalen Maßstäben messen. Gib ihr ein bisschen Zeit, wieder zu sich zu kommen.«

Susanna hatte auf der äußersten Kante des Sofas gesessen, hier in seinem Büro, so als wollte sie jeden Moment wieder aufspringen. Ihr ganzer Körper hatte unter Spannung gestanden.

»Ich begreife es nicht, Constantin. Diese ganzen Anschuldigungen … Die trägt sie doch nicht erst seit gestern mit sich herum. Da hat sich doch offensichtlich schon ganz lange etwas in ihr angesammelt.« Sie war aufgestanden und hatte begonnen im Zimmer auf und ab zu gehen, die Arme fest um den Oberkörper geschlungen. »Meine Schwester hasst mich, Constantin. Und ich habe es nie bemerkt.«

Dahlström war zu seiner Frau getreten und hatte sie in die Arme nehmen wollen, aber Susanna war einen Schritt zurückgewichen. »Nicht. Bitte. Ich kann das jetzt nicht ertragen.« Sie hatte nach ihrer Handtasche gegriffen und war zur Tür geeilt. »Ich muss an die frische Luft, sonst drehe ich noch durch.«

Bevor Dahlström hatte reagieren können, hatte Susanna die Tür aufgerissen und war im Laufschritt den Flur zum Ausgang entlanggeeilt. Er hatte den Impuls, ihr zu folgen, nur mit äußerster Willenskraft unterdrücken können.

Maren hat recht gehabt, dachte er jetzt. Übrigens nicht zum ersten Mal, auch wenn er nie mit seiner Frau über seine stetig wiederkehrenden Schuldgefühle gesprochen hatte. Wenn ich den Urlaub damals nicht abgesagt hätte, wäre Basti jetzt noch am Leben. Durch Hunolds Tod war wenigstens wieder ein bisschen Gerechtigkeit hergestellt worden, auch wenn ihnen das den Jungen nicht mehr zurückbringen würde.

Nach dem Gespräch mit Dahlström waren Lisa und Bergmann in die Bezirkskriminalinspektion zurückgefahren, um Malte und Uwe, der nichts Neues vom Anwalt mitgebracht hatte, Bericht zu erstatten. Informationen der Kollegen aus Heide, die Lisa unmittelbar nach ihrem Besuch bei Klara Goldberg gebeten hatte, alles über eine Anna Berger in Erfahrung zu bringen, lagen noch nicht vor. Aber das war zu erwarten gewesen, obwohl Lisa ihre Ungeduld kaum noch zügeln konnte. Sie hätte auch ohne die in einem schulmeisterhaften Ton vorgebrachte Erklärung des Dienststellenleiters gewusst, dass es nun einmal seine Zeit brauchte, etwas über eine Person herauszufinden, von der man nur mehrere Jahrzehnte zurückliegende Angaben hatte.

Ein zwischendurch erfolgter Anruf schreckte alle auf. Axel Schäfer war verschwunden, offensichtlich schon am Vormittag, als gerade der Wechsel der ihn bewachenden Beamten stattgefunden hatte. Die Kollegen hatten einen Zettel gefunden, auf dem geschrieben stand, dass er einkaufen gegangen sei. Als er allerdings Stunden später immer noch nicht zurückgekehrt war, hatten die Beamten Bergmann benachrichtigt, der sofort die Fahndung nach Schäfer rausgab. Mittlerweile war es neunzehn Uhr, aber Schäfer war immer noch unauffindbar.

»Der plant was gegen Bongers«, sagte Bergmann beunruhigt. »Wir müssen ihn finden, bevor er sich noch tiefer in die Scheiße reinreitet.«

Sie plazierten eine Streife vor Bongers' Haus, damit im Notfall jemand eingreifen konnte.

Danach schickte Lisa ihre Kollegen nach Hause, woraufhin diese spontan beschlossen, ihren Vorgesetzten im Krankenhaus zu besuchen. Lisa hätte sie gerne begleitet, aber ihr Arbeitstag war noch nicht zu Ende. Wie bereits am Abend zuvor quälte sie sich durch die Unterschriftsmappen, die Claudia Groth wieder auf Södersens Schreibtisch gelegt hatte. In einigen Fällen würde sie nicht um Antworten und Rückrufe herumkommen. Sie erledigte den Schriftkram und beschloss, die Anrufe auf den kommenden Tag zu verschieben. Wenn sie eine freie Minute dafür fand. Was unwahrscheinlich war. Alexander Behring hatte versprochen, mit seinen Leuten eine weitere Nachtschicht einzulegen, um den Abgleich der drei Tatorte endlich abschließen zu können. Mit ein wenig Glück würden sie am nächsten Morgen ein Ergebnis präsentieren. Dann bliebe keine Zeit mehr für Bürokram.

Sie musste sich eingestehen, dass diese ganzen administrativen Dinge nicht ihre Welt waren. Natürlich war sie erfreut und auch stolz gewesen, dass Södersen sie zu seiner Stellvertreterin erkoren hatte. Eine solche Chance bot sich einem nur einmal im Leben. Aber hatte sie das, was daraus resultieren würde, wirklich bis in die letzte Konsequenz bedacht? Wohl eher nicht.

Sie brachte die Unterschriftsmappen zurück ins Sekretariat und rief dann ihre Mutter an, die sich noch immer auf Sylt befand. Was sie zu hören bekam, erfüllte sie mit großer Erleichterung. Britt ging es besser, und Gerda hatte bereits einige Male mit ihr sprechen können. Was es mit den ominösen Anrufen auf sich hatte und wo Britt die ganze Zeit über gewesen war, hatte Gerda allerdings noch nicht aus ihr herausbekommen. Aber das hat Zeit, sagte sich Lisa. Wir haben eine Menge aufzuarbeiten, und das geht nicht in ein paar Tagen. Gerda wollte Britt mit nach Kiel bringen, wo die Ärzte bereits einen Therapieplatz besorgt hatten.

Lisa löschte das Licht und schloss die Tür hinter sich ab. Einen Augenblick lang blieb sie unentschlossen im Flur stehen, dann gab sie sich einen Ruck und brach zu Lannert auf, von dem sie seit ihrer Auseinandersetzung am Sonntagabend nichts mehr gehört hatte.

Sie hatte die letzten Tage immer wieder mit sich gerungen, was sie tun sollte. Eine endgültige Trennung wäre das Konsequenteste gewesen. Warum brachte sie es nicht endlich hinter sich? Bis dato hatte sie für Menschen, die sich auf Teufel komm raus an eine Beziehung klammerten, kein Verständnis aufgebracht. Und jetzt gehörte sie selber zu ihnen und konnte nicht einmal sagen, wieso es so weit gekommen war.

Und Fehrbach?

Bei ihrem Gespräch auf Sylt waren sie sich sehr nahgekommen. Wieder einmal.

Was war das mit ihnen? Über ihre Gefühle musste sie sich nicht mehr klarwerden, die kannte sie längst, und an jenem Abend auf Sylt hatte sie sie zumindest sich selber gegenüber endlich eingestanden.

Aber was war mit ihm? Sie hätte niemals gedacht, dass Fehrbach ihr so viele private Dinge anvertrauen würde. Doch sie durfte diese Tatsache nicht überbewerten. Es war ihm an diesem Abend schlechtgegangen, er hatte eine Person zum Reden gebraucht, und sie war da gewesen. Mehr nicht. Und je eher sie sich das bewusst machte, umso besser für ihr Seelenheil.

Der Gedanke deprimierte sie und begleitete sie auf dem Weg zu Peter Lannert. Er war nicht zu Hause, jedenfalls öffnete auf ihr Klingeln hin niemand die Tür. Sie zog ihr Handy aus der Tasche und versuchte es auf seinem Festnetzanschluss, auf dem nach kurzem Läuten der Anrufbeantworter ansprang. Der Anruf auf Lannerts Handy brachte dasselbe Ergebnis. Ins Haus gehen und nachschauen wollte sie nicht, auch wenn sie immer noch im Besitz des Schlüssels war. Damit würde sie nämlich genau das tun, was sie ihm immer vorwarf.

Lisa überlegte, ob Lannert etwas von Ausstellungen oder Reisen erzählt hatte, aber ihr fiel nichts ein. Fast hätte sie ein schlechtes Gewissen bekommen angesichts ihrer Erleichterung, Lannert weder sehen noch sprechen zu müssen. Aber nur fast.

In ihrer Wohnung warf sie einen Blick in die Tageszeitung, der ihrer Überlegung, noch ein oder zwei Stunden mit einer entspannten Lektüre zu verbringen, ein abruptes Ende setzte. Stirnrunzelnd starrte sie auf die beiden Fotos, die inmitten eines Artikels im Lokalteil prangten. Das eine war neueren Datums, das andere laut Bildunterschrift vor zwanzig Jahren aufgenommen worden. Lisa kannte die seit einer knappen Woche laufende Serie, in der Personen vorgestellt wurden, die bei der in diesem Jahr stattfindenden Landtagswahl als aussichtsreiche Kandidaten ihrer Parteien galten.

Das war doch nicht möglich …

Sie sprang aus dem Sessel und eilte zum Schreibtisch, um den Spot der dort plazierten Halogenlampe auf die Zeitung zu richten.

Diesen Mann hatten sie heute Nachmittag befragt.

Constantin Dahlström.

Wieso fiel ihr die Ähnlichkeit erst jetzt auf?

Lisa legte den Weg zur BKI trotz der schlechten Wetterverhältnisse in Rekordzeit zurück. Rasch schloss sie die Eingangstür auf, eilte mit schnellen Schritten an der um diese Zeit verlassenen Pförtnerloge vorbei und lief die Treppen in den dritten Stock hinauf. Als sie in ihrem Büro ankam, war sie vollkommen außer Atem. Sie machte Licht und entriegelte dann ihre Schreibtischschublade, in der sie die Ermittlungsakte Hunold aufbewahrte. Mit fliegenden Fingern blätterte sie die Seiten um, bis sie endlich gefunden hatte, was sie suchte – Hunolds Foto aus der alten Akte. Sie legte es neben den mitgebrachten Zeitungsartikel und ließ sich auf ihren Stuhl sinken.

Bis zu ihrer nur wenige Stunden zurückliegenden Begegnung hatte sie Dahlström nur aus den Medien gekannt. Aber auch als sie ihm dann gegenübergestanden hatte, war ihr die Ähnlichkeit nicht ins Auge gesprungen, weil sie nicht auf den ersten Blick erkennbar gewesen war. Aber wenn sie jetzt dieses alte Foto anschaute und mit dem Bild von Hunold verglich, gab es keinen Zweifel mehr.

Dahlström war Hunolds Zwillingsbruder.

Freitag, 24. Februar

Maren Waldorf hatte zwei unruhige Nächte hinter sich. Im ersten Moment hatte es sie mit großer Erleichterung erfüllt, Susanna die seit so vielen Jahren unterdrückte Anklage endlich ins Gesicht zu schleudern. Aber die nach ihren hinausgeschrienen Worten einsetzende Hochstimmung hatte sich schon nach kurzer Zeit wieder verflüchtigt, weil sie plötzlich das Gefühl gehabt hatte, als ob sich ein Schleier vor ihren Augen zu lüften begann.

Seit damals hatte sie diesen unausgesprochenen Vorwurf mit sich herumgetragen. Sie hatte ihn genährt, Tag für Tag, hatte ihm immer mehr Platz in ihrem Denken eingeräumt, weil sie die Schuld an manchen Tagen schier zu erdrücken schien und sie die Last, die auf ihren Schultern lag, abgeben wollte. Weitergeben wollte.

Nachdem Susanna gegangen war, hatte Maren einfach nur dagesessen und vor sich hin gestarrt, stundenlang, wie es ihr hinterher erschien. Und je mehr Zeit verging, umso klarer wurde ihr, dass niemand von ihnen eine Schuld traf, weder sie noch Jörg und auch nicht Susanna und Constantin. Alle Wenns dieser Welt, die sie ständig zu irgendeiner Rechtfertigung herangezogen hatte, waren auf einmal null und nichtig geworden.

Wenn Basti an diesem Tag im Haus geblieben wäre. Wenn er

mit Susanna und Constantin in Urlaub gefahren wäre. Wenn … wenn … wenn …

In der Selbsthilfegruppe, die Maren und ihr Mann einige Zeit nach Bastis Tod aufgesucht hatten, waren diese »Wenns« immer wieder thematisiert worden. Man hatte versucht, den betroffenen Eltern begreiflich zu machen, dass sie nicht schuld am Tod ihrer Kinder waren, dass sie deren Tod nicht hätten verhindern können, weil es nun einmal Dinge gab, die im Leben passierten. Weil das Schicksal oder Gott oder wer auch immer es so entschieden hatte.

Jörg hatte diese Ausführungen zu akzeptieren gelernt. Es sei besser für sein Seelenheil, hatte er gemeint, schließlich müsse er irgendwie versuchen weiterzuleben. Maren war dies nicht gelungen, aber in den wenigen ehrlichen Momenten, die sie sich zugestand, wurde ihr klar, dass sie es auch niemals ernsthaft versucht hatte. Es war, als ob sie sich für etwas hatte bestrafen wollen, und sie hatte auch ganz genau gewusst, wofür.

Die Selbsthilfegruppe hatte ihr keinen Trost vermitteln können, weshalb sie sie nach einem halben Jahr wieder verließ. Jörg hatte diese Entscheidung nie verstanden. Er hatte ihr Vorwürfe gemacht, dass sie sich in ihrem Leid suhle und jedes Hilfsangebot verweigere. Aber das stimmte nicht. Sie hatte einfach nur festgestellt, dass diese einmal in der Woche stattfindenden Treffen ihre Trauer nicht linderten, sondern vertieften. Sie ertrug es nicht, sich die Geschichten der anderen anzuhören, deren Leid und Elend mitzuerleben. Und mit wildfremden Menschen über Basti zu sprechen und das, was geschehen war, brachte ihr keine Erleichterung.

Jahre später hatte sie sich gefragt, ob die damalige Entscheidung nicht zu vorschnell gewesen war. Sie hatte Kontakt zu einer anderen Gruppe aufgenommen, war einmal in der Woche nach Flensburg gefahren und hatte sich diesmal wirklich alle

Mühe gegeben dabeizubleiben. Sie hatte ihre Geschichte erzählt, immer wieder, hatte versucht, auf die anderen Teilnehmer einzugehen, ihnen Trost zu spenden, und nach drei Monaten feststellen müssen, dass auch dieser Versuch zum Scheitern verurteilt war.

Ihr erneutes Aufgeben hatte einen weiteren Wendepunkt in ihrem Leben markiert. Jörg hatte sie kurz darauf verlassen und die Scheidung eingereicht. Beim Gerichtstermin hatten sie sich ein letztes Mal gesehen, danach war der Kontakt abgebrochen. Das Einzige, was sie wusste, war, dass seine Zeitung ihn nach Italien geschickt hatte. Ob er sich immer noch dort aufhielt, war ihr nicht bekannt.

Hätte Jörg gutgeheißen, was sie getan hatte?

Lisa ließ die Bombe zu Beginn der Morgenbesprechung platzen.

»Du spinnst doch!« Uwe war der Erste, der nach ihren Erläuterungen seine Sprache wiederfand.

»Ach ja?« Sie deutete auf Hunolds Foto, das an der Magnetwand hing, und reichte dann die Ausdrucke herum, die sie nach ihrer Entdeckung am vergangenen Abend gemacht hatte. Fast die ganze Nacht hindurch hatte sie das Internet nach Constantin Dahlström durchforstet, in ihrer Wohnung, denn der Anschluss im Büro schien immer noch aus den Anfangszeiten des World Wide Web zu stammen und setzte ihrer aller Geduld jeden Tag aufs Neue einer harten Belastungsprobe aus. Bei ihrer Suche war sie nicht nur auf eine Fülle von Informationen, sondern auch auf eine stattliche Anzahl von Fotos gestoßen, die zum Teil dreißig Jahre zurückreichten. Wo immer sie auf Daten der Aufnahmen aufmerksam geworden war, hatte sie diese auf die Ausdrucke geschrieben. Ihr erstes Telefonat am frühen Morgen hatte dann dem Dienststellenleiter in Heide gegolten, der zusagte, seine Kollegen umgehend nach einer Anna Dahlström suchen zu lassen. Allerdings hatte Lisa sich nicht auf diese Aussage verlassen wollen und war darum schon um sechs Uhr ins Büro aufgebrochen, um herauszufinden, ob es sich bei Anna Berger und Anna Dahlström um ein und dieselbe Person handelte. Im Internet hatte sie nämlich keinerlei Hinweise auf Dahlströms Mutter gefunden. Bis zum Beginn der Besprechung war ihre Suche jedoch noch nicht von Erfolg gekrönt gewesen.

»Du könntest recht haben«, meinte Bergmann, nachdem er die Fotos von Dahlström aufmerksam mit dem von Hunold verglichen hatte. Er deutete auf mehrere Ausdrucke von Aufnahmen des Politikers. »Die Brille trägt Dahlström erst seit einiger Zeit. Ich hatte mich gewundert, als ich ihn damit das erste Mal im Fernsehen sah, denn ich finde, dass sie ihm überhaupt nicht steht.«

»Und die Frisur ist auch irgendwie anders«, sagte Malte nachdenklich. Er deutete mit dem Finger auf zwei Fotos. »Hier hat er einen Seitenscheitel, und hier sind die Haare streng nach hinten gekämmt.«

»Eine bewusste Typveränderung, falls die Verwandtschaft doch irgendwann rauskommen sollte?«, fragte Bergmann.

»Ist doch möglich, oder?«

»Ich denke jetzt mal laut und ungefiltert«, sagte Lisa. »Hunold hat nach seiner Haftentlassung erfahren, dass Dahlström sein Zwillingsbruder ist. Louise Hunold war ja in der Zwischenzeit verstorben. Vielleicht hat Hunold ein Tagebuch gefunden oder es war eine Nachricht bei ihrem Testament hinterlegt. Irgendwas in der Art. Und nun hat dieser Mann plötzlich einen Bruder, der ein ziemlich wohlhabender Politiker ist und vielleicht vor einem großen Karrieresprung steht. Das ist doch eine tolle Neuigkeit, wenn man selber gerade aus dem Gefängnis kommt und aufgrund seiner Vergangenheit quasi vor dem Nichts steht.« Sie blickte erwartungsvoll in die Runde, und als niemand einen Einwand vorbrachte, fuhr sie fort: »Niemand will einen verurteilten Sexualmörder in der Verwandtschaft haben, schon gar nicht als Zwillingsbruder. Constantin Dahlström würde es das Genick brechen und all seine schönen Karrierepläne über den Haufen werfen, falls die Nachricht an die Öffentlichkeit gelangt. Das wird Hunold sehr schnell klar. Wir wissen, dass er Geld gebraucht hat. Die Haftentschädigung war noch nicht ausgezahlt, und vielleicht hat er sich auch wenig Hoffnung darauf gemacht. Also setzt er sich mit seinem Bruder in Verbindung und erpresst ihn. Geld gegen Schweigen. Wenn du zahlst, bist du mich ganz schnell wieder los. Aber die Sache funktioniert nicht oder eskaliert an irgendeiner Stelle, und plötzlich ist Hunold tot.«

Ein konzentriertes Schweigen senkte sich über den Raum, das erst von dem Öffnen der Tür unterbrochen wurde.

»Ich hab was für euch!« Alexander Behring schwenkte triumphierend einen kleinen Hefter in der Hand. Erst als er die Tür hinter sich schloss, schien ihm die angespannte Stimmung aufzufallen. »Ist was passiert?«

»Sieht ganz so aus«, sagte Lisa und sah ihren Kollegen erwartungsvoll an. »Aber erst du.«

Behring setzte sich auf die Tischkante. »Wir haben tatsächlich eine übereinstimmende DNA an allen drei Tatorten gefunden.«

Malte stieß einen Pfiff aus und hob beide Daumen in Lisas Richtung. »Dann könnte deine Überlegung stimmen. Denn laut Seegers' Aussage ist Hunold ja niemals bei ihm zu Hause gewesen. Also kann da nur sein Zwillingsbruder in Frage kommen.«

»Leute, bitte, lasst mich nicht dumm sterben«, bat Behring, woraufhin Lisa ihm von ihrem Verdacht erzählte. Der Leiter der Kriminaltechnik hörte aufmerksam zu und verglich dann die

Fotos von Dahlström mit dem von Hunold. »Du könntest recht haben«, sagte er schließlich. »So ließen sich auch unsere Erkenntnisse erklären. Eineiige Zwillinge haben die gleiche DNA.«

Lisa wollte ihren Gedanken zu Ende bringen. »Dahlström bringt Hunold um, weil er verhindern will, dass ihr Verwandtschaftsverhältnis an die Öffentlichkeit dringt. Als Nächstes nimmt er sich Seegers vor, weil er irgendwie von der Knastbekanntschaft zwischen ihm und seinem Bruder erfahren hat und es mit der Angst bekommt, dass Hunold sein Wissen weitergegeben hat. Und dann ist Berta Matthiessen dran.«

»Aber woher soll Dahlström von deren engem Verhältnis erfahren haben?«, warf Uwe ein. »Der hatte doch wohl kaum die Zeit, ständig in Kienholz rumzuhängen und Hunold auszuspionieren.«

»Das musste er vielleicht auch gar nicht. Erinnert euch daran, dass wir weder Portemonnaie noch Brieftasche und auch keinen Hausschlüssel bei Hunold gefunden haben. Wenn Dahlström unser Mann ist, dürfte er die Sachen an sich genommen haben, als er Hunold umgebracht hat. Vielleicht war da irgendein Hinweis auf Frau Matthiessen dabei.« Lisa furchte die Stirn in angestrengtem Nachdenken. »Dahlström musste davon ausgehen, dass es Unterlagen gab, die das Verwandtschaftsverhältnis beweisen. Vielleicht hat Hunold ihm ja etwas Diesbezügliches gesagt, um ihn noch mehr unter Druck zu setzen. Nachdem Dahlström Hunold umgebracht hatte, war es für ihn das Wichtigste, in deren Besitz zu gelangen. Natürlich hätten sie bei einem Anwalt hinterlegt sein können, aber es bestand auch die Möglichkeit, dass Hunold sie zu Hause aufbewahrt hatte. Oder bei jemand anderem. Dahlström durchsucht Hunolds Haus, findet dort nichts und will dann auf Nummer sicher gehen, indem er sich auch noch das Haus von Berta Matthiessen vornimmt. Dabei kommt ihm die alte Frau in die Quere.«

»Es scheint ja aber nicht so gewesen zu sein, dass der Eindringling Frau Matthiessen angegriffen hat. Sie ist doch offensichtlich nur bei dem Sturz zu Schaden gekommen«, sagte Bergmann.

»Wenn Dahlström wirklich unser Täter ist, dann könnte ich mir vorstellen, dass er ab einem gewissen Punkt Skrupel bekommen hat. Der Mann war doch bisher ein unbeschriebenes Blatt. Und dann tritt da mit Hunold plötzlich jemand in sein Leben, der ihn in eine Ausnahmesituation bringt. Mein Gott, so was erleben wir doch nicht zum ersten Mal. Da rasten unbescholtene Menschen aus, weil sie sich nicht mehr anders zu helfen wissen. Und irgendwann kommen sie auch wieder zur Besinnung. Vielleicht ist Dahlström das bei Berta Matthiessen passiert. Er wollte herausbekommen, ob sie die Unterlagen besitzt, aber er hatte nicht die Absicht, sie umzubringen.«

»Du verteidigst ihn«, stellte Uwe fest.

»Ich versuche mich in ihn hineinzuversetzen«, gab Lisa zurück. »Wenn das alles wirklich so abgelaufen ist, dann muss er sich gefühlt haben wie ein in die Enge getriebenes Tier.«

»Wenn das alles so abgelaufen ist«, wiederholte Uwe in sarkastischem Ton. »Nur leider können wir bis jetzt nichts davon beweisen.«

»Dann solltest du keine klugen Sprüche klopfen, sondern deinen Teil dazu beitragen, dass wir Licht in die Angelegenheit bringen«, gab Lisa spitz zurück und loggte sich wieder in ihren Computer ein.

Nach einer Stunde wurden sie fündig. Das System spuckte eine Anna Dahlström, geborene Berger aus, die in Heide einen Erwin Dahlström geheiratet hatte. Verwitwet, ein Sohn, Constantin. Eine derzeitige Adresse fehlte allerdings. Also würden sie sich zuerst wieder an ihren Sohn wenden müssen. Lisa wäre es andersrum lieber gewesen, denn sie ahnte, dass es mit Dahlström nicht einfach werden würde.

»Na, dann mal los«, sagte Bergmann und griff nach den Autoschlüsseln.

Auf der Fahrt nach Rendsburg besprachen Lisa und Bergmann ihre Vorgehensweise. Lisa hegte die Hoffnung, dass sich der Politiker, sollte er wirklich der Täter sein, mittlerweile in einem solchen Ausnahmezustand befand, dass ihm verhältnismäßig leicht ein Geständnis zu entlocken wäre.

Bergmann hatte da so seine Zweifel. »Ausnahmezustand hin oder her. Wenn er es war, ist er bei vielen Dingen aber wiederum auch sehr planmäßig vorgegangen.«

Sie hatten den Wagen gerade vor dem Rendsburger Rathaus geparkt, als der Anruf von Uwe kam. Axel Schäfer hatte in der vergangenen Nacht versucht, die Kneipe, in der sich Bongers und seine Kumpane regelmäßig trafen, abzufackeln. Er war dabei sehr dilettantisch vorgegangen, weshalb es nur einige kleine Brandherde im Außenbereich gegeben hatte, die von der Feuerwehr sehr schnell gelöscht werden konnten. Bongers war verhaftet worden, weil er bei dem Eintreffen der Polizei gerade wie ein Wilder auf den am Boden liegenden Schäfer eintrat und auch nicht davon abließ, als die Beamten ihn von seinem Opfer zu trennen versuchten. Erst mit Hilfe eines dritten Kollegen war es den Beamten dann endlich gelungen, den rasenden Mann zu überwältigen.

»Schäfer liegt im Krankenhaus, die mussten noch in der Nacht eine Not-OP machen«, wusste Uwe zu berichten. »Bei meinem Anruf vorhin hieß es, er sei über den Berg. Seine Frau ist jetzt bei ihm.«

Nachdem das Gespräch beendet war, stieß Bergmann

die Luft aus. Er hatte Uwes Ausführungen ohne ein Wort verfolgt.

»Du hattest recht«, sagte Lisa.

»Ja, verdammt!« Bergmann hieb mit den Fäusten auf das Wagendach. »Wir hätten auch noch Kollegen vor dieser Kneipe postieren sollen. Dann hätten sie Schäfer vielleicht stoppen können, bevor er diesen Irrsinn begeht.«

»Du weißt selbst, dass wir für solche Dinge nicht genug Leute haben«, brachte Lisa einen Einwand an. Den Gedanken, dass Schäfer ihnen aufgrund seines blinden Aktionismus jetzt Bongers quasi frei Haus geliefert hatte, sprach sie lieber nicht aus. Der Preis, den Schäfer dafür hatte zahlen müssen, war einfach zu groß.

Zu Beginn ihres zweiten Gesprächs gab sich Dahlström freundlich und zuvorkommend, auch wenn er seine Irritation über ihren erneuten Besuch nicht zu verbergen suchte. Als Lisa und Bergmann ihn auf Carsten Hunold und die von ihnen vermutete Verwandtschaft ansprachen, legte Dahlström allerdings jäh seine unverbindliche Politikermaske ab.

»Was Sie hier gerade behauptet haben, ist eine bösartige Unterstellung«, sagte er scharf. Die Haut über seinem blütenweißen Hemdkragen hatte sich leicht gerötet. »Und ich rate Ihnen in Ihrem eigenen Interesse, diese Anschuldigung nicht zu wiederholen, sonst sehe ich mich nämlich gezwungen, meinen Anwalt einzuschalten.«

Lisa und Bergmann wechselten einen raschen Blick, in dem ein unausgesprochenes Einverständnis lag. Wenn nichts an der Sache dran war, würde Dahlström sich ganz sicher nicht so aufplustern.

»Wir haben weder eine Behauptung aufgestellt noch eine Anschuldigung vorgebracht, Herr Dahlström«, sagte Lisa ruhig. »Wir haben Ihnen lediglich die Frage gestellt, ob es sich bei Carsten Hunold um Ihren Zwillingsbruder handelt.«

»Und genau das ist eine bösartige Unterstellung«, wiederholte Dahlström aufgebracht. »Wie können Sie es wagen, mich in Verbindung zu diesem ... diesem Monster zu bringen? Der Mann hat den Sohn meiner Schwägerin umgebracht.«

»Das eine hat aber nichts mit dem anderen zu tun«, sagte Lisa nüchtern.

»Sie ... Sie sind ja ...« Dahlström schloss für einen kurzen Moment die Augen. Als er sie wieder öffnete, lag ein Ausdruck darin, den Lisa nicht deuten konnte. Angst, Verwirrung, Entsetzen, es war nicht zu erkennen, was überwog. Dahlström räusperte sich mehrere Male, dann machte er eine unmissverständliche Geste Richtung Tür. »Ich denke, unser Gespräch ist beendet.«

Lisa war nicht gewillt, so schnell aufzugeben. Das Dumme war nur, dass sie im Moment noch nichts gegen Dahlström in der Hand hatten. Der richterliche Beschluss, der für die Entnahme einer DNA-Probe nötig war, stand nach wie vor aus. Sie hatte Fehrbach angerufen, damit er ihr das erforderliche Dokument beschaffte, allerdings nur seine Mailbox erreicht. Kurz vor ihrer Ankunft im Rathaus war dann der ersehnte Rückruf gekommen, allerdings verbunden mit dem Hinweis, dass er sich gerade im Landgericht aufhalte, wo er für einen erkrankten Kollegen eine Verhandlung habe übernehmen müssen. Er hoffe, dass sie in einer Stunde durch seien, dann besorge er den Beschluss umgehend.

Somit bestand also bis auf Weiteres ihre einzige Möglichkeit darin, Dahlström unter Druck zu setzen, damit er die Nerven verlor und ihnen etwas offenbarte. »Wir würden gerne mit Ihrer Mutter sprechen«, sagte Lisa daher. »Wo können wir sie erreichen?«

»Sie werden meine Mutter nicht belästigen«, entgegnete Dahlström mit eisiger Stimme.

»Wir bekommen die Adresse Ihrer Mutter auch ohne Ihre Hilfe heraus«, sagte Bergmann. »Es würde allerdings einen besseren Eindruck machen, wenn Sie freiwillig damit rüberkommen.«

Dahlström trat so dicht an Bergmann heran, dass sich ihre Nasenspitzen fast berührten. Seine Stimme zitterte, ob vor Wut oder Angst, war nicht auszumachen. »Dann sollten Sie sich an die Arbeit machen. Aber eines sage ich Ihnen vorher noch. Meine Mutter ist eine schwerkranke Frau, und ich werde zu verhindern wissen, dass Sie sie mit Ihren Fragen quälen.« Er wies noch einmal zur Tür, aber diesmal wirkte die Geste nicht mehr herrisch, sondern eher verzweifelt. »Und jetzt gehen Sie!«

Auf dem Weg zum Wagen kam Lisa ein Gedanke. »Wenn Anna Dahlström nirgendwo gemeldet und laut ihrem Sohn schwer krank ist, besteht doch die Möglichkeit, dass sie in einem Pflegeheim lebt.«

Bergmann nickte anerkennend und zog sofort sein Handy aus der Jackentasche. »Das könnte hinkommen.« Er suchte eine Nummer im Speicher.

»Wen willst du anrufen?«

»Maren Waldorf. Sie müsste es doch eigentlich wissen.« Er presste das Handy ans Ohr. »Hoffentlich ist Dahlström uns nicht zuvorgekommen und hat ihr einen Maulkorb verpasst.«

Seine Befürchtung erwies sich als unbegründet. Maren Waldorf teilte ihm mit, dass Anna Dahlström in einem Pflegeheim bei Eckernförde lebte. Die alte Dame litt unter Alzheimer im fortgeschrittenen Stadium. Eine Adresse wusste Maren nicht, wohl aber kannte sie den Namen des Heims – Seniorenresidenz Berthin.

Die Residenz war in einem imposanten Herrenhaus etwas außerhalb von Eckernförde untergebracht, das ein weitläufiger Park umgab. Alles an der Anlage atmete Geld und Gediegenheit und brachte Bergmann zu der Überlegung, was die Bewohner monatlich wohl auf den Tisch legen mussten, um in den Genuss eines derart luxuriösen Alterswohnsitzes zu kommen.

»An die viertausend Euro für die großen Apartments«, sagte Lisa, die sich gerade über ihr Smartphone Informationen über die Örtlichkeit holte. »Dazu kommen dann natürlich noch die Kosten für Verpflegung und …«, sie stieß ein Lachen aus, »solche Annehmlichkeiten wie einen Hausdamen-Service.«

»Aber hallo!«, meinte Bergmann mit einem schiefen Grinsen. »Und was muss ich mir als Mann nun darunter vorstellen?«

»Mit Sicherheit nicht das, was dir gerade im Kopf herumgeistert«, gab Lisa zurück.

»Schade. Dann werde ich mir wohl doch keinen Platz reservieren lassen.« Bergmann verriegelte den Wagen, dann gingen sie den gepflasterten und gestreuten Weg entlang, der in einer Rechtskurve zum Herrenhaus führte. Den Eingang des imposanten Gebäudes zierten zwei stattliche Marmorsäulen. Auch im Inneren dominierte Marmor, zumindest in der Empfangshalle, in der mehrere harmonisch angeordnete Sitzgruppen standen, die zurzeit allerdings nur von einem Zeitung lesenden älteren Herrn frequentiert wurden, der bei Lisas und Bergmanns Eintreten neugierig aufsah. Im hinteren Bereich der Halle erwartete eine beeindruckende Rezeption aus Mahagoniholz den Besucher. Die Frau, die dahinterstand und jetzt einen unverbindlichen Blick aus kühlen blauen Augen auf die beiden Kripobeamten richtete, war älteren Jahrgangs und in einen dunkelblauen Hosenanzug gekleidet, der ihr eine gewisse Strenge verlieh.

»Was kann ich für Sie tun?« Die Stimme klang kultiviert und zurückhaltend.

Lisa und Bergmann wiesen sich aus und baten darum, mit Anna Dahlström zu sprechen. Sie waren zwar überzeugt davon, dass ihr Sohn die Heimleitung bereits über ihren bevorstehenden Besuch informiert und diesbezügliche Instruktionen erteilt hatte, aber sie mussten es wenigstens versuchen. Falls ihnen ein offizielles Gespräch mit Anna Dahlström verweigert wurde, mussten sie einen anderen Weg finden.

Die erwartete Antwort kam dann auch prompt. »Tut mir leid, aber Frau Dahlström kann keinen Besuch empfangen.«

»Und warum nicht?«, fragte Bergmann.

»Ärztliche Anordnung.« Die Empfangsdame erweckte nicht den Eindruck, als ob sie dieser Aussage noch etwas hinzufügen wollte.

»Gut«, sagte Lisa, »dann möchte ich mit dem Arzt sprechen, der diese Anordnung erteilt hat.«

»Dr. Clausnitzer ist im Augenblick unabkömmlich.«

»Das macht nichts«, sagte Bergmann und lächelte freundlich. »Sagen Sie ihm bitte einfach Bescheid, wir warten dann hier so lange auf ihn.«

Die Augen der Empfangsdame verengten sich. »Das kann aber dauern.«

Bergmann behielt sein freundliches Lächeln bei. »Das macht nichts. Wir haben Zeit.«

Die Empfangsdame schaute ihn mit leichter Irritation an, bevor sie ihren Platz hinter der Rezeption verließ und aus der Halle rauschte.

»Leisten Sie mir doch ein bisschen Gesellschaft.« Der ältere Herr hatte seine Zeitung zur Seite gelegt und machte eine auffordernde Geste in ihre Richtung. Er hatte etwas von einem alt gewordenen Hippie, wie er so dasaß, mit den zu langen grauen Haaren, dem Walrossbart und dem buntkarierten Hemd über ausgewaschenen Jeans. Lisa hätte ihn sich an vielen Orten vorstellen können, aber in diesem vornehmen Ambiente wirkte er irgendwie fehl am Platz. Sie schätzte ihn auf Mitte bis Ende siebzig. »Konrad Fitzke.« Er stand auf und reichte ihnen die Hand. »Meine Freunde haben mich früher Konni genannt.« Ein Schatten überflog sein von unzähligen Lachfältchen überzogenes Gesicht. »Aber mittlerweile ist niemand mehr da, der mich so nennt. Nur die Anna noch manchmal. Wenn sie mich erkennt.«

Lisas Neugierde war erwacht. »Meinen Sie Anna Dahlström?«

Fitzke nickte eifrig und deutete auf die Sessel neben sich. Lisa und Bergmann nahmen Platz. »Ich hab mitbekommen, wie Sie nach der Anna gefragt haben.« Er deutete auf seine Ohren, und sein Gesicht nahm einen listigen Ausdruck an. »Die denken hier alle, ich bin taub. Aber von wegen! Ich hab mir letzte Woche ein top Hörgerät gekauft, und jetzt höre ich wieder wie ein Luchs.« Er legte den rechten Zeigefinger in einer verschwörerischen Geste auf seine Lippen und zwinkerte Lisa zu. »Das müssen die hier aber nicht wissen. Man bekommt entschieden mehr mit, wenn die anderen denken, dass man 'ne taube Nuss ist.«

Lisa schmunzelte. Im ersten Moment hatte sie geglaubt, dass der alte Mann sie nur zu sich gerufen hatte, um ein bisschen Unterhaltung zu haben und Abwechslung in einen aller Wahrscheinlichkeit nach monotonen Alltag zu bringen. Aber mittlerweile hatte sie die Vermutung, dass er ihnen etwas Wichtiges mitzuteilen hatte. »Und was haben Sie so mitbekommen, Herr Fitzke?«

»Ein Gespräch zwischen der Schnepfe da«, er deutete auf den immer noch verwaisten Platz hinter der Rezeption, »und Dr. Clausnitzer. Der Dottore hat ihr erzählt, dass er einen Anruf von Constantin Dahlström erhalten hätte und ab sofort niemand mehr zu dessen Mutter darf. Vor allen Dingen nicht die Polizei.«

»Na, guck mal an«, murmelte Bergmann.

»Wir sind darüber informiert worden, dass Frau Dahlström unter Alzheimer leidet. Wissen Sie, wie es ihr im Moment geht, Herr Fitzke?«, fragte Lisa.

»Die letzten Tage und auch noch heute Morgen beim Frühstück ging es ihr gut. Sie hat im Moment eine wirklich gute Phase. Wir sind sogar immer mal wieder kurz im Park spazieren gegangen.«

Lisa wechselte einen Blick mit Bergmann. »Dann dürfte diese ärztliche Anordnung nichts mit einer Verschlechterung ihres Gesundheitszustands zu tun haben.«

Bergmann zuckte mit den Schultern. »Dahlström will sie von uns fernhalten, damit sie uns nichts erzählen kann.«

Lisa sah, wie Fitzkes Blick zwischen ihnen hin und her flog. Ein Lächeln kräuselte seine Mundwinkel. »Wenn Sie Anna sprechen wollen, kann ich Ihnen vielleicht helfen. Ich mag ihren Sohn nicht, das ist ein echt arroganter Fatzke. Wie der mich immer anschaut. Ich würde nicht hierher passen, hat er einmal zu Anna gesagt, weil ich mich kleidungsmäßig und auch sonst nicht den Gepflogenheiten des Hauses anpasse.« Es gelang dem alten Mann mühelos, den leicht nasalen Tonfall des Politikers nachzuahmen.

»Aber da hat er bei ihr auf Granit gebissen. Wir mögen uns nämlich, die Anna und ich. Und es gefällt ihr, wenn ich diesen langweiligen Laden hier immer mal wieder ein bisschen aufmische. Sonst hat man ja nicht mehr viel, über das man sich freuen kann.« Er heftete seinen Blick auf Lisa. »Worüber wollen Sie mit der Anna sprechen?«

»Das darf ich Ihnen leider nicht sagen. Aber glauben Sie mir, es ist sehr wichtig.«

»Sie werden ihr aber nicht zusetzen, oder?«

Was sollte sie darauf erwidern? Natürlich widerstrebte es ihr, eine alte und kranke Frau vielleicht unter Druck setzen zu müssen, aber ausschließen konnte sie es im Moment nicht. Ihr war klar, dass sie Fitzke gegenüber nur mit der Wahrheit weiterkam. »Ich werde alles daransetzen, dies nicht zu tun, Herr Fitzke.«

Der alte Mann sah sie schweigend an, und für einen Moment dachte Lisa, dass sie mit ihrer Offenheit jetzt doch ein Eigentor geschossen hatte. Aber dann erschien wieder das verschmitzte Lächeln auf Fitzkes Gesicht. »Sie machen einen ehrlichen Eindruck auf mich, Frau Kommissarin. Ich werde Ihnen helfen. Kommen Sie heute Abend um zehn zum Hintereingang. Ich lasse Sie rein und bringe Sie zu Anna.«

Lisa beugte sich vor und umschloss Fitzkes Hände mit den ihren. »Danke, Konni!«

Dr. Clausnitzer ließ sich nicht blicken. Dafür tauchte wieder der Empfangsdrachen auf und teilte ihnen mit, dass der Arzt das Haus in einer dringenden Angelegenheit habe verlassen müssen. Nicht ohne vorher noch einmal darauf hinzuweisen, dass Anna Dahlström keinen Besuch empfangen dürfe. Lisa hatte nichts anderes erwartet, und als sie und Bergmann das Seniorenheim verließen, warf sie noch einen kurzen Blick zu Konrad Fitzke hinüber, der ihr aufmunternd zunickte und sich dann wieder hinter seiner Zeitung verschanzte. Hoffentlich ging alles gut am Abend. Sie wollte den alten Mann auf keinen Fall in Schwierigkeiten bringen, und je mehr sie über ihr geplantes Vorhaben nachdachte, umso weniger behagte es ihr. Aber sie musste nun einmal dringend mit Anna Dahlström sprechen, und wenn man sie nicht zu ihr ließ, musste sie eben einen etwas anderen Weg beschreiten.

Der Nachmittag verging in quälender Langsamkeit. Lisa und Bergmann waren ins Büro zurückgefahren, aber ihre Hoffnung, dass es etwas Neues geben könnte, hatte sich zerschlagen. Lisa beschloss, Malte und Uwe nichts von ihren geplanten nächtlichen Aktivitäten zu erzählen. Je weniger davon wussten, desto weniger würde man später zur Verantwortung ziehen können, sollte irgendetwas an der Aktion misslingen.

Fehrbach hatte sich noch immer nicht gemeldet, und nachdem Lisa Uwe und Malte in den Feierabend geschickt hatte, gab sie ihrer Ungeduld nach und rief ihn an.

Er klang ein wenig außer Atem, so als ob er gerade eine Treppe hochlaufen würde. War er etwa immer noch im Landgericht? Mittlerweile war es doch schon nach neunzehn Uhr. »Richter Böhnke stellt sich stur«, hörte sie ihn sagen. »Was wir bis jetzt haben, reicht ihm nicht für das Ausstellen eines Beschlusses.«

Lisa unterdrückte einen Fluch. Das durfte doch nicht wahr sein! »Was will er denn noch? Haben Sie ihm denn nicht klargemacht, wie dringend wir Dahlströms DNA brauchen?«

»Natürlich habe ich das!« Fehrbachs Ton war schärfer geworden, kein Wunder, sie hatte ihn ziemlich angefahren. Natürlich hatte er alles darangesetzt, den Richter zu überzeugen. Aber manche dieser hohen Herren waren eben verdammt sture Knochen, das wusste sie von zurückliegenden Fällen nur zu genau.

»Tut mir leid, ich wollte Sie nicht anschnauzen. Ich weiß nur nicht, wie wir ohne diesen Beschluss weiterkommen sollen.«

»Zum Glück gibt es hier ja noch ein paar mehr Richter.«

»Aber Böhnke ist für uns zuständig. Sie könnten Ärger bekommen, wenn Sie jetzt jemand anderen aufsuchen.«

»Das ist mir egal, verdammt noch mal! Ich habe über zwei Stunden auf Böhnke gewartet, nur um dann feststellen zu müssen, dass ich es mit einem ignoranten alten Tropf zu tun habe, der selbst dann noch auf stur schalten würde, wenn er einen Täter auf dem Silbertablett serviert bekäme.« Lisa hatte Fehrbach noch nie fluchen hören. »Ich melde mich wieder«, sagte er, dann war die Leitung tot.

Konrad Fitzke hielt Wort. Um Punkt zweiundzwanzig Uhr öffnete sich die Hintertür des Seniorenheims mit einem leichten Knarren, und nur Sekunden später steckte der alte Mann seinen Kopf in die eisige Nachtluft hinaus. »Kommen Sie rein«, flüsterte er Lisa zu. Bergmann war im Wagen geblieben. Sie waren übereingekommen, dass es besser war, wenn Lisa allein mit Anna Dahlström sprechen würde.

»Ich habe Anna auf Ihr Kommen vorbereitet«, gestand Fitzke mit leiser Stimme, als er Lisa den schwach beleuchteten Flur entlang zu Anna Dahlströms Apartment führte. »Ich konnte ihr ja nicht sagen, worum es ging, aber ich hatte das Gefühl, dass sie erleichtert war, mit jemandem von der Polizei sprechen zu können. Sie machte auf mich den Eindruck, als ob sie wüsste, worum es geht, und hat gesagt, jetzt könne sie die Sache endlich zu Ende bringen und dann in Frieden gehen.« Fitzke war vor einer Tür stehen geblieben. Ein schwermütiger Ausdruck lag auf seinem Gesicht. »Ich will aber nicht, dass sie geht. Ich will, dass sie noch lange bei mir bleibt.«

Lisa fehlten die Worte angesichts seines plötzlichen Kummers, und so drückte sie nur fest seine Hände.

»Falls etwas ist, ich wohne im Apartment nebenan«, sagte er und wandte sich zum Gehen. »Kommen Sie nachher noch mal bei mir vorbei?«

»Natürlich tue ich das«, versicherte Lisa ihm.

Das Apartment von Anna Dahlström war an die einhundert Quadratmeter groß und von unaufdringlicher Eleganz. Die vorherrschenden Farben waren Steingrau und Mint, was den Räumen eine kühle, aber dennoch angenehme Atmosphäre verlieh.

Dahlströms Mutter bat Lisa in den Wohnraum und nötigte sie, auf dem Sofa Platz zu nehmen.

»Konni hat gesagt, dass Sie mich in einer dringenden Angelegenheit sprechen möchten.« Anna Dahlström war groß gewachsen und schlank und das, was man eine echte Dame nennen würde. Sie trug eine schwarze Stoffhose und ein dunkelgraues Kaschmir-Twinset; halbhohe schwarze Pumps und eine zweireihige Perlenkette vervollkommneten ihre Erscheinung. Ihr weißes Haar war in einem flotten Kurzhaarschnitt gestylt. Lisa erinnerte sich, gelesen zu haben, dass Alzheimerpatienten ihr Äußeres vernachlässigen würden. Auf Anna Dahlström schien dies allerdings nicht zuzutreffen, und dabei hatte Maren Waldorf Bergmann doch erzählt, dass sie sich bereits in einem fortgeschrittenen Stadium der Krankheit befinde. Was Konrad Fitzke bestätigt hatte. Die Krankheit war vor drei Jahren bei Anna Dahlström ausgebrochen, und seitdem hatte sich ihr Zustand kontinuierlich verschlechtert. Was in ihren »guten Momenten«, wie er sie nannte, natürlich nicht so deutlich zutage trat, jedenfalls nicht für Außenstehende.

Als Lisa genauer hinsah, fielen ihr allerdings doch einige Dinge auf. Der Lippenstift war leicht verschmiert, die Jacke des Twinsets falsch zugeknöpft, und Anna Dahlström trug zwei verschiedene Schuhe.

»Es geht um Ihren Sohn, Frau Dahlström«, begann Lisa. »Oder besser gesagt um Ihre beiden Söhne. Denn Sie haben doch zwei Söhne, nicht wahr? Ein Zwillingspaar, genauer gesagt.«

Lisa hatte lange überlegt, wie sie das Gespräch angehen sollte. Sie wollte Anna Dahlström weder weh tun noch sie in Aufregung versetzen, was womöglich wieder einen Krankheitsschub auslösen könnte, aber sie musste auch die Wahrheit wissen.

»Ja, ich habe zwei Söhne«, bestätigte die Frau vor ihr mit ruhiger Stimme. Sie wirkte auf eine unbestimmte Art erleichtert, nachdem die Worte ausgesprochen waren. »Und einer von ihnen ist ein Monster geworden, das zwei Kinder umgebracht hat.«

Lisa starrte die alte Dame entgeistert an. Klara Goldberg hatte ausgesagt, dass Anna sich nie wieder bei ihr und Louise Hunold gemeldet habe. Also war Lisa davon ausgegangen, dass sie nicht wusste, was aus ihrem erstgeborenen Sohn geworden war.

»Ich habe Carsten immer im Auge behalten«, fuhr Anna Dahlström fort. »Mein Mann war sehr wohlhabend, und nach unserer Heirat habe ich häufiger darüber nachgedacht, ihm von Carsten zu erzählen und den Jungen zu uns zu holen. Aber gleichzeitig wusste ich auch, dass ich das Louise nicht antun kann. Sie war meine Freundin, ich ging davon aus, dass Carsten es gut bei ihr hatte.«

»Weiß Ihr Sohn Constantin, dass Carsten Hunold sein Zwillingsbruder war?«

Anna Dahlström nickte. Von einer Sekunde auf die andere wirkte sie erschöpft. »Ich habe es ihm vor einigen Monaten gesagt. Ich wollte endlich reinen Tisch machen und hatte große Angst, dass mir die Krankheit irgendwann diese Möglichkeit nimmt.«

»Wie hat Ihr Sohn reagiert?«

»Er war natürlich entsetzt. Sein Zwillingsbruder hatte den Sohn seiner Schwägerin umgebracht. Er wusste überhaupt nicht mehr, wie er ihr unter die Augen treten sollte.«

»Wissen Sie, ob er Carsten Hunold nach dessen Entlassung gesehen hat?«

Anna Dahlströms Blick wurde unstet. »Gesagt hat er nichts, aber ich habe es immer vermutet. Constantin hat sich in den letzten Monaten sehr verändert. Er hat es mit Stress zu erklären versucht, mit seiner Anspannung, was die bevorstehende Landtagswahl betrifft. Aber diese Erklärungen habe ich ihm nie abgenommen.« Ein Schluchzen erstickte fast ihre nächsten Worte. »Ich habe solche Angst, dass Constantin seinen Bruder umgebracht hat.«

Lisa blieb noch eine halbe Stunde bei Anna Dahlström, aber nachdem die alte Dame ihre Befürchtungen ausgesprochen hatte, verwirrte sich ihr Geist mehr und mehr. Schließlich sah Lisa ein, dass sie nichts mehr aus ihr herausbekommen würde. Sie drückte Anna Dahlström zum Abschied die Hand, konnte allerdings nicht sagen, ob noch etwas von ihren Worten zu dieser vordrang.

Bevor sie das Haus verließ, klopfte Lisa an Fitzkes Tür, die fast augenblicklich geöffnet wurde. Sie bedankte sich für seine Mithilfe, und er versprach, jetzt sofort nach Anna zu sehen. Nachdem sie sich verabschiedet hatten, spürte Lisa die Vibration ihres Handys in der Jackentasche. Sie zog es heraus. Fehrbach. Sie eilte ins Freie und nahm das Gespräch an.

»Ich habe den Beschluss.« In Fehrbachs Stimme lag unterdrückter Ärger.

»Beim wievielten Richter hat es geklappt?«

»Besser, Sie wissen es nicht. Wo sind Sie?«, fuhr er übergangslos fort.

Sie berichtete ihm von ihrer gerade zurückliegenden Aktivität.

»Na, da sind wir ja beide ungewöhnliche Wege gegangen«, entgegnete er mit einem leisen Lachen. Sein Ärger schien verraucht. Ihr war, als läge so etwas wie Genugtuung in seiner Stimme über ihrer beider Aktionen.

»Ich denke, dass wir Dahlström jetzt sofort mit diesem Beschluss konfrontieren sollten«, sagte sie. »Um diese späte Stunde sind die Menschen am verletzlichsten, und außerdem haben wir den Überraschungseffekt auf unserer Seite.«

»Dazu müssten wir aber wissen, wo er sich gerade aufhält. Es ist Freitagnacht, da dürfte er mittlerweile in seinem Haus auf dem Graswarder sein.«

Stimmt, daran hatte sie nicht gedacht. »Dann machen wir es folgendermaßen. Bergmann und ich überprüfen, ob er nicht vielleicht doch in seiner Rendsburger Wohnung ist, und wenn nicht, treffen wir uns morgen früh um sieben auf dem Graswarder. Falls Sie bei der Aktion dabei sein wollen.«

»Natürlich bin ich dabei!«

Schon klar, dachte Lisa. Der Aktenstaub.

Samstag, 25. Februar

Lisa und Bergmann hatten Dahlström nicht in seiner Rendsburger Wohnung angetroffen und die Aktion, wie besprochen, auf den heutigen Morgen verlegt. Dass ihre Absicht, sich um sieben Uhr auf dem Graswarder zu treffen, allerdings durchkreuzt werden würde, wurde Lisa bereits unmittelbar nach dem Aufstehen klar, als sie einen Blick aus dem Schlafzimmerfenster warf und den Neuschnee gewahrte.

Nachdem sie sich fertig gemacht und ein kurzes Frühstück zu sich genommen hatte, griff sie zum Handy, um Fehrbach anzurufen, und bemerkte, dass Bergmann versucht hatte, sie zu erreichen. Sie rief ihn zurück und erfuhr, dass er eine SMS von Maren Waldorf erhalten habe, mit der Bitte, zu ihr zu kommen.

»Hat sie geschrieben, worum es geht?«, wollte Lisa wissen.

»Nein.«

»Dann fahr ich allein mit Fehrbach zu Dahlström. Gib mir bitte sofort Bescheid, falls du etwas Wichtiges von ihr erfahren solltest.«

»Sie ist für dich immer noch nicht außen vor, oder?«

»Mensch, Frank, ich weiß es doch auch nicht. Natürlich deutet im Moment alles auf Dahlström hin, aber ich hüte mich vor allzu viel Euphorie.«

Der zweite Anruf galt Fehrbach. Sie kamen überein, dass es

das Vernünftigste wäre, einen Wagen zu nehmen, und wollten sich an der BKI treffen.

Die Fahrt zum Graswarder wurde dann für beide zu einer Geduldsprobe. Der neuerliche Schneefall behinderte den Straßenverkehr fast auf der gesamten Strecke. Erst nach Oldenburg ging es schneller, da ein großer Teil Ostholsteins niederschlagsfrei geblieben war.

Es war zehn Uhr, als sie endlich an ihrem Ziel eintrafen und von Susanna Dahlström erfahren mussten, dass ihr Mann nicht zu Hause war.

»Er hatte gestern Abend noch lange zu tun«, sagte sie, nachdem sie Lisa und Fehrbach ins Haus gebeten hatte. »Deshalb wollte er in der Rendsburger Wohnung übernachten und erst heute kommen. Ich erwarte ihn gegen Mittag.«

In der Rendsburger Wohnung. Also hatte Dahlström mit ihrem erneuten Besuch gerechnet und sich große Mühe gegeben, seine Anwesenheit zu verbergen.

Bei ihrer Ankunft hatte nirgendwo Licht gebrannt, und ein kurzer Blick zum Briefkasten hatte Lisa halb heraushängende Werbeprospekte und ein Wochenblatt gezeigt. Verdammt, er hatte sie reingelegt.

»Haben Sie heute schon mit Ihrem Mann telefoniert?«, fragte sie.

Susanna Dahlström wirkte irritiert. »Ja, vorhin.« Sie verschränkte die Arme vor der Brust. »Was wollen Sie denn schon wieder von Constantin? Sie haben doch erst am Donnerstag mit ihm gesprochen.«

Interessant, dachte Lisa. Dann hatte Dahlström seiner Frau also nichts von ihrem zweiten Besuch erzählt. Sie überlegte kurz, dann entschloss sie sich, die Karten auf den Tisch zu legen. »Wir haben einen richterlichen Beschluss, der uns berechtigt, Ihrem Mann eine Speichelprobe zu entnehmen.«

Dahlströms Frau wurde blass. »Eine Speichelprobe? Aber wozu denn?«

»Es gibt einen Anfangsverdacht, dass Ihr Mann Carsten Hunold getötet hat.«

Susanna Dahlström ließ die Hände sinken und wich einen Schritt zurück. Ihre Augen waren schreckgeweitet. »Aber ... aber das ist doch verrückt.« Hilfesuchend griff sie nach der Lehne des Sessels. »Wie kommen Sie auf diese Idee?«

»Wir gehen davon aus, dass Carsten Hunold der Zwillingsbruder Ihres Mannes ist und ihn mit dieser Tatsache erpresst hat.«

»Der ...«, Dahlströms Frau sank in den Sessel, «... der Zwillingsbruder? Aber ... Constantin hat doch überhaupt keine Geschwister.«

»Die Jungen sind gleich nach der Geburt getrennt worden und bei verschiedenen Müttern aufgewachsen. Allem Anschein nach hat jeder für sich erst vor einiger Zeit davon erfahren. Genauer gesagt, nach Hunolds Haftentlassung.« Lisa wollte fortfahren, als ihr Handy zu klingeln begann. Sie trat auf den Flur hinaus, nachdem sie Uwes Nummer auf dem Display erkannt hatte. »Wir sind gerade bei Susanna Dahlström. Ihr Mann ist allerdings nicht hier.«

»Das kann er auch nicht«, erwiderte Uwe. »Deshalb rufe ich dich ja an. Dahlström steht nämlich auf der Rendsburger Hochbrücke, und es sieht verdammt danach aus, als ob er die Absicht hat, da runterzuspringen.«

Als die Haustürklingel ertönte, schreckte Maren Waldorf zusammen.

Jetzt gab es kein Zurück mehr.

Sie zögerte aufzustehen. Erst als es ein weiteres Mal klingelte, energischer diesmal, wie ihr schien, und länger anhaltend, erhob sie sich und ging zur Tür.

»Guten Morgen, Herr Bergmann. Danke, dass Sie gekommen sind.«

Maren erwiderte den Händedruck des Kripobeamten. Auf einmal fühlte sie sich seltsam gehemmt und gleichzeitig auf eine ganz merkwürdige Weise getröstet, dass er jetzt bei ihr war.

Den Entschluss, ihn zu sich zu bitten und sich endlich alles von der Seele zu reden, hatte sie spontan getroffen, am frühen Morgen, als sie nach einem kurzen und unruhigen Schlaf wieder hochgeschreckt war. Bevor sie es sich anders überlegen konnte, hatte sie Bergmann eine SMS geschickt. Danach war ihr leichter gewesen, ein Zustand, der sich allerdings mittlerweile wieder verflüchtigt hatte.

»Kommen Sie herein.« Maren bat Bergmann ins Wohnzimmer. »Nehmen Sie doch Platz.« Sie wies auf einen der Sessel. »Was darf ich Ihnen anbieten? Ich habe Kaffee und Tee gemacht.« Sie warf einen hastigen Blick zur Schale mit den Keksen, die sie auf dem Tisch abgestellt hatte. Hoffentlich schmeckten sie noch. Das Verfallsdatum war zwar noch nicht erreicht, aber sie glaubte die Packung schon ewig in ihrem Küchenschrank zu haben. Sie hatte sich nicht getraut, noch etwas vom Bäcker zu holen, weil sie nicht wusste, wie schnell Bergmann hier sein würde. Fahrig fuhr sie sich über die Stirn. Sie hatte schon so lange keinen Besuch mehr gehabt. Offensichtlich waren ihr die Qualitäten einer Gastgeberin, auf die sie früher immer so stolz gewesen war, mittlerweile völlig abhandengekommen. Andererseits war Bergmann aber auch kein Besuch im üblichen Sinn.

»Ein Kaffee wäre nett«, drang seine Stimme in ihre wirren Gedanken.

»Natürlich. Gerne. Mit Milch und Zucker?«

»Schwarz, bitte.«

Maren nickte und begab sich in die Küche, wo sie Tassen und die bereits gefüllte Kaffeekanne auf ein Tablett stellte und dann ins Wohnzimmer trug. Nachdem sie Bergmann und sich eingeschenkt hatte, nahm sie ihm gegenüber Platz. Sie knetete die Hände im Schoß und wusste plötzlich nicht mehr, wie sie anfangen sollte. Dabei hatte sie sich doch alles immer wieder zurechtgelegt.

»Ich habe Sie angelogen«, stieß sie schließlich hervor. »Ich wusste, wo dieser … wo Hunold wohnte. Ein Reporter der *Schleswiger Nachrichten* hatte es herausgefunden. Der Mann stand eines Tages vor meiner Tür und fragte mich, ob er ein Interview mit mir machen könne. Er plante eine Serie über Sexualstraftäter und deren Opfer und wollte zu diesem Zweck auch Gespräche mit den Eltern führen. Ich habe zugestimmt, weil ich nach Hunolds Entlassung so randvoll mit Emotionen war, dass ich einfach mit jemandem reden musste.« Maren senkte den Blick auf ihre im Schoß verschränkten Hände. »Freunde hatte ich ja schon lange keine mehr. Die hatten sich nach und nach alle von mir abgewandt, weil niemand mehr Verständnis für diese jahrelange Trauer aufbrachte. Was ich ihnen nicht verübeln kann. Ein trauernder Mensch ist nun einmal eine Belastung für seine Umwelt.«

»Ja, da haben Sie leider recht.«

Maren schaute auf. Ihr war, als hätte sich von einer Sekunde auf die andere ein dunkler Schatten über den Mann vor ihr gelegt. Auf einmal kehrte der Gedanke zurück, der sie bereits im Krankenhaus gestreift hatte. Der Kripobeamte und sie teilten eine Erfahrung, dessen war sie sich plötzlich ganz sicher. Und diesmal traute sie sich, ihn zu fragen. »Ich möchte nicht indiskret sein, aber … ist es möglich, dass Ihnen etwas Ähnliches widerfahren ist wie mir? Ich weiß, es geht mich nichts an, aber ich hatte schon bei Ihrem Besuch im Krankenhaus das Gefühl, dass Sie ganz genau verstehen, was in mir vorgeht.«

Es kam ihr wie eine Ewigkeit vor, bis Bergmann endlich antwortete. »Ich weiß sehr gut, wie Sie sich fühlen, Frau Waldorf, denn mir ist tatsächlich etwas Ähnliches passiert.«

Maren hielt den Atem an und wartete gebannt, dass Bergmann fortfuhr. Aber das tat er nicht, und auf einmal scheute sie sich, weiter in ihn zu dringen. Für den Moment reichte es ihr zu wissen, dass ihr Gefühl sie nicht getrogen hatte und Bergmann verstehen konnte, was sie empfand. Vielleicht als Einziger von all den Menschen, mit denen sie nach Bastis Tod Kontakt gehabt hatte.

»Sie sagten, dass Sie Hunolds Wohnort gekannt haben«, nahm Bergmann ihre Bemerkung wieder auf. Er hatte den Moment der Schwäche überwunden und wirkte wieder vollkommen professionell. »Heißt das, dass Sie in Kienholz waren?«

»Ja. Ich … ich weiß nicht, wie ich es Ihnen erklären soll. Bei dem Prozess damals war ich nicht dabei, ich hatte nicht die Kraft dazu. Aber in den vergangenen Jahren war es mir immer wichtiger geworden, Hunold einmal Auge in Auge gegenüberzustehen. Ich wollte ihn fragen, warum er das getan hat, warum er mir mein Kind und mein Leben genommen hat.« Sie verstummte.

»Und?«, fragte Bergmann nach einer Weile. »Haben Sie mit Hunold gesprochen?«

Maren tat so, als hätte sie seine Frage nicht gehört. »Wissen Sie … vielleicht wäre alles anders gekommen, wenn Jörg und ich noch weitere Kinder gehabt hätten. Dann wäre der Verlust zwar nicht weniger schmerzhaft gewesen, aber ich hätte noch eine Verpflichtung für andere gehabt. Ich hätte jeden Morgen aufstehen und den Kindern ihr Frühstück machen müssen; ich hätte darauf achten müssen, dass sie ihre Hausaufgaben machen, all die Dinge, die jeden Tag angefallen wären. So stand ich ganz alleine da.«

»Aber Ihr Mann …«, warf Bergmann ein.

»Mit unserer Ehe stand es schon vorher nicht mehr zum Besten.« Sie stockte, denn es fiel ihr schwer, die nächsten Worte auszusprechen. »Ich habe einige Zeit nach Bastis Geburt eine postpartale Depression bekommen. Zuerst wusste ich gar nicht, was da mit mir vor sich ging. Ich hatte mich so auf das Kind gefreut, und als es da war, habe ich mich wie der glücklichste Mensch auf der Welt gefühlt. Aber nach einem Monat merkte ich, dass irgendetwas mit mir war. Basti wurde mir immer fremder, ich begann ihn zu vernachlässigen und habe mich immer häufiger gefragt, was dieses Wesen eigentlich in meinem Leben verloren hat.« Maren wagte nicht, Bergmanns Blick zu begegnen. »Mein Mann und ich waren immer sehr unternehmungslustig. Wir sind viel ins Theater und ins Kino gegangen oder zum Sport und haben über die Wochenenden häufig auch spontane Kurztrips unternommen. Natürlich war uns klar, dass wir diese Unabhängigkeit verlieren würden, wenn plötzlich ein Kind da wäre. Trotzdem haben wir uns ganz bewusst für Basti entschieden.« Sie griff nach der Kaffeekanne und stellte beim Nachschenken fest, dass ihre Hände zu zittern begonnen hatten. »Ich habe versucht, mit meinem Mann über meine Probleme zu sprechen. Es konnte doch nicht sein, dass ich mein Baby, das das Wichtigste auf der Welt für mich war, plötzlich abzulehnen begann. Aber Jörg hatte wenig Verständnis für mich und hat das Ganze als Babyblues abgetan, der schon vorübergehen würde. Als er merkte, dass das nicht der Fall war, hat er mir immer wieder an den Kopf geworfen, dass ich mich zusammenreißen soll. Ich war zu der Zeit schon bei einer Psychologin in Behandlung und habe Jörg gebeten, zu den Gesprächen mitzukommen. Er sollte begreifen, was es mit dieser Krankheit auf sich hat, dass kluge Sprüche dem Betroffenen nicht helfen. Aber er hat sich geweigert und sich immer mehr von mir abgewendet. In der Zeit begann Bastis Schreiphase. Ich bin mit dem Kleinen von Arzt zu Arzt gerannt. Am Anfang ist Jörg auch noch mitgekommen. Wir haben ja die ganze Zeit über gedacht, dass dieses Schreien eine körperliche Ursache hätte. Als das endlich ausgeschlossen werden konnte, waren Jörg und ich mit den Nerven am Ende. Mein Arzt hat mich dann ins Krankenhaus eingewiesen, und Jörg ließ sich beurlauben, um in der Zeit auf Basti aufpassen zu können.« Maren unterdrückte den Impuls, mit den Fäusten auf den Tisch zu schlagen. Stattdessen ballte sie ihre Hände im Schoß zusammen. »Das hat er mir hinterher immer wieder vorgeworfen. Dass ihm eine Beförderung durch die Lappen gegangen sei, weil ich nicht in der Lage gewesen sei, mich so um mein Kind zu kümmern, wie man es von einer Mutter erwarten kann.«

Sie krümmte die Schultern, weil die Erinnerungen ihr körperliche Schmerzen zu bereiten begannen. »Und so gesehen hatte er ja recht. Ich habe mein Kind im Stich gelassen. Nach der Geburt und fünf Jahre später erneut, als ich zugelassen habe, dass dieses Monster sich meinen Basti greifen konnte.« Abrupt stand sie auf. »Entschuldigen Sie mich bitte.« Sie hastete zur Tür hinaus ins Bad, wo sie auf dem Wannenrand niedersank und der Tränenflut freien Lauf ließ. Es kümmerte sie nicht, ob der Mann nebenan etwas mitbekam. Sie hatte plötzlich das aberwitzige Gefühl, dass jede Träne sie von einer gewaltigen Last befreien würde. Als sie nach einer Weile ein leises Klopfen an der Tür vernahm, hob sie den Kopf.

»Frau Waldorf? Kann ich Ihnen helfen?«

»Nein … nein.« Sie schniefte und schluchzte und fühlte sich so unendlich erleichtert, dass da draußen eine Person stand, aus deren Stimme echte Besorgnis klang. »Ich ... Es ist alles in Ordnung. Geben Sie mir noch einen kleinen Moment.«

»Natürlich.«

Maren erhob sich und trat vor den Spiegel. Ein blasses Gesicht starrte ihr entgegen, die Augen gerötet vom Weinen. Sie straffte die Schultern und ging zur Tür, wo sie mit einer entschlossenen Bewegung die Klinke niederdrückte.

Sie hatte sich Frank Bergmann nun schon so weit geöffnet, jetzt war sie bereit, ihm auch den Rest zu erzählen.

Die Wendeltreppe, deren einhundertachtundsiebzig Stufen sich auf eine Höhe von vierzig Metern zur Aussichtsplattform der Rendsburger Hochbrücke emporschraubten, war in einem der beiden südlichen Brückenpfeiler installiert. Zum Glück hatte Lisa sich noch rechtzeitig daran erinnert, denn sonst wäre sie unweigerlich auf die andere Seite des Kanals gefahren, wo Dahlström gerade laut einer letzten Durchsage in luftiger Höhe auf der Brücke herumlaufen sollte.

Der Brückenwart stand bereits in der weit geöffneten Tür des Schutzgitters, welches den Fuß des Pfeilers umschloss. »Passen Sie auf, wenn Sie hochgehen«, warnte er. »Die Stufen sind verdammt glatt.«

Lisa nickte, aber als sie sich in Bewegung setzen wollte, hielt Fehrbach sie am Arm fest. »Sie sollten das nicht tun, Frau Sanders. Lassen Sie den Psychologen mit Dahlström reden.«

Lisa schüttelte energisch den Kopf. Sie sah die Besorgnis in Fehrbachs Augen, aber sie hatten das Thema die ganze Fahrt über diskutiert, und sie würde sich nicht von ihrem Entschluss abbringen lassen. »Dahlström kennt mich. Ich weiß nicht, wie er reagiert, wenn da jetzt plötzlich ein wildfremder Mensch vor ihm steht.«

»Aber Sie haben selbst gesagt, dass Ihre beiden Begegnungen nicht gut verlaufen sind. Vor allen Dingen die letzte nicht.«

»Trotzdem«, beharrte Lisa. Ihr Bauchgefühl sagte ihr, dass sie einen Zugang zu Dahlström finden würde. Sie begann die Stufen zu erklimmen, bevor Fehrbach einen erneuten Einwand anbringen konnte. Sie umklammerte den Handlauf mit festem Griff, kam aber dennoch einige Male ins Straucheln. Nach einer schier endlos wähnenden Zeit kam sie schließlich oben an und war trotz ihrer guten Kondition für einen Moment außer Atem. Sie hatte Seitenstechen und beugte sich keuchend nach vorn, die Hände auf den Rücken gepresst. Es dauerte einen Augenblick, bis sie wieder zu Atem kam und sich aufrichten konnte.

Wo war Dahlström? Immer noch auf der anderen Seite? Lisa blinzelte und warf einen wütenden Blick zum Himmel empor, der sich anschickte, eine erneute Ladung Schnee über Schleswig-Holstein abzuladen. Musste das ausgerechnet jetzt sein? Hier oben peitschte der Wind doch eh schon wie verrückt, und wenn jetzt auch noch Schnee dazukam, würde sie bald nicht mehr die Hand vor Augen sehen.

Lisa zog ihre Mütze tiefer in die Stirn und versuchte Dahlström inmitten des beginnenden Schneetreibens ausfindig zu machen. Als sie ihn nicht entdecken konnte, setzte sie sich in Bewegung. Das Gleisbett war geräumt, hier würde sie schneller vorankommen. Sie hatte schon ein längeres Stück zurückgelegt, als sie Dahlström plötzlich in einiger Entfernung vor sich auftauchen sah. Er bewegte sich unsicheren Schrittes am Außengeländer entlang in ihre Richtung, aber auf der gegenüberliegenden Seite der Brücke.

Sie ging weiter. Dahlström schien sie noch nicht entdeckt zu haben, und sie musste alles daransetzen, ihn nicht zu erschrecken. Sie waren hier oben allein, Lisa hatte den zahlreichen vor Ort befindlichen Kollegen jede Einmischung untersagt. Die

Gleise waren gesperrt, die Bahn informiert, dass der Zugverkehr unter Umständen für längere Zeit eingestellt sein würde.

Als Lisa auf Dahlströms Höhe ankam, blieb sie stehen. Er hatte ihr den Rücken zugewandt und klammerte sich mit beiden Händen am Außengeländer fest.

»Herr Dahlström.«

Er drehte sich um und starrte sie an. Er schien sie tatsächlich erst jetzt wahrzunehmen. Sein Mantel stand offen, der Wind peitschte die Umschläge um seine Beine. Der Schal hatte sich gelöst und war kurz davor, herabzufallen. Dahlström trat einen Schritt zurück und machte Anstalten, den rechten Fuß über das Geländer zu heben.

»Tun Sie das nicht, Herr Dahlström, ich bitte Sie.«

»Lassen Sie mich in Ruhe!« Verzweiflung lag in seiner Stimme, aber zu Lisas großer Erleichterung zog er den Fuß nach einem kurzen Zögern wieder zurück. »Das hat doch alles keinen Sinn mehr!«

»Reden Sie mit mir, Herr Dahlström, bitte. Ich möchte verstehen, was passiert ist.« Sie hatte vieles gelernt, was im Umgang mit Suizidenten zu beachten war. Ein Großteil dieser Personen hatte nicht die Absicht, ihren Plan in die Tat umzusetzen. Diese Menschen wollten einfach nur reden. Hoffentlich traf das auch auf Constantin Dahlström zu.

Der Mann vor ihr stieß ein Lachen aus, das mehr wie ein Aufschluchzen klang. »Er hat mich erpresst. Dieses Schwein hat mich erpresst, und er wollte immer mehr.«

»Sprechen Sie von Carsten Hunold?«

»Ja, ich spreche von Carsten Hunold. Von meinem ach so teuren Zwillingsbruder.« Er spuckte auf die Gleise.

»Wann haben Sie von dem Verwandtschaftsverhältnis erfahren?«

»Einige Zeit bevor Hunold sich mit mir in Verbindung gesetzt hat. Meine Mutter hatte es mir gebeichtet. Es ging ihr sehr schlecht, und sie wollte ihr Gewissen erleichtern.«

»Das muss ein Schock für Sie gewesen sein.«

Er strich mit einer abwesenden Geste über sein Gesicht. Schnee lag auf seinen Haaren, dem Mantel, dem Schal. »Ich bin tagelang wie paralysiert durch die Gegend gelaufen. Das Schlimmste war, dass ich mit niemandem darüber sprechen konnte, selbst mit meiner Frau nicht. Ich hätte mich zu Tode geschämt. Ich hätte ihr und vor allen Dingen meiner Schwägerin nie wieder unter die Augen treten können.«

»Wie sah Hunolds Kontaktaufnahme aus?«

»Er hat mich auf der Straße abgefangen, als ich aus dem Büro kam, und ist ohne Umschweife zur Sache gekommen. Er sei mein Zwillingsbruder und habe Unterlagen, mit denen er den Beweis dafür antreten könne. Wenn ich nicht wolle, dass die Sache an die Öffentlichkeit gelangt, solle ich ihm einhunderttausend Euro zahlen.«

»Haben Sie ihm gesagt, dass Ihnen ihr Verwandtschaftsverhältnis bereits bekannt war?«

»Ich habe ihm gesagt, dass er mich in Ruhe lassen soll, und bin weggefahren. Ich war zu keiner vernünftigen Reaktion mehr fähig. Natürlich hat er nicht lockergelassen und stand einige Tage später bei mir im Büro. Er hatte Unterlagen von seiner Adoptivmutter dabei, in denen sie niedergeschrieben hatte, wer unsere leibliche Mutter war und um wen es sich bei meiner Person handeln würde. Natürlich habe ich den Inhalt dieser Unterlagen Hunold gegenüber als das wirre Gefasel einer gestörten Frau hingestellt. Sie waren ja durch nichts belegt, und das dürfte ihm auch bewusst gewesen sein. Er hat mir dann gedroht, die Sache an die Öffentlichkeit zu bringen und unser Verwandtschaftsverhältnis publik zu machen. Mir wurde klar, dass er es ernst meinte, denn er hatte ja im Gegensatz zu mir nichts zu verlieren. Also habe ich seiner Erpressung nachgegeben.«

»Er wollte also einhunderttausend Euro von Ihnen. Haben Sie gezahlt?«

»Natürlich. Was blieb mir denn übrig?«

»Aber dabei ist es nicht geblieben, oder?«

»Nein. Drei Wochen nachdem ich ihm das Geld ausgehändigt hatte, wollte er die gleiche Summe noch mal. Ich habe erneut gezahlt, aber mir war schon zu dem Zeitpunkt klar, dass er keine Ruhe mehr geben würde. Und so war es dann auch. Zwei Wochen später kam die nächste Forderung.«

»Haben Sie Carsten Hunold getötet?«

»Ja, aber ich wollte es nicht. Ich wollte mit ihm reden, ich hatte die Hoffnung … Es war eine Kurzschlusshandlung.« Er brach ab.

»Was ist an diesem Tag geschehen?«

»Wir hatten die Geldübergabe an unterschiedlichen Orten vorgenommen. Öffentlichen Orten wohlgemerkt, das war ihm sehr wichtig. Für diesen Tag hatte ich mich mit ihm auf der Fähre von Kienholz verabredet.«

»Ein ungewöhnlicher Ort.«

Dahlström schwieg.

»Ist Ihre Wahl auf die Fähre gefallen, weil Sie Hunold in der Nähe seines Wohnortes umbringen wollten? Damit sich der Verdacht auf sein dortiges Umfeld richtet?« Sie musste herausbekommen, ob die Tat im Affekt geschehen oder geplant gewesen war. Was ebenso für die anderen beiden Taten galt, wenn er sie denn ebenfalls gestand.

»Ich hatte nicht die Absicht, ihn umzubringen!«, fuhr Dahlström sie an. Er war mittlerweile vollkommen vom Schnee bedeckt, ebenso wie sie selber, aber in der momentanen Situation schien es keinen von ihnen zu interessieren. »Ich bin die Kanalstraße entlanggefahren und wollte Hunold vor der Fähre abfangen. Plötzlich hab ich ihn auf dem Weg gehen sehen. Und dann … Ich weiß nicht … Das würde ja immer so weitergehen. Und letztlich würden mich die Zahlungen auch nicht schützen. Der Carsten Hunold, der mir begegnet war, war ein zutiefst böser Mensch. Ein Mann, dem es große Freude bereitete, andere zu quälen, egal, auf welche Weise. Er würde weiterhin mein Geld nehmen und die Angelegenheit aus lauter Bosheit dann vielleicht doch irgendwann publik machen. Ich würde niemals wieder sicher vor ihm sein. Als mir das klarwurde, sind bei mir alle Sicherungen durchgebrannt. Ich bin aus dem Wagen gesprungen und auf Hunold zugelaufen. Und dann lag da diese Eisenstange … Ich hab sie ergriffen und … Die nächste klare Erinnerung habe ich an den Moment, als ich Hunold zu meinen Füßen liegen sah.«

»Was geschah dann?«

»Ich habe seine Papiere und die Schlüssel an mich genommen. Ich wusste zwar, dass er in Kienholz wohnt, kannte seine Adresse aber nicht. Und ich musste doch sehen, dass ich in den Besitz dieser Unterlagen kam. Dann bin ich in meine Wohnung nach Rendsburg gefahren.«

So viel zur Aussage »Ich wollte mit ihm reden«, dachte Lisa. Wäre es wirklich eine Tat im Affekt gewesen, hätte Dahlström im Anschluss daran sicherlich kein so planmäßiges Verhalten an den Tag gelegt.

»Sie haben Hunolds Haus aber nicht sofort durchsucht. Warum nicht?«

»Weil mir irgendwann bewusst wurde, was ich getan hatte. Ich konnte nicht mehr.«

»Was war mit Pieter Seegers?«

»Hunold hatte mir irgendwann gesagt, dass es jemanden gebe, dem er von unserem Verwandtschaftsverhältnis erzählt habe.«

»Aber wie sind Sie auf Seegers gekommen?«

»Ich hatte seinen Namen, eine Adresse und eine Telefonnummer in Hunolds Brieftasche gefunden. Ich rief die Nummer an und stellte fest, dass es sich um ein Restaurant handelte. Man bestätigte mir, dass ein Pieter Seegers dort arbeiten würde. Also bin ich nach Sylt gefahren.«

Und ganz bestimmt wolltest du auch diesmal wieder nur reden, dachte Lisa.

»Was ist auf Sylt passiert?«

»Die Adresse war die von Seegers' Wohnung. Ich bin dorthin gefahren und habe geklingelt. Und dann … Als dieser Mann dort vor mir stand, habe ich wahnsinnige Angst bekommen. Ich bin doch davon ausgegangen, dass Hunold ihm alles erzählt hatte. Da … da habe ich geschossen.«

»Und da Sie nicht wussten, ob der Schuss in die Brust tödlich war, haben Sie Seegers zur Sicherheit noch einen Kopfschuss verpasst.« Es fiel Lisa zunehmend schwer, die Ruhe zu bewahren. Hatte sie bis zu einem gewissen Zeitpunkt noch Verständnis gehabt für diese vollkommen ausweglose Position, in der Dahlström sich befand, war mittlerweile alles davon aufgebraucht. Vielleicht war der Mord an Hunold wirklich nicht geplant gewesen, alles, was danach folgte, allerdings schon. »Pieter Seegers hat übrigens nichts von dem Verwandtschaftsverhältnis gewusst. Hunold hat Sie angelogen.«

Dahlström schien sie nicht gehört zu haben. Seine Augen waren weit aufgerissen. »Ich wollte das alles nicht! Was glauben Sie eigentlich, wie es mir damit geht, zwei Menschen getötet zu haben?«

»Nicht zwei, Herr Dahlström.« Kälte breitete sich in Lisa aus, und das hatte nichts mit den herrschenden Außentemperaturen zu tun. »Berta Matthiessen ist heute Vormittag gestorben.« Sie hatte die Nachricht bei ihrer Ankunft an der Hochbrücke erhalten.

»Aber … ich wollte ihr nichts tun, wirklich nicht. Sie ist gestolpert und unglücklich gefallen. Bitte, das müssen Sie mir glauben.«

Allem Anschein nach war dies ja wirklich der Fall gewesen, aber so einfach würde sie ihn nicht davonkommen lassen. Sie hatte so gehofft, dass die alte Frau überleben würde. »Das wird die Obduktion ergeben.«

»Bitte, Frau Sanders, Sie müssen mir das glauben!«

»Was haben Sie mit der Eisenstange gemacht?«

»Die hab ich auf der Rückfahrt in den Kanal geworfen.«

»Woher hatten Sie die Pistole, mit der Sie Seegers erschossen haben?«

»Die habe ich mir aus dem Internet besorgt. Aber nicht, um ihn damit zu erschießen. Es hat letztes Jahr eine Morddrohung gegen mich gegeben, da hab ich sie mir zur Sicherheit besorgt.«

»Eine Pistole mit Schalldämpfer?« Lisa gab sich keine Mühe mehr, den Sarkasmus in ihrer Stimme zu unterdrücken.

»Das mag für Sie jetzt unwahrscheinlich klingen, aber der war dabei. Ich hatte mich auch gewundert, als ich das Paket aufgemacht hatte, denn wieso hätte ich mir einen Schalldämpfer bestellen sollen.«

Er war Politiker und würde somit immer eine passende Erklärung zur Hand haben.

Nach seinem Geständnis ließ Dahlström sich widerstandslos festnehmen. Als Lisa mit ihm am Fuß der Wendeltreppe anlangte, nahmen ihn die dort wartenden Kollegen in Empfang. Lisa gab Fehrbach, der ihre Rückkehr mit sichtbarer Erleichterung aufgenommen hatte, sowie Uwe und Malte, die mittlerweile ebenfalls eingetroffen waren, eine kurze Zusammenfassung von Dahlströms Geständnis. Anschließend setzte sie sich in einen leeren Streifenwagen, um einen Augenblick zur Ruhe zu kommen. Als ihr Handy zu klingeln begann, war sie versucht, den Anruf nicht anzunehmen, sah dann aber die Nummer auf dem Display. »Frank!«

Ihr Kollege schien einiges von seiner sonstigen Ruhe eingebüßt zu haben. »Maren Waldorf hat ausgesagt, dass sie am Tag von Hunolds Tod in Kienholz war. Sie hat diese Absicht wohl schon länger mit sich herumgetragen. Sie war seinerzeit nicht beim Prozess und hat gesagt, dass sie nach Hunolds Entlassung immer häufiger das Bedürfnis hatte, den Mörder ihres Sohnes zu sehen und ihn zu fragen, wie er zu einer solchen Tat fähig sein konnte. Frau Waldorf hatte Hunolds Adresse von einem Reporter bekommen. Sie hat Hunold aus seinem Haus kommen und fortgehen sehen, ist ihm aber nicht gefolgt. Sie sagt, dass sie lange in ihrem Wagen gesessen und nachgedacht hat. Dabei ist ihr klargeworden, in was sie sich da verrannt hatte. Sie wollte nach Hause fahren und hat dann auf dem Weg diesen Mann liegen sehen. Sie hat Hunold anhand seiner Kleidung sofort erkannt und ist ausgestiegen und zu ihm gegangen.« Ein tiefer Atemzug ging den nächsten Worten voran. »Er hat noch gelebt, Lisa! Frau Waldorf ist in ihren Wagen gestiegen und einfach weggefahren. Sie hat Hunold dort liegen und sterben lassen.«

Nach dem Gespräch mit Bergmann blieb Lisa noch einige Zeit im Wagen sitzen. Das eben Gehörte hatte sie zutiefst erschüttert, und sie musste es erst einmal für sich einsortieren. So schickte sie vorerst jeden fort, der kam und mit ihr sprechen wollte. Für dienstliche Dinge hatte sie im Moment sowieso kein Ohr, aufmunternde Worte prallten an ihr ab. Erst nach einiger Zeit fiel ihr auf, dass Malte nun schon zum wiederholten Mal um den Wagen herumschlich. »Was ist?«, fuhr sie ihn schließlich entnervt an, nachdem sie die Wagentür geöffnet hatte. Sie erschrak, denn sie hatte ihn noch nie so ernst gesehen.

Ihr Kollege trat von einem Fuß auf den anderen. »Ich weiß nicht, wie ich es dir sagen soll.«

»Nun komm schon, Malte. Ich hab echt keinen Nerv auf dein Herumgeeiere.«

»Das Krankenhaus hat vorhin angerufen. Ralf sollte doch morgen entlassen werden, deshalb wurden heute noch einige Untersuchungen gemacht.«

»Und?«, fragte sie, plötzlich alarmiert.

»Er ist auf einmal zusammengebrochen. Die Ärzte haben ein Aneurysma im Gehirn festgestellt. Soviel ich weiß, wird er gerade operiert.«

Die folgenden beiden Tage schien das K1 in einer Art Schockstarre zu verharren. Södersen hatte die Operation zwar gut überstanden, aber die Angst, dass womöglich neue Komplikationen auftreten könnten, hielt die Kripobeamten fest im Griff. Selbst Uwe, der in der Vergangenheit immer den Eindruck erweckt hatte, als stünde Södersen ihm nicht besonders nah, schlich wie Falschgeld herum. Alle waren froh, dass die Aufarbeitung des gerade gelösten Falls sie kaum zum Denken kommen ließ, und so hängten sie freiwillig eine Überstunde nach der anderen ran.

Lisa hatte ihren Arbeitsplatz in Södersens Büro verlagert und ging jeden Abend als Letzte. Zeitweilig hatte sie das Gefühl, von der Fülle der administrativen Aufgaben erschlagen zu werden. Aber die Arbeit lenkte sie ab, und das war gut so.

Am Morgen des dritten Tages konnte sie Södersen endlich auf der Intensivstation besuchen. Sein Gesicht war blass, seine Augen lagen tief in den Höhlen, und die Vielzahl der Geräte, die seine unterschiedlichen Körperfunktionen überwachten, machte ihr Angst.

»Hey.« Lisa zog einen Stuhl heran, setzte sich neben das Bett und griff nach Södersens Hand, auf der eine Infusionsnadel befestigt war. »Was machst du denn für Sachen?«

»Hätte ich wohl doch besser auf dich hören sollen.« Der Versuch eines Lächelns strengte ihn unübersehbar an.

»Männer sollten generell auf Frauen hören.« Lisa bemühte sich um eine heitere Miene und einen lockeren Ton, aber es fiel ihr schwer. »Egal, in welchen Lebenslagen.«

»Werd's mir merken.« Ein schwacher Händedruck folgte den leisen Worten. »Im Büro alles okay?«

Lisa nickte und erzählte ihm in kurzen Worten, was passiert war. Der Arzt hatte sie ermahnt, den Patienten nicht zu überanstrengen, und ihr eine Viertelstunde Besuchszeit zugestanden.

»Gut, dann bin ich beruhigt.« Södersens Hand erschlaffte, seine Augen schlossen sich. Im ersten Moment erschrak Lisa, doch als sie die unveränderte Geräuschkulisse der Geräte wahrnahm und sah, wie sich Södersens Brust unter der Decke langsam hob und senkte, beruhigte sie sich.

Er wird wieder auf die Füße kommen, hatte Södersens Frau gesagt. Es braucht bloß seine Zeit. Und deshalb hatten die beiden Frauen einen Pakt geschlossen, dass jede von ihnen dafür Sorge tragen würde, dass Södersen nicht zu früh die Arbeit wiederaufnahm.

Als Lisa den Krankenhausflur zum Ausgang entlangging, spürte sie, wie ihre Zuversicht stieg. Södersen würde wieder gesund werden. Und bis zu seiner Rückkehr ins K1 wollte sie alles daransetzen, ihre ungewohnte Stellvertreterrolle anzunehmen und hoffentlich auch zur Zufriedenheit aller auszufüllen.

Danksagung

Auch bei der Arbeit an diesem Buch standen mir wieder eine Reihe von Personen zur Seite, bei denen ich mich an dieser Stelle ganz herzlich bedanken möchte.

Die unangefochtene Poleposition nehmen natürlich auch diesmal wieder meine Berater bei der Polizei und der Rechtsmedizin ein, ohne deren Unterstützung ich aufgeschmissen wäre.

Danke an

~ Imke Kalus von der Polizeidirektion Bad Segeberg, die auch dieses Manuskript mit Argusaugen Korrektur gelesen hat und noch immer nicht müde wird, meine unzähligen Fragen zu beantworten ☺,

~ Stefan Winkler, Erster Kriminalhauptkommissar und Leiter der Mordkommission Kiel, der sich jetzt seit Jahren alle erdenkliche Mühe gibt, eine anständige Kripobeamtin aus mir zu machen ☺,

~ Prof. Dr. med. Klaus Püschel, Direktor des Instituts für Rechtsmedizin des Universitätsklinikums Hamburg-Eppendorf, der mich darüber aufgeklärt hat, das der Auftauvorgang bei einer »tiefgefrorenen« Leiche seinen natürlichen Weg gehen muss und nicht beschleunigt werden kann.

Falls sich dennoch Fehler eingeschlichen haben sollten, gehen diese auf meine Kappe oder sind der Dramaturgie geschuldet.

Danke an meine Testleserinnen Andrea Rösch, Gabriele Albrecht und Ruth Kaiser, die mir auch diesmal wieder mit wertvollen Hinweisen unter die Arme gegriffen haben.

Danke an Albert Bühne für ein stets offenes Ohr in allen Lebenslagen, Zuspruch und Hilfestellung bei Autorinnenkrisen sowie leckere Marmeladen.

Danke an meine Freunde und an meine Kollegen im NDR, die mir stets den Rücken freihalten, wenn mal wieder eine Lesung ansteht.

Auch diesmal geht wieder ein besonderer Dank an meine Verlagslektorin Christine Steffen-Reimann und das Team vom Droemer Knaur Verlag sowie meine Außenlektorin Dr. Gisela Menza, die nun schon mein drittes Buch lektoriert hat.

Mein letzter und wichtigster Dank gilt meinen Leserinnen und Lesern. Ich bin sehr glücklich, dass Ihnen meine Bücher gefallen!

Herzlichst
Ihre
Angelika Svensson

In eigener Sache

Die in diesem Buch vorkommenden Orte am Nord-Ostsee-Kanal gibt es in der Realität nicht, genauso wenig wie das Gestüt Lankenau. Für Letzteres existiert ein Vorbild in der Hohwachter Bucht an der Ostsee, bei den Orten habe ich mich von meiner Fantasie leiten lassen. Eine Ausnahme, da meine Bücher normalerweise an Originalschauplätzen spielen, in diesem Fall aber notwendig, da ich keine Personen in real existierenden Orten verunglimpfen wollte.